羊城学术文库·文史哲系列

宋诗话与唐诗学

Poetry commentaries in Song Dynasty and poetics in Tang Dynasty

黄爱平 著

社会科学文献出版社
SOCIAL SCIENCES ACADEMIC PRESS (CHINA)

羊城学术文库

总　序

学术文化作为文化的一个门类，是其他文化的核心、灵魂和根基。纵观国际上的知名城市，大多离不开发达的学术文化的支撑——高等院校众多、科研机构林立、学术成果丰厚、学术人才济济，有的还产生了特有的学术派别，对所在城市乃至世界的发展都产生了重要的影响。学术文化的主要价值在于其社会价值、人文价值和精神价值，学术文化对于推动社会进步、提高人的素质、提升社会文明水平具有重要的意义和影响。但是，学术文化难以产生直接的经济效益，因此，发展学术文化主要靠政府的资助和社会的支持。

广州作为岭南文化的中心地，因其得天独厚的地理环境和人文环境，其文化博采众家之长，汲中原之精粹，纳四海之新风，内涵丰富，特色鲜明，独树一帜，在中华文化之林中占有重要的地位。改革开放以来，广州成为我国改革开放的试验区和前沿地，岭南文化也以一种崭新的姿态出现在世人面前，新思想、新观念、新理论层出不穷。我国改革开放的许多理论和经验就出自岭南，特别是广州。

在广州建设国家中心城市、培育世界文化名城的新的历史进程中，在“文化论输赢”的城市未来发展竞争中，需要学术文化发挥应有的重要作用。为推动广州的文化特别是学术文化的繁荣发展，广州市社会科学界联合会组织出版了“羊城学术文库”。

“羊城学术文库”是资助广州地区社会科学工作者的理论性学术著作出版的一个系列出版项目，每年都将通过作者申报和专家评审程序出版若干部优秀学术著作。“羊城学术文库”的著作涵盖整个人文社会科学，将按内容分为经济与管理类，文史哲类，政治、法律、社会、教育及其他等三个系列，要求进入文库的学术著作具有较高的学术品位，以期通过我们持之以恒的组织出版，将“羊城学术文库”打造成既在学界有一定影响力的学术品牌，推动广州地区学术文化的繁荣发展，也能为广州增强文化软实力、培育世界文化名城发挥社会科学界的积极作用。

广州市社会科学界联合会

2016 年 6 月 13 日

序

杨　明

鲁迅先生曾说："我以为一切好诗，到唐已被做完。"那虽然是朋友间私下里的一时兴到之言，但先生对于唐诗的倾倒之情，自是不言而喻。确实，我们又有谁不倾倒于唐诗呢？但是宋人在此"一切好诗已被做完"的窘境里，异军突起，别开生面，开辟出一个闪耀异彩的崭新的境界，不同样值得我们欣赏而欢欣鼓舞吗？以后历朝历代非崇唐即宗宋，唐宋诗之争成了诗歌史上的一大公案，而所谓唐声宋调超越了时代界限，成了古典诗歌两种风格的代称。直至近现代，也还有许多作者对于宋诗心摹手追。因此之故，我们也就很愿意了解宋人是如何评议唐诗的，那确是一桩重要而饶有兴味的事情。

唐人做了那么多好诗，论诗的著述却并不算发达；而宋朝却是一个诗话崛起的时代。据郭绍虞先生的考察，宋诗话流传至今的较为完整的便有四十余种，加上部分流传、已佚而有辑本的以及有其名而未见其书或已亡佚而尚未辑集者，共有一百四五十种之多，这还不包括那些诗格诗句图等浅陋之作。这些林林总总的著作中，包含着不少议论唐诗的资料，正可以让我们了解宋人对于唐诗的见解。但是宋诗话颇为庞杂零碎，要从中抽绎相关的内容，不是一桩容易的工作。

黄爱平的《宋诗话与唐诗学》，正是以此为鹄的而做出了很可观的成绩。作者阅读的文献十分丰富，钩稽相关资料，加以细致的分析，在此基础上进行提炼，归纳为本色论、范畴论、体派论、诗法论、作家论五个方面，比较全面而系统地展示了宋诗话中的唐诗论概貌。

宋诗话中的一些诗学用语往往不加以明确的定义，并且在不同语境中呈现出含义的多面性。本书结合具体语境对这些用语进行辨析，剥茧抽丝，逐层展示诗学概念的丰富内涵。比如“味”在描述具体诗歌时就有“理之味”“情之味”“境之味”“物之味”等不同层面的涵义。这样阐释诗学概念比较贴合中国诗学的特点。正是因为能结合具体语境和具体作品，所以得到的结论常有新意。比如关于“俗”这一用语，本书指出语言层面的“俗”并不全是贬义的，“俗”乃是诗歌作者具有读者意识和传播意识的表现。这样的结论便颇具启发性。

本书作者分析宋诗话时紧密结合具体的唐诗作品，通过对作品的细致解读来领会宋诗话的诗学意义，因而所述比较准确，可信性较高。作者具有较强的艺术感悟能力，评析到位，能传达出诗歌的美学特质，同时给读者带来审美愉悦。这就使得本书在进行深入学术研讨的同时，兼具较强的可读性。这也是本书的一个显著优点。

在我看来，《宋诗话与唐诗学》的作者眼光独到，选题新颖。这本著作既有文学批评史方面的学术价值，也适合爱好古典诗歌的广大读者阅读。故写下一点感想，权为序言。

2019 年岁末

目 录

CONTENTS

绪　论

《宋诗话与唐诗学》以宋代诗话[1]为主要资料，兼及宋代笔记中有关唐诗的论述材料，结合具体唐诗作品、宋代诗歌和宋代文化背景，重点关注宋诗话对唐诗的评述，由此建构宋诗话的唐诗学体系，探讨其唐诗学的内涵，以及宋诗话对唐诗学建构所做的贡献、对后世的影响以及对现代唐诗研究、唐诗学发展的意义。本书研究涉及宋诗话与唐诗学。宋诗话研究主要可以概括为三个方面。

一、诗话文献整理研究　宋代作者编写的汇编性质诗话《诗话总龟》《苕溪渔隐丛话》《诗人玉屑》等在宋诗话中具有重要地位，20 世纪中期以来均有校点本出版，是宋诗话研究的重要文献资料。宋代以后学者整理的汇编诗话如《历代诗话》《历代诗话续编》等也相继整理出版，两书辑录了中国自梁至明诗话 56 部，其中宋诗话 28 部，给读者展示了“诗话文本”的发展形态，既是诗话资料汇编，也具有诗话形态史意义。集成性的宋诗话汇编有 20 世纪末吴文治主编的《宋诗话全编》，收集资料甚夥，极大地扩大了宋诗话的范围。单本诗话中《沧浪诗话》受到关注最多，郭绍虞有《沧浪诗话校释》，涉及作者身世、版本、校释等问题，至今仍然是研究严羽诗学思想的重要资料和参考书。郭先生对宋诗话集中耙梳整理的作品还有《宋诗话考》《宋诗话辑佚》等，对宋诗话作者、产生年代进行考证，对诗话内容概要介绍并做简评，从历史发展演变角度做了重要梳理，并对相关散佚文献进一步钩稽整理，比较完整地呈现了宋诗话的存在形态。其他单本诗话如《竹庄诗话》《后

---

① 本书中的宋诗话指据郭绍虞先生《宋诗话考》所载现尚流传的 42 部、部分流传的如《王直方诗话》《蔡宽夫诗话》，及他人辑录的《东坡诗话》《侯鲭诗话》《童蒙诗训》等，同时参阅了郭先生的《宋诗话辑佚》。

村诗话》也均有校点本出版。这些文献工作为宋诗话研究打下了坚实基础。

二、诗话概论性研究　主要探讨诗话的起源、发展、性质、特点等问题。1933 年，郭绍虞在《小说月报》和《文学》刊物上发表《诗话丛话》，以“话”这种较为自由灵活的形式对我国的诗话做了梳理，采用宏观研究与微观研究相结合的方法，使诗话研究体系化、类别化，是诗话研究的拓荒之作。之后，徐英《诗话学发凡》、梁孝翰《宋代诗话家之文艺理论》、徐中玉《诗话的起源及其发达》《论诗话的起源》都不同程度地对宋代诗话的起源、发展等理论论题给予了考察。1949 年以后，对宋诗话的概论性研究耽误了很长时间，直到 20 世纪 80 年代初，钱仲联率先发表《宋代诗话鸟瞰》一文，对宋人诗话别集和总集的类别从学理上予以分类；同时，就宋人诗话所阐述的几个最为重要的诗学理论命题予以举隅和理论性探讨。这对推动新时期对宋代诗话的概论性研究起到了很好的作用。之后，陆续出现不少这方面的研究成果，如吴景和《宋代诗话浅说》，葛兆光《宋代诗话漫谈》，刘德重《北宋诗话概说》《南宋诗话概说》《宋人诗话与江西诗派》，刘泉《关于宋代诗话》，陈庄、周裕锴《语言的张力——论宋诗话的语言结构批评》，黄河《宋代诗论中的以禅喻诗漫议》，张伯伟《宋代诗话产生背景的考察》，梁道礼《禅学与宋代诗学》，蔡镇楚《唐人诗格与宋诗话之比较》，王德明《宋代诗话“以资闲谈”的创作目的及其影响》，周裕锴《自持与自适：宋人论诗的心理功能》《宋代诗学术语的禅学语源》，许总《伦理学文化观念与宋代诗学》等。上述论文，或从宏观概括角度，或从某一独特的视角考察宋代诗话的起源、背景、体例、特征或演变等一般理论性论题，厘清诗话与佛教、理学等思想的关系，探讨宋诗话的文体特征等，加深了对宋诗话的认识。蔡镇楚《诗话学》《中国诗话史》等著作，从诗话史角度展示宋诗话在中国诗话史上的地位、贡献及其特点，是较早的概论性诗话研究专著。

三、宋代诗话中诗学理论研究　1927 年，刘开渠在《晨报副刊》发表《严沧浪的艺术论》，这是 20 世纪对宋代诗话家诗学理论进行阐释的开始。之后，秋斋《白石诗说之研究》、唯我室圣《白石道人诗说》、缪钺《姜白石之文学批评及其作品》等相继出现，成为20世纪以来对宋代诗话家诗学理论研究的先导。其后，专人专书的诗学理论研究成为重点。研究的着力点主要集中在以下几家：欧阳修《六一诗话》、黄庭坚《黄山谷诗话》、张戒《岁寒堂诗话》、胡仔《苕溪渔隐丛话》、杨万里《诚斋诗话》、姜夔《白石道人诗说》、严羽《沧浪诗话》、魏庆之《诗人玉屑》、刘克庄《后村诗话》等，在对诗话作者、成书年代、版本进行考证，编排体例进行探索，诗话文献学意义进行探讨的基础上，阐发诗学思想，也可以看作是对专书的全方位研究，即把诗学思想放在广阔的时代背景中来讨论，论述更为深厚。严羽诗学理论的阐释仍然是重中之重，《沧浪诗话》的体例、编排系统、性质，以及“兴趣”“妙悟”等诗学概念，均得到全面讨论。21世纪以来，越来越多硕士论文关注宋诗话，《中山诗话》《冷斋夜话》《对床夜语》等以前较少关注的诗话进入研究视野，诗话比较研究，以及借鉴新理论的诗话文学性、叙事性研究等都有一定新意，可以看成是对诗话研究角度的拓展。单篇论文方面，如胡明《关于刘克庄的诗论》、吴善辉《试论〈韵语阳秋〉在古代文论史上的独特贡献》、汤炳能《唐庚论诗——读〈唐子西文录〉》、耿文婷《论朱弁的诗学思想》等，也是对以前不太被人注意的诗话家的诗学理论进行梳理。这些讨论使宋代诗话研究范围不断拓展。

最近十年，宋诗话作家论逐渐成为新兴的论题，唐代诗人中杜甫、李白、韩愈、柳宗元等备受关注，其中杜甫是中心。作家论论述角度包括作家接受、作家身世、作家诗集编撰、作品艺术风格、作诗方法等，其中以艺术风格为重点，论及作家个性、思想与作品风格的关系，以硕士论文居多。而诗学范畴论逐步成为研究热点，论述甚夥，涉及的概念非常多，也很驳杂，涉及的有“趣”“涩”“拙”“识”“淡”“爽”“气”“韵”“奇”“古”“机”“兴趣”“高古”“豪放”“格调”等，其中有些是诗学史上的重要概念，但是总体而言，这类研究对“诗学范畴”的界定过于宽泛，范畴界定标准五花八门，需要从文献文本出发，从诗学发展史的角度确立重要的诗学范畴，然后再讨论其诗学内涵及其在不同时代的发展演变。

唐诗学有广义和狭义两种，广义指所有有关唐诗及其相关问题的研究，都属于唐诗学；狭义的唐诗学主要探讨唐诗何以为唐诗的理论问题。本书所关注的是狭义的唐诗学。

狭义唐诗学现代意义层面的研究，从陈伯海开始。20 世纪 80 年代，他在《唐代文学研究》第一期上发表了《唐诗学史之一瞥》的长文，开始认真思考如何建构“唐诗学史”的问题。1988 年问世的《唐诗学引论》，除对唐诗的质、态、源、流、体、式诸方面分别予以考察外，还专设“学术史”一篇，提要式地勾画了唐诗学学术史演进的轨迹。《唐诗学引论》有着创新理论建构的意义和巨大的学术影响，也是陈伯海构建唐诗学史最基本的指导思想和思路。其后，编书目，辑资料，选诗歌，汇评，乃至分专题、按时代搜罗、排比历代有关文献，皆围绕着总结前人研究唐诗的既有成果与经验，以利于唐诗学建设，如 1995 年出版的《唐诗汇评》。2004 年出版的《唐诗学史稿》亦由陈伯海主编，是其唐诗学史的总结性著作。该书采取全景式的视野，将唐诗学演进历史分为萌芽、成长、兴盛、总结四期，涉及选、编、注、考、点、评、论、作各种唐诗研究方式，较为全面地反映了唐诗学的总体进程。

2000 年出版的朱易安的《唐诗学史论稿》也是该领域的一部重要著作。该书把唐诗研究放在社会变革、文化传统、哲学思潮、学术思想、士人心态等大背景之下加以考察，深入分析唐诗学史的学术趋向和学术意义，并对一些重要诗学命题提出独到见解。该书首先说明唐诗学体系建构的合理性，然后分析其批评方法的渊源和传承关系，对唐、宋、明、清四朝重大的唐诗学论题进行辨析，寻求唐诗学发展的理论演变动因，为人们认识唐诗学史提供了可供指导的思想方法。

台湾学者蔡瑜 1990 年完成的《宋代唐诗学》论文，以唐诗的重要理论问题如唐诗分期等为中心，从宋代众多的典籍中搜罗相关的材料，挖掘和整理出宋人的见解。其问世于 1997 年的著作《唐诗学探索》，则是探讨唐人对诗歌中四个重要理论问题的看法。这四个问题是：唐诗律化的理论进程、唐诗学中意境理论的形成、唐诗时代意识的递嬗——以风雅正变观为参照的探讨、论“声音之道与政通”的意涵及其在唐诗学中的演绎过程。上述两种论著着眼于唐诗的一些理论问题，梳理了宋人和唐人的有关见解，均有较强的理论意识，可谓台湾唐诗学研究中的姊妹篇。

2001 年出版的傅明善的《宋代唐诗学》，虽然与蔡瑜所著同题，但研究角度不同。作者在全面把握唐诗学研究对象、范围、体系、特点等学科构成的基础上考察宋代唐诗学，从宋代唐诗学的层面分布、演进历程、研究方法及其特征、历史地位等方面，清理并显示了宋代唐诗学的构架体系。对宋人的唐诗选本、宋代的诗话理论都予以介绍和评议，还就宋人的唐诗研究的发生、发展和变化的轨迹加以理论阐释，考察其与宋诗演进历程的关系，并特别指出宋代佛学、理学及史学对唐诗研究的影响。这是笔者所见大陆第一部断代唐诗学研究著作。此外还有华南师范大学王红丽博士的论文《宋人唐诗观研究》，对宋代笔记、宋诗话、宋代著名诗人、著名诗话中唐诗观进行了梳理和专门讨论。

除了相关专著外，与唐诗学史相关的单篇论文也不在少数。这些文章，大约从以下几个方面入手对唐诗学史中的相关问题加以考察：首先，关于学科建设，重要的文章有朱易安《略论唐诗学发展史的体系建构》，黄炳辉《唐诗学的历史回顾和走向预测》，陈伯海《走向更新之路——唐诗学百年回顾》，胡建次、秦良《略论宋诗的创建、批评与唐诗学的成长》以及胡建次《新时期以来唐诗学研究述论》等。其中尤以陈伯海的论文更具指导性。其次，关于唐诗学史的断代研究——宋代唐诗学，重要的论文有傅明善《宋代唐诗学论纲》，胡建次《宋代唐诗学的展开与演进》《北宋史学、理学、博学视野中的唐诗论》等。最后，关于唐诗学史研究中的个人或具体问题的研究，这方面的代表文章有田恩铭《论朱熹的唐诗批评》，陈新璋《论欧阳修的唐诗观及其影响》，袁晓薇《宋代诗论对李白不公正评价的时代原因》，胡建次《宋代诗话批评视野中的韩愈论》，傅明善《荆公低韩略论》等。至于有关杜甫研究的论文，更是多得不可胜数。一些重要的专题问题研究如唐宋诗之争等，也相继有不少文章发表，除 80 年代齐治平的《唐宋诗之争概述》之外，其他论文如秦良、贺丹君《唐宋之辨与唐宋诗之争的发轫》，胡建次、邱美琼《宋代诗学批评中的唐宋之争》等，均有可参考之处。

前辈时贤在宋诗话和唐诗学研究方面做出了重大贡献，但是将宋诗话与唐诗学结合起来的论述，一般都比较简略，比如傅明善《宋代唐诗学》只有一节论及宋诗话对唐诗的研究情况，蔡瑜《宋代唐诗学》，也是着眼于宋代，宋诗话只是其中一部分，陈伯海、朱易安均从唐诗学理论建构及唐诗学史的角度进行研究。但是宋诗

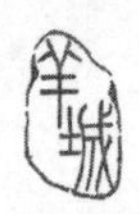

话作为一个整体与唐诗学的建构仍然值得深入讨论。前辈们的论述中，或多或少觉得宋诗话毕竟以资闲谈为主，其诗歌评论大多零散、不成系统，只有南宋严羽的《沧浪诗话》才算是比较有系统性的诗歌研究著作，所以对其他诗话作品重视不够。但从中国文学发展角度讲，“诗话”那种散漫、没有主题、没有中心的形式，是中国传统诗学理论的一个特点，没有鸿篇巨制，没有清晰的体系建构并不表明诗话对诗歌的认识肤浅。“诗话”评论语言多具形象性、文学性，并且好些评论观点影响后世，所以吉光片羽也蕴含深刻见解。诗话作者对诗歌的精妙品评，他们在考证、辨析中展现的学问之渊博、深厚，常常让人惊叹、佩服，他们品评诗歌时的情趣和兴致，更让人向往。有鉴于此，将宋诗话作为一个整体来探讨其对唐诗学的建构仍然有意义。

总体而言，宋诗话是以指导诗歌创作为目的的诗歌品评，形式散漫随意，通过对诗人的多方品评，对作品的深入分析，对某一问题的反复陈述，建立起对唐诗的整体认识。宋诗话品评的唐代作家，范围非常广泛，初、盛、中、晚均有，但是偏重盛唐和中唐，这不仅表明了唐诗创作的实际情况，同时也表明宋人崇尚盛唐、不偏废中唐的观念。[①] 其中品评最多的是杜甫，共有 1055 则，其次是韩愈 543 则，李白 420 则，其他如元白、刘柳、韦应物等，大多 100 多则，不到 200 则。这个数字表明宋人对杜甫的关注，同时也表明宋人认为杜诗有法度可依，从中探寻、发掘创作方法的热情。宋诗话以作家品评为基础，构成唐诗学作家论；对不同时期作家、不同风格作家的关注，构成体派论；对诗歌作诗法则的探寻，形成唐诗学诗法论，最重要的是，随着对诗歌讨论的深入和对宋诗一些新现象的警惕，诗话越来越关注诗歌本质问题，即诗歌该具有什么样的特征，诗歌与其他文体的界限在哪里，诗歌最重要的特征是什

---

① 尽管严羽崇尚盛唐，代表南宋以来渐渐形成的共识，但是宋诗话中对中唐诗人的关注非常多，譬如评论的中唐作家有韩愈、柳宗元、刘禹锡、韦应物、白居易、元稹、孟郊等，对他们评论的条目的总和在诗话中数目是巨大的，在具体的评价中，这些作家的地位也并不低。其次关于唐诗的分期，严羽在诗体一章中分得非常细致，初唐、盛唐、开元天宝、大历、元和、晚唐，这为以后唐诗的分期定了基础，但在宋代还没有明确的四分法。本书所说“中唐”是采取现代学者的说法。

么，这就构成唐诗学本色论及范畴论。本书分五章，分别论述宋诗话中的唐诗学本色论、范畴论、体派论、诗法论、作家论。

唐诗学本色论一章主要讨论诗歌本质问题，这是宋诗话建构唐诗学的核心问题。首先讨论诗歌文体特征，即诗歌首先是凝练的语言艺术，必须有诗歌的格律、韵味、句法等，“以文为诗”尽管是一种创新，但是这种创新必须有“度”，也就是诗歌之所以为诗的文体本色。其次，宋诗话多次谈到复古，他们一致认同汉魏诗歌高古有味，为诗歌本色，这种复古展现了诗歌本色，即用平淡、平常之语表现深远意蕴的风格。在对本色诗歌的具体讨论中，宋诗话主要讨论了诗歌到底具有什么样的风貌才能称为本色，在本章中以韩愈与李白、杜甫、柳宗元诗歌对比，以宋诗话所认为的本色诗歌为基本材料，从本色非才气、本色非学问、本色非理致三方面对诗歌本质进行阐述。

唐诗学范畴论一章主要论述了“味”“格”“工”“俗”四个重要概念。这四个概念在宋诗话中使用频率高，其中“味”涉及诗歌本质问题，从三方面展开论述，第一，“味”在总论诗歌特征时，常指一个时代或者一个人的风格、风貌。第二，“味”在具体论述中的类型，包括“理味”“情味”“境味”“物味”四个方面。第三，“味”的本质是诗歌通过简洁、准确、传神的语言所表达的一种含蓄的沉潜的美，它与平淡、粗俗没有关系，与纯粹的辞藻之美也没有关系，它体现在语言之外。对读者来说，味是需要反复沉酣体味才能得到的一种美感。“格”是重要的诗学范畴，本章首先从两方面讨论其内涵：其一，从“格法”层面，探讨宋诗话对声律、句法、表达方式、写作手法的论述。其二，“格”超越形质之上的内涵，当“格”以单音词出现在诗话中，主要涉及与立意、语言等诗歌要素的关系，从中可以看出“格”与诗歌要素共同传达的美。其次，讨论风格/格调，气格/格力，体格/骨格三组复合词的内涵，辨析其在不同语境的复杂含义及对后代诗学的启示。“工”主要讲一首好诗完成状态所具有的素质，主要讨论“工”的具体内涵。诗话中的“工”涵盖的内容非常丰富，它既是对一首诗作的全面评价，也用于评论一首诗在造意、用语、写物、用事等方面达到的高度。其次论达到“工”的条件，最后简论以“工”论诗所反映的宋人的诗学观念，即非“唯语言”论，而是立意为主。“俗”是宋

代“忌俗”文化背景下产生的，宋人对雅俗问题的思考在诗歌批评中有反映，在对“俗”的内涵的辨析中可见“俗”并非完全贬义，“俗”之内涵，需从诗歌语言与诗歌内质两方面探讨，“俗”在语言上指一种平易的、平常的、不够凝练的、于诗意传达不够新鲜、精警的表达方式；在诗歌内质上则表现为没有韵味、不含蓄，气格不高，风骨不振等风貌。但是“俗”与平易、格律、新奇以及诗歌内容等没有截然界限，关键在于作者如何把握。最后讨论宋人“以俗为雅”的方法。

唐诗学体派论一章以人为宗，讨论了少陵体和元白体，因为少陵是盛唐诗歌的代表，元白是中唐诗歌的一派，他们本身的特色具有时代意义。少陵诗歌，现代学者常常以“沉郁顿挫”来形容其风格，这是杜甫《进雕赋表》中的一句话，但是宋诗话中除了葛立方引用此话之外，再也没有人用此词来总评少陵诗歌。宋诗话用“集大成”来概括少陵诗歌，认为其是“周公制礼”“不可拟议”，强调其可法性和庄重性，本章从气脉贯通、含蓄微婉、准确传神、深广如史、体制创新等方面讨论少陵诗歌的特质，从中窥探宋诗话关注杜甫诗作的内在动因，即以杜诗为范来寻求创新的目的。宋人推崇杜甫，主要在于杜诗深广浩渺，无所不包，无所不写，情采充实华茂，表现多姿多彩，更重要的是杜甫在学习前人的过程中能够自出新意，融汇万家，这种创新给宋人极大的刺激和影响。元白体是中唐重要的一派，与韩孟诗派具有相同的繁复特征，但是韩孟诗派以其语言的崛奇、拗峭让人淡薄了它的繁复感，宋代虽然欣赏韩愈，却没有形成一个体派来学韩孟，但宋初却有“白体”一派。宋人对元白体的关注主要集中在白居易身上，当然白居易的影响不限于宋初白体，对苏黄等大家都有不同程度影响，本章通过探讨元白与宋人的关系，了解元白诗风在宋人接受过程中的多面特性；其次讨论元白诗歌特征，平易浅切、鄙俗格卑、质直冗繁，这三种评价，表面看来都是贬义，其实不是，“平易浅切”“俗”都有两面性，本章对此有进一步辨析。

唐诗学诗法论主要从创作角度来探讨作诗法，而不是探讨“四病”“八病”等诗格。宋人推崇杜甫，他们论作诗，大多都以老杜为法，所以本章主要以老杜为例，探讨诗歌的结构、句法、字法、用事、用语等方面应该达到的要求，即结构不是孤立的章法，是与立意、语言等方面息息相关的，句法讲究对称，字法中要有响字，用事如己出而非为事所使，用语多学习前人，又要自出新意等，这些抽象的原则在具体诗例中会传达更多的内涵。

唐诗学作家论，这也是宋诗话建构的唐诗学的基础，如果没有对作家及其作品的分析，也不会有唐诗学的出现。本章分为三部分，其一，宋诗话唐代作家总论，宋诗话评论的唐代作家非常多，但是只有宋诗话认定的名家、大家，诗话才会作风格总貌评，其中表现出尊崇杜甫、崇尚盛唐、不废中唐的倾向。其二，以比较法论作家，有同题比较、同体裁比较、同门派比较，风格比较等，在对比中，各家的风格特点更加明晰、可感。其三，论作品风格与作家才性的关系，宋诗话认为一个作家的思想、经历、个性、胸怀、见识等对其诗风都有很大影响，这反映了宋人对知人论诗方法的继承，也是当时推崇人格胸襟风气的反映。

当然宋诗话对唐诗的关注不限于这些方面，比如唐诗分期问题、唐诗体式问题，诗话也有论述，限于时间和学识的限制，这些问题留待以后研究。总之，宋诗话以散漫、随笔的形式讨论诗歌，表面上没有系统、没有整体构架，但是综合起来看，对于唐诗的研究涉及面非常广，研究也有深度，构建了唐诗学基础。

第一章
宋诗话与唐诗学本色论

本色问题的提出，首先是要矫正江西诗派“以议论为诗”“以才学为诗”的偏激之处，但随着诗歌研究的进展以及指导创作的需要，宋诗话除去门户之见，在对具体作家的品评过程中，逐渐展示了对诗歌本质的深刻见解。

学术界对本色问题的讨论，基本上有两派观点：一派从诗歌发展创新的角度赞赏宋诗，认为不应拘于“本色”的限制，“本色论”只是一家之言；一派认为诗歌应该有诗歌的“本色”，诗歌要有特别的质素，否则不能称之为诗，这是遵守诗文各有体，要保持诗歌文体的特别性，即诗总要是诗。这些讨论注重对“本色”问题的价值评判，本章着重“本色”内涵实质的探讨。对“本色”实质内涵的讨论，学界多注重概念辨析，讨论它在不同的语境中不同的含义，比如既指学诗的正头路，也指学诗需要遵循的技巧和法度，也指诗歌体制所体现出来的特点，还可以指诗人所要具有的特质。① 本书则从具体作品出发，讨论“本色”诗歌具体呈现的是何种风貌。宋诗话这种诗歌辨体意识对明清诗话具有深刻影响，产生了专门的辨体著作如吴讷《文章辨体》、徐师曾《文体明辨》等，甚至五四新文化运动对白话诗、新诗等问题的争论，实质上也延续

① 参见李勤印《“本色当行”辨》，《北京师范学院学报》1989 年第 4 期，王术臻《扬其盛唐本色而抑其宋调——严羽对王荆公体的解读》，《语文学刊》2010 年第 3 期，顾瑞雪《〈沧浪诗话〉本色说的文体学解释》，《长江学术》2012 年第 3 期，潘明福、王兆鹏《中国诗学批评视域中的“本色论”》，《文艺理论研究》2013 年第 4 期，张建斌《论严羽的本色说》，《合肥师范学院学报》2014 年第 1 期，何忠盛《取径自然，崇尚天成，回归本色——论刘克庄诗学的创作论和批评论》，《西南科技大学学报》2015 年第 4 期，严学军《“当行本色”略说》，《中华读书报》2017 年 4 月。

了辨体问题的讨论，最终必然走向何者为诗的讨论主题。现代诗歌的研究，也不能脱离传统的界定，所以这个问题仍有其现实意义。

诗歌本色问题，是宋诗话构建唐诗学的基础，其中主要涉及文体问题、复古问题、诗歌风貌问题，对这些问题的讨论，既有对前代诗歌理论的继承，也对后代诗学影响深远。鉴于宋诗话论诗主要以作家诗歌品评为主，本章在论述这些问题时，以所讨论的问题为经，以作家作品分析为纬结构全文。

1.1　诗歌文体本色

就诗歌文体来说，有广狭二义，广义包括诗歌风格论，狭义则指诗歌体裁论，即诗歌这种体裁有什么特点，有哪些规范等，本书取其狭义。

对文体的讨论，一直是中国诗论的一个重要问题，目前所见最早的论述大概是曹丕《典论·论文》，论述奏议、书论、铭诔、诗赋四类八种文体的不同特征，认为“诗赋欲丽”。这种观点与西汉以来贾谊、扬雄、司马相如的观点颇不相同，贾谊等论者基本以儒家诗论论诗，大多讲求诗歌的社会功能，盖诗赋不徒欲丽。曹丕在魏晋“文学自觉”大风气之下，将文学的艺术性渐渐凸显出来，其以“丽”论诗表现了他得时代风气之先的见识。“麗”：形声，从鹿，丽声。其字本作“丽”，后加“鹿”，成为形声字。鹿形丽声，鹿成对，并驾，“麗”本义就是成群、结伴、成对。“麗”用来形容文辞，则有对偶的意思。《文心雕龙·丽辞》说：“自扬、马、张、蔡，崇盛丽辞。”此中“丽辞”就是对偶辞句。引申开去，文句之对偶，音韵之铿锵都可以称为“丽”，这种美正是文学作品特别是文学语言的美。那么曹丕说“诗赋欲丽”，可以解释为他对诗赋文辞华美方面的要求。

其后陆机《文赋》的文体区别意识进一步加强，共论述“诗、赋、碑、诔、铭、箴、颂、论、奏、说”十种文体，并将诗、赋区别论述：“诗缘情而绮靡，赋体物而浏亮。”诗与赋各自描写对象不同，文辞风格也不一样。“诗缘情而绮靡”，“诗缘情”指诗歌因情感激动而作，《文选》李善注：“诗以言志，故曰缘情。”缘情也就是言志表意；绮靡，李善注：“精妙之言。”陈柱《讲陆士衡文赋

自记》云："绮言其文采，靡言其声音。"杨明先生认为"绮靡"是美好之意。[①]"诗缘情而绮靡"是指诗歌因情感而生，美好动人。这种美好不只包括情感，也指它的文辞要美好，诗歌整体上给人美好的感觉。

如果说曹丕、陆机对文体的论述还只是点到为止，约略而言，并没有说得很清楚，那么挚虞《文章流别论》考察源流，分析其特征，则更进一步。挚虞论诗，以《诗经》为主，所以他认为："夫诗虽以情志为本，而以成声为节。然则雅音之韵，四言为正；其余虽备曲折之体，而非音之正也。""情志为本"，这个算不上新见，但是"成声为节""曲折之体"，说出诗歌声律、音韵上的美感，这是能反映当时的诗歌特质的。

到了刘勰，《文心雕龙》论文体，大致分为有韵之文、无韵之笔两类，也重视声音、节奏对文章的重要影响。刘勰共论二十种文体，《明诗》是论文体中的第一篇。此篇着重叙述诗歌发展流变史，对历代名篇作点评，有很多精彩之言，但是对于诗歌文体特征及其规格要求，刘勰说得非常空泛，而对其他应用文体，则说得很明白。所以杨明先生说："想来这是由于作诗最需要灵感和天才，需要高度发达的审美能力和表达能力，而这些是难于如论应用文那样概括出要点的。"[②] 所以对诗歌文体特征的论述，至此仍然停留在作品分析的基础上。

钟嵘《诗品》专论五言诗，他反对声律、反对用典，主张自然之美，这不仅有指陈时弊的作用，也影响了宋诗话，宋诗话中针对当时某些诗派在对偶、格律上的斤斤计较，就常常以钟嵘之言为依据反驳。钟嵘从创作角度谈诗歌，首先论诗歌产生的原因，即"气之动物，物之感人，故摇荡性情，形诸舞咏"，当然不仅自然影响人之心灵，社会生活也会触动诗情，所谓"佳会寄诗以亲，离群托诗以怨"。不管是自然还是社会生活给人的影响，诗歌因"情"动而发，这是钟嵘论诗的第一个重要观点。其次钟嵘认为五言乃"众作之有滋味者也"，原因在于"指事造形，穷情写物，最为详切者

---

① 对"诗缘情而绮靡"的解释，参考了郭绍虞《中国历代文论选》相关注文，上海古籍出版社，2003，第一册第179页；杨明《文赋诗品译注》，上海古籍出版社，1999，第10页。

② 杨明：《文心雕龙精读》，复旦大学出版社，2007，第58页。

耶！”详切，“详”指描写的细致，“切”指描写得深刻。[1] 也就是说五言诗能将对象最深微的地方表现出来。

萧绎《金楼子·立言》下篇从文笔之辨的角度论述“文”“笔”性质上的差异，其论文：“至如文者，惟须绮縠纷披，宫徵靡曼，唇吻遒会，情灵摇荡。”如果说刘勰从文章形式讲文体分为两大类，有韵之文，无韵之笔，那么萧绎则是从文体性质上明确指出“文”要有辞藻华美、音节动听、情灵摇荡的特征。虽不是专论诗歌，但是诗歌乃有韵之文一类，所以萧绎论“文”的特征也适合诗歌。

综上所述，各家对诗歌文体特征的阐述还是很模糊，但是我们可以约略概括为以下两点：诗歌写“情志”，但是在诗歌发展过程中，越来越偏于“情”的描写，并且要有“滋味”“情灵摇荡”等；诗歌讲格律声韵，具有节奏之美，其语言应该有别样的美感。唐代诗歌理论极少，就是现存的几篇也没有超出这个范围。

宋代诗歌“本色”论的提出，最重要的即是对诗歌文体特征的进一步探讨。明确以“本色”论诗的是陈师道：“退之以文为诗，子瞻以诗为词，如教坊雷大使之舞，虽极天下之工，要非本色。”[2] 这就是从文体角度论退之诗非本色。诗文自有法度，“以文为诗”，具体如何解释，是指韩诗用了散文句法、语法，还是其他？宋诗话没有具体阐述，我们只能从诗歌分析中寻找答案。范温《诗眼》云：“孙莘老尝谓老杜《北征》诗胜退之《南山》诗，王平甫以谓《南山》胜《北征》，终不能相服。时山谷尚少，乃曰：‘若论工巧，则《北征》不及《南山》，若书一代之事，以与《国风》《雅》《颂》相为表里，则《北征》不可无，而《南山》虽不作，未害也。’二公之论遂定。”[3] 山谷从诗歌内容与诗歌工巧两方面比较《北征》与《南山》，认为《南山》胜在工巧，那么《南山》的工巧在何处，为什么这方面胜于《北征》？山谷的诗歌立场是什么？《珊瑚钩诗话》认为退之《南山诗》类杜甫之《北征》，历来对两诗的比较很多，并站在不同的诗论立场对两诗做出了不同的评价。两诗可比性

---

① 郭绍虞编《中国历代文论选》，上海古籍出版社，2003，第321页。

② 陈师道：《后山诗话》，据何文焕辑《历代诗话》本，中华书局，1981，第309页。

③ 胡仔纂集、廖德明校点《苕溪渔隐丛话》前集卷十二，人民文学出版社，1984，第78页。

在于，都是长韵五古，《北征》七十韵，《南山诗》一百零二韵；都有散文句法；都有对山景的描写；《南山诗》有明显模仿《北征》的痕迹。为了比较的便利，将两诗录如下：

皇帝二载秋，闰八月初吉。杜子将北征，苍茫问家室。维时遭艰虞，朝野少暇日。顾惭恩私被，诏许归蓬荜。拜辞诣阙下，怵惕久未出。虽乏谏诤姿，恐君有遗失。君诚中兴主，经纬固密勿。东胡反未已，臣甫愤所切。挥涕恋行在，道途犹恍惚。乾坤含疮痍，忧虞何时毕！

靡靡逾阡陌，人烟眇萧瑟。所遇多被伤，呻吟更流血。回首凤翔县，旌旗晚明灭。前登寒山重，屡得饮马窟。邠郊入地底，泾水中荡潏。猛虎立我前，苍崖吼时裂。菊垂今秋花，石戴古车辙。青云动高兴，幽事亦可悦。山果多琐细，罗生杂橡栗。或红如丹砂，或黑如点漆。雨露之所濡，甘苦齐结实。缅思桃源内，益叹身世拙。坡陀望鄜畤，岩谷互出没。我行已水滨，我仆犹木末。鸱鸟鸣黄桑，野鼠拱乱穴。夜深经战场，寒月照白骨。潼关百万师，往者散何卒？遂令半秦民，残害为异物。

况我堕胡尘，及归尽华发。经年至茅屋，妻子衣百结。恸哭松声回，悲泉共幽咽。平生所娇儿，颜色白胜雪。见爷背面啼，垢腻脚不袜。床前两小女，补缀才过膝。海图拆波涛，旧绣移曲折。天吴及紫凤，颠倒在裋褐。老夫情怀恶，数日卧呕泄。那无囊中帛，救汝寒凛慄。粉黛亦解苞，衾裯稍罗列。瘦妻面复光，痴女头自栉。学母无不为，晓妆随手抹。移时施朱铅，狼籍画眉阔。生还对童稚，似欲忘饥渴。问事竞挽须，谁能即嗔喝？翻思在贼愁，甘受杂乱聒。新归且慰意，生理焉得说？

至尊尚蒙尘，几日休练卒。仰观天色改，坐觉妖氛豁。阴风西北来，惨淡随回纥。其王愿助顺，其俗善驰突。送兵五千人，驱马一万匹。此辈少为贵，四方服勇决。所用皆鹰腾，破敌过箭疾。圣心颇虚伫，时议气欲夺。伊洛指掌收，西京不足拔。官军请深入，蓄锐可俱发。此举开青徐，旋瞻略恒碣。昊天积霜露，正气有肃杀。祸转亡胡岁，势成擒胡月。胡命其能久，皇纲未宜绝。

忆昨狼狈初，事与古先别。奸臣竟菹醢，同恶随荡析。不闻夏殷衰，中自诛褒妲。周汉获再兴，宣光果明哲。桓桓陈将军，仗钺奋忠烈。微尔人尽非，于今国犹活。凄凉大同殿，寂寞白兽闼。都人望翠华，佳气向金阙。园陵固有神，洒扫数不缺。煌煌太宗业，树立甚宏达。(杜甫《北征》)①

吾闻京城南，兹维群山囿。东西两际海，巨细难悉究。山经及地志，茫昧非受授。团辞试提挈，挂一念万漏。欲休谅不能，粗叙所经觏。

尝升崇丘望，戢戢见相凑。晴明出棱角，缕脉碎分绣。蒸岚相澒洞，表里忽通透。无风自飘簸，融液煦柔茂。横云时平凝，点点露数岫。天空浮修眉，浓绿画新就。孤撑有巉绝，海浴褰鹏噣。春阳潜沮洳，濯濯吐深秀。岩峦虽嵂崒，软弱类含酎。夏炎百木盛，荫郁增埋覆。神灵日歊歔，云气争结构。秋霜喜刻轹，磔卓立癯瘦。参差相叠重，刚耿陵宇宙。冬行虽幽墨，冰雪工琢镂。新曦照危峨，亿丈恒高袤。明昏无停态，顷刻异状候。西南雄太白，突起莫间簉。藩都配德运，分宅占丁戊。逍遥越坤位，诋讦陷乾窦。空虚寒兢兢，风气较搜漱。朱维方烧日，阴霰纵腾糅。昆明大池北，去觌偶晴昼。绵联穷俯视，倒侧困清沤。微澜动水面，踊跃躁猱狖。惊呼惜破碎，仰喜呀不仆。前寻径杜墅，坌蔽毕原陋。崎岖上轩昂，始得观览富。行行将遂穷，岭陆烦互走。勃然思坼裂，拥掩难恕宥。巨灵与夸蛾，远贾期必售。还疑造物意，固护蓄精祐。力虽能排斡，雷电怯呵诟。攀缘脱手足，蹭蹬抵积甃。茫如试矫首，堛塞生怐愗。威容丧萧爽，近新迷远旧。拘官计日月，欲进不可又。因缘窥其湫，凝湛閟阴兽。鱼虾可俯掇，神物安敢寇。林柯有脱叶，欲堕鸟惊救。争衔弯环飞，投弃急哺彀。旋归道回睨，达枿壮复奏。吁嗟信奇怪，峙质能化贸。

前年遭谴谪，探历得邂逅。初从蓝田入，顾盼劳颈脰。时天晦大雪，泪目苦矇瞀。峻涂拖长冰，直上若悬溜。褰衣步推

① 浦起龙：《读杜心解》，中华书局，1978，第39~41页。

马，颠蹶退且复。苍黄忘遐睎，所瞩才左右。杉篁咤蒲苏，杲耀攒介胄。专心忆平道，脱险逾避臭。

昨来逢清霁，宿愿忻始副。峥嵘跻冢顶，倏闪杂鼯鼬。前低划开阔，烂漫堆众皱。或连若相从；或蹙若相斗；或妥若弭伏；或竦若惊雊；或散若瓦解；或赴若辐辏；或翩若船游；或决若马骤；或背若相恶；或向若相佑；或乱若抽笋；或嵲若炷灸；或错若绘画；或缭若篆籀；或罗若星离；或蓊若云逗；或浮若波涛；或碎若锄耨；或如贲育伦，赌胜勇前购，先强势已出，后钝嗔詎譳；或如帝王尊，丛集朝贱幼，虽亲不亵狎，虽远不悖谬；或如临食案，肴核纷饤饾；又如游九原，坟墓包椁柩；或累若盆罂；或揭若登豆；或覆若曝鳖；或颓若寝兽；或蜿若藏龙；或翼若搏鹫；或齐若友朋；或随若先后；或迸若流落；或顾若宿留；或戾若仇雠；或密若婚媾；或俨若峨冠；或翻若舞袖；或屹若战阵；或围若蒐狩；或靡然东注；或偃然北首；或如火熺焰；或若气饙馏；或行而不辍；或遗而不收；或斜而不倚；或弛而不彀；或赤若秃鬝；或燻若柴槱；或如龟坼兆；或若卦分繇；或前横若剥；或后断若姤；延延离又属，夬夬叛还遘；喁喁鱼闯萍，落落月经宿；誾誾树墙垣，巘巘架库厩；参参削剑戟，焕焕衔莹琇；敷敷花披萼，闟闟屋摧霤；悠悠舒而安，兀兀狂以狃；超超出犹奔，蠢蠢骇不懋。

大哉立天地，经纪肖营腠。厥初孰开张，黾勉谁劝侑？创兹朴而巧，戮力忍劳疚。得非施斧斤？无乃假诅咒？鸿荒竟无传，功大莫酬僦。尝闻于祠官，芬苾降歆嗅。斐然作歌诗，惟用赞报酭。（韩愈《南山诗》）①

《北征》全诗可以分为五段，按照“北征”路线即从朝廷所在地凤翔到杜甫家小所在地鄜州，依次叙述蒙恩放归探亲、辞别朝廷时自己的喜忧情怀；归途所见景色及其感慨；归家后全家团聚悲喜交集的情景；在家中对国事的忧虑及自己想到的对策；最后写自己对朝廷的信心。全诗如一篇陈情表，记载时间“皇帝二载秋，闰八

① 钱仲联：《韩昌黎诗系年集释》，上海古籍出版社，1998，第432～435页，笔者据诗意划分为五段。

月初吉”；人物事件“杜子将北征”；所陈对象，皇上，从“臣甫愤所切”可以看出。通篇是向肃宗汇报自己的所见所闻所感，并以献策和希望结束。开篇记时是很典型的散文句法，对山景的描写“或红如丹砂，或黑如点漆”，也有散文句法之意，尽管这种“或”的句法在《诗经》里就有，但是《诗经》时代对格律的要求并不严格，一切韵律都来得比较自然，那时候的诗，主要不在于形式，而在于传达的诗意与诗味。《北征》尽管有这些散文句法，并且用了陈述的语气，但其通篇看来仍然诗味无穷，与诗人用语精炼、传神有关，更与诗中萦绕的情感有关。以第一段为例，听到能放归探亲的消息，欣喜未及表现，先表露“惭”，因为时遭艰虞，自己却能回家与家人团聚。其实杜甫放归，是肃宗对杜甫的疏离、冷落，杜甫却没有对皇帝不满，其为国事担忧之心历历可见，所以听到能回家的消息，“怵惕久未出”。又写他自己作为拾遗官，“恐”君有所失，“愤”东胡叛乱，“挥涕”别主，以至行在途中，道路“恍惚”，想到国事之艰，“忧虞”无极。诗歌情感饱满、丰富，细腻地刻画出一个士大夫忠心为国的形象。其次，用语精炼，如第二段记沿途之景：“靡靡逾阡陌，人烟眇萧瑟”，写出战乱人烟稀少，田野荒蔽的凄凉之景，“眇”字写出景物的黯淡迷蒙，也是诗人心境悲哀的写照。诗人看到山中果实累累，红如丹砂，黑如点漆，既感叹自然雨露的滋润，也引起无限感慨：“缅思桃源内，益叹身世拙”“鸱枭鸣黄桑，野鼠拱乱穴”，既是实景，也是社会环境的暗示，这种比兴之意在诗中不难见，加深了诗歌的诗味。“夜深经战场，寒月照白骨”，笔法直陈，描写的视角非常客观，“照”字写出明月自古如斯，冷冷清清，没有温情，所取深夜、战场、寒月、白骨这些意象，构成一幅惨淡悲凉的图画，正衬出诗人内心无限的悲凉和沉痛。所以《北征》间或用了散语、也用了赋的手法，但是因其比兴手法的运用、语言的精炼传神、情感饱满，使其诗充满了浓厚的诗情。

《南山诗》着重摹画南山之景，也可以分为五段，第一段如序言：诗人听说南山是众山汇聚之地，广阔无边、巨细难陈，打算来描写；第二段写南山之景，大多是想象之辞；登高所望之山势，云遮雾绕之形态，春夏秋冬四季晨昏景色的变化等；第三段是过渡段，写前年迁谪经过此地，但是天气不好，没有看清；第四段着重写南山山形山势多姿多彩，用了五十一个“或”；第五段感慨天地造化之工，作

歌诗以赞。全篇几乎都是散文结构、散文化用语，只是用五言表现、押宽韵而已，五十一个“或”达到极致。首段“吾闻京城南”“兹维群山囿”“山经及地志”“挂一念万漏”，几乎就是散文。尾段的结语，像铭文、颂词，而不像诗。第二、四段对景物的描写，纯用铺排的赋法，用语生僻、用字复杂，与《北征》用平常语传情很不一样，有如字书。全篇让人感觉在极力逞才，将所有的比喻拿过来摹景，语势非常紧张，让人喘不过气来，这种气势也像散文。

前辈对此诗褒贬不一，但是一致认为此诗以赋法入诗。《雪浪斋日记》云：“读退之《南山》诗，颇觉似《上林》《子虚赋》，才力小者不能到。”[①] 方东树曰：“《北征》《南山》，体格不侔。昔人评论以为《南山》可不作者，滞论也。论诗文政不当如此比较。《南山》盖以京都赋体而移之于诗也，《北征》是《小雅》《九章》之比。读《北征》《南山》，可得满象，并可悟元气。”至于《南山诗》的结构、章法，赞赏的人多，但是究其实质，他们分析展示的特征，正是文法特征。姚范曰：“宋人评论，特就事义大小言之耳。愚谓但就词气论，《北征》之沉壮郁勃，精采旁魄，盖有百番诵之而味不穷者，非《南山》所并。《南山》仅形容瑰奇耳。通首观之，词意犹在可增减之中。杜公诗诵之古气如在喉间。《南山》前作冒子，不好。”《北征》味之无穷，这是诗歌最重要的特点；《南山》第一段就是一个序言、冒子，这是散文文法，诗歌追求凝练、简洁，语短情长，这种冒子最要省去。《北征》第一段也是总陈，但是感情无限曲折，与全篇浑融一气，不是加上去的。《唐宋诗醇》曰：“入手虚冒开局。‘尝升崇丘’以下，总叙南山大概。‘春阳’四段，叙四时变态。‘太白’‘昆明’两段，言南山方隅连亘之所自。‘顷刻异状候’以上，只是大略远望，未尝身历。瞻太白，俯昆明，眺望乃有专注，而犹未登涉也。‘经杜墅’‘上轩昂’，志穷观览矣。蹭蹬不进，仅一窥龙湫止焉。遭贬由蓝田行，则又跋涉艰危，无心观览也。层层顿挫，引满不发，直至‘昨来逢清霁’以下，乃举凭高纵目所得景象，倾囊倒箧而出之。叠用或字，从《北山》诗化出，比物取象，尽态极妍，然后用‘大哉’一段煞住。

① 胡仔纂集、廖德明校点《苕溪渔隐丛话》前集卷二，人民文学出版社，1984，第8页。

通篇气脉逶迤，笔势竦峭，蹊径曲折，包孕宏深，非此手亦不足以称题也。”尽管此段分析充满赞赏，但是我们同样感觉不是在谈诗，而是在论文，诗歌的结构需内在的情感曲线贯穿，这种外在的布置经营，一般是忌讳的，因为过于明显的结构布置，会损害诗歌浑融。蒋之翘曰：“《南山》之不及《北征》，岂仅仅不表里《风》《雅》乎？其所言工巧，《南山》竟何如也？连用或字五十余，既恐为赋若文者，亦无此法。极其铺张山形峻险，叠叠数百言，岂不能一两语道尽？试问之，《北征》有此曼冗否？翘断不能以阿私所好。”这里指出其用语的繁冗、不精炼，这也是诗歌大忌。诗歌以情志为本，《南山》写景为主，这种表现内容的不同，也是诗文的一种分界。吴乔曰：“《咏怀》《北征》古无此体，后人亦不可作，让子美一人为之可也。退之《南山诗》，已是后生不逊。诗贵出于自心，《咏怀》《北征》，生于自心者也；《南山》，欲敌子美而觅题以为之者也。山谷之语，只见一边。”[①] 这也是从诗歌传情的本质说出《南山》的不合“诗”意。所以尽管清代特别是宋诗派对《南山》十分欣赏，推崇韩愈的才力，但是此诗在结构、章法、用语、情感表现等方面，都表现出运用文法的特点，但是这种特点是在五言古诗的外壳下展现的，这就是“以文为诗”最典型的例子。

宋人对退之诗歌的褒贬，正是站在不同的诗歌立场作出的结论。《临汉隐居诗话》一则材料非常有趣，能深刻反映宋人诗歌的不同美学观：“沈括存中、吕惠卿吉父、王存正仲、李常公择，治平中，同在馆下谈诗。存中曰：‘韩退之诗乃押韵之文尔，虽健美富赡，而格不近诗。’吉父曰：‘诗正当如是，我谓诗人以来未有如退之者。’正仲是存中，公择是吉父，四人交相诘难，久而不决。公择忽正色谓正仲曰：‘君子群而不党，公何党存中也？’正仲勃然曰：‘我所见如是，顾岂党邪？以我偶同存中，遂谓之党，然则君非吉父之党乎？’一座大笑。予每评诗，多与存中合。”“顷年尝与王荆公评诗，予谓：‘凡为诗，当使挹之而源不穷，咀之而味愈长。至如永叔之诗，才力敏迈，句亦清健，但恨其少余味耳。’荆公曰：‘不然，如“行人仰头飞鸟惊”之句，亦可谓有味矣。’然余至今

① 自方东树曰至此处引文，皆转引自钱仲联《韩昌黎诗系年集释》，上海古籍出版社，1998，分别是第461～462页，第461页，第461页，第460页，第460页。

思之，不见此句之佳，亦竟莫原荆公之意。信乎，所见之殊，不可强同也。”① 引文中两派的交锋不可谓不激烈，以至严肃到上纲上线，说是结党结派，可见相互不能说服的理由都很充分。魏泰于争辩之后又补充一则赏诗的例子，强调所见之殊，不可强同，正说明观点相异对诗歌欣赏的重要影响。这里的争辩焦点就是诗歌好在“本色”还是“新变”。从诗歌“新变”立论，退之诗好处正在于此，山谷赞《南山》工巧，东坡说诗之美者莫如退之，都是如此。从“本色”立论，从诗歌文体理论的历史来看，诗歌是凝练、精致的艺术，它要求以最精炼的语言、浑融的结构等外在形式包孕深涵的情感，让人味之不尽，咀之不绝。“以文为诗”是夹杂了散文的句法、章法、结构，某种程度上破坏了诗意，诗文不能相混，所以非“本色”，也就是非“诗”。所以退之“以文为诗”，陈师道直言其如“教坊雷大使之舞，虽极天下之工，要非本色。”当时舞蹈以女性为主，雷大使为男性，虽然其舞极天下之工，但是与女性舞蹈比起来，算不得本色。② 陈师道以此比喻韩愈“以文为诗”也不是诗歌本色，即诗是诗、文是文，其风格情调、句式语法等都各有一套规则，界限分明，不能混淆。

1.2 复古与本色

复古与本色看上去是没有关系的两个概念，但是复古是要回到诗歌的源头，而宋人认为最源头的诗歌最本色，这样两者就有关系了。从复古的角度论本色，就是这个原因。中国文化有一种很强烈的复古意识，认为越古越好，孔子就说要恢复周公制礼，自己只是述而不作。在诗歌发展史上，这种复古观念比比皆是。宋诗话对远古之诗，《诗经》《楚辞》、汉魏古诗、乐府等非常推崇，认为那样的诗歌自有“高古”风味，正是诗歌难得的质素。所以若能有这种高古之味，自是本色。

---

① 魏泰：《临汉隐居诗话》，据何文焕辑《历代诗话》本，中华书局，1981，第323～324页。

② 关于雷大使之舞的解说，参见李勤印《“本色当行”辨》，《北京师范学院学报》1989年第4期。

刘颁说“韩吏部古诗高卓，至律诗虽称善，要有不工者。”①这是推崇韩愈古诗。但是韩愈古诗也不是所有的都高古，譬如《南山诗》。有人说得更具体，严羽曰：“韩退之《琴操》极高古，正是本色，非唐贤所及。”② 晁补之《序续楚词》云：“息夫躬绝命词甚高。谓韩愈博极群书，奇辞奥旨，如取诸室中。以其涉博故能约，而为十操。夫孔子于三百篇，皆弦歌之，操亦弦歌之词也。愈操词，取兴幽眇，怨而不言，最近《离骚》。《离骚》本古诗之衍者，至汉而衍极，故《离骚》亡，操与诗、赋同出而异名，盖衍复于约者，约故去古不远。然则后之欲为《离骚》者，惟约故近之。十操取其四，以近楚词也。”③ 认为韩愈博而能约，十操取兴幽眇、怨而不言，近楚词《离骚》。刘克庄说“退之《琴操》，真可以弦庙瑟。”其雅正可见。十操得诗之本色，那么它有哪些特点，也就是说它的高古如何表现出来？

韩愈《琴操》十篇，是拟古之作，分别为《将归操》《猗兰操》《龟山操》《越裳操》《拘幽操》《岐山操》《履霜操》《雉朝飞操》《别鹄操》《残形操》。钱仲联先生认为此十操次第，一依蔡邕《琴操》原次，没有更张；另外，此诗为贬潮州所作，大概在元和十四年。下面以《将归操》《越裳操》为例进行分析。

《将归操》，题下注：“孔子之赵闻杀鸣犊作”，其诗：“狄之水兮，其色幽幽。我将济兮，不得其由。涉其浅兮，石啮我足。乘其深兮，龙入我舟。我济而悔兮，将安归尤？归兮归兮！无与石斗兮，无应龙求。”蔡邕《琴操》：“《将归操》者，孔子之所作也。赵简子循执玉帛，以聘孔子。孔子将往，未至，渡狄水，闻赵杀其贤大夫窦鸣犊，喟然而叹曰：夫赵之所以治者，鸣犊之力也。杀鸣犊而聘余，何丘之往也？夫燔林而田，则麒麟不至；覆巢破卵，则凤凰不翔。鸟兽尚恶伤类，而况君子哉？于是援琴而鼓之云：翱翔于卫，复我旧居。从吾所好，其乐只且。”④ 从蔡邕的解题来读韩愈之诗，可见韩诗不失原题之意。诗歌从渡狄水写起，抓住古题最关键的环节。中间六句写出渡水的艰难处境，借用《诗经·邶风》

① 刘颁：《中山诗话》，据何文焕辑《历代诗话》本，中华书局，1981，第285页。
② 严羽著、郭绍虞校释《沧浪诗话校释》，人民文学出版社，2000，第187页。
③ 王正德：《余师录》卷一，中华书局，1985，第9～10页。
④ 转引自钱仲联《韩昌黎诗歌系年集释》，上海古籍出版社，1998，第1144页。

"就其深兮，方之舟之。就其浅兮，泳之游之。"但是稍微改变其意，将深浅可渡改为深浅不可渡，写出处境之难。此以河水的不可渡蕴藏前方目的地不可往之意，深得孔子之意。既然不可渡，则归去吧，不会与石头斗争，也不会应龙之求，志意坚决。表明道不合则不相与为谋，圣人不入危邦之意。陈沆曰："公《秋怀》诗欲罾南山之寒蛟，《炭谷》诗欲刃牛蹄之湫龙，说者皆谓其指斥权幸，证以此诗益明。盖龙谓窃弄威福者，石谓余党附和者。言我将小试其道，则群小龃龉，将深论大事，则权贵侧目，吾力其能胜彼乎？恐道未行而身先不保矣。公阳山之谪，《新旧书》谓因论宫市，行状及碑则谓为幸臣专政者所恶，年谱谓为李实所谗，而公诗云：'或自疑上疏，上疏岂其由？或虑言语泄，传之落冤仇。'又云：'前年出关由，此祸最无妄。奸猜畏弹射，斥逐恣欺诳。'则其为权幸忌而逐之矣。……无应龙求，即《炭谷》《秋怀》二诗所指也。"[①] 退之此诗有寄托，但是寄托非常隐蔽，要不是陈沆解说，一般很难达到此深度。陈沆是不是有些深文周纳？我们看其旁证，《秋怀》十一首，作于元和元年，是很明显的借景书怀，陈沆所说的一首："秋气日恻恻，秋空日凌凌。上无枝上蜩，下无盘中蝇。岂不感时节，耳目去所憎。清晓卷书坐，南山见高棱。其下澄湫水，有蛟寒可罾。惜哉不得往，岂谓吾无能。"这首诗比较直白，其中的郁愤明白可见，"岂不感时节，耳目去所憎。"这句话似乎是凭空而来，实是开启下文罾湫水寒龙，结句"惜哉不得往，岂谓吾无能"，与《将归操》"涉其浅兮，石啮我足。乘其深兮，龙入我舟"何其相似！都是写出有雄心抱负而为人所阻。所以陈沆的分析有一定道理。《将归操》借咏古题，以非常朴实的语言，蕴藏深隐之情，这是其最大的特点。

《越裳操》，题下注："周公作"，其诗曰："雨之施，物以孳。我何意于彼为？自周之先，其艰其勤。以有疆宇，私我后人。我祖在上，四方在下。厥临孔威，敢戏以侮。孰荒于门，孰治于田？四海既均，越裳是臣。"蔡邕《琴操》："《越裳操》者，周公之所作也。周公辅成王，成文王之王道，天下太平，万国和会。江、黄纳贡，越裳重九译而来，献白雉执贽曰：吾君在外国也，顷无迅风暴

① 转引自钱仲联《韩昌黎诗系年集释》，上海古籍出版社，1998，第1148页。

雨，意者中国有圣人乎？故遣臣来。周公于是仰天而叹之，乃援琴而鼓之，其章曰：'於戏嗟嗟，非旦之力，乃文王之德。'遂受之，献于文王之庙。"[①] 韩诗模仿周公口吻而作，开篇起兴，雨施润物，万物萌生。朱彝尊谓此两句简妙，语淡意浓。乃是此句在比兴中包含天子大德感化四方之意，但是说得非常自然。其后讲到先祖创业之艰难，祖宗之功业。"孰荒于门，孰治于田"，开启下面两句，也是比兴手法，讲自己不会不治于门，荒芜田野，这是近指自身。自身都不治理好，怎么能够服远？所以下句说只有四海平定，"越裳"才会来称臣献礼。陈沆以德宗时期政治为背景解释此诗，认为朝廷是藩镇所归仰者，欲使藩镇归附，必先自朝廷内部治理开始。德宗初期政治清明，叛将投戈，但一用奸相，再致播迁，权归节镇，韩愈之诗不能不说没有讽时之深意。但是韩愈仍然是依循古题，自己的深意藏而不露。《唐子西语录》云："古乐府命题皆有主意，后之人用乐府为题者，直当代其人而措辞，如《公无渡河》，须作妻止其夫之辞，太白辈或失之，惟退之《琴操》得体。"[②]《文章精义》曰："退之《琴操》，平淡而味长。"也就是说韩愈《琴操》十篇，拟古得体，淡而有味。

其他高古之作如："群物归大化，六龙颓西荒（《感怀》句）。安知浮云外，日月不运行（《苦雨》句）。孤儿去慈亲，孤客丧主人。莫吟辛苦曲，此曲谁忍闻。可闻不可说，去去无期别。行人念前程，不待参辰没。朝亦常苦饥，暮亦常苦饥，飘飘万里余，贫贱多是非。少年莫远行，远行多不归（《悲哉行》）。'右张为取作《主客图》，以云卿为高古奥逸主。"[③] 此条所引孟云卿的诗没有偏僻生疏字，譬如其《悲哉行》，用叠字、叠词，将远行之苦写得真切，孤客情感之悲凉表现得回环往复。整篇从辞亲开始写，此后专门吟诵客在他乡流落之苦，饥寒不保，同时饱受思念之折磨，人世之炎凉，让人不胜其沉重，所以结句慨然总结"少年莫远行，远行多不归"，远行就等于诀别，何其凄怆；但是虽苦还是要远行，必

① 转引自钱仲联《韩昌黎诗系年集释》，上海古籍出版社，1998，1156 页。

② 胡仔纂集、廖德明校点《苕溪渔隐丛话》前集卷十八，人民文学出版社，1984，第 120 页。

③ 计有功撰、王仲镛校笺《唐诗纪事校笺》卷二十五，中华书局，2007，第 844 ~ 845 页。

有不得已之原因，所以前文所说的各种悲苦仍然要去承受，更见其悲。再如朱熹评一首宋诗："病翁少时所作闻筝诗，规摹意态，全是学《文选》《乐府》诸篇，不杂近世俗体，故其气韵高古，而音节华畅；一时流辈，少能及之。其诗云：'月高夜鸣筝，声从绮窗来。随风更迢递，萦云暂徘徊。余音若可玩，繁弦互相催。不见理筝人，遥知心所怀。宁悲旧宠弃，岂念新期乖。含情郁不发，寄曲宣余哀。一弹飞霜零，再抚流光颓。每恨听者稀，银甲生浮埃。幽幽孤凤吟，众鸟声难谐。盛年嗟不偶，况乃容华衰。道同符片诺，志异劳事媒。栖栖墙东客，亦抱凌云才。'"[①]《闻筝》学《文选》《乐府》而得其意味；筝声华妙，随风萦绕，听声辨意，知理筝人心有所怀：年华易逝，声高和寡，知音稀少，无限惆怅感怀。此诗写听筝会意，写弹筝人为人不识的幽怨，婉转华美，结句"栖栖墙东客，亦抱凌云才"，将听筝所感人才不得赏识的悲叹升华、扩大，确有古乐府之意。

我们还可以借助宋人对高古的描述进一步理解高古之蕴意，以此了解宋人对诗歌本色的认识。《吕氏童蒙训》："陆士衡《文赋》云：'立片言以居要，乃一篇之警策。'此要论也。文章无警策，则不足以传世，盖不能竦动世人。如老杜及唐人诸诗，无不如此。但晋宋间人专致力于此，故失于绮靡而无高古气味。"[②] 此条说明高古与绮靡是相对的概念，高古之诗不是不讲究"一篇之警策"，而是整首诗气象浑融，警句自然在其中，"绮靡"则是过于追求警句以及语句锤炼而丧失了古意。张戒曰："世徒见子美诗多粗俗，不知粗俗语在诗句中最难，非粗俗，乃高古之极也。自曹刘死至今一千年，惟子美一人能之。中间鲍照虽有此作，然仅称俊快，未至高古。元、白、张籍、王建乐府，专以道得人心中事为工，然其词浅近，其气卑弱。至于卢仝，遂有'不唧溜钝汉'、'七椀吃不得'之句，乃信口乱道，不足言诗也。近世苏黄亦喜用俗语，然时用之亦颇安排勉强，不能如子美胸襟流出也。子美之诗，颜鲁公之书，

① 魏庆之著、王仲闻点校《诗人玉屑》卷十九，中华书局，2007，第603页。

② 阮阅编、周本淳校点《诗话总龟》后集卷二十，人民文学出版社，1998，第124页。

雄姿杰出，千古独步，可仰而不可及耳。”[①] 此条论老杜诗歌用俗语，比如用“个”“吃”等，但是老杜用俗语能全篇映带，自是奇作，其关键在于杜甫作诗是从胸臆流出，所以虽然用俗语，而篇章浑融，深有意味，气格自高，比如“两个黄鹂鸣翠柳”绝句，全篇情景浑融，画面清新美丽，诗人情感含而不露，意味深长。高古不是语言的浅白，更不是随口乱道，是用平凡词语而能达到蕴含深沉、篇章浑融的境界。严羽曰：“黄初之后，惟阮籍《咏怀》之作，极为高古，有建安风骨。晋人舍陶渊明、阮嗣宗外，惟左太冲高出一时，陆士衡独在诸公之下。”[②] 阮籍《咏怀》诗八十二首，几乎没有一首能让人说出一个确切的意思，但是感觉其很有意味，难以猜测，所以刘勰说“阮旨遥深”。《李希声诗话》云：“古人作诗，正以风调高古为主；虽意远语疏，皆为佳作。后人有切近的当，气格凡下者，终使人可憎。”[③] 风调高古的表现“意远语疏”，就是说意义深远、悠远，语言在不即不离之间，由此意味深沉。这种高古风调与过分讲求格律、字斟句酌的“切近的当”是判然有别的。所以《杜诗正异》指出一个现象，即近人论诗多以不必属对为高古（见《诗话总龟》卷十八《正讹门》引），从反面证明对格律的过分讲求就很难达到高古风貌。

综上所述，高古是汉魏以前古诗所展现出来的用语平淡、平常但是又意味深远的一种风貌，它不追求格律的严整，讲求的是格律声韵的自然美好。后代诗歌通过拟古（譬如韩愈《琴操》十篇，孟云卿诗等）达到这种风貌，也是高古。这表现了宋人对汉魏以前古诗的推崇，同时也表现他们对平淡而味长、自然而浑融诗风的倾迷。正是这种诗学观念，使他们对拟古、复古的优秀之作给予高度评价，认为这是找到诗歌正源而表现出的诗歌“本色”。

1.3　诗歌本色风貌

前文对诗歌文体特征、复古与本色关系的探讨，其实质是在讨

① 张戒：《岁寒堂诗话》卷上，据丁福保辑《历代诗话续编》本，中华书局，1997，第450~451页。

② 严羽著、郭绍虞校释《沧浪诗话校释》，人民文学出版社，2000，第155页。

③ 魏庆之著、王仲闻点校《诗人玉屑》卷十，中华书局，2007，第301页。

论什么是诗，即诗歌的真正面貌、特质是什么的问题。文体特征涉及诗歌本质，关注诗歌这一类体裁应该具有什么样的质素，即诗歌在体裁上的规定性，对诗歌风貌的论述是比较概括的；复古与本色一节主要针对宋人在诗歌史上的特殊爱好来探讨他们的诗学观念。此节则从诗歌本身出发来领会“本色”诗歌所体现出来的风貌特征。

刘克庄也用本色品评诗歌。“坡诗略如昌黎，有汗漫者，有典严者，有丽缛者，有简澹者。翕张开合，千变万态。盖自以其气魄力量为之，然非本色也。”[①] 东坡诗如昌黎，非本色，因为其以“气魄力量”为之，那么本色诗歌应自然浑融，而不是逞才力。刘克庄评韩柳诗歌：“韩、柳齐名，然柳乃本色诗人，自渊明没，雅道几熄，当一世竞作唐诗之时，独为古体以矫之，未尝学陶和陶，集中五言凡十数篇，杂之陶集，有未易辨者。其幽微者可玩而味，其感慨者可悲而泣也。”[②] 韩柳对比，柳宗元乃本色诗人，在于其诗歌有渊明之风，而渊明是宋人认为的本色诗人，所以柳也是；其次柳诗幽微可玩，可感可泣，乃情深之辞。刘克庄又说：“唐文人皆能诗，柳尤高，韩尚非本色。迨本朝，则文人多，诗人少，三百年间，虽人各有集，集各有诗，诗各自为体，或尚理致，或负才力，或逞辨博，要皆文之有韵者尔，非古人之诗也。”[③] 此则主要批评宋人诗歌尚理致、负才力、逞辨博，皆非诗，乃有韵之文，说明宋人诗歌与韩愈诗歌皆非本色。

严羽最重诗歌“本色”，在诗论中每每明确提出来，这固然有他个人欣赏趣味的原因，更主要的是宋诗呈现出与唐诗不同的面貌，并且有很多诗确实失去了诗歌本身的风味，就有必要对诗歌是什么做正本清源的工作，严羽的诗歌理论正是作了这样的总结。当然严羽对“本色”也没有定义，其以禅喻诗，说得都很抽象、模糊：“禅家者流，乘有小大，宗有南北，道有邪正，学者须从最上乘，具正法眼，悟第一义。若小乘禅，声闻、辟支果，皆非正也。论诗如论禅：汉魏晋与盛唐之诗，则第一义也。大历以还之诗，则小乘禅也，已落第二义矣。晚唐之诗，则声闻、辟支果也。学汉魏

---

① 刘克庄撰、王秀梅点校《后村诗话》前集卷二，中华书局，1983，第25页。

② 刘克庄撰、王秀梅点校《后村诗话》新集卷五，中华书局，1983，第226页。

③ 范晞文：《对床夜语》，据丁福保《历代诗话续编》卷二，中华书局，1997，第416页。

晋与盛唐诗者，临济下也。学大历以还之诗者，曹洞下也。大抵禅道惟在妙悟，诗道亦在妙悟。且孟襄阳学力下韩退之远甚，而其诗独出退之之上者，一味妙悟而已。惟悟乃为当行，乃为本色。然悟有浅深，有分限，有透彻之悟，有但得一知半解之悟。汉魏尚矣，不假悟也。谢灵运至盛唐诸公，透彻之悟也；他虽有悟者，皆非第一义也。"① 此条说明两点：第一，从学诗取法角度，推崇汉魏、盛唐诗歌，认为它们是第一义，学诗当以此为榜样。第二，推崇汉魏、盛唐的理由：诗道在妙悟，与才力没有必然关系，盛唐诸公都是透彻之悟，都是本色。那么"透彻之悟"是一种什么样的诗歌状态？惟在兴趣，如羚羊挂角，无迹可求。就是说这样的诗歌丝毫不着痕迹，自然浑融无迹，但是兴味无穷。其论孟浩然与韩愈之高下，也是从诗歌圆融自然的角度着眼。孟浩然造思极精，必待自得，其诗浑然而就，圆转超绝，正是妙悟。后山曾说退之诗歌本无解处，只是才力高而好，认为其以文为诗，所以不如孟浩然。严羽论诗法说："须是本色，须是当行。"这也是从后山所说"退之以文为诗，子瞻以诗为词，如教坊雷大使之舞，虽极天下之工，要非本色"中来，也就是说作诗不能因逞才学而破坏诗应有的体制。严羽又说："诗难处在结裹。譬如番刀，须用北人结裹，若南人便非本色。"② 此处"结裹"指锤炼锻造，或者指最后的修饰、处理。番刀本是北人发明创造使用，他们对刀的研究自然十分深透，所以他们锻造起来才是本色，南人对番刀的研究当然不如北人，即使做成一把刀的样子，这个刀也缺乏北人番刀的神髓。所以，本色用来形容诗歌，当是诗歌之神髓，而不是外形等东西。

综上所述，宋诗话对本色的推崇主要是针对宋朝诗歌的弊端而发，他们认为唐代本色诗人有孟浩然及其他盛唐诸公、柳宗元等，但是韩愈不是本色诗人，虽然他的《琴操》十首有古意，但其他诗不是。那么本色的具体内涵是什么？下面拈出"盛唐诸公"之代表李杜，将韩愈与李白、杜甫、柳宗元进行对比，主要从宋诗话对李白、杜甫、柳宗元等人诗歌的评论来体会诗歌本色的内涵。

---

① 严羽著、郭绍虞校释《沧浪诗话校释》，人民文学出版社，2000，第11～12页。

② 严羽著、郭绍虞校释《沧浪诗话校释》，人民文学出版社，2000，第124页。

1.3.1 本色非才气：韩愈与李白

韩愈与李白都非常有才气，但是诗歌呈现出不同的特点。张戒说："杜子美、李太白、韩退之三人，才力俱不可及，而就其中，退之喜崛奇之态，太白多天仙之词，退之犹可学，太白不可及也。"其后又比较："李太白喜任侠，喜神仙，故其诗豪而逸。退之文章侍从，故其诗文有廊庙气。退之诗正可与太白为敌，然二豪不并立，当屈退之第三。"[①] 张戒之论并非贬韩，他也没有"本色"论的干扰，相反对有人批评韩愈之诗"本无所得"还有辩驳，其对韩愈的评价是客观中肯的。韩愈诗歌在李白之下，不是其才力不够，而在于其诗歌的风格确实特别。司空图说韩愈歌诗累百首："其驱驾气势，若掀雷决电，撑抉于天地之垠，物状其变，不得鼓舞而徇其呼吸也。"这种诗歌气质，透露出强大的力量，有驱驾雷电、撑冲宇宙之势。上文所说的《南山诗》可以作为代表，其中逞才之意不难见。臞翁言"韩退之如囊沙背水，惟韩信独能"，也是说他的诗歌用力、用技巧。而李白诗歌，浑身上下都是自然，如顺口说出，所以说其是天仙之词。因此尽管都有才气，而只有李白诗才是盛唐之音，妙悟之言，本色之词。李白的本色主要体现在天然自得、豪放俊逸、有如天仙三个方面。

天然自得。天然自得是很难形容的一种境界，李白这类诗思致流畅，一气呵成，即使想落天外，读起来也没有丝毫隔膜感。荆公云："诗人各有所得，'清水出芙蓉，天然去雕饰'，此李白所得也。'或看翡翠兰苕上，未掣鲸鱼碧海中'，此老杜所得也。'横空盘硬语，妥帖力排奡'，此韩愈所得也。"[②] 荆公所举三联诗都可以用来形容各自诗歌的特点。李白诗歌犹如清水芙蓉，没有任何修饰，也不须修饰，但天然美丽，清香自在。

苏籀曰："李太白诗过人，其平生所享，如浮花浪蕊。其诗云：'罗帏卷舒，似有人开。明月直入，无心可猜。'不可及。"[③] 所举

① 张戒：《岁寒堂诗话》卷上，据丁福保辑《历代诗话续编》本，中华书局，1997，第453、459页。

② 胡仔纂集、廖德明校点《苕溪渔隐丛话》前集卷五，人民文学出版社，1984，第30页。

③ 王正德：《馀师录》卷三，中华书局，1985，第39页。

诗为《独漉篇》，此诗写为国雪耻。王琦曰："此诗依约古辞，当分六解。解各一意，峰断云连，似离似合，其体固如是也。若强作一意释去，更无是处。"① 苏籀所举乃第四解，前三解写出无月之夜，道路险恶，客欲报国，却中道失路，悲风落叶，客心深悲。此一解则写"客"在旅店的情形，写得天然奇妙，如神光自现，真是"不可及"。王琦说每一解都有各自的意思，此解单独拿出来，也是一首好诗。客舍之夜，清风自来，罗帷随风，飘卷自如，似乎自有人开；明月当空，客乃敞开窗户，所以明月无遮无拦，直入窗棂，明月之心可鉴，客之忠心也可见。一切都通透、坦然、纯洁，不带丝毫尘滓，不落人间尘埃。整个场景清静、洁净、剔透。其语言没有任何偏僻难解，所写乃常见之物、常见之景，但"不可及"。《诗话总龟》录李白《白鼻騧》一首，其词曰："银鞍白鼻騧，绿地障泥锦。细雨春风花落时，挥鞭且就胡姬饮。"前两句写马之装扮，银鞍配白马，绿色障泥护膝，非常华贵，后两句写得非常轻快，飘逸，让人想见一位不俗之子在春风细雨里扬鞭飞驰，奔向胡姬的酒店，马上公子之豪荡，一眼可见。此诗没有什么深意，但是如画，很美。

《诗眼》云："山谷言：学者若不见古人用意处，但得其皮毛，所以去之更远。如'风吹柳花满店香'，若人复能为此句，亦未是太白。至于'吴姬压酒劝客尝'，'压酒'字，他人亦难及。'金陵子弟来相送，欲行不行各尽觞'，益不同。'请君试问东流水，别意与之谁短长'，至此乃真太白妙处，当潜心焉。故学者要先以识为主，如禅家所谓正法眼者，直须具得此眼目，方可入道也。"② 山谷所言之诗乃李白《金陵酒肆留别》，前两句写景：暮春时节柳絮飘飞，空气中弥漫着香气，花香酒香氤氲漫溢，一幅曼妙的江南暮春景象，但山谷认为，这还不是李白写得最好的；接下来写吴姬一边压酒，一边招呼大家品尝，画面一下子动了起来，山谷认为"压酒"二字他人难以写出，在于其抓住了酒肆特点。三四句：一群朋友来到酒肆，非常热闹，但是来"送行"的，热闹之中顿生别情；觥筹交错之间，行者、不行者，都满饮满尽，不言别，别意已在其中，

---

① 王琦注《李太白全集》，中华书局，2003，第222页。

② 蔡振孙：《诗林广记》卷三，中华书局，1982，第46页。

所以此句“益不同”。最后两句，直抒别情，用了比喻、反问、对比、拟人等多重手法，写出离别情意似东流之水，无穷无极，没有尽时。全诗初看就是贴题写来，如行云流水，似乎不费力气，但写出一群年轻朋友离别时青春豪迈、风流潇洒的风神，这才是真李白，也就是李白诗歌真正妙处。

《韵语阳秋》考证东山，录李白《忆东山二绝》，其一云：“不向东山久，蔷薇几度花。白云他自散，明月落谁家。”此诗的东山，是东晋著名政治家谢安曾经隐居之所。施宿《会稽志》载：东山位于浙江上虞县西南，山旁有蔷薇洞，相传是谢安游宴的地方；山上有谢安所建的白云、明月二堂。了解了这点，就知道蔷薇、白云、明月，都不是信笔写出，而是切合东山之景，语带双关。李白的诗就有这样的好处，即使下笔受到东山特定景物的限制，但是他写出来显得自然、随意，毫无拘束之态。① 特别是最后两句，就自然景物来看，写出大自然恒久之变，风物流转，过眼成幻；就东山实景来看，诗人曾经希望像谢安离开东山，建立一番事业，可是时光流转，功业未成，面对东山白云、明月二堂，他虽无限想念，可是似乎愧对谢安，愧对二堂。无论是哪一种解释，都非常有意味。又《复斋漫录》云：“太白《襄阳歌》云：‘清风明月不用一钱买，玉山自倒非人推。’按《世说》：‘山公称，嵇叔夜岩岩若孤松之独秀；至其醉也，若玉山之将崩。’戴逵《酒赞》云：‘醇醪之兴，与理不乖。古人既陶，至乐乃开。有客乘之，隗若山颓。’”② 此则解说《襄阳歌》的用典，但李白此诗何等自然，简直是神来之笔，毫不费力气，哪里想到他在用典。所以李白诗歌天然自得，是李白才气所为，但是让人感觉不出他在逞才用力，这种诗歌才是本色。

豪放俊逸。《雪浪斋日记》曰：“欲气格豪逸，当看退之、李白。”③ 杜诗曰：“笔落惊风雨，诗成泣鬼神。”形容李白诗歌笔势淋漓酣畅、气脉充盈广大。吕居仁论学诗之法，“如东坡、太白诗，虽规模广大，学者难依，然读之使人敢道，澡雪滞思，无穷苦艰难

① 此段分析参见《唐诗鉴赏辞典》，上海辞书出版社，1994，第352～353页。

② 胡仔纂集、廖德明校点《苕溪渔隐丛话》后集卷四，人民文学出版社，1984，第24页。

③ 胡仔纂集、廖德明校点《苕溪渔隐丛话》前集卷二，人民文学出版社，1984，第11页。

之状，亦一助也。”[①] 这是说读了李白、东坡的诗，他们“敢道”之气会帮助学习者驱除窒碍，让诗思流畅，但是他们“规模广大”，这个很难学，也就是说他们的气象、规模雄阔放逸，一般人学不来。严羽曰：“李杜数公，如金鳷擘海，香象渡河。下视郊岛辈，直虫吟草间耳。”[②] 这是用佛家语言形容李杜笔力雄壮、气象阔大。结合众家之言，豪放俊逸指李白诗歌的一种风貌，气势雄浑、奔腾飞扬、逸态凌云，语言骏壮、雄伟、流利。这种诗歌绝不同于柔靡艳丽，而是“言出天地外，思出鬼神表；读之则神驰八极，测之则心怀四溟，磊磊落落，真非世间语。”[③]

欧阳公云：“李白云‘落日欲没岘山西，倒着接篱花下迷。襄阳小儿齐拍手，拦街争唱《白铜鞮》。’此常言也。至于‘清风明月不用一钱买，玉山自倒非人推’，然后见太白之横放，所以惊动千古者，顾不在于此乎？”[④] 此诗乃《襄阳歌》，欧公赞赏“清风明月”两句，以为见太白之横放，惊动千古。全诗写一个天真烂漫的醉汉醉酒归来的所见所想，非常浪漫、轻快，潇洒、适意，欧公推崇的句子正是这种感情的诗意表达，醉酒而不见颓废之态。整首诗让人感受到盛唐生活的生动活泼，精神疏放的自由快乐。写醉酒容易让人想起心中郁结之愁，但是此诗用流荡奔放的语言传达的却是轻快、活泼，洒脱、自在。黄山谷说：“李白歌诗，度越六代，与汉魏乐府争衡。”[⑤] 这句评语说出了此诗那种饱满的民间生气，活泼泼得可爱。《吕氏童蒙训》云：“如‘晓月出天山，苍茫云海间，长风一万里，吹度玉门关’，及‘沙墩至梁苑，二十五长亭，大舶夹双橹，中流鹅鹳鸣’之类，皆气盖一世。学者能熟味之，自然不褊浅矣。”[⑥] 所举前诗是《关山月》，《乐府古题要解》：“‘关山月’，伤离别也。”余恕诚先生说：“离人思妇之情，在一般诗人笔

① 胡仔纂集、廖德明校点《苕溪渔隐丛话》前集卷四十九，人民文学出版社，1984，第333页。

② 严羽著、郭绍虞校释《沧浪诗话校释》，人民文学出版社，2000年版，第177页。

③ 计有功撰、王仲镛校笺《唐诗纪事校笺》卷四十六，中华书局，2007，第1548页。

④ 蔡振孙：《诗林广记》卷三，中华书局，1982，第52页。

⑤ 蔡振孙：《诗林广记》卷三，中华书局，1982，第52页。

⑥ 胡仔纂集、廖德明校点《苕溪渔隐丛话》前集卷五，人民文学出版社，1984，第27页。

下，往往写得纤弱和过于愁苦，与之相应，境界也往往狭窄。但李白却用‘明月出天山，苍茫云海间。长风几万里，吹度玉门关’的万里边塞图景来引发这种感情。这只有胸襟如李白这样浩渺的人，才会如此下笔。明代胡应麟评论说：‘浑雄之中，多少闲雅。’如果把‘闲雅’理解为不局促于一时一事，是带着一种更为广远、沉静的思索，那么，他的评语是很恰当的。用广阔的空间和时间做背景，并在这样的思索中，把眼前的思乡离别之情融合进去，从而展开更深远的意境，这是其他一些诗人所难以企及的。”① 这也就是吕氏评这四句“气盖一世”的原因。李白这种不同常人的气魄、胸襟，张戒解释其原因说：“李太白喜任侠，喜神仙，故其诗豪而逸。”也就是说思想决定行为，决定诗歌风格。山谷则说：“太白豪放，人中凤凰麒麟，譬如生富贵人，虽醉着瞑暗噂呓中作无义语，终不作寒乞声耳。”② 这是认为李白豪放乃天然生成。李白诗歌没有晚唐五代的衰陋之气、寒蹇之态，因为李白像生来富贵之人，即使是睡梦中的呓语，也是富贵之态，所以诗歌豪放。如《将进酒》“黄河之水天上来”，首句即从天外飞来，气若悬河，不绝如注。当然，李白诗歌豪放俊逸之中也多有率尔之作，显得粗豪，不够浑融。但那是问题的另一面了。

天仙之词。李阳冰《草堂集序》云：“太白不读非圣之书，耻为《郑》《卫》之作，故其言多似天仙之辞。凡所著述，言多讽兴，自三代以来，《风》《骚》之后，驰驱屈、宋，鞭挞扬、马，千载独步，唯公一人。”③ 李阳冰是从太白之词的雅正、兴寄角度赞赏李白诗歌为“天仙”之词，是与俗相区别的格调高雅之作。

环溪论诗，“‘何谓风雅之实？’环溪云：‘岂以四字作句、四句成章者谓之风雅？亦岂以发乎情性、止乎礼义者谓之风雅乎？如以发乎情性止乎礼义皆谓之风雅，则杜诗无往而非风雅矣。’……‘太白如何？’环溪曰：‘太白虽喜言酒色，然正处亦甚多，如《古风》之五十九首，皆雅也。如《蜀道难》《乌栖曲》《上留田》

---

① 《唐诗鉴赏辞典》，上海辞书出版社，1994，第237页。

② 胡仔纂集、廖德明校点《苕溪渔隐丛话》前集卷五，人民文学出版社，1984，第28页。

③ 胡仔纂集、廖德明校点《苕溪渔隐丛话》后集卷四，人民文学出版社，1984，第26页。

《白头吟》《猛虎行》等，非风乎？如《上云乐》《春日行》《胡无人》《阳春歌》《宜春苑奉诏》等，非颂乎？虽不可责其备，求其全，然舍李则又无以配乎杜矣。'"[①] 所举李白诗歌，除《古风》外，大多是乐府，环溪认为合乎风雅颂，也就是说这些诗“发乎情、止乎礼仪”，合乎风雅的精神实质。孟东野《读张碧集》诗云：“天宝太白没，六义已消歇。大哉国风本，丧而王泽竭。”孟郊本是赞美张碧诗歌有振颓波、复古调之功，但首句写太白之后，诗歌六义已消失，也就是说李白的诗歌曾合乎六义，也就是有赋、比、兴、风、雅、颂，曾横被六合，使天下靡丽之文翕然一变。那么这种雅正之作的具体风格是什么？“文字之雅淡不浮，混融不琢，优游不迫者，李习之、……李太白……，虽其浅深不同，而大略相近。”[②] 也就是温柔敦厚、雅淡浑厚，得乎正体。《西清诗话》则言：“作诗者，陶冶物情，体会光景，必贵乎自得；盖格有高下，才有分限，不可强力至也。……余以谓少陵、太白，当险阻艰难，流离困踬，意欲卑而语未尝不高；至于罗隐、贯休，得意于偏霸，夸雄逞奇，语欲高而意未尝不卑。乃知天禀自然，有不能易者。”[③] 此条虽然是论人才有高下，不可力强而致，但是表明李白即使是流离困窘，其语言也没有卑俗之气，发声自高，格调高雅。

张戒举例说：“《国风》云：‘爱而不见，搔首踟蹰。’‘瞻望弗及，伫立以泣。’其词婉，其意微，不迫不露，此其所以可贵也。《古诗》云：‘馨香盈怀袖，路远莫致之。’李太白云：‘皓齿终不发，芳心空自持。’皆无愧于《国风》矣。杜牧之云：‘多情却是总无情，惟觉尊前笑不成。’意非不佳，然而词意浅露，略无余蕴。”[④] 所引李白诗为《古风》四十九首，萧士赟说：“此太白遭谗摈逐之诗也。去就之际，曾无留难。”[⑤] 此诗写美人遭受妒嫉而离去，隐喻自己被谗见逐，非常合乎儒家委婉敦厚之旨。“《乌栖曲》

① 吴沆：《环溪诗话》，据吴文治辑《宋诗话全编》，江苏古籍出版社，1998，第4347～4348页。

② 吴子良：《荆溪林下偶谈》，卷三，四库全书本。

③ 胡仔纂集、廖德明校点《苕溪渔隐丛话》前集卷五十六，人民文学出版社，1984，第383～384页。

④ 张戒：《岁寒堂诗话》卷上，据丁福保辑《历代诗话续编》本，中华书局，1997，第454页。

⑤ 王琦注《李太白全集》，中华书局，2003，第147页。

云：‘姑苏台上乌栖时，吴王宫里醉西施。吴歌楚舞欢未毕，青山犹衔半边日。银箭金壶漏水多，起看秋月坠江波。东方渐高奈乐何。’天宝初，贺知章见之，曰：此诗可以泣鬼神矣！”[①]《乌栖曲》是乐府《清商曲辞·西曲歌》旧题。梁简文帝、徐陵等现存的古题，内容大多比较靡艳，形式均为七言四句，两句换韵。李白此篇，内容上一改艳情为微讽，形式上也有大胆创新。此诗写吴王和西施纵情欢淫，以时间为顺序，从“乌栖时”到“青山衔日”，再到“秋月坠江”，也就是从傍晚到暮色深沉，再到黎明天亮。其中对吴王西施欢会之景没有细致勾画，“醉西施”“吴歌楚舞”都是点到即止，非常简括；着重刻画时间的流逝，反衬主人公对欢会的沉迷。而“乌栖时”“秋月坠江波”这些意象营造出昏迷、寂寥、悲凉的氛围，隐隐透出欢会难久的寓意。结尾一改旧题偶句收结的格式，变偶为奇，一个孤零零的句子挂在诗尾，让人非常惊奇，“东风渐高奈乐何”一句似乎是吴王欢会难继、无可奈何的喟叹，又是诗人对吴王沉迷的警示。有人说这是对唐玄宗沉湎酒色、迷恋杨贵妃的讽刺，这是有道理的。李白的七言大多写得雄奇奔放、酣畅淋漓，但是此诗内敛含蓄，深婉隐微，是李白七言中的别调。《明皇杂录》云：“明皇在南内，耿耿不乐，每自吟太白《傀儡诗》曰：‘刻木牵丝作老翁，鸡皮鹤发与真同。须臾弄罢浑无事，还似人生一世中。’”[②] 太白写傀儡，前两句只是淡淡描述，后两句淡淡点评，平淡之中藏深慨，寄兴微婉。所以明皇权力架空、栖寓南内时吟之不已。

“天仙之词”还有另一种理解，就是指全篇有不可名状之好，千变万化之妙。严羽说：“诗之极致有一，曰入神。诗而入神，至矣，尽矣，蔑以加矣！惟李杜得之。他人得之盖寡也。”[③] 严羽没有阐述“入神”是何等境界，因为这种境界非一言可尽，只可意会，不可言传。他又说：“人言太白仙才，长吉鬼才。不然，太白天仙之词，长吉鬼仙之词耳。”[④] 比较二李，长吉为鬼仙，李白乃天仙，从诗歌气质上描述了李白诗歌飞扬、飘逸之仙态，而不是幽暗、凄美的鬼

---

① 计有功撰、王仲镛校笺《唐诗纪事校笺》卷十八，中华书局，2007，第594页。

② 阮阅编、周本淳校点《诗话总龟》前集卷二十五，人民文学出版社，1998，第268页。

③ 严羽著、郭绍虞校释《沧浪诗话校释》，人民文学出版社，2000，第8页。

④ 严羽著、郭绍虞校释《沧浪诗话校释》，人民文学出版社，2000，第178页。

仙。臞翁诗评曰："李太白如刘安鸡犬，遗响白云，核其归存，恍无定处。"[①] 这里最能道出李白诗歌的"仙气"。传说淮南王刘安得道成仙，鸡犬也同享神药升天而去，它们既然是神仙之物，则只闻其声，不见其形，以此比喻李白诗歌，李白诗歌就有可闻而不可细说、不可坐实、飞升飘逸之妙。任华《杂言寄李白》："古来文章有能奔逸气，耸高格，清人心神，惊人魂魄。我闻当今有李白，……登庐山，观瀑布，海风吹不断，江月照还明，余爱此两句。登天台，望渤海，云垂大鹏飞，山压巨鳌背，斯言亦好在。至于他作多不拘常律，振摆超腾，既俊且逸。或醉中操纸，或兴来走笔。手下忽然片云飞，眼前划见孤峰出。"[②] 这里是说李白诗歌不拘常格，超腾俊逸，下笔迅疾，景物自来。山谷说："李白诗，如黄帝张乐于洞庭之野，无首无尾，不主故常，非墨工椠人所可拟议。"[③] 李白这类诗歌，没法找到他的规则，只能说是李白别有的才气。但这种才气在诗歌中表现为一种非才气的形态，即天然生成的状态。张戒说："杜子美、李太白、韩退之三人，才力俱不可及，而就其中，退之喜崛奇之态，太白多天仙之词，退之犹可学，太白不可及也。"李杜韩三人均有才力，但是表现形态有差别，太白诗歌多天仙之词，退之喜崛奇之态，便见用力、逞才的痕迹，一落痕迹，便非本色。环溪云："杜甫长于学，故以字见工；李白长于才，故以篇见工。"[④] 李杜各有所长，杜甫学问好，所以炼字炼句，以字见工，学诗者可以从中找到句法、字法；但是李白才气纵横，篇章浑融，不可拆断，要说哪个字好，找不出，只是一气儿的好。朱熹题太白诗后："李太白天才绝出，尤长于诗。……今人舍命作诗，开口便说李、杜，以此观之，何曾梦见他脚板耶？"[⑤] 李白才气天纵，所以出语便高，今人就是拼了老命作诗，只显得拙劣。所以李白诗歌之妙与他本身的才气分不开，但更重要的是他的才气在诗歌中化为无迹可求的形

---

① 魏庆之著、王仲闻点校《诗人玉屑》卷二，中华书局，2007，第25页。

② 计有功撰、王仲镛校笺《唐诗纪事校笺》卷二十二，中华书局，2007，第701～702页。

③ 胡仔纂集、廖德明校点《苕溪渔隐丛话》前集卷五，人民文学出版社，1984，第30页。

④ 吴沆：《环溪诗话》，据吴文治《宋诗话全编》，江苏古籍出版社，1998，第4343页。

⑤ 蔡振孙：《诗林广记》卷三，中华书局，1982，第51～52页。

态，这是他的诗歌被称之为本色，而韩愈诗歌则非本色的重要原因。

再举一例，“《复斋漫录》云：‘古曲有《落梅花》，非谓吹笛则梅落，诗人用事，不悟其失。’余意不然之。盖诗人因笛中有《落梅花曲》，故言吹笛则梅落，其理甚通，用事殊未为失。且如角声，有大小《梅花曲》，初不言落，诗人尚犹如此用之，……古今诗词，用吹笛则梅落者甚众，若以为失，则《落梅花》之曲，何为笛中独有之，决不虚设也。故李谪仙《吹笛诗》：‘黄鹤楼中吹玉笛，江城五月落梅花。’又，《观胡人吹笛》云：‘胡人吹玉笛，一半是秦声。十月吴山晓，梅花落敬亭。’……泛观古今诗词，用事一律，可见复斋妄辨也。”[①] 复斋认为《落梅花》只是一种古曲，并不是说吹笛则梅花落了，但是诗人写笛则言梅花落，这是用事之失。胡仔认为此曲乃笛曲所固有，所以闻笛觉梅落并非用事之失。其实他们都把《落梅花》当作曲目来看，不免拘束。诗人用事乃转化出奇，由此曲之名想象梅花纷落之状，更见其妙。李白《与史郎中钦听黄鹤楼上吹笛》：“黄鹤楼中吹玉笛，江城五月落梅花”，如果只把“落梅花”解释成曲目，则风味大减。此诗是李白流放夜郎经过武昌黄鹤楼听笛所写，前两句“一为迁客去长沙，西望长安不见家”，迁客谪人之悲感，对故国的眷恋、关切，形之于诗。所以听到笛声，似乎看到五月的江城梅花纷落，凄风寒意，飒飒扑面。将美丽的笛声化为视觉形象，这是现代修辞上的通感，凄寒之景与词人迁谪心境相互映照，正是无限羁情，从笛里吹来。葛立方说李白写瀑布：“‘海风吹不断，江月照还空。’凿空道出，为可喜也。”[②]《望庐山瀑布》：“飞流直下三千尺，疑是银河落九天”，想象奇妙，宇宙天河随李白诗笔驱遣，瀑布高悬飞落之态如在眼前。而“海风吹不断，江月照还空”，写出瀑布绵绵永恒之在，外物不可截住，也不可捉摸，这是没法言说的“境”，所以葛立方说“凿空道出”。同是瀑布，李白能空灵笔墨，出之变态，确是如有神助。

所以“天仙之词”有两种含义，一指格调雅正之体，一指无可名状之美，千变万化之妙，且此美妙乃天才自造，不可传习。不论

---

① 胡仔纂集、廖德明校点《苕溪渔隐丛话》后集卷四，人民文学出版社，1984，第24～25页。

② 葛立方：《韵语阳秋》卷十三，据何文焕辑《历代诗话》本，中华书局，1981，第590页。

是哪一种解释，都能称之为本色，因为雅正乃《诗经》以来诗歌之正途，其特质是委婉含蓄；从诗才天纵这个角度讲，是李白诗歌千变万化中透露出浑融无迹的美感，这与韩诗透露出力的痕迹是很不一样的，这就是本色，也是太白诗歌没法学习的地方。

综上所述，太白诗歌天然自得、豪放俊逸、有如天仙之词，其核心在于自然、浑融，没有丝毫雕琢之痕，没有丝毫用力之迹，这就是他和韩愈同有才气，但只有他的诗歌才是本色的最重要的特征。

1.3.2　本色非学问：韩愈与杜甫

韩愈博览群书，晁补之说他“奇辞奥旨，如取诸室中”。观其《进学解》云：“上窥姚姒，浑浑无涯。周诰殷盘，佶屈聱牙。《春秋》谨严，《左氏》浮夸。《易》奇而法，《诗》正而葩。下逮《庄》《骚》，太史所录。子云相如，同工异曲。”这如给学生开的书目，又如简单导读，所以胡仔感叹说：“若只读此足矣，何必多嗜异书？”[①] 可见对韩愈学问的佩服。韩愈主张“惟陈言之务去”，若非胸蓄万卷，他对新词丽句也不能用之裕如，韩愈用语奇崛、繁复，是以其学问为基础的。杜甫“转益多师是吾师”“读书破万卷，下笔如有神”，元稹称其：“上薄《风雅》，下该沈、宋，言夺苏、李，气吞曹、刘，掩颜、谢之孤高，杂徐、庾之流丽，尽得古今之体势，而兼昔人之所独专。”[②] 所以杜诗集大成地位的形成也是建立在其博学基础上的。虽然两人学问都好，但宋诗话认为杜甫是盛唐代表，是本色的，对韩愈虽也推崇，但并不认为韩诗是本色诗。其间的区别，在于杜甫诗歌的取材深广、表现自然，且含蓄深婉。

深广自然。张戒云：“王介甫只知巧语之为诗，而不知拙语亦诗也。山谷只知奇语之为诗，而不知常语亦诗也。欧阳公诗专以快意为主，苏端明诗专以刻意为工，李义山诗只知有金玉龙凤，杜牧之诗只知有绮罗脂粉，李长吉诗只知有花草蜂蝶，而不知世间一切皆诗也。惟杜子美则不然，在山林则山林，在廊庙则廊庙，遇巧则巧，遇拙则拙，遇奇则奇，遇俗则俗，或放或收，或新或旧，一切

① 胡仔纂集、廖德明校点《苕溪渔隐丛话》后集卷十，人民文学出版社，1984，第75页。

② 计有功撰、王仲镛校笺《唐诗纪事校笺》卷十八，中华书局，2007，第586页。

物，一切事，一切意，无非诗者。故曰‘吟多意有余’，又曰：‘诗尽人间兴’，诚哉是言。”① 此则概括论述杜诗广大，无事无物不可以入诗，语言风格多样，巧拙奇俗，快意刻意，包容俱尽。

“环溪既见诸公，信杜愈笃，因取所选，昼夜熟读，愈久愈深，所见诸人说不到处。或问杜诗之妙，环溪云：‘杜诗句意，大抵皆远，一句在天，一句在地，如‘三分割据纡筹策’，即一句在地；‘万古云霄一羽毛’，即一句在天。如‘江汉思归客，乾坤一腐儒’，即上一句在地，下一句在天。如‘高风下木叶’，即一句在天；‘永夜揽貂裘’，即一句在地。如‘关塞极天惟鸟道’，即一句在天；‘江湖满地一渔翁’，即一句在地。惟其意远，故举上句即人不能知下句。”② 杜诗取象开阔，视域宽广，使诗歌境界阔大，笔力雄健。杜诗妙处还不在于此，“凡人作诗，一句只说得一件物事，多说得两件，杜诗一句能说得三件四件五件物事；常人作诗，但说得眼前，远不过数十里内，杜诗一句能说数百里，能说两军州，能说半天下，能说满天下：此其所以为妙。且如‘重露成涓滴，稀星乍有无’，也是好句，然‘露’与‘星’各只是一件事。如‘孤城返照红将敛，近市浮烟翠且重’，亦是好句，然有孤城也，有返照也，即是两件事。又如‘鼍吼风奔浪，鱼跳日映沙’，有鼍也、风也、浪也，即是一句说三件事。如‘绝壁过云开锦绣，疏松夹水奏笙簧’，即是一句说了四件事。至如‘旌旗日暖龙蛇动，宫殿风微燕雀高’，即是一句说五件事。惟其实，是以健。若一字虚，即一字弱矣。公但按此法以求前人，即渐难为诗。”“环溪又问：“如何是说眼前事，以至满天下事?”右丞云：“如‘独鹤不知何事舞，饥乌似欲向人啼’，只是说眼前所见；如‘蓝水远从千嶂落，玉山高并两峰寒’，即是说数千里内事。如‘三峡楼台淹日月，五溪衣服共云山’，即是一句说数百里事；至如‘浮云连海岱，平野入青徐’，即是一句说两军州。如‘吴楚东南坼’，是一句说半天下；至如‘乾坤日夜浮’，即是一句说满天下。”“环溪云妙。右丞云：‘公若以此道求前人，当绝无而仅有耳。’……然后知诗道之难也如此，

① 张戒：《岁寒堂诗话》卷上，据丁福保辑《历代诗话续编》本，中华书局，1997，第464页。

② 吴沆：《环溪诗话》，据吴文治《宋诗话全编》，江苏古籍出版社，1998，第4339页。

而古今之美，备在杜诗，无复疑矣。”[1] 杜诗多用实语实物，意象密集，诗意饱满劲健，但取象空间宽广，天下储于胸中，意到笔随，自然沉雄。《西清诗话》说“‘吴楚东南拆，乾坤日夜浮’，不知子美胸中吞几云梦。何止几云梦，乃是吞天下。”《唐子西语录》云：“尝过岳阳楼，观子美诗，不过四十字耳，其气象闳放，涵蓄深远，殆与洞庭争雄，所谓富哉言乎者。太白、退之辈，率为大篇，极其笔力，终不逮也。杜诗虽小而大，馀诗虽大而小。”[2] 确是精到之评。山谷言作诗要境界阔大，以“日月笼中鸟，乾坤水上萍”为例，道出老杜真经。这句来自《衡州送李大夫七丈勉赴广州》，此诗大概作于大历四年春，当时杜甫颠沛流离至衡州，而李勉于大历三年十月拜广州刺史，充岭南节度使。开篇写出李勉到来的光彩声势，浦起龙认为此联是杜甫以己飘零之状告之，“‘日月’，至动也，自留滞者值之，觉年年坐困；‘乾坤’，至常也，自流离者处之，觉在在无根。”[3] 也就是说日月运转不息，而我却如笼中之鸟；乾坤常留常住，而我却如水上飘萍，无所归依。人生的困顿、飘零之感溢于言表，似有求于李勉。但是此联将个人放在一个广阔的空间，生命渺小，人生如寄这种更广远深沉的生命慨叹包孕其中，就不只是写诗人自身困窘状态了。这样的诗歌确实很难在其他人诗中找到。

但是杜诗深广却并不拗折，韩愈说孟郊“横空盘硬语，妥帖力排奡”，这也是他自己的诗歌特征，他的诗歌比较难读，难读后意味也比较少。吉川幸次郎先生说韩愈与白居易其实都有繁复的特征，只是白居易用很平易的语言反复陈说，这个让人很易觉察，但是韩愈用偏僻的词语，读者只顾探寻字义，就淡薄他的繁复了，[4] 但是字义明白后，其实也没有什么深意，最终仍是繁复。杜甫作诗讲求锤炼，所谓“语不惊人死不休”，但是杜甫诗歌并非艰深曲折，

[1] 吴沆：《环溪诗话》，据吴文治《宋诗话全编》，江苏古籍出版社，1998，第4337～4339页。

[2] 胡仔纂集、廖德明校点《苕溪渔隐丛话》前集卷九，人民文学出版社，1984，第60页。

[3] 浦起龙：《读杜心解》，上海古籍出版社，1978，第589页。

[4] 参见吉川幸次郎著《白居易》，据章培恒等译《中国诗史》，复旦大学出版社，2001。

巧为周章，而是触物成诗，不凡绳削，平易自然。

山谷《大雅堂序》略云：“由杜子美以来，四百余年，斯文委地。文章之士，随世所能，杰出时辈，未有升子美之堂者，况室家之好邪！余尝欲随欣然会意处，笺以数语，终以汩没世俗，初不暇给。虽然，子美诗妙处，乃在无意于文。夫无意而意已至，非广之以《国风》《雅》《颂》，深之以《离骚》《九歌》，安能咀嚼其意味，闯然入其门邪！故使后生辈自求之，则得之深矣。使后之登大雅堂者，能以余说而求之，则思过半矣。彼喜穿凿者，弃其大旨，取其发兴，于所遇林泉人物、草木鱼虫，以为物物皆有所托，如世间商度隐语者，则子美之诗委地矣。”① 子美诗歌妙处在于无意为文而意已至，自然工到，遇物成诗，具备《诗》《骚》之深广，如果穿凿附会，则失子美诗歌本意。杜甫诗歌老而严，雄放沉深，收放自如，也是不烦绳削而自合者。又如山谷《答王观复书》所云：“熟观杜子美到夔州后古律诗，便得句法简易，而大巧出焉，平淡如山高水深，似欲不可企及。文章成就更无斧凿痕，乃为佳作耳。”② 都是对杜诗平易到无痕的赞赏。

“《樱桃》诗云：‘西蜀樱桃也自红，野人相赠满筠笼。数回细写愁仍破，万颗匀圆讶许同。’此诗如禅家所谓‘信手拈来头头是道’者。直书目前所见，平易委曲，得人心所同然，但他人艰难不能发耳。至于‘忆昨赐沾门下省，退朝擎出大明宫。金盘玉箸无消息，此日尝新任转蓬。’其感兴皆出于自然，故终篇遒丽。韩退之有《赐樱桃》诗云：‘汉家旧种明光殿，炎帝还书本草经。岂似满朝承雨露，共看传赐出青冥。香随翠笼擎偏重，色照银盘泻未停。食罢自知无补报，空然惭汗仰皇扃。’盖学老杜前诗，然搜求事迹，排比对偶，其言出于勉强，所以相去甚远。”③ 韩杜比较，杜诗用语非常平易，直书所见而得人心所同，感兴自然而篇章遒丽。韩诗用事过多，雕琢之意非常明显，牵合勉强，不够自然、浑成。再如：“韩退之《城南联句》云：‘红皱晒檐瓦，黄团系门衡。’‘黄

---

① 胡仔纂集、廖德明校点《苕溪渔隐丛话》前集卷六，人民文学出版社，1984，第36页。

② 王正德：《余师录》卷二，中华书局，1985，第20页。

③ 阮阅编、周本淳校点《诗话总龟》后集卷二十七，人民文学出版社，1998，第174页。

团’当是瓜蒌，‘红皱’当是枣，退之状二物而不名，使人瞑目思之，如秋晚经行，身在村落间。杜少陵《北征诗》云：‘或红如丹砂，或黑如点漆’，此亦是说秋冬间篱落所见，然比退之颇是省力。”① 同是写秋景，韩诗不是让读者一看就明白，须停留细想乃知其意，而杜诗平白如话，然而景在眼前，一点也不隔，即是比韩诗省力处。再如“老杜诗词，酷爱下‘受’字，盖自得之妙，不一而足。如‘修竹不受暑’‘轻燕受风斜’‘吹面受和风’‘野航恰受两三人’，诚用字之工也。然其所以大过人者无它，只是平易，虽曰似俗，其实眼前事尔。‘老妻画纸为棋局，稚子敲针作钓钩。’以‘老’对‘稚’，以其妻对其子，无如此之亲切，又是闺门之事，宜与智者道。”② 将老杜的长处概括为“只是平易”，就所举诗例看，老妻用纸画棋局，稚子敲针作钓钩，用语十分自然，但是将家居生活的安详、和谐、闲淡呈露无疑，与读者没有距离，只有认同和向往。

针对有人说老杜用语无一字无来处，词必有据，字必援古，所由来远有不可已者，周必大说：“论事当考源流。今言诗不究其源，而踵其末流以为标准，不知《国风》《雅》《颂》祖述何人。此老句法妙处，浑然天成，如虫蚀木，不待刻雕，自成文理，其鼓铸镕泻，殆不用世间橐钥，近古以还，无出其右，真诗人之冠冕也。如近体格俯同今作，则词不遗奇，杂以事实，掇英撷华，妥帖平稳，殆以文为滑稽，特诗中之一事耳，岂见其大全者耶?”③ 此条从总体风格上论述老杜浑成自然之境，即使是用典用事，也有浑成妥帖之妙，能得自然之趣。所以韩杜二人均有学问，但杜甫是将学问作为一种作诗的底蕴，而不是炫耀于诗歌本身。所以他的诗歌描写对象深广，但并不艰深曲折，而是让读者读来浑融大气、自然天成，这才是本色。

含蓄深婉。“诗语固忌用巧太过，然缘情体物，自有天然工妙，

① 周紫芝：《竹坡诗话》，据何文焕辑《历代诗话》本，中华书局，1981，第342页。

② 蔡梦弼：《草堂诗话》卷一，据丁福保辑《历代诗话续编》本，中华书局，1997，第205页。

③ 朱弁：《风月堂诗话》，据吴文治主编《宋诗话全编》本，江苏古籍出版社，1998，第2959页。

虽巧而不见刻削之痕。……七言难于气象雄浑，句中有力，而纡徐不失言外之意。自老杜‘锦江春色来天地，玉垒浮云变古今’与‘五更鼓角声悲壮，三峡星河影动摇’等句之后，尝恨无复继者。韩退之笔力最为杰出，然每苦意与语俱尽。《和裴晋公破蔡州回诗》所谓‘将军旧压三司贵，相国新兼五等崇’，非不壮也，然意亦尽于此矣。不若刘禹锡《贺晋公留守东都》云‘天子旌旗分一半，八方风雨会中州’语远而体大也。”① “锦江春色来天地，玉垒浮云变古今”，这是《登楼》诗颔联，写诗人登楼所望之景，春色随着锦江之水从天地边界汹涌而来，写出春之广远，无边无际；玉垒山上的浮云飘忽起灭，正像古今世事的风云变幻。此诗作于广德二年(764)，诗人客蜀已是第五个年头，上年正月官军收复河南河北，安史之乱平定；十月便有吐蕃陷长安、立傀儡、改年号，代宗奔陕州事；随后郭子仪复京师，乘舆反正；年底吐蕃又破松、维、保等州，继而再陷剑南、西山诸州。所以杜甫登楼赋诗，感慨万端。此两句写景，气象非常开阔，上句从空间着眼，下句从时间着笔，整个宇宙都在其笔下，整个宇宙都是春天的气息，但是整个宇宙又充满着变幻莫测的迹象，诗人对如此多娇的江山充满无限热爱，而对国事的深重忧虑也呼之欲出。但是韩诗“将军旧压三司贵，相国新兼五等崇”只是在新旧官职的对比中如实写出裴度的功勋，仅仅赞颂而已，没有别的意思。所以“每苦意与语俱尽”，没有让人涵咏的余味。

再如“老杜《萤火》诗：‘幸因腐草出，敢近太阳飞。未足临书卷，时能点客衣。随风隔幔小，带雨傍林微。十月清霜重，飘零何处归。’韩退之云：‘朝蝇不须驱，暮蚊不可拍。蝇蚊满八区，可尽与相格？得时能几时，与汝恣啖咋。凉风九月到，扫不见踪迹。’疾恶之意一也。然杜微婉而韩急迫，岂亦目击伾文辈专恣而恶之耶？”② 所录韩诗是《杂诗》四首之一，大概作于贞元二十一年，当时韩愈贬阳山，此诗用语直斥，讽意非常明显，直指顺宗时依附叔文的群小，诗中的蚊蝇指一时侥幸之徒，认为他们最终会被秋风

---

① 叶梦得：《石林诗话》，据何文焕辑《历代诗话》本，中华书局，1981，第431～432页。

② 范晞文：《对床夜语》卷四，据丁福保辑《历代诗话续编》本，中华书局，1997，第434页。

扫尽，不会永远得意。杜甫《萤火》也有讽意，说萤火乃腐草化而出，却敢向太阳飞，这是写萤火习性，同时包含奸佞小人亲近君主之意，但是表现得非常微婉。中间两联仍然是写萤火，其光不足以照亮书卷，只是偶尔会碰到人身上，在风雨中他们只有躲起来，就是说他们没什么作用罢了。“十月清霜重，飘零何处归”，比较韩愈“凉风九月到，扫不见踪迹”，韩愈有直接开骂的架势，老杜却很和缓、柔软。两首诗都是扣住所写对象的习性来写，但是杜诗比兴微婉，也有意味多了。所以张戒说：“韩退之诗，爱憎相半。爱者以为虽杜子美亦不及，不爱者以为退之于诗本无所得，自陈无已辈皆有此论。然二家之论俱过矣。以为子美亦不及者固非，以为退之于诗本无所得者，谈何容易耶？退之诗，大抵才气有余，故能擒能纵，颠倒崛奇，无施不可。放之则如长江大河，澜翻汹涌，滚滚不穷；收之则藏形匿影，乍出乍没，姿态横生，变怪百出，可喜可愕，可畏可服也。苏黄门子由有云：‘唐人诗当推韩、杜，韩诗豪，杜诗雄，然杜之雄亦可以兼韩之豪也。’此论得之。诗文字画，大抵从胸臆中出，子美笃于忠义，深于经术，故其诗雄而正。”① 韩诗豪而气露，杜诗雄而深婉，盖得雅正之体。

所以韩杜虽均有学问，但杜诗能将学问的深刻和深广化为平易自然，并能传神尽味，使人读之不隔，这不是韩诗用典、用艰深繁复之语可达到的。所以杜诗才是本色。

1.3.3　本色非理致：韩愈与柳宗元

韩柳齐名，但是各有擅长，“子厚文不如退之，退之诗不如子厚。”刘克庄曰：“柳子厚才高，他文惟韩可对垒，古律诗精妙，韩不及也。当举世为元和体，韩犹未免谐俗，而子厚独能为一家之言，岂非豪杰之士乎？昔何文缜尝语李汉老云：‘如柳子厚诗，人生岂可不学他做数百首？’汉老退而叹曰：‘得一二首似之足矣。’”② 这里一致认为柳诗高于韩诗，那么柳诗高处何在？刘克庄说“韩柳齐名，然柳乃本色诗人。”柳诗本色表现在何处？韩柳二人在中国思

① 张戒：《岁寒堂诗话》卷上，据丁福保辑《历代诗话续编》本，中华书局，1997，第458～459页。

② 刘克庄撰、王秀梅点校《后村诗话》前集卷一，中华书局，1983，第10页。

想史上均有一席之地，相对来说，柳宗元对天、理、道的认识，更有其过人之处，他们对思想的探讨，譬如对佛理等的领悟，往往会表现于诗歌，但是这些都不是他们诗歌的代表，韩诗主要呈现出力量之美、崛奇之美，而柳诗主要特点在于雅淡味长、温丽深情两方面，这是称柳诗为本色的主要原因。

雅淡味长。《西清诗话》云："柳子厚诗，雄深简淡，迥拔流俗，至味自高，直揖陶谢。"[①] 东坡云："苏、李之天成，曹、刘之自得，陶、谢之超然，固已至矣；而杜子美、李太白以英伟绝世之资，凌跨百代，古之诗人尽废；然魏、晋以来，高风绝尘，亦少衰矣。李、杜之后，诗人继出，虽有远韵，而才不逮意，独韦应物、柳子厚，发纤秾于简古，寄至味于淡泊，非馀子所及也。唐末，司空图崎岖兵乱之间，而得诗人高雅，犹有承平之遗风。其论诗曰：'梅止于酸，盐止于咸，饮食不可无盐梅，而其美常在于咸酸之外。'可以一唱而三叹也。"[②] 诚斋也说："五言古诗，句雅淡而味深长者，陶渊明、柳子厚也"，蔡、苏、杨三人均道出子厚诗简淡有味，有渊明之风。而"退之诗豪健雄放，自成一家，世特恨其深婉不足。"[③]

《笔墨间录》云："《饮酒》诗绝似渊明。"又曰："《田家诗》'鸡鸣村巷白'云云，又'里胥夜经过'云云，绝有渊明风味。"[④]《饮酒》云："今旦少愉乐，起坐开清樽。举觞酹先酒，为我驱忧烦。须臾心自殊，顿觉天地暄。连山变幽晦，绿水涵晏温。蔼蔼南郭门，树木一何繁。清阴可自庇，竟夕闻嘉言。尽醉无复辞，偃卧有芳荪。彼哉晋楚富，此道未必存。"全篇写饮酒之乐：前六句写闲居饮酒，驱除烦忧，自得其乐；中间六句写闲居环境清幽美丽，醉享其中，最后四句尽享酒中之乐，想到晋楚虽富，也不可得到此中之趣。用语简淡，节奏舒缓，得渊明"此中有真意，欲辨已忘

① 胡仔纂集、廖德明校点《苕溪渔隐丛话》后集卷三十三，人民文学出版社，1984，第257页。

② 胡仔纂集、廖德明校点《苕溪渔隐丛话》前集卷十九，人民文学出版社，1984，第122页。

③ 胡仔纂集、廖德明校点《苕溪渔隐丛话》前集卷十八，人民文学出版社，1984，第119页。

④ 何汶撰、常振国、绛云点校《竹庄诗话》卷八，中华书局，1984，第163、162页。

言”之趣。《冷斋诗话》云：“‘渔翁夜傍西岩宿，晓汲清湘燃楚竹。烟销日出不见人，欸乃一声山水绿。回看天际下中流，岩上无心云相逐。’东坡云：‘诗以奇趣为宗，反常合道为趣，熟味此诗，有奇趣。然其尾两句虽不必亦可。’”① 此诗写于永州时期，写出一个独来独往、孤芳自赏的渔翁形象，有作者自况意味。东坡说此诗有“奇趣”，确实抓住此诗特点。首句从“夜”写起，渔翁宿在西岩，此句看似平淡，实为后文展开的基础，若无此句，直接写第二句，则没有转折幽眇之味，“夜”实则暗示渔翁之不可见，与后文“人不见”相映衬，全篇不见渔翁，但是其情可感，其意可会。第二句用语奇妙，写天刚破晓，渔翁起来打水，生火做饭，但是不说汲水、烧饭，而说“汲清湘”“燃楚竹”，这样把日常生活琐事提升到超凡脱俗的境界，象征人物品格之孤高；此外，“汲清湘”“燃楚竹”，一下子把渔翁生活的环境扩大到整个湘楚，渔翁身处如此阔大清幽之境，隐隐可见其寂寞、幽独。境界扩大但符合生活常情，这就是反常合道而得奇趣。随后写烟消日出，但是“不见人”，这也奇；“欸乃一声山水绿”，“欸乃”是摇橹之声，此句表明渔翁已荡舟远逝，解释了上句“不见人”，而烟消日出，空气澄澈，所以只见满眼青山绿水。此两句正常的语序应该是“烟销日出山水绿，欸乃一声人不见”，但如此一来，奇趣全消。最后两句是全诗的余音，渔翁已乘舟下中流，回看天际，只见岩上白云缭绕，仿佛尾随着他的小舟。此两句东坡认为不要也可以，他认为只四句则余味无穷，加此两句似在解说心境，没有了奇趣。这两句其实照映了开篇，开篇写夜晚的渔翁，独宿西岩，这两句写行在的渔翁，写出岩上白云萦绕，悠悠相随，飘渺中是闲淡，是幽独，是寂寞，说不清，其味甚长。

另外，柳诗写研经悟理之诗也别有味道。如《晨诣超师院读禅经》：“汲井漱寒齿，清心拂尘服。闲持贝叶书，步出东斋读。真源了无取，妄迹世所逐。遗言冀可冥，缮性何由熟。道人庭宇静，苔色连深竹。日出雾露余，青松如膏沐。淡然离言说，悟悦心自足。”既然是读禅经，弄得不好就通篇理味，但是此诗写景融境，有禅味而不枯寂。《诗眼》云：“向因读子厚《晨诣超师院读禅经》诗一

① 胡仔纂集、廖德明校点《苕溪渔隐丛话》前集卷十九，人民文学出版社，1984，第124页。

段，至诚洁清之意，参然在前，‘真源了无取，妄迹世所逐，微言冀可冥，缮性何由熟。’真妄以尽佛理，言行以尽薰修，此外亦无词矣。‘道人庭宇静，苔色连深竹’，盖远过‘曲径通幽处，禅房花木深’。‘日出雾露余，青松如膏沐’，予家旧有大松，偶见露洗而雾披，真如洗沐未干，染以翠色，然后知此语能传造化之妙。‘淡然离言说，悟悦心自足’，盖言因指而见月，遗经而得道，于是终焉。其本末立意遣词，可谓曲尽其妙，毫发无遗恨者也。”①

温丽靖深。东坡曰：“子厚诗在陶渊明下，韦苏州上。退之豪放奇险则过之，而温丽靖深不及也。所贵于枯淡者，谓外枯而中膏，似淡而实美，渊明、子厚之流是也。若中边皆枯，亦何足道。”② 温丽靖深是与豪放奇险相对的美学概念，豪放是向外发扬的风味，奇险指不用常语常境，而开辟出眩人之工，譬如韩愈《和皇甫湜陆浑山火诗》，这种风格仍然是外向的；温丽靖深则是向内伸展的一种美。司空图曰：“予尝览韩吏部歌诗累百首，其驱驾气势，若掀雷决电，撑抉于天地之垠，物状其变，不得鼓舞而徇其呼吸也。……今于华下，方得柳诗，味其探搜之致，亦深远矣，俾其穷而克寿，抗精极思，则固非琐琐者可轻拟议其优劣。”③ 司空图不置优劣，赞赏韩愈笔力雄赡，有雷霆万钧之势，而柳子厚则精思深远。臞翁曰：“韩退之如囊沙背水，惟韩信独能；……柳子厚如高秋独眺，霁晚孤吹。”④ “囊沙背水”，可见其用力，“高秋独眺，霁晚孤吹”，可见境界旷丽，清深寂寥。所以刘克庄说：“其幽微者可玩而味，其感慨者可悲而泣也。”严羽说：“唐人惟柳子厚深得骚学，退之、李观，皆所不及。”⑤ 柳诗情深之辞，大概如此。

再如“子厚《闻莺诗》云：‘一声梦断楚江曲，满眼故园春草

① 胡仔纂集、廖德明校点《苕溪渔隐丛话》前集卷十九，人民文学出版社，1984，第122～123页。

② 胡仔纂集、廖德明校点《苕溪渔隐丛话》前集卷十九，人民文学出版社，1984，第122页。

③ 胡仔纂集、廖德明校点《苕溪渔隐丛话》后集卷十一，人民文学出版社，1984，第77～78页。

④ 魏庆之著、王仲闻点校《诗人玉屑》卷二，中华书局，2007，第25页。

⑤ 严羽著、郭绍虞校释《沧浪诗话校释》，人民文学出版社，2000，第186页。

绿。’其感物怀土，不尽之意，备见于两句中，不在多也。”[①] 此诗上句是“倦闻子规朝暮声，不意忽有黄鹂鸣”，此时诗人贬谪永州，已经十个年头，几乎度日如年，然而朝廷有令，王叔文之党坐谪官员，十年不得量移，后执政怜其才欲渐进之者，悉召至京。在这十年里，苦闷、抑郁、孤独萦绕诗人，使他感觉如囚徒一般。十年就要到了，是否有回京的希望呢，诗人心中燃起一丝丝希望。往日总是听到子规凄怨悲惨的叫声，真的让人厌倦了，忽然一声黄鹂莺语，打断诗人在湘江边上的睡梦，这故乡鸟儿的声音顿时让诗人想起故乡的春天，此刻应该是满园春草了吧。怀乡之情，还有比这更迫切，更热烈的吗？“《与浩初上人看山诗》云：‘海畔尖山似剑芒，秋来处处割愁肠。若为化得身千亿，散上峰头望故乡。’议者谓子厚南迁，不得为无罪，盖未死而身已在刀山矣。”[②] 从有罪无罪的角度解读此诗，说诗人未死而在刀尖上，说明处境险恶。诗人贬谪永州十年，又被分发到更远的边荒之地柳州，这对诗人的打击相当沉重，满腔郁愤，忧闷愁苦，只得自放于山水之中消愁遣怀，然而“抽刀断水水更流，举杯浇愁愁更愁”。秋天这个萧索的季节，草木凋零，一片荒凉，蛮荒海地的山，如刀劈斧削一般尖峭，就像是一把把寒剑，刺痛诗人的心灵，割断诗人的愁肠。这样的比喻真是太奇了，那种愁也真是惨痛极了。故乡是那么遥不可及，其实就是望得到也不能归去，诗人之愁正在此处。然而不能归去却禁不住思念，每日每夜都在盼望着重返故土，所以这种强烈的情感让诗人生发无尽想象：佛家不是有“化身”的说法吗，既然满目的群山能望得见故乡，我何不化身千亿，散上峰头，告知故乡的亲朋，让他们能伸手相援呢。此诗感情沉痛无比，简直有些凄厉，那种望而不得的失望，失望而渴望真让人不忍再读。“《别弟宗一诗》云：‘零落残魂倍黯然，双垂别泪越江边。一身去国六千里，万死投荒十二年。桂岭瘴来云似墨，洞庭春尽水如天。欲知此后相思梦，长在荆门郢树烟。’此诗可谓妙绝一世，但梦中安能见郢树烟，‘烟’字只当用‘边’字，盖前有江边故耳。不然，当改云‘欲知此后相

① 胡仔纂集、廖德明校点《苕溪渔隐丛话》后集卷十一，人民文学出版社，1984，第76页。

② 周紫芝：《竹坡诗话》，据何文焕辑《历代诗话》本，中华书局，1981，第357页。

思处，望断荆门郢树烟'，如此却似稳当。"① 此诗也是写在柳州，元和十一年（816），堂弟宗一从柳州到江陵去，子厚写了这首诗送别。第一、三、四联写别情。开篇点题，描述相别之情，"零落残魂"，可见诗人贬谪多年来的折磨；残魂更逢离别，"倍黯然"，送堂弟到越江边，兄弟双双落泪，依依不舍。第三联上句写眼前之景，也象征自己处境之险恶，下句想象堂弟所去之地，洞庭春尽，碧水连天，今此一别，不知何时再见。所以寄托给相思之梦，希望在梦中常见到郢州一带的烟树，兄弟情谊，此语最深。"郢树烟"正写出了相思之梦的迷离恍惚，若改为"郢树边"，则诗意全无。"一身去国六千里，万死投荒十二年"，这表面上是实写，因为贬谪之地离京城确有五六千里，时间确有十二年之久，但是"万死""投荒"，写出了多少愤懑和愁苦，诗人从永贞革兴欲有为政治，可是短短的新政，霎时换来长久的贬谪，理想的失落，处境的艰难，让诗人积郁了多少不平和愁闷，都在此看似客观的描述中隐隐表现出来。葛立方慨叹子厚之命运说："柳子厚可谓一世穷人矣。永贞之初，得一礼部郎，席不暖即斥去，为永州司马。在贬所历十一年，至宪宗元和十年，例召至京师，喜而成咏，所谓'投荒垂一纪，新诏下荆扉'，又云'十一年前南渡客，四千里外北归人'是也。既至都，乃复不得用，以柳州去，由永至京已四千里，自京徂柳又复六千，往返殆万里矣。故《赠刘梦得诗》云：'十年憔悴到秦京，谁料翻为岭外行。'《赠宗一诗》云：'一身去国六千里，万死投荒十二年'是也。呜呼，子厚之穷极矣。观《赠李夷简书》云：'曩者齿少心锐，径行高步，不知道之艰，以限于大阨，穷踬陨坠，废为孤囚，日号而望，十四年矣。'当时同贬之士，程异为宰相，而梦得亦得召用，则子厚望归之心为如何，然竟不生还，毕命于蛇虺瘴疠之区，可胜叹哉！"所以，子厚是把一生的沉痛悲忧打并入诗，使其诗歌在温丽的诗语下表现出无限的深沉，有《离骚》之意。

子厚之诗，在淡泊之中寄寓深味，在温丽之中寄寓深情，这种特点正是韩诗所缺少的，所以宋诗话一致认为柳诗乃本色而韩诗绝不是。

---

① 周紫芝：《竹坡诗话》，据何文焕辑《历代诗话》本，中华书局，1981，第356～357页。

本章从文体、复古与本色的关系、本色诗的风貌等三方面讨论宋诗话所提出的本色问题，重点在于阐述本色诗歌特质，也就是说，诗之所以为诗，必须具有什么样的特点。从文体上讲，以文为诗就不是诗，至少不是纯粹的诗，因为诗歌必须有格律、声韵之美，必须讲求语言的凝练，以散文句法、章法、文法写诗，打破了诗歌的底线，非诗歌本色。宋人推崇汉魏以前古诗，是因为这些古诗语淡而有味，淡而有味是诗人们一直以来追求的境界，若能拟古、复古达到这种风貌，也得其本色，所以表面是提倡复古，其实是提倡淡而有味的诗歌风味，即诗之本色。最后以具体作家作品分析、品评为基础，考察宋人所说的本色诗人之诗所具有的诗歌特点，以此探讨诗歌的本色在于自然浑融、天然流转；出精深于平易，得神韵而温婉；淡而有味，温丽而深情。

第二章
宋诗话与唐诗学范畴论

唐诗学范畴，主要指宋诗话品评唐诗过程中经常运用的一些批评概念、术语，它们是宋诗话建构唐诗学诗歌美学的重要骨架，是从唐诗中提炼的有关诗歌之美的重要特质，同时反映了宋人诗歌美学观念。

本章以“味”“格”“工”“俗”四个概念为重点，探讨它们在运用过程中的用法、内涵以及反映的宋人诗歌美学观念。之所以选择这几个概念，主要是因为它们在宋诗话中使用频次高。另外，他们分别从不同角度论述了诗歌特质，“味”论述有关诗歌本质问题，“格”论涉及丰富的诗学蕴含及其对明清诗学的重要影响，“工”论列一首诗歌完成时的状态，“俗”涉及唐宋文化转型过程中雅俗之变对诗歌审美的影响。这四个概念具有代表性，并且与唐代重要诗人如李白、杜甫、柳宗元、白居易等人的品评紧密联系，有大量诗例作为论据。

2.1 “味”的多重含义

宋诗话用来评价诗歌的标准有很多，其中“味”是最重要的一个。“味”本意指物质能使舌头得到某种味觉的特性，包括酸甜苦辣等，很早就被借用到文学批评中来。如《文心雕龙·宗经》评六经：“辞约而旨丰，事近而喻远，是以往者虽旧，余味日新”，《明诗》：“至于张衡《怨篇》，清典可味”，《史传》：“观司马迁之辞，思实过半，其十《志》该富，赞序弘丽，儒雅彬彬，信有遗味。”最著名的是钟嵘《诗品序》对五言诗的评价，“五言居文辞之要，是众作之有滋味者也”，开了以“滋味”论诗的先河。

宋诗话中“味”可以分为两大类，一类是动词，指对作品的品味、体味、涵泳等。另一类是名词，也是本文要讨论的重点，它的内涵非常复杂，也很难给出一个具体、确定的概念，这里采取以类相从的方法，对众多“味”进行分类解说，并尝试给出一个比较贴切的解释。

宋诗话用“味”来品评的对象非常广泛，有时它是对一个诗人的总体评价，对一个时代风气的总结；有时就是对具体的一首诗、一句诗的赏析。本文从总体评价、具体诗歌赏析、“味”的辨析三方面来讨论“味”这个诗学概念，当然这三方面没有截然分开，有时会有交叉现象。

2.1.1 “味”通常指一种诗歌风格、风貌、品格

用“味”概评一个时代或某人的诗歌，通常指一种诗歌风格、风貌、品格。这样的总评，“味”一般不单独出现，主要以“风味”“气味”等复合词形式出现。

《诗史》：“晚唐人诗多小巧，无风骚气味，如崔橹《山鹊诗》云：‘一林寒雨吹巢冷，半朵山花咽嘴香。’张林《池上》云：‘菱叶乍翻人采后，荇花初没舸行时。’《莲花》云：‘何人解把无尘袖，盛取清香尽日怜。’皆浮艳无足尚，而昔人爱重，称为佳作。”① 此条评晚唐诗歌小巧、浮艳，取景如“寒雨”“半朵山花”，非常狭小、清冷，后两首写荷塘莲花，带有女性的柔软，所以为“浮艳”，这与“风骚气味”完全不类。因为“风骚气味”指《国风》《离骚》为代表的诗歌风格，一直以来作为中国诗歌的最高典范，均与浮艳、小巧风格相去甚远。杨万里赞赏晚唐诸子诗，“《寄边衣》云：‘寄到玉关应万里，戍人犹在玉关西。’《吊战场》曰：‘可怜无定河边骨，犹是春闺梦里人。’《折杨柳》曰：‘羌笛何须怨杨柳，春光不度玉门关’，三百篇之遗味，黯然犹存也。”② 所举三首诗写边塞战争中普通百姓的情感，有“风人之旨”，所以称之有“三百篇之遗味”，就是说具有三百篇的遗风，反映民生民情，可以“观风俗、知得失”。《吕氏童蒙训》：“大概学诗须以《三百篇》、《楚

① 阮阅编、周本淳校点《诗话总龟》前集卷五，人民文学出版社，1998，第54页。
② 杨万里：《诚斋诗话》《附录》，据四库全书本。

辞》及汉魏间人诗为主，方见古人妙处，自无齐梁间绮靡气味也。”[①] 吕氏讨论学诗法则，仍然是宗《诗经》《楚辞》、汉魏古诗，认为这才是诗歌的正源，“齐梁间绮靡气味”指“兴寄都绝，彩丽竞繁”的诗歌面貌。《笔墨闲录》云：“《田家》诗，‘鸡鸣村巷白’云云，又‘里胥夜经过’云云，绝有渊明风味。”所论柳宗元《田家》诗，其一为：“蓐食徇所务，驱牛向东阡。鸡鸣村巷白，夜色归暮田。札札耒耜声，飞飞来乌鸢。竭兹筋力事，持用穷岁年。尽输助徭役，聊就空自眠。子孙日已长，世世还复然。”整首诗写田家生活，节奏非常散缓，情感也不激烈，对早出晚归、辛勤耕作，“我”已习以为常，并且看到“我”的后代也仍然如此，更增加了一种悠长、亘久、洪荒的感觉。其中“鸡鸣村巷白”一联与渊明“晨星理荒秽，带月荷锄归”在结构、立意上都非常像，所以说此诗有“渊明风味”，也就是说具有陶渊明田园诗散淡而悠远的风格。《白石诗说》：“一家之语，自有一家之风味，如乐之二十四调，各有韵声，乃是归宿处。模仿者语虽似之，韵亦无矣。鸡林其可欺哉！”[②] 这里的“风味”，含义更加明显，指诗人形成的自己的风格、独特的风貌。

当“气味”“风味”前面加上一个形容词，一般来说，所指的“味”就是这个形容词所展现的风貌。《吕氏童蒙训》：“陆士衡《文赋》云：‘立片言以居要，乃一篇之警策。’此要论也。文章无警策，则不足以传世，盖不能竦动世人。如老杜及唐人诸诗，无不如此。但晋宋间人专致力于此，故失于绮靡而无高古气味。老杜句云‘句不惊人死不休’，所谓‘惊人句’，即警策也。”此条论诗歌要有警句，但是诗歌又不能专门雕章琢句，晋宋之人着重辞采，所以风调绮靡而乏高古品格。“《六一居士诗话》云：“贾岛《哭柏岩禅师》诗：‘写留行道影，焚却坐禅身。’时谓烧杀活和尚，此可笑也。若‘步随青山影，坐学白塔骨’，又‘独行潭底影，数息树边身’，皆是岛诗，何精粗顿异也？”苕溪渔隐曰：余于此两联，但各取一句而已。‘坐学白塔骨’，可见禅定之不动，‘独行潭底影’，

---

① 胡仔纂集、廖德明校点《苕溪渔隐丛话》后集卷一，人民文学出版社，1984，第5页。

② 魏庆之著、王仲闻点校《诗人玉屑》卷一，中华书局，2007，第15页。

可见形影之清孤，岛尝为衲子，故有此枯寂气味形之于诗句也。”[①]“枯寂气味”即指贾岛诗歌的一种清瘦、寒窘风貌。“古人文章，一句是一句，句句皆可作题目，如《尚书》可见。后人文章，累千百言，不能就一句事理，只如选诗，有高古气味，自唐以下，无复此意，此皆不可不知也。”[②] 此条可看作简单的文学史描述，作者认为高古这种风貌、品格在唐以后就慢慢消失了。

宋诗话用“味”或者“意味”来评价诗人作品，这常常涉及对诗人整体风貌的认识，所以尽管都用了“味”来品评，但是所指的是各个诗人自身的风格特征。

张戒认为陶渊明诗歌，妙在有“味”。“味有不可及者，渊明是也。……渊明‘狗吠深巷中，鸡鸣桑树巅’‘采菊东篱下，悠然见南山’，此景物虽在目前，而非至闲至静之中，则不能到，此味不可及也。”[③] 渊明的“味”是什么？指写景如在目前，但是此情此景，若不是诗人情性之静与闲，绝不能到此自然悠然之境界。渊明的“味”在于“闲”“静”中涵咏出来的看似自然平常实则深长的美感。

“韦苏州诗，韵高而气清。王右丞诗，格老而味长。虽皆五言之宗匠，然互有得失，不无优劣。以标韵观之，右丞远不逮苏州。至于词不迫切，而味甚长，虽苏州亦所不及也。”[④] 比较王维、韦应物，认为韦应物胜在韵，王维胜在味。纵观王维诗，最具代表性的是山水诗，《辋川集》中的山水诗景物如画，禅意深静，精炼含蓄，耐人寻味。王维诗的“味”大概就是这样一种美学风格。此外，“世以王摩诘律诗配子美，古诗配太白，盖摩诘古诗能道人心中事而不露筋骨，律诗至佳丽而老成。如《陇西行》《息夫人》《西施篇》《羽林》《闺人》《别弟妹》等篇，信不减太白；如‘兴阑啼鸟换，坐久落花多’‘草枯鹰眼疾，雪尽马蹄轻’等句，信不减子美。虽才

---

① 胡仔纂集、廖德明校点《苕溪渔隐丛话》后集卷十一，人民文学出版社，1984，第79页。

② 王正德：《余师录》卷三，中华书局，1985，第43页。

③ 张戒：《岁寒堂诗话》卷上，据丁福保辑《历代诗话续编》本，中华书局，1997，第452～453页。

④ 张戒：《岁寒堂诗话》卷上，据丁福保辑《历代诗话续编》本，中华书局，1997，第459页。

气不若李、杜之雄杰，而意味工夫，是其匹亚也。”[1] 从意味角度而论，王维与李杜匹亚，再次将王维诗歌之“味”凸显出来。那么王维诗歌“意味”是什么？就此条所列诗歌来说，古诗《陇西行》“十里一走马，五里一扬鞭。都护军书至，匈奴围酒泉。关山正飞雪，烽火断无烟。”此诗是用乐府古题写的边塞诗。开篇写出军使跃马扬鞭，闪电飞驰的形象：“一扬鞭”“一走马”，瞬息之间，“十里”“五里”，整个形象鲜明而飞动。中间两句点明骑者的身份和告急的事由，“围”可见情况紧急，事态严峻，“至”承接上句，表明使者将军书送到。最后转而写漫天飞雪，烽火中断，补充说明军使快马扬鞭疾驰的理由，全诗戛然而止。此诗写边塞战争，不正面写战争的激烈，而是抓住军使飞马传书的一个画面，其余让读者去想象。这样节奏紧促，全篇一气呵成，篇幅集中而内涵丰富。其次，尽管写出形势紧急，气氛紧张，但是全诗给人感觉镇定而自信。《息夫人》同样是抓住一个具有包孕性的场景，写出受尽屈辱却不屈服的妇女形象，很具有代表性，“道人心中事而不露筋骨”，含蓄、沉稳。格律诗“兴阑啼鸟换，坐久落花多”，一联就是一境，几乎没法用语言来说出其好处，只觉意味无穷。“草枯鹰眼疾，雪尽马蹄轻”，此句粗看似各表一意，上下句对偶十分工整，实则意脉相承，实属“流水对”，鹰眼因草枯而特别锐利，马蹄因雪尽而特别轻快，不说“锐”而用“疾”，写出鹰眼发现猎物之快，紧接着“马蹄轻”，说明追踪之迅捷。发现猎物进而追踪，这一层意思读者仔细咀嚼才能体会，使得诗味隽永。“草枯”“雪尽”，简洁、如画，写出萧瑟之中微露的一点春意，作为行猎之背景，更加衬得“将军猎渭城”的飒爽英姿。因此，王维诗歌的“意味”，既指其作诗的专意和工夫，也是他的诗歌写出了美好的形象、画面和境界。

对于柳宗元，诗话常常用“至味”来形容。《西清诗话》说：“柳子厚诗雄深简淡，迥拔流俗，至味自高，直揖陶谢，然似入武库，但觉森严。”东坡说：“苏、李之天成，曹、刘之自得，陶、谢之超然，固已至矣；而杜子美、李太白以英伟绝世之资，凌跨百代，古之诗人尽废，然魏、晋以来，高风绝尘，亦少衰矣。李、杜

---

[1] 张戒：《岁寒堂诗话》卷上，据丁福保辑《历代诗话续编》本，中华书局，1997，第460页。

之后，诗人继出，虽有远韵而才不逮意，独韦应物、柳子厚发纤秾于简古，寄至味于淡泊，非余子所及也。唐末司空图，崎岖兵乱之间，而得诗人高雅，犹有承平之遗风。其论诗曰：‘梅止于咸，盐止于咸，饮食不可无盐梅，而其美常在于酸咸之外。’可以一唱而三叹也。子厚诗在陶渊明下，韦苏州上，退之豪放奇险则过之，而温丽靖深不及也。所贵于枯淡者，谓外枯而中膏，似淡而实美，渊明、子厚之流是也。”东坡从诗歌发展史角度来评价柳宗元，“发纤秾于简古，寄至味于淡泊”，其意为简古中蕴含纤浓，淡泊中存有“至味”，其“淡泊”是“外枯而中膏，似淡而实美”的淡泊，“至味”是外形的“枯”“淡”所蕴藏的“膏”“美”，在这一点上，他与陶渊明有相似之处。此外，柳诗雄深雅健、温丽靖深，“深”所蕴藏的内涵也是其诗歌的“至味”。如最受人称道的《南涧中题》：“秋气集南涧，独游亭午时。回风一萧瑟，林影久参差。始至若有得，稍深遂忘疲。羁禽响幽谷，寒藻舞沦漪。去国魂已远，怀人泪空垂。孤生易为感，失路少所宜。索寞竟何事，徘徊只自知。谁为后来者，当与此心期。”此诗是柳宗元被贬永州，游南涧后所写，同时他还写成《永州八记》的后四记。此诗可以分为上下两段，前四联写景，后四句抒情，结构非常简单，但是景中含情，乐中有悲，悲中有乐，像极了《永州八记》。首联似乎写景，但是“集”字，不仅写出满眼秋气，同时也隐喻诗人百感交集，萧瑟满怀，下联的“独”字更加强了这种情感。次联写景，风枝摇曳，林影徘徊，“一”写风之速，“久”写其影响之深。此景可感，让人“若有得”，诗人是否想起自己曾经雄心勃勃，欲为天下苍生计，参加永贞革新，但是此事转眼成空，自己却被贬至南荒野地？可是景物自有风姿，“稍深遂忘疲”。但正要沉醉其间，羁鸟鸣啾，寒泉浮萍，随风不定，更加惹起诗人的孤独、悲寥。以下八句，直抒胸臆，此身去国八千里，故人消息无影踪，孤寂易感，徘徊不已，此境此心，只有贬谪到此的人才能体会。上段写景，节奏迂徐，迂徐之中透着难遣之悲，悲喜无住；下段抒情，感情徘徊曲折，不可自释。子厚之诗，将身世之感打并入诗，情感着色，沉深不可解说，这是其诗歌有“味”之缘由。

综上所述，当“味”用来评价一个时代或者一个诗人的总体诗歌时，就是指一种风格、风貌、品格、诗风。具体到诗人，则是指他们诗歌各自展现出来的气味、风貌，这种气味只有深入其作品才

能感受得真切。

2.1.2 “味”在具体诗歌中呈现出不同的内涵

当用“味”来品评具体诗歌，“味”呈现出不同的内涵。

其一，是指有寄托、有深意，包括对人生的感悟、对世事的观点，偏重于“理”之味。“诗以体物验工巧，骆宾王《咏挑灯杖》云：‘禀质非贪熟，焦心岂惮熬。终知不自润，何用处脂膏。’语简而味长，每欲仿此作数题，未暇也。”① 所引诗是咏物诗，通过对挑灯杖的性质、功用的描写，传达一种生活观念，同时表明作者的心迹：只为了照亮别人，不怕火煎，勇往直前，事成之后，迅速退却，不贪恋膏脂之润。“李义山任弘农尉，尝投诗谒告云：‘却羡卞和双刖足，一生无复没阶趋。’虽为乐春罪人，然用事出人意表，尤有余味。英俊屈沉，强颜低意，趋跖诺虎，扼腕不平之气，有甚于伤足者。非粗知直己，不甘心于病畦下舐，不能赏此语之工也。”② 李商隐此诗翻用典故，卞和刖去双足，是他不为人赏识导致的最大屈辱，本是痛苦残忍，然而李商隐认为刖足是卞和有意为之：从此不再膝行人下，为自己获得做人的尊严。用卞和事写出自己不受重用的痛苦，不愿忍受做幕僚之屈辱，去意很明显，但含蓄深沉，有着志向清洁的高尚。这种心志的表达，实有“余味”。《蔡宽夫诗话》云：“润州甘露寺有块石，状如伏羊，形制略具，号狠石。相传孙权尝据其上，与刘备论曹公。壁间旧有罗隐诗板云：‘紫髯桑盖两沉吟，狠石空存事莫寻。汉鼎未分聊把手，楚醪虽美肯同心。英雄已往时难问，苔藓何知日渐深。还有市鄽沽酒客，雀喧鸠聚话蹄涔。’时钱镠、高骈、徐温，鼎立三分，润州介处其间；隐此诗比平时所作，亦差婉而有味也。”③ 罗隐诗回顾狠石历史，同时感叹时无英雄，只有群小聒噪，针对晚唐方镇割据、目无纲纪、乾坤板荡的现实，此诗很有讽时意义。“陈亚少卿有《惜竹》诗曰：‘出槛亦不剪，从教长旧丛。年年到朱夏，叶叶是清风。’其

---

① 刘克庄撰、王秀梅点校《后村诗话》续集卷二，中华书局，1983，第99页。

② 黄彻：《䂬溪诗话》卷一，据丁福保辑《历代诗话续编》本，中华书局，1997，第348页。

③ 胡仔纂集、廖德明校点《苕溪渔隐丛话》前集卷二十四，人民文学出版社，1984，第163页。

兼收并蓄，使物各效其用，则此诗深可尚也。余比因洗竹，戏用其韵曰：‘直干解新箨，低枝蔽旧丛。芟繁留嫩绿，引月更添风。’其去冗除繁，使物无所壅蔽，则余诗亦自有味。”①同时写竹，陈诗写出任竹自然生长，别有清风无限，庚溪则写除去往年陈枝败叶，竹林疏朗，风月共赏之妙，其中都蕴藏着自然哲理，一为兼收之美，自然适意；一为删繁之妙，清朗明目。“余读许浑诗，独爱‘道直去官早，家贫为客多’之句。非亲尝者，不知其味也。《赠萧兵曹诗》云：‘客道耻摇尾，皇恩宽犯鳞。’‘直道去官早’之实也。《将离郊园诗》云：‘久贫辞国远，多病在家希。’‘家贫为客多’之实也。”②许浑诗写出人事感慨：因为任道直行，所以得罪自多，那么官职也早早罢免；家中贫困，所以奔波流离，居家日少，客处他乡之日多，写出当时士人生活的艰窘。后两诗就是这两句的注脚。“罗隐诗云：‘只知事逐眼前过，不觉老从头上来。’此语殊有味。”③此诗写出人生晚景的无限感慨，蕴藏作者深沉的人生感悟，所以“有味”。

其二，是指写出情感的曲折、委婉、深沉等，让人感觉情味深长，情致悠远，可称为“情”之味。《陈辅之诗话》云：“王建《宫词》，王荆公独爱此一绝，谓其意味深婉而悠长也。”④所评是王建《宫词》：“树头树底觅残红，一片西飞一片东。自是桃花贪结子，错教人恨五更风。”前两句如画：暮春的一个清晨，宫女徘徊桃树下，仰头，只见稀疏的花；低头，满目残红，弯腰拾起飘落的花瓣，一片又一片，边拾边怨，春风何以如此无情，将一春光景吹散。女子和花常常是连在一起的，惜春叹花，实则有悲花自伤之意，花红易衰，红颜易老，都是易受摧残、薄命堪嗟。可是突然间发现落花的枝头已有小小的果实，猛地里觉得自己对花的怜惜、对风的怨恨都错了，桃花纷落，是它想要结子，飘落是它主动的选择，而不是被风吹散。那么自己呢，闭锁深宫，“玉颜不及寒鸦色，

① 陈岩肖：《庚溪诗话》卷下，据丁福保辑《历代诗话续编》本，中华书局，1997，第183页。

② 葛立方：《韵语阳秋》卷三，据何文焕辑《历代诗话》本，中华书局，1981，第503页。

③ 许顗：《彦周诗话》，据何文焕辑《历代诗话》本，中华书局，1981，第393页。

④ 蔡振孙：《诗林广记》前集卷六，中华书局，1982，第106页。

犹带昭阳日影来”“白头宫女在，闲坐说玄宗”。对花的怜惜、哀婉顿时变成羡慕和嫉妒。全诗近于口语，适当运用叠词，有民歌风味，情调明快而委曲，流利而顿挫，确实意味深长。“枢密张公嵇仲，喜谈兵论边事，面目极严冷，而作小诗有风味。岐王宫有侍儿出家为比丘尼者，公赋诗云：‘六尺轻罗染曲尘，金莲步稳衬缃裙。从今不入襄王梦，剪尽巫山一朵云。’殊可喜也。”① 此诗记侍儿出家，前两句着重其服饰之美、姿态任人想象，后两句感叹其出家，翻用楚襄王遇神女的典故，“不入”“剪尽”两个否定，说得斩截，不得之恨、永诀之意透着无限惋惜和惆怅。“白乐天《长恨歌》云：‘玉容寂寞泪阑干，梨花一枝春带雨。’人皆喜其工，而不知其气韵之近俗也。东坡作送人小词云：‘故将别语调佳人，要看梨花枝上雨。’虽用乐天语，而别有一种风味，非点铁成黄金手，不能为此也。”② 东坡翻用白诗之语，有出奇之意，同时此诗写出一种别样的情感。白居易诗比喻奇妙，但只写美人哀愁寂寞之状；东坡写出诗人内心的曲折：送人远行，离情依依，告别之语定然情意深浓，东坡却说是“故将别语调佳人”，似乎有意逗惹佳人伤心，实则佳人早已伤心，只是听到别语更加伤心；“要看梨花枝上雨”，好像是诗人故意要看佳人伤心落泪，实是诗人不忍看，舍不得惹她伤心，但是又无可奈何。苕溪渔隐曰：“《题碧落洞诗》云：‘小语辄响答，空山白云惊。’此语全类李太白，今印本误作‘自雷惊’，不惟无意味，兼与上句重叠也。”③“空山白云惊”，写出空山幽寂，白云舒卷自如，其奔逸飘荡，似乎是听到人声受惊了，联想奇妙，取景生趣。若是“自雷惊”，雷鸣震耳本是常识，如此来写人声在空山的回响，夸大了空山人语的效果，显得失实而无人情之趣。“‘萧萧马鸣，悠悠旆旌’，以‘萧萧’‘悠悠’字，而出师整暇之情状，宛在目前。此语非惟创始之为难，乃中的之为工也。荆轲云：‘风萧萧兮易水寒，壮士一去兮不复还。’自常人观之，语既不

---

① 周紫芝：《竹坡诗话》，据何文焕辑《历代诗话》本，中华书局，1981，第342页。

② 周紫芝：《竹坡诗话》，据何文焕辑《历代诗话》本，中华书局，1981，第346页。

③ 胡仔纂集、廖德明校点《苕溪渔隐丛话》后集卷二十六，人民文学出版社，1984，第191页。

多，又无新巧，然而此二语遂能写出天地愁惨之状，极壮士赴死如归之情，此亦所谓中的也。古诗‘白杨多悲风，萧萧愁杀人’，‘萧萧’两字，处处可用，然惟坟墓之间，白杨悲风，尤为至切，所以为奇。乐天云：‘说喜不得言喜，说怨不得言怨。’乐天特得其粗尔。此句用‘悲’‘愁’字，乃愈见其亲切处，何可少耶？诗人之工，特在一时情味，固不可预设法式也。”[①] 此条论创作，认为诗人用语达情，不可预设标准，只要能状难写之景，达不尽之情，都是好的。张戒对所举诸诗的分析非常透彻，让人感到都是有“情味”之作。“陶渊明云：‘迢迢百尺楼，分明望四荒。暮则归云宅，朝为飞鸟堂。’此语初若小儿戏弄不经意者，然殊有意味可爱。”[②] 渊明诗写登高楼，望四荒，设想这么高的楼，大概晚上是归云的住宅，早上是飞鸟的天堂吧。确实像小孩的想象，却呈现出情感的单纯，一派天真，绝非模仿、雕琢能达到的一种纯净、简单之美。

其三，是指营造出一种美的境界，可称为“境”之味，这种“味”大多在清闲静处中得来。“勃为文先磨墨数升，引被覆面而卧，忽起书之，初不加点，时谓腹稿。《滕王阁记》落霞、孤鹜之语，至今称之。其诗甚多，如‘画栋朝飞南浦云，珠帘暮卷西山雨。’《上巳》云：‘绿齐山叶满，红曳片芝销。’《九日》云：‘兰气添新酌，花香染别衣。’又《咏风》云：‘肃肃凉景生，加我林壑清。驱烟入涧户，卷雾出山楹。去来固无迹，动息如有情。日落山水静，为君起松声。’最有余味，真天才也。”[③] 王勃《滕王阁记》“落霞与孤鹜齐飞”真如画：落霞满天，恢宏壮丽，一只孤鹜点缀其间，恢宏中透着灵动和寂寥，结合下句“秋水共长天一色”，红霞、白鹜、碧水、青天，色彩丰富，水天相接，背景开阔。但是作者没有说此句有味，而是赞赏《咏风》。王勃此诗把风写活了，清风凉意，驱烟卷雾，无形之风变得可感可见，觉得它动息含情，不仅如此，在山沉水静的日暮，万物休息，松风阵阵，声声入耳。静中之意，最有余味。“系有诗集，散逸不多，如‘流水闲过院，春风与

① 张戒：《岁寒堂诗话》卷上，据丁福保辑《历代诗话续编》本，中华书局，1997，第453页。

② 张戒：《岁寒堂诗话》卷上，据丁福保辑《历代诗话续编》本，中华书局，1997，第462页。

③ 计有功撰、王仲镛校笺《唐诗纪事校笺》卷七，中华书局，2007，第227页。

闭门’‘上帘宜晚景，卧簟觉新秋’‘碍冠门柳长，惊梦院莺啼’‘游鱼牵荇没，戏鸟踏花摧’，皆闲远有味。”① “流水闲过院，春风与闭门”，流水潺潺，缓缓流过院子，柴门自开自闭，大概是春风将其打开关上的吧，全是自然风物，一切悠然自照，不见人而意无限。“游鱼牵荇没，戏鸟踏花摧。”相对前一联，此联以动衬静，倍增其静，池塘中游鱼带着一棵水草沉到水底，嬉戏的鸟儿摧踏了花朵，花瓣片飞。这种境界，都是“闲远有味”。“唐人多有访隐者不遇诗，意味闲雅，率皆脍炙人口。高骈云：‘落花流水认天台，半醉闲吟独自来。惆怅仙翁何处去，满庭红杏碧桃开。’李义山云：‘城郭休过识者稀，哀猿啼处有柴扉。沧江白石樵渔路，日暮归来雨满衣。’韦苏州云：‘九日驱驰一日闲，寻君不遇又空还。怪来诗思清人骨，门对寒流雪满山。’”② 所引三诗，都是寻隐者不遇，高骈诗访仙，义山诗访渔樵野人，苏州诗访逸人，所写环境、景物都能突出对象的特点，以景收束全篇，境界自出。此条诗话还附有贾岛《访隐者不遇》：“松下问童子，言师采药去。只在此山中，云深不知处。”此诗相对诗话所录前三首，显得非常素淡，写法也与上三首很不同，上三首着重隐者所居之“境”正面描写，贾岛诗却通篇问答，问寓于答。素淡之中，细细体会也有色彩，郁郁青松、悠悠白云，非常符合隐者身份，而乃师踪迹，“云深不知处”，真是仙踪隐迹，飘渺不可寻。全诗语言非常直白、简单，但是隐者之形、神俨然在眼前，这就在于作者善于造境。“杜《寻范十隐居》云：‘侍立小童清。’义山《忆正一》云：‘烟炉消尽寒灯晦，童子开门雪满松。’子厚：‘日午独觉无余声，山童隔竹敲茶臼。’秀老云：‘夜深童子唤不起，猛虎一声山月高。’闲弃山间累年，颇得此数诗气味。”③ 杜诗本是访范隐士，但不写范而写其小童，一个“清”字，境界全出。义山“烟炉消尽寒灯晦，童子开门雪满松”，读书夜以继日，炉火消尽，灯光晦暗，童子开门一看，原来雪满苍松；大千世界，一派银装素裹，飞雪无声与隐士读书之情境对比写出，其中境界不可细说。子

---

① 胡仔纂集、廖德明校点《苕溪渔隐丛话》后集卷十六，人民文学出版社，1984，第119页。

② 蔡振孙：《诗林广记》后集卷九，中华书局，1982，第389～390页。

③ 黄彻：《䂬溪诗话》卷四，据丁福保辑《历代诗话续编》本，中华书局，1997，第363页。

厚写山居之静，从童子献茶之声道来，秀老“猛虎一声山月高”，同样是以动衬静，其“山月高”似乎是神来之笔，将山中夜之深、静形象地摹写出来。《冷斋夜话》云：“人意趣所至，多见于嗜好。……东坡友爱子由，而味着清境，每诵‘宁知风雨夜，复此对床眠。’”① 此条着重讲东坡与其弟的友谊，所以他在清境之中，常吟韦应物的“宁知风雨夜，复此对床眠”，表明自己期待与子由相聚，因为韦诗写出风雨之中温暖之境，情意深长。“许昌西湖……宋莒公为守时，因起黄河春夫浚治之，始与西相通，则其诗所谓‘凿开鱼鸟忘情地，展尽江湖极目天’者也。……余为守时，复以还旧，稍益开浚，渺然真有江湖之趣。莒公诗更有一篇，中云：‘向晚旧滩都浸月，遇寒新水便生烟。’尤风流有味，而世不传，往往但记前联耳。”② 所引两联，前联写景非常开阔，但是没有太多余味，后联写出一片月色，滩涂浸染，寒水生烟，水月朦胧之境。

其四，是指写出对象的神采、精神，可以说是得“物”之味。“物类虽同，格韵不等。同是花也，而梅花与桃李异观。同是鸟也，而鹰隼与燕雀殊科。咏物者要当高得其格致韵味，下得其形似，各相称耳。杜子美多大言，然咏丁香、丽春、栀子、鸂鶒、花鸭，字字实录而已，盖此意也。”③ 张戒认为写物高处要得物之格致韵味，就是说要抓住物之神采，但是这种神采是在形似之中表现出来的。杜甫《江头五咏》，其一《丁香》：“丁香体柔弱，乱结枝犹垫。细叶带浮毛，疏花披素艳。深栽小斋后，庶近幽人占。晚堕兰麝中，休怀粉身念。”此诗前两联写丁香之形，首联从全貌着眼，“柔弱”其形，“乱结”状其繁盛、生命力强，次联从细处着笔，如特写镜头，写出细叶上小小绒毛，白色小花的素淡可人。丁香有紫色和白色两种，白色有香，所以此处咏的是白丁香。后两联则写丁香之味，也是其精神所在，“深”和“小”写出丁香环境的幽独，“庶近幽人占”，表明它乐于与幽人相处。这句诗超出了外形描摹，写

① 胡仔纂集、廖德明校点：《苕溪渔隐丛话》前集卷三十，人民文学出版社，1984，第210页。

② 叶梦得：《石林诗话》，据何文焕辑《历代诗话》本，中华书局，1981，第407页。

③ 张戒：《岁寒堂诗话》卷下，据丁福保辑《历代诗话续编》本，中华书局，1997，第471页。

出丁香的个性、神韵。尾联接着写欲与兰麝一样芬芳，而不去想花残身碎的那一天，一反丁香哀怨惆怅的形象，把这种柔弱的花写得很有风骨，这大概有杜甫自身的感受在内，他一生颠沛流离，穷愁潦倒，也如丁香一样渺小，但是他始终没有放弃人格的高贵，就像丁香，只要存在，就永远释放芬芳。“东莱蔡伯世作《杜少陵正异》，甚有功，亦时有可疑者。如‘峡云笼树小，湖日落船明’，以‘落’为‘荡’，且云非久在江湖间者，不知此字之为工也。以余观之，不若‘落’字为佳耳。又‘春色浮山外，天河宿殿阴’，以‘宿’为‘没’字。‘没’字不若‘宿’字之意味深远甚明。大抵五字诗，其邪正在一字间，而好恶不同乃如此，良可怪也。”① “春色浮天外，天河宿殿阴”，是杜甫《望牛头寺》中的颔联，此诗是杜甫游四川梓州郪县牛头山鹤林寺所作，诗题望牛头山，即通过对牛头山风景的描写表明诗人对禅居修行生活的向往。颔联写出牛头山满山春色，高于天外，与天河相通，其超脱尘俗姿态如在眼前。“浮”字将春色的漫天漫地，佛教圣地的禅机写出来，“没”字有股沉落感，与牛头山高远的境界氛围不合，“宿”字则写出天河与殿之间的亲切，更显出山之高，佛家境界之至广至大。《诗眼》云：“文章贵众中杰出，如同赋一事，工拙尤易见。……义山云：‘海外徒闻更九州，他生未卜此生休’，语既亲切高雅，故不用愁怨堕泪等字，而闻者为之深悲。‘空闻虎旅鸣宵柝，无复鸡人报晓筹。’如亲扈明皇，写出当时物色意味也。‘此日六军同驻马，当时七夕笑牵牛’，益奇。义山诗世人但称其巧丽，至与温庭筠齐名当。盖俗学只见其皮肤，其高情远意，皆不识也。”② 此条论马嵬诗，《诗眼》认为李商隐最胜，其高情远意常为人不识，其中“空闻虎旅鸣宵柝，无复鸡人报晓筹”一联，让人感觉似乎李商隐亲扈明皇一样，写得非常真切、传神。此诗是《马嵬》其二，开篇“徒闻”“此生休”斩截说出杨妃、明皇现实的夫妻缘已经完结，次联紧承“此生休”写马嵬兵变。玄宗、杨妃长期在深宫，生活奢靡富华，哪里听过军营中报更的梆子声？宫中连公鸡也不准养，自有人作公鸡报晓的工

① 周紫芝：《竹坡诗话》，据何文焕辑《历代诗话》本，中华书局，1981，第340页。

② 胡仔纂集、廖德明校点《苕溪渔隐丛话》前集卷二十二，人民文学出版社，1984，第148页。

作。“虎旅鸣宵柝”写出逃难途中的典型环境，也可见人物逃难的仓惶与狼狈，与“鸡人报晓筹”并列，今昔苦乐对比、安危对比之意很明显。“虎旅鸣宵柝”本意是巡逻并守卫皇帝和杨妃的安全，“空闻”二字，则表明并非如此。从章法上看，此联承上联“此生休”，下启“六军同驻马”，“虎旅”虽“鸣宵柝”，但不是保护杨妃和皇帝，而是要发动兵变，所以“无复鸡人报晓筹”。[①] 此联抓住最有特色之景物，场景如画，包孕丰富。

综上所述，在具体诗篇的品评中，大致可以从“理”“情”“境”“物”四个方面来理解“味”的内涵，但是这四个方面有交叉会通处，本文只是取其主导方面做了大致划分。

2.1.3 “味”的内涵辨析

前面两部分主要分析“味”在品评诗歌中表现的类别或类型，那么“味”本身的是什么？这确实难以言说，宋诗话对此也没有过多的阐释，只能从具体诗歌中去体会，此节也不打算给“味”一个明确定义，而是通过“味”与其他概念、要素的对比来理解“味”之究竟。

味与含蓄。含蓄是味所具有的特质之一，如果一首诗太直白，把事情说得太尽、太彻底，则没有“味”。张戒评白居易诗说：“梅圣俞云：‘状难写之景，如在目前。’元微之云：‘道得人心中事。’此固白乐天长处，然情意失于太详，景物失于太露，遂成浅近，略无余蕴，此其所短处。”[②] “无余蕴”，就是说白居易某些诗歌只有语言表层的东西，让人体味不出更多的蕴含。所以张戒给白居易开药方：“世言白少傅诗格卑，虽诚有之，然亦不可不察也。元、白、张籍诗，皆自陶、阮中出，专以道得人心中事为工，本不应格卑，但其词伤于太烦，其意伤于太尽，遂成冗长卑陋尔。比之吴融、韩偓俳优之词，号为格卑，则有间矣。若收敛其词而少加含蓄，其意味岂复可及也？”就是说白居易对语言不要太过放肆地运用，把所有的话都说出来，而是要含蓄一点，那样意味就出来了，并且非一般作者可及。再如：“曩见曹器远侍郎，称止斋，最爱《史

① 此段参考了霍松林先生对此诗的分析，据《唐诗鉴赏辞典》，上海辞书出版社，1994，第1184页。

② 张戒：《岁寒堂诗话》卷上，据丁福保辑《历代诗话续编》本，中华书局，1997，第457页。

记》诸传赞，如《贾谊传赞》，尤喜为人诵之，盖语简而意含蓄，咀嚼尽有味也。”① 此则虽是论文，却明确指出含蓄则有味。《白石诗说》论“语贵含蓄”，说：“东坡云‘言有尽而意无穷者，天下之至言也。’山谷尤谨于此，清庙之瑟，一唱三叹，远矣哉！后之学诗者，可不务乎！若句中无余字，篇中无长语，非善之善者也；句中有余味，篇中有余意，善之善者也。”② 姜夔说句中没有多余的字，篇中没有冗赘之语，算不得好诗，需要在句中有余味、篇中有余意，也就是说要含蓄隽永，一唱三叹，这样才能算是好诗。杨万里说：“五言古诗，句雅淡而味深长者，陶渊明、柳子厚也。如少陵《羌村》、后山《送内》，皆是一唱三叹之声。”③ 诚斋也是从诗歌具有一唱三叹之声的角度评价陶、柳，赞赏少陵《羌村》，认为这样才是“味深长”。《羌村》三首，一首写刚到家时全家悲喜交集的情景；二首写回家后矛盾苦闷的心情；三首写邻人来访经过。都是平淡生活事，老百姓的情感，但是写得非常真实、感人、情深、意长。第一首通过对回家的喜、怯，家人的惊、泣，邻人的感叹唏嘘等描写，把一个乱世回家的场面写得波澜曲折。第二首写回家享受安定时的自责，认为这无异苟且偷生，因对国事忧虑，诗人常常郁郁寡欢，“娇儿不离膝，畏我复却去”，连孩子都能察觉父亲的情绪，这个细节非常传神地写出诗人的抑郁苦闷。第三首写邻人到来的欢乐忙碌场面，感叹邻人的深情，在斟酒中谈到酒的厚薄，一句“兵革既未息，儿童尽东征”，把时事的艰难点明而又不说尽，耐人寻思。末了致辞“请为父老歌，艰难愧深情。歌罢仰天叹，四座泪纵横。”此时的情绪由第二首的低落变得高扬，但是“艰难愧深情”，可见强颜为欢，一言难尽的痛苦，“四座泪纵横”，这样的效果，是诗人说出了对父老的感激，对时事的忧虑，对自身的感喟等情感内容吗？诗人没有明写，让读者从氛围、意境中去体会。全诗以歌哭结束，令读者三复斯言，掩卷而不能自已。④

---

① 吴子良：《荆溪林下偶谈》卷四，四库全书本。

② 魏庆之著、王仲闻点校《诗人玉屑》卷一，中华书局，2007，第14页。

③ 杨万里：《诚斋诗话》，据丁福保辑《历代诗话续编》本，中华书局，1997，第142页。

④ 此段参考周啸天先生对此诗的分析，据《唐诗鉴赏辞典》，上海辞书出版社，1994，第463～464页。

味与平淡。味与平淡无缘，尽管评论家常说淡而有味，其实这种说法蕴藏着一个潜命题，即淡则没有味，淡而有味是高手才能达到的水准。东坡说柳宗元“发纤浓于简古，寄至味于淡泊”，诚斋说陶、柳诗歌“雅淡而味深长”，都指出这两者以味见长，平淡、淡泊只是其表。刘克庄说：“圣俞诗长于叙事，雄健不足而雅淡有余。然其淡而少味，令人无一唱三叹之致。”[①] 梅圣俞诗在当时获得一致评价，就是平淡，有人认为平淡中有古意，譬如欧阳修，但是纵观梅圣俞诗歌，“味”确实是有些不够深长，刘克庄也认为他平淡，没有什么味道，没有一唱三叹之意。再如：“刘都官，其先会稽人，诗仅百篇，古历相参，明著者较然可见，含思者求之愈深，凄切则不可复观，平淡则几于无味；至于华藻组绣，豪肆放荡，众体具备，而卒归于雅正。醒醉沐浴于山水间，与种太质辈为诗酒友，真所谓五陵之豪客也。”[②] 此条尽管称赞刘都官之诗，但是说“平淡则几于无味”，同样是强调平淡的诗，很容易造成无味。《休斋诗话》云：“人之为诗，要有野意。盖诗非文不腴，非质不枯，能始腴而终枯，无中边之殊，意味自长。风人以来，得野意者，惟渊明耳。如太白之豪放，乐天之浅陋，至于郊寒岛瘦，去之益远。”[③] 此则说了两点：其一，如何达到“意味自长”，首先需要诗歌有文采，这样才有丰腴之美，同时也要有质朴的品格，否则太丰腴，则是艳丽肥厚，称不上“野意”，所以“野意”最终要以“枯淡”的形貌表现出来，这样才更耐品味，更有“意味”。这表明“淡而有味”不是绝对摒弃文采，而是不过求文采，或者说是讲求绚烂至极后达到的素淡之美，如同“绘事后素”。所以一味求语言之枯淡、想以此达到淡而有味，这是只得其皮毛的做法。其二，辨析野意与其他风格的关系，认为意味自长，得野意者古今只有渊明一人，太白的豪放不是，因为豪放是向外发散的一种美，味是慢慢渗透出来，需要咀嚼细品才可以得到。浅陋更不是，浅陋本身就不具有任何美感。那么粗俗更不是，“《类苑》云：‘石曼卿喜豪饮，与布衣刘潜为友。尝倅海州，潜访之，剧饮，中夜，酒欲竭，

① 刘克庄撰、王秀梅点校《后村诗话》后集卷二，中华书局，1983，第67页。
② 王正德：《余师录》卷二，中华书局，1985，第26页。
③ 魏庆之著、王仲闻点校《诗人玉屑》卷六，中华书局，2007，第175页。

有醋斗余，乃倾入酒中并饮之。明日，酒醋俱尽。每与客痛饮，露发跣足，着械而坐，谓之囚饮。坐木杪，谓之巢饮。以稿束之，引首出饮，复就束，谓之鳖饮。廨后为一庵，常卧其间，名之曰扪虱庵。’苕溪渔隐曰：东坡诗云：试问高吟三十韵，何如低唱两三杯。世传陶穀买得党太尉故妓，取雪水烹团茶，谓妓曰：‘党家应不识此。’妓曰：‘彼粗人安得有此景，但能销金帐下，浅斟低唱，饮羊羔儿酒耳。’陶愧其言。如曼卿喜豪饮，亦大粗俗，了无风味，是岂知人间有此景哉?”[①] 这里是评论石曼卿其人，他过于豪放，饮酒法别出心裁，但实在没有多少雅意，甚至有些变态，“大粗俗，了无风味”，他是不能体会“销金帐下，浅斟低唱，饮羊羔儿酒”的风雅的。人之粗俗则乏风味，诗之粗俗更是如此。所以味与平淡、浅陋、粗俗不相关，与豪放相比，它是意韵沉潜的一种美感。

味与语言。味是语言所表现出来的，那么什么样的语言会有味?《随笔》曰：“《长恨歌》《上阳人歌》《连昌宫词》，道开元、天宝宫禁事最为深切。然微之有《行宫》绝句，云：‘寥落古行宫，宫花寂寞红。白头宫女在，闲坐说玄宗。’语少意足，有无穷之味。”[②] 元稹《行宫》，可与白居易《上阳白发人》作为参照。白诗写宫女天宝末就被遣到上阳宫，在这冷宫一闭四十年，成了白发宫人。元诗只有二十个字，用以少总多的写法，写出了宫女们无限哀怨的情感，也蕴藏着今昔盛衰的无限感慨。四句诗构成一幅画：深宫寂寞、寥落，就是春天来了也没有一丝欢乐气息，满园的红花，只是衬托出红颜的衰谢和年华的流逝，几个白头宫女，正闲坐着说天宝的遗事。全篇只是白描，却给读者提供很大的想象空间，宫女们闭锁深宫，无聊、寂寞、孤独，这样的生活从青春岁月一直到白发苍苍，其身世之悲凉，境遇之凄惨，凄艳绝人。此外，诗中只用了两种色彩，花的红、发的白，形成鲜明对比，给人强烈刺激，不只是视觉上，还是情感上的。因此全诗尽管只有二十个字，却蕴含丰富，所以为“语少意足”，有“无穷之味”。再如：“唐人为乐府者多，如刘驾《邻女篇》云：‘君嫌邻女丑，取妇他乡县。料嫁与君

① 胡仔纂集、廖德明校点《苕溪渔隐丛话》前集卷四，人民文学出版社，1984，第25页。

② 魏庆之著、王仲闻点校《诗人玉屑》卷十，中华书局，2007，第292页。

人，亦为邻所贱。菖蒲花可贵，只为人难见。’《祝河水篇》云：‘河水清弥弥，照见远树枝。征夫不饮马，再拜祝冯夷。从今亿万岁，不见河浊时。’语简味长，欲逼王建。”① 这两首乐府，都有古乐府的味道。《邻女》以被弃女子的口吻写出，用语口语化，开篇写自已因“丑”而被君弃，君要娶他乡的女子。接下去没写自己被弃的哀怨，而是荡开一笔，想到他乡的女子嫁给君人，最终也会遭鄙贱、被抛弃。写到此处，对“君”没有任何评价，但是此君喜新厌旧的品行可想象得见。最后一联更是超出常笔，由人写到花，菖蒲花美丽而可贵，就如人间至美至好之女一样，人哪里能经常见得到呢。言外之意，君的不断抛弃旧妻再娶新妻，是他总想找到菖蒲花一样美好的女子，可是这样的女子哪里会常见呢，所以他总是不停地易妻娶妻，没有餍足。全篇六句，全用陈述语言写出，但是情感褒贬蕴含其中，也给我们展现了一个被弃而不自哀自怨的女子形象，所以“语简味长”。这两个例子都谈到“语简味长”“语少意足”，其中的“语简”“语少”不仅是指字数的少，主要是指文字的精炼、简洁、传神，这样才能传达出“味”。譬如：“唐人中秋月诗，刘得仁云：‘一年唯一夕，尝恐有云生。’张祜云：‘一年逢好夜，万里见明时。’司空图云：‘此夜若无月，一年空过秋。’俱用‘一年’字。本朝王黄州云：‘莫辞终夕看，动是来年期。’用‘来年’字，意味尤长，非三子可及。”② 唐人诗均用“一年”来表示中秋月之难得，一年才一回。王禹偁诗仍然是说此月难得，但用“来年”，表现出一个经历过程，比“一年”更见时间之久，更衬出珍重今宵之意。所以用语传神可以使“意味尤长”。

但是只注重语言的修饰，只是排比语词，则会让作品毫无意味。“周伯弜选唐人家法，以四实为第一格，四虚次之，虚实相半又次之。其说‘四实’，谓中四句皆景物而实也。于华丽典重之间有雍容宽厚之态，此其妙也。昧者为之，则堆积窒塞，而寡于意味矣。”③ 此处谈律诗诗法，认为中间四句写景而实，高妙者能在这四句写景中表现宽厚雍容之态，但是如果只是堆砌景物，形成拥

① 刘克庄撰、王秀梅点校《后村诗话》后集卷一，中华书局，1983，第52页。
② 赵与虤：《娱书堂诗话》，据四库全书本。
③ 范晞文：《对床夜语》卷二，据丁福保辑《历代诗话续编》本，中华书局，1997，第420～421页。

塞，则没有意味，因为那只是一堆死语言，而不是活景物。所以语言的运用还有技巧："凡装点者好在外，初读之似好，再三读之则无味。要当以意为主，辅之以华丽，则中边皆甜也。装点者外腴而中枯故也，或曰'秀而不实'。晚唐诗失之太巧，只务外华，而气弱格卑，流为词体耳。又子由《叙陶》诗'外枯中膏，质而实绮，癯而实腴'，乃是叙意在内者也。"[①] 此则反对只注重语言的"装点"，认为诗歌当以意为主，否则只是华丽其表，而枯寂其中。陶诗之所以"外枯中膏，质而实绮，癯而实腴"，就是因为有内在的"意"。这种"意"才是味的来源。上文说语言之简洁传神而具有深长之味，也是因为语言是在表"意"的基础上获得传神的效果。

司空图强调诗歌要辨于味，味在酸咸之外，近而不浮，远而不尽，是韵外之致。张戒从反面说："大抵句中若无意味，譬之山无烟云，春无草树，岂复可观。"[②] 味如山中的烟云、春天的草树，也就是说味是诗歌的整个生命、神采。所以，无论是理味、情味、境味、物之味等，味是诗歌通过简洁、准确、传神的语言所表达的一种含蓄的沉潜的美，它与平淡、粗俗没有关系，与纯粹的辞藻之美也没有关系，它体现在语言之外。对读者来说，味是需要反复沉酣体味才能得到的一种美感。

2.2 "格"的复杂意蕴

"格"作为重要诗学范畴，其地位的确立是在宋代，在此之前，刘勰《文心雕龙》、任昉《文章缘起》偶尔用"格"来品评作品。《文心雕龙·议对》："晋代能议，则傅咸为宗。然仲瑗博古，而铨贯有叙；长虞识治，而属辞枝繁；及陆机断议，亦有锋颖，而谀辞弗剪，颇累文骨：亦各有美，风格存焉。"此处"风格"指所举晋代各家议对之文均有自己的特点和优长。"风格"再次出现在《夸饰》篇："故天地以降，豫入声貌，文辞所被，夸饰恒存。虽诗书雅言，风格训世，事必宜广，文亦过焉。"范文澜先生认为此处

① 吴可：《藏海诗话》，据丁福保辑《历代诗话续编》本，中华书局，1997，第331页。

② 张戒：《岁寒堂诗话》卷上，据丁福保辑《历代诗话续编》本，中华书局，1997，第450页。

“风格”是两个词，“风”乃教，“格”指旧法。再如《章句》篇：“四字密而不促，六字格而非缓。”此“格”取《说文》之义，即“木长貌”，引申为宽长之义。《文章缘起》：“今制论政事曰题，陈私情曰奏，皆谓之本，以及让官谢恩之类，并用散文，间为俪语，亦同奏格。”此“格”指“奏”这类文体的格式、规则。由此看出，刘勰、任昉在使用“格”时，大致采用“格”之本义及最近的引申义。此后唐代出现众多讲究格法之书，王昌龄《诗格》、皎然《诗式》、齐己《风骚旨格》、旧题贾岛《二南密旨》等，都是谈论作诗的法则、规范之书，“格”的内涵主要表现在“格法”“规则”这个层面。及至宋朝，“格”广泛、大量出现在诗歌品评中，成为评诗、论诗的一个重要标准，其内涵也表现得非常复杂。[①]在宋诗话中，“格”的蕴涵主要可以从两方面来讲，一、格法层面的“格”，涉及声律、句法、诗歌具体写法、表达方式等方面；二、指诗歌超乎形质之上的美，这个层面的“格”含义比较丰富，表现出复杂意蕴，除了以单音词“格”作为品评对象之外，其组合词主要有风格、格调；气格、格力；体格、骨格等三组，每一组均有其特别内涵。本文从这两方面具体讨论宋诗话中“格”的复杂意蕴。

2.2.1　格法层面的“格”

格法层面的“格”，主要谈论诗歌作法，包括形式和内容两方面，讨论范围包括声律、句法、诗歌具体写法及表达方式等方面，明显表现出对唐代诗格作品的继承性和总结性。[②]

宋诗话较少谈论诗歌声律之病犯，主要讲押韵、对偶之格式、法则。韩子苍云：“阴铿与何逊齐名，号阴、何，今《何逊集》五卷，其诗清丽简远，正称其名。铿诗至少，又浅易无他奇，其格律乃

① 晚唐已有用“格”来品评人物、事物、艺术的用法，不限于“格法”层面的含义，诗例如王运熙、杨明《中国文学批评通史（隋唐五代卷）》第786页所引。此外，专论诗歌的例子如姚合《赠张籍太祝》：“飞动应有格，功夫过却奇”，贯休《读贾区贾岛集》：“冷格俱无敌”。但是，晚唐对“格”在此层面的探讨并未展开。这个观点和诗例补充是杨明先生提醒和提供的。

② 有唐一代诗格，初、盛唐人主要关注诗歌的病犯和对偶，自皎然《诗式》后，晚唐至宋初的诗格，除了论四声、对偶，还论势、论体格，即诗歌写作范式、艺术手法等，涉及诗歌形式、内容两方面。此论见张伯伟《中国古代文论批评方法研究》外篇第三章《诗格论》，中华书局，2006。

似隋唐间人所为，疑非出于铿。虽然，自隋唐以来，谓铿诗矣。"[①] 此处"格律"指声律，指阴铿诗歌在用韵、平仄、对偶等方面已接近隋唐声律之特点。"国朝诸人诗为一等，唐人诗为一等，六朝诗为一等，陶阮、建安七子、两汉为一等，《风》《骚》为一等，学者须以次参究，盈科而后进，可也。黄鲁直自言学杜子美，子瞻自言学陶渊明，二人好恶，已自不同。鲁直学子美，但得其格律耳。"[②] 黄庭坚学杜甫，张戒认为他只学得杜甫之"格律"，此格律大概指杜诗声律、形式层面的东西，而非杜诗的风神、内涵。

除了用"格律"概指声律、形式，也以"格"专门指诗歌之用韵，《素缃杂记》："郑谷与僧齐己、黄损等，共定今体诗格云：凡诗用韵有数格：一曰葫芦，一曰辘轳，一曰进退。葫芦韵者，先二后四；辘轳韵者，双出双入；进退韵者，一进一退；失此则缪矣。余按《倦游杂录》载唐介为台官，廷疏宰相之失，仁庙怒，谪英州别驾，朝中士大夫以诗送行者颇众，独李师中待制一篇为人传诵。诗曰：'孤忠自许众不与，独立敢言人所难。去国一身轻似叶，高名千古重于山。并游英俊颜何厚，未死奸谀骨已寒。天为吾君扶社稷，肯教夫子不生还！'此正所谓进退韵格也。按《韵略》：难字第二十五，山字第二十七，寒字又在二十五，而还又在二十七。一进一退，诚合体格，岂率尔而为之哉！近阅《冷斋夜话》载当时唐、李对答话言，乃以此诗为落韵诗，盖渠伊不见郑谷所定诗格有进退之说而妄为云云也。"[③] 此条诗话中的"格"即指特殊的用韵格式，并以李师中诗为例做具体分析，说明这类诗歌用韵之特殊，而非落韵诗。再如："鲁直观伯时画马诗云：'仪鸾供帐饕虱行，翰林湿薪爆竹声，风帘官烛泪纵横。木穿石槃未渠透，坐窗不遨令人瘦，贫马百吃逢一豆。眼明见此玉花骢，径思着鞭随诗翁，城西野桃寻小红。'此格禁脔谓之促句换韵。其法三句一换韵，三叠而止。此格甚新，人少用之。余尝以此格为鄙句云：'青玻璃色莹长空，烂银盘挂屋山东，晚凉徐度一襟风。天分风月相管领，对之技痒谁

① 胡仔纂集、廖德明校点《苕溪渔隐丛话》前集卷六，人民文学出版社，1984，第38页。

② 张戒：《岁寒堂诗话》卷上，据丁福保辑《历代诗话续编》本，中华书局，1997，第451页。

③ 阮阅编、周本淳校点《诗话总龟》后集卷二，人民文学出版社，1998，第13页。

能忍，吟哦自恨诗才窘。扫宽露坐发兴新，浮蛆琰琰抛青春，不妨举醆成三人。”[1] 此格即指促句换韵之法，也是比较特殊的用韵格式。《缃素杂记》云：“世俗相传，古诗不必拘于用韵。余谓不然，如杜少陵《早发射洪县南途中作及字韵诗》，皆用缉字一韵，未尝用外韵也。及观东坡《与陈季常》汁字韵，一篇诗而用六韵，殊与老杜异。其他侧韵诗多如此。以其名重当世，无敢訾议。至荆公则无是弊矣，其《得子固书因寄以及字韵诗》，其一篇中押数韵，亦止用缉字一韵，他皆类此，正与老杜合。”苕溪渔隐曰：“黄朝英之言非也。老杜侧韵诗，何尝不用外韵，如《戏呈元二十一曹长》末字韵，一篇诗而用五韵；《南池》谷字韵，一篇诗而用四韵；《客堂》蜀字韵，一篇诗而用三韵。此特举其二三耳，其他如此者甚众。今若以一篇诗偶不用外韵，遂为定格，则老杜何以谓之能兼众体也。黄既不细考老杜诸诗，又且轻议东坡，尤为可笑。”[2] 此则论古诗用韵规则，黄朝英以杜诗为例，认为其侧韵诗只押一字，胡仔则认为老杜侧韵诗也有许多押外韵的情况，所以不能以老杜一首诗之格式来规定所有侧韵诗的用韵规则。这些用韵特殊的诗歌，无法按常格来欣赏，宋诗话对此作出总结，对后人欣赏、解读诗歌有很大帮助。

也有用“格”专指对仗格式。《苕溪渔隐》曰：“律诗有扇对格，第一与第三句对，第二与第四对，如少陵《哭台州郑司户苏少监诗》云：‘得罪台州去，时危弃硕儒；移官蓬阁后，谷贵殁潜夫。’东坡《和郁孤台》诗云：‘邂逅陪车马，寻芳谢朓洲；凄凉望乡国，得句仲宣楼。’又唐人绝句亦用此格，如‘去年花下留连饮，暖日夭桃莺乱啼；今日江边容易别，淡烟衰草马频嘶’之类是也。”[3] 扇对格非正常对仗格式，所举杜诗，第一句与第三句对得比较工整，“得罪”对“移官”，“台州”对“蓬阁”，“去”对“后”，第二句与第四句也很工整，若按正常格式，一二句相对，三四句相对，则此诗均不合格，要领会此类诗歌变格之妙，这种对仗

① 魏庆之著、王仲闻点校《诗人玉屑》卷二，中华书局，2007，第47页。

② 胡仔纂集、廖德明校点《苕溪渔隐丛话》前集卷三十八，人民文学出版社，1984，第261～262页。

③ 胡仔纂集、廖德明校点《苕溪渔隐丛话》前集卷九，人民文学出版社，1984，第57页。

格式非标注不可。再如，《艺苑雌黄》云：“僧惠洪《冷斋夜话》载介甫诗云：‘春残叶密花枝少，睡起茶多酒盏疏’，‘多’字当作‘亲’，世俗传写之误。洪之意盖欲以‘少’对‘密’，以‘疏’对‘亲’。予作荆南教官，与江朝宗汇者同僚，偶论及此，江云：‘惠洪多妄诞，殊不晓古人诗格，此一联以“密”字对“疏”字，以“多”字对“少”字，正交股用之，所谓蹉对法也。’”[①] 这种上下联之间用字的交相对，确实比较新奇，在常格之外，有点游戏和取巧的意思。有的涉及一首诗歌各联的对仗变化，譬如偷春格：“其法颔联虽不拘对偶，疑非声律；然破题已的对矣。谓之偷春格，言如梅花偷春色而先开也。‘无家对寒食，有泪如金波。斫却月中桂，清光应更多。仳离放红蕊，想象嚬青娥。牛女漫愁思，秋期犹渡河。’”[②] 律诗一般首联和尾联不甚讲求对仗，而中间两联必讲对仗，杜甫此诗首联对仗，“无家”对“有泪”，“对”对“如”，“寒食”对“金波”，比较工整，但是颔联“斫却月中桂，清光应更多”，上下句根本不对，但上下句之间语意承接，语势非常流畅。这种声律变格，确实有生新出奇之妙，结合整首诗意，开门便对，读者精神马上集中，而颔联的流畅又让紧张心情得到舒缓，以便更好欣赏下文，这样整首诗节奏上充满张弛之美，这大概是特意立此一格的原因。像此类还有蜂腰格，即颔联不对仗，十字叙一事而意贯上两句，至颈联方对仗分明，言若已断而复续。诗句对偶涉及特殊平仄，也立一格，譬如八句仄入格，《古今诗话》：“唐末，蜀川有唐求，放旷疏逸，方外人也。吟诗有所得，即将稿捻为丸，投入瓢中。后卧病，投瓢于江，曰：‘兹文苟不沉没，得之者方知吾苦心耳。’瓢至新渠江，有识者曰：‘此唐山人诗瓢也。’接得，十才二三。题郑处士隐居曰：‘不信最清旷，及来愁已空。数点石泉雨，一溪霜叶风。业在有山处，道成无事中。酌尽一杯酒，老夫颜亦红。’”[③] 唐求此诗各句首字，“不”“及”“数”“一”“业”“道”“酌”“老”，均是仄声字，非常少见，此诗因为这种音律上的特别，使每句都被强调、提起，造成一种隐居生活不同凡响的效果。

---

① 胡仔纂集、廖德明校点《苕溪渔隐丛话》后集卷二十五，人民文学出版社，1984，第 183 页。

② 魏庆之著、王仲闻点校《诗人玉屑》卷二，中华书局，2007，第 43 页。

③ 魏庆之著、王仲闻点校《诗人玉屑》卷二，中华书局，2007，第 50～51 页。

宋诗话总结许多这种特殊的声律格式，帮助后人更好的欣赏诗歌之别致，但是并不认为所有特殊格式都需要提倡、另立一格，反映出宋诗话对诗歌声律革新抱有的谨慎态度。譬如《蔡宽夫诗话》云："诗家有假对，本非用意，盖造语适到，因以用之。若杜子美'本无丹灶术，那免白头翁'，韩退之'眼穿长讶双鱼断，耳热何辞数爵频'，借'丹'对'白'，借'爵'对'鱼'，皆偶然相值，立意下句，初不在此。而晚唐诸人，遂立以为格。贾岛'卷帘黄叶落，开户子规啼'、崔峒'因寻樵子径，得到葛洪家'为例，以为假对胜的对，谓之高手，所谓痴人面前不得说梦也。"[1] 声律的革新不是一味求新，而是造语适到，自然而然，与诗意浑融。

对于特殊句法，宋诗话常以"××格"标出。"梅圣俞五字律诗，于对联中十字作一意处甚多。如《碧澜亭诗》云：'危楼喧晚鼓，惊鹭起寒汀。'《初见淮山》云：'朝来汴口望，喜见淮上山。'《送俞驾部》云：'何时鹢舟上，远见炉峰迎。'《送张子野》云：'不知从此去，当见复何如。'《和王尉》云：'度鸟不曾下，新文谁寄评。'《昼寝诗》云：'及尔寂无虑，始知机尽空。'如此者不可胜举。诗家谓之'十字格'，今人用此格者殊少也。老杜亦时有此格，《放船诗》云：'直愁骑马滑，故作泛舟回。'《对雨》云：'不愁巴道路，恐湿汉旌旗。'《江月》云：'天边长作客，老去一沾巾。'"[2] 律诗上下句，不仅要平仄相对，词性相对，句意一般也要求有别，而上下句共同表达一个意思，这就是变体，所以特别标出，称为"十字格"。与此相同的还有："唐人诗，喜以两句道一事；曾茶山诗中，多用此体。如：'又从江北路，重到竹西亭。''若无三日雨，那复一年秋。''似知重九日，故放两三花。''次第翻经集，呼儿理在亡。''又得清新句，如闻謦欬音。''如何万家县，不见一枝梅。'此格亦甚省力也。"[3] 这种句式与十字格有相似之处，上下句连在一起表达一个意思，偶尔用于诗，在讲求声律的近体诗中，会获得"省力"之功效，即没有过分雕琢痕迹，表达流利。

---

① 胡仔纂集、廖德明校点《苕溪渔隐丛话》前集卷二十三，人民文学出版社，1984，第155页。

② 葛立方：《韵语阳秋》卷一，据何文焕辑《历代诗话》本，中华书局，1981，第485页。

③ 魏庆之著、王仲闻点校《诗人玉屑》卷十九，中华书局，2007，第601页。

化用前人诗句，融入己诗，也成为一格。《苕溪渔隐》曰："东坡《送人守嘉州》古诗，其中云：'峨眉山月半轮秋，影入平羌江水流；谪仙此语谁解道？请君见月时登楼。'上两句全是李谪仙诗，故继之以'谪仙此语谁解道，请君见月时登楼'之句。此格本出于李谪仙，其诗云：'解道澄江净如练，令人还忆谢玄晖。'盖'澄江净如练'，即玄晖全句也。后人袭用此格，愈变愈工。"[①] 李白诗歌化用谢朓之诗，东坡之诗借用李白一联，这既是用典，同时也表达了诗人己意，首次用此句法是创新，但是过多用此句法，其实反映一个时代作家原创力的衰弱。胡仔说"后人袭用此格，愈变愈工"，大概也只是学问上的工夫而已。

诗句语序安排不同于日常语言，譬如杜甫"香稻啄余鹦鹉粒，碧梧栖老凤凰枝"，因为语序安排之妙，使诗歌有拗峭之气，这种句法当然也可以称为一格。

此外，七言律诗每句的格式一般是上四下三，或者二二三，但是也有不循此法的，则另立一格。《苕溪渔隐》曰："六一居士诗云：'静爱竹时来野寺，独寻春偶过溪桥。'俗谓之折句。卢赞元《雪诗》云：'想行客过梅桥滑，免老农忧麦垅干。'效此格也。余亦尝云：'鹦鹉杯且酌清浊，麒麟阁懒画丹青。'"[②] 所举三联诗对仗非常工整，但都是上三下四式，如欧公之诗，读如"静爱竹/时来野寺，独寻春/偶过溪桥"，其他两联同此，此谓折句格。声律、句法的特殊格式还有许多，这里只举几例以见一斑。

除了声律、句法这些形式方面的特殊格式，诗歌所用的特殊表达方式、艺术手法，宋诗话也有记录和总结。东坡《席上代人赠别》诗："莲子劈开须见忆，楸枰著尽更无期。破衫却有重缝处，一饭何曾忘却时。"赵彦材《诗注》云："此吴歌格，借字寓意也。古诗有云：'围棋烧败袄，着子故依然。'乃此格也。莲子曰'药'，药中么荷曰'意'。'须见忆'，以药中之意言之。'楸枰'，棋盘也。杜牧诗云：'玉子纹楸一路饶'，则此楸之谓矣。'更无期'，以棋言之。'重缝处'，以缝绽之'缝'隐'逢'字也。'忘却时'，以匙

---

① 胡仔纂集、廖德明校点《苕溪渔隐丛话》前集卷四十二，人民文学出版社，1984，第287页。

② 胡仔纂集、廖德明校点《苕溪渔隐丛话》前集卷三十六，人民文学出版社，1984，第241页。

匕之‘匙’隐之也。”[①] 赵注东坡诗，主要分析其用了“吴歌格”，即谐音法。其他修辞方法，譬如写物而不直言其物者，“临川‘萧萧出屋千寻玉，霭霭当窗一炷云’，皆不名其物。然子厚‘破额山前碧玉流’，已有此格。近诗‘蕨芽已作小儿拳’，退之已有‘初拳几枝蕨’。”[②] 这种“格”实是摹物之法，用了比喻修辞格。“老杜‘十暑岷山葛，三霜楚户砧’‘九钻巴噀火，三蛰楚祠雷’，其书岁月也新矣。乐天云：‘吴郡两回逢九月，越州四度见重阳。’‘去年八月十五夜，曲江池畔杏园边；今年八月十五夜，湓浦沙头水馆前。’又：‘前年九日余杭郡，呼宾命宴虚白堂；去年九日到东洛，今年九日来吴乡；两边蓬鬓一时白，三处菊花同色黄。’其质直叙事，又是一格。”[③] 杜诗选取具有代表性的事物，用非常简练的语言将诗人在巴蜀的岁月记载得很清楚，白居易诗歌直书时间变迁中行迹之变，用语直白，这种叙事方式与杜诗之简洁截然不同。“杜诗妙处，人罕能知。凡人作诗，一句只说得一件物事，多说得两件，杜诗一句，能说得三件、四件、五件物事；常人作诗，但说得眼前，远不过数十里内，杜诗一句能说数百里，能说两州军，能说半天下，能说满天下。……山谷则有数联合格，如‘轻尘不动琴横膝，万籁无声月入帘’‘饭香猎户分熊白，酒熟渔家擘蟹黄’‘素练狂风寒彻骨，黄梅细雨润如酥’，皆是一句能言三件事。如‘河天月晕鱼分子，槲叶风微鹿养茸’‘桃李春风一杯酒，江湖夜雨十年灯’，即是一句能言四件事。至荆公则合格者多，……用此格私按所作，则五言诗中，每句用上两物，即成气象；用三物即稍工，然绝少，所可举者，不过三五联耳。七言诗中，每句用上三物即成气象；用四物，即愈工，然愈少，所可举者，不过二三联而已。”[④] 此则所说之“格”，指诗歌所写物象之密集，所以内容饱满，极富张力，由此使诗歌气象不凡。这种“格”不仅是写作技

① 蔡振孙：《诗林广记》后集卷三，中华书局，1982，第255~256页。

② 黄彻：《䂬溪诗话》卷四，据丁福保主编《历代诗话续编》本，中华书局，1983，第366页。

③ 黄彻：《䂬溪诗话》卷三，据丁福保主编《历代诗话续编》本，中华书局，1983，第358页。

④ 吴沆：《环溪诗话》，据吴文治《宋诗话全编》，江苏古籍出版社，1998，第4337~4339页。

巧，同时也需要诗人学识、才力的支撑。特殊用笔，也为一法。东坡《芦雁》诗："野雁见人时，未起意先改。君从何处看，得此无人态。无乃槁木形，人禽两自在。北风振枯苇，微雪落璀璨。惨然云水昏，晶莹沙砾碎。弋人怅何慕，一举渺江海。"《禁脔》品评："欲叙雁闲暇之态，故笔力顿挫如此。又诗曰：'我生木强鄙，少以气自挤。孤舟到江海，引手扪象犀。迩来辄自悟，留气下暖脐。'亦顿挫也。夫言顿挫者，乃是覆却便文采粲然；非如常格诗，但排比句语而成熟，读之殊无气味。如少游诗曰：'松江浩无旁，垂虹跨其上。漫然衔洞庭，领略非一状。恍如阵平野，万马攒穹帐。离离云抹山，窅窅天粘浪。烟中鱼歌起，鸟外征帆扬。逾知宇宙宽，斗觉天南壮'云云。此但排比好句耳，非能使之顿挫也。"① 东坡《芦雁》诗，写雁之闲暇，但着笔在观者，在周围之环境，所以为"笔力顿挫"，与秦观诗比较，秦诗写物而太着于物，所以是"排比句语"，没有气味。用笔之顿挫，也是一格。此外还有情景相生之法，以文为滑稽的表达方式，取无情之物作有情用等方法。

综上所述，无论是声律、句法，还是表达方式、艺术手法，以"格"概之，此"格"都是以法式、格式、规则等内涵出现的。宋诗话关注的众多"格"，都指诗歌在声律、写作手法上比较特殊的一类，反映了他们对诗歌创作技法的关注以及他们对形式、写法、艺术手法创新的兴趣，同时也为后人欣赏、阅读此类诗歌提供帮助。

2.2.2 "格"在多层面的意蕴创造

首先，将"格"的内涵进一步丰富、复杂，超出"格法"之意，使之成为中国古典诗歌美学一个重要范畴，这是宋诗话对"格"的意蕴的创造，同时反映宋人的诗歌研究超越了对诗歌形式的关注，向诗歌美学更深处进展的情况。这个层面"格"之意蕴，难以言诠，下文用以类相从的方法，进行层次分析。宋诗话单独使用"格"时，探讨了"格"与立意、语言等要素的关系，这可以帮助我们间接领会"格"在宋人心中的内涵；其次，宋诗话使用"格"时，常以复合词的形式出现，这些复合词大多成为后人评诗的重要标准，本文选取最重要、出现频率最高的几组进行分析，大

① 何汶撰、常振国、绛云点校《竹庄诗话》卷十，中华书局，1984，第191页。

致分为三组：风格/格调，气格/格力，体格/骨格，以此讨论“格”在多层面的含义。

“格”以单音词形式出现，在宋诗话中常常与其他诗歌要素进行对比，譬如与立意、用语的关系，“格”之高下与作者的关系，从这些对比中，我们可以了解格在诗歌中的地位。有时宋诗话只是用“格”评论一首诗歌，我们可以从诗歌本身间接领会其蕴涵。

格与立意。宋诗话认为格与意是诗歌最重要的要素，常将两者同时提起。“文以文而工，不以文而妙，然舍文无妙，圣处要自悟，意出于格，先得格也，格出于意，先得意也。”[①] 此则论文章需要文采来增其华、添其妙，但是文采之华妙最终还要文章有“格”有“意”，格与意是相互生成的关系。“陈无己先生语余曰：‘今人爱杜甫诗，一句之内，至窃取数字以仿像之，非善学者。学诗之要，在乎立格命意用字而已。’余曰：‘如何等是？’曰：‘《冬日谒玄元皇帝庙诗》，叙述功德，反复致意，事核而理长，《阆中歌》，辞致峭丽，语脉新奇，句清而体好，兹非立格之妙乎？《江汉诗》，言乾坤之大，腐儒无所寄其身，《缚鸡行》，言鸡虫得失，不如两忘而寓于道，兹非命意之深乎？《赠蔡希鲁诗》云‘身轻一鸟过’，力在一‘过’字，《徐步》诗云‘花蕊上蜂须’，功在一‘上’字，兹非用字之精乎？学者体其格，高其意，炼其字，则自然有合矣。何必规规然仿像之乎！’”[②] 陈无己将立格放在学诗第一位，立意其次，那么格与意究竟有何不同，又有何联系？陈称《冬日谒玄元皇帝庙》与《阆中歌》为立格之妙，《江汉》《缚鸡行》乃命意之深。

《冬日谒玄元皇帝庙》大概作于天宝八年冬，此年六月玄宗加谥五圣。全诗二十八句，首四句总写，庙貌祀典，称尊追祖之意，靡不包举，以下逐层铺叙。“碧瓦”四句，纪庙制之盛；“仙李”四句，推崇奉之由，一顺说下；“画手”八句，赞画壁之妙，上四虚引，下四实拈；“翠柏”四句，写景有森爽之色，确是神庙寒候；末四句，就玄元咏叹作收，言其识高，其教远，其神无所不之，着“更何乡”三字，仍与庙貌关照，字字典重，句句高华，据事直书，

① 魏庆之著、王仲闻点校《诗人玉屑》卷一，中华书局，2007，第14页。

② 张表臣：《珊瑚钩诗话》卷二，据何文焕辑《历代诗话》本，中华书局，1981，第464页。

不参议论，纯是颂体。但是开篇“配极”四句，亦似钜典，亦似悖礼；“碧瓦”四句，亦似壮观，亦似逾制；“蟠根”“奕叶”，亦似绵远，亦似矫诬；“遗旧史”，亦似反挑，亦似实刺；“付今王”，亦似同揆，亦似假托；纪画处，亦似尊崇，亦似涉戏；“谷神”“何乡”，亦似呼吸可接，亦似神灵不依；而读去毫无圭角。钱注杜诗认为此诗语语讥刺，但此诗题紧扣朝廷钜典，体亦颂扬，并不比其他题材可以讽谏、显陈。[①] 陈无己说此诗“叙述功德，反复致意，事核而理长”，也就是说此诗在“颂扬”的主旨下，结构上采用总分总形式，反复强调此主题，对祀典之事实录而暗寓褒贬，蕴含道理深长，这就是立格之妙。那么“立格”大致指作者选材、对于篇章结构的安排，并且这个结构、选材要很好地表达诗作之主题、立意。

所评《阆中歌》，应是《阆山歌》与《阆水歌》的合称，两诗大约作于广德二年春，广德元年冬代宗已还京，阆中僻远，所以这年春天才得到信息，自此，杜甫决定东游。两歌写阆中之胜，聊为不归者解嘲。譬如《阆水歌》，首句问：“嘉陵江色何所似”，次句答：“石黛碧玉相因依”，乃正笔写水。“正怜日破浪花出，更复春从沙际归”，此从生色处写。“巴童荡桨欹侧过，水鸡衔鱼来去飞”，此从点缀处写，都是烘染法。结句“阆中胜事可肠断，阆州城南天下稀”，对阆中之美景赞不容口。[②] 整首诗语言非常清新，写景生动活泼，点面结合，结语浓重，足以包宗全诗。陈无己认为此诗“辞致峭丽，语脉新奇，句清而体好”，这也是立格之妙。那么格指诗歌用语、构思、全篇结构，以及由此透露出的篇章之美。至于陈无己所说之“意”，从《江汉诗》《缚鸡行》来看，就是作品所要表达的主旨、主题。格与意，是相互生成之关系，作品之“意”、主题、主旨需要“格”来表现，“格”的形成过程，即作品的篇章结构、用语安排、整体构思都是为了更好地传达“意”，或者说“立格”的同时也在“命意”或“达意”。正是在这个意义上，方回说：“格见于成篇，浑然不可镌”，因为“格”不限于一字一句的表达、运用，而是在整体篇章中，通过语言、作品结构等

---

① 此段分析见浦起龙《读杜心解》，中华书局，1978，第689~690页。

② 此段分析参见浦起龙《读杜心解》，中华书局，1978，第289页。

内容所展现出来的东西，这个“格”似指作品外在形式，同时也是这种外在形式所传达出来的只可会于心的整体篇章之美。

意与格的紧密关系，在宋诗话评论创作时得到鲜明表现。魏庆之在列举众多五言诗之后说：“谐会五音，清便宛转，宫商叠奏，金石相宣：谓之声律。摹写景象，巧夺天真，探索幽微，妙与神会：谓之物象。苟无意与格以主之，才虽华藻，辞虽雄赡，皆无取也。要在意园格高，纤浓俱备；句老而字不俗，理深而意不杂，才纵而气不怒，言简而事不晦。如此之作，方入风骚。”① 此则认为诗歌声律之和谐及其摹写物象之神妙很重要，但是若无意、格主之，则无足取，这表明意、格超乎诗歌声律、物象之上，是诗歌更具神采之所在。意、格通过字句来传达，但不等同字句，这是宋诗话反复强调的，“意格欲高，句法欲响，只求工于句字，亦末矣。故始于意格，成于句字，句意欲深欲远，句调欲清欲古欲和，是为作者。”② 在意格与字句的关系上，意格永远处于主导地位，作品之成功，要遵循“炼句不如炼字，炼字不如炼意，炼意不如炼格；以声律为窍，物象为骨，意格为髓。”③ 意与格不可分离，是诗歌之神髓，是诗歌内在的神气、精气所在。

格与用语。格不等同于字句、语言，但是无论是格还是意，都需要语言来传达。那么格与用语之间有何关联？“凡装点者好在外，初读之似好，再三读之则无味。要当以意为主，辅之以华丽，则中边皆甜也。装点者外腴而中枯故也，或曰‘秀而不实’。晚唐诗失之太巧，只务外华，而气弱格卑，流为词体耳。”④ 此则强调诗歌立意之重要，只追求文辞华丽，无意主之则“气弱格卑”，再次说明“格”与“意”关系紧密，格需要意来支撑，徒饰装点之语无助于“格”之立。《蔡宽夫诗话》亦云：“诗语大忌用工太过，盖炼句胜则意必不足，语工而意不足，则格力必弱，此自然之理也。‘红稻啄余鹦鹉粒，碧梧栖老凤凰枝’，可谓精切，而在其集中，本非佳处，

① 魏庆之著、王仲闻点校《诗人玉屑》卷四，中华书局，2007，第135~136页。
② 魏庆之著、王仲闻点校《诗人玉屑》卷一，中华书局，2007，第14页。
③ 魏庆之著、王仲闻点校《诗人玉屑》卷八，中华书局，2007，第240页。
④ 吴可：《藏海诗话》，据丁福保辑《历代诗话续编》本，中华书局，1997，第331页。

不若‘暂止飞乌将数子，频来语燕定新巢’为天然自在。”[①] 此则反对过分追求语言之工，认为“炼句胜则意必不足”，此说有偏颇之处，语言的锤炼未必会导致“意”的不足，从所举诗例来看，“红稻”句固然雕琢，“暂止”句未尝没有斟酌，只是后者锤炼得毫无痕迹，显得天然自在，语意自到，所以语言锤炼的最高境界是没有雕琢痕迹，并非语言工整则一定会造成“意义”不完足，况且语言锤炼本就是为了更好地传达诗意。“语工而意不足则格力必弱”，这个结论同样是强调语言的锤炼要与意结合，这样才不会导致格力卑弱，所以格之高下与单纯锤炼语言与否并不完全对应，而与语言达意与否有关，格是语言在意的主导下所展现的文章整体构架之美。叶梦得说：“诗语固忌用巧太过，然缘情体物，自有天然工妙，虽巧而不见刻削之痕。老杜‘细雨鱼儿出，微风燕子斜’，此十字殆无一字虚设。雨细著水面为沤，鱼常一浮而淰，若大雨则伏而不出矣。燕体轻弱，风猛则不能胜，唯微风乃受以为势，故又有‘轻燕受风斜’之语。至‘穿花蛱蝶深深见，点水蜻蜓款款飞’，‘深深’字若无‘穿’字，‘款款’字若无‘点’字，皆无以见其精微如此。然读之浑然，全似未尝用力，此所以不碍其气格超胜。使晚唐诸子为之，便当如‘鱼跃练波抛玉尺，莺穿丝柳织金梭’体矣。”[②] 所举杜诗，无不锤炼语言，但是不碍其气格超盛，就在于缘情体物，用语下字，能得物之神采，虽是巧语而不觉其刻削之痕，让人读之浑然，这种浑然之美，正是构成气格超胜的重要因素。所列晚唐诗句，用语过于雕琢，没有传达物态之真实，更不用说神采，所以只见文字，不见气格。《蔡载集》云：“荆公尝与伯氏在钟山对雪，举唐人咏雪数十篇，要之穷极变态，无如退之。大抵唐人诗尚工巧，失之气格不高，有如‘鸟向有香花里宿，人从无影月中归。’若状一时佳处，如‘江上晚来堪画处，渔人披得一蓑归。’道孤寂之意，如‘夜静惟闻折竹声。’其好用事，则如李义山云：‘已随江令夸琼树，又入卢家妒玉堂。’又云：‘欲舞定随曹植马，有情应点谢庄衣。’至于老杜则不然，其‘霏霏向日薄，

---

① 胡仔纂集、廖德明校点《苕溪渔隐丛话》前集卷十三，人民文学出版社，1984，第85页。

② 叶梦得：《石林诗话》，据何文焕辑《历代诗话》本，中华书局，1981，第431页。

脉脉去人遥’等句，便觉超出人意。唐人咏雪，好用琼瑶、鹅鹊、梅花、柳絮，重叠工巧，所以觉少陵超迈也。”① 众多描写雪的诗句，气格不高，归因于“尚工巧”，这只是表面原因。“鸟向有香花里宿，人从无影月中归”，所失不在对偶工整，而在于为对偶而对偶，上下句描写暮色中人、鸟的活动，但是没有传达出暮归的内在情韵，所以气格不高。至于“江上晚来堪画处，渔人披得一蓑归”，就诗句本身来说，写出一幅渔翁暮归图，很美，但是没有让人回味咀嚼的余地。李商隐之诗，用典故写雪景，用语非不美，但是对于雪之神，终究隔了一层，不如杜诗“霏霏向日薄，脉脉去人遥”一联，不用琼瑶、柳絮之比，但能将雪之态，雪中人之情传达得情韵无限，所以为超迈。可见诗歌气格之高下，关键在于语言能否传达出对象之神，语言能否有更多的负载。“世言白少傅诗格卑，虽诚有之，然亦不可不察也。元、白、张籍诗，皆自陶、阮中出，专以道得人心中事为工，本不应格卑，但其词伤于太烦，其意伤于太尽，遂成冗长卑陋尔。比之吴融、韩偓俳优之词，号为格卑，则有间矣。若收敛其词，而少加含蓄，其意味岂复可及也。苏端明、子瞻喜之，良有由然。”② 张戒认为白诗格卑不在于他专道人心中事为工，即不在于他诗语的通俗平易，而是在于写得太尽、太直白而造语冗繁，没有意味。魏泰也说：“白居易亦善作长韵叙事诗，但格制不高，局于浅切，又不能更风操，虽众篇之意，只如一篇，故使人读而易厌也。”③ 白诗格制不高，表面看在于用语太浅近，并且雷同太多，其实是诗歌不够含蓄，意蕴太薄。所以，只注重语言的锤炼或者完全任其穷尽描摹，则无助于格的提升，但是无论是浅易还是雕琢，只要所用之语能传达物情诗意，并能出之自然，余味无穷，这样的语言有助于立格。这再次表明，格的传达和形成不可能脱离语言，但不等于语言，格是语言在以意为主指导下传达出的在读者心中形成的使诗歌能立起来的美。

格与作者。前面讨论格与诗歌构成因素的关系，而诗歌之完

① 蔡振孙：《诗林广记》卷六，中华书局，1982，第100～101页。

② 张戒：《岁寒堂诗话》卷上，据丁福保辑《历代诗话续编》本，中华书局，1997，第459页。

③ 胡仔纂集、廖德明校点《苕溪渔隐丛话》前集卷三十二，人民文学出版社，1984，第221页。

成，关键在于诗歌作者这个主体因素，所以宋诗话反复强调格与作者的关系。《西清诗话》云：“作诗者，陶冶物情，体会光景，必贵乎自得；盖格有高下，才有分限，不可强力至也。譬之秦武阳，气盖全燕，见秦王则战掉失色；淮南王安，虽为神仙，谒帝犹轻其举止：此岂由素习哉？余以谓少陵、太白，当险阻艰难，流离困踬，意欲卑而语未尝不高；至于罗隐、贯休，得意于偏霸，夸雄逞奇，语欲高而意未尝不卑。乃知天禀自然，有不能易者。”[①] 此论承接曹丕《论文》气不可力强而至的观点，认为诗歌格之高下，与诗人才分之不同，都不可力强而至。不同的作者有不同的品格、个性，这种品格、气质决定其作品格之高下，李白、杜甫虽颠沛流离，但出语仍高，晚唐罗隐、贯休，虽欲夸雄逞奇，但造语意卑。李、杜与罗、贯是不同时代的诗人，即使同一时代，也因诗人气质不同而使诗歌展现不同风貌：“往年过华清宫，见杜牧之、温庭筠二诗，俱刻石于浴殿之侧，必欲较其优劣而不能。近偶读庭筠诗，乃知牧之之工，庭筠小子，无礼甚矣。刘梦得《扶风歌》、白乐天《长恨歌》及庭筠此诗，皆无礼于其君者。庭筠语皆新巧，初似可喜，而其意无礼，其格至卑，其筋骨浅露，与牧之诗不可同年而语也。其首叙开元胜游，固已无稽，其末乃云‘艳笑双飞断，香魂一哭休’，此语岂可以渎至尊耶？人才气格，自有高下，虽欲强学不能，如庭筠岂识《风》《雅》之旨也？牧之才豪华，此诗初叙事甚可喜，而其中乃云：‘泉暖涵窗镜，云娇惹粉囊。嫩岚滋翠葆，清渭照红妆。’是亦庭筠语耳。”[②] 此则主要比较温庭筠与杜牧写华清宫之诗，温诗格卑，筋骨浅露，对皇上妃子的荒淫直笔书写，用语华艳；杜牧诗豪华，自有一股气格，虽然其中也不乏香艳之语。张戒批评刘、白、温诗，是站在儒家立场立论，认为写帝王后妃应温柔敦厚，其批评的恰当与否暂不论，但他仍然认为温、杜的不同在于二人气格之不同，这是有一定道理的。但是诗人之才格，是可以培养、需要培养的，所以欲诗歌格高，作者自身涵养工夫不可少。“陈去非尝谓余言：唐人皆苦思作诗，所谓‘吟安一个字，捻断数

① 胡仔纂集、廖德明校点《苕溪渔隐丛话》前集卷五十六，人民文学出版社，1984，第383～384页。

② 张戒：《岁寒堂诗话》卷上，据丁福保辑《历代诗话续编》本，中华书局，1997，第461～462页。

茎须’‘句向夜深得，心从天外归’‘吟成五字句，用破一生心’‘蟾蜍影里清吟苦，舴艋舟中白发生’之类是也。故造语皆工，得句皆奇，但韵格不高，故不能参少陵逸步。后之学诗者，倘能取唐人语而掇入少陵绳墨步骤中，此连胸之术也。余尝以此语似叶少蕴，少蕴云：李益诗云：‘开门风动竹，疑是故人来’，沈亚之诗云：‘徘徊花上月，虚度可怜宵’，皆佳句也。郑谷掇取而用之，乃云：‘睡轻可忍风敲竹，饮散那堪月在花’，真可与李、沈作仆奴。由是论之，作诗者兴致先自高远，则去非之言可用，倘不然，便与郑都官无异。”[①] 晚唐诗人的雕琢苦吟，无助于其格高；而学杜甫之韵格，首先在于作者“兴致先自高远”，否则只能得其皮毛，不可得其神髓，如李益、沈亚之之诗，都有情韵，但是郑谷拈来，则显得俗白无味，就在于郑谷本身兴致不够高远，达不到李沈之境界，所以学杜不仅是学其用语，更在于作者自身素质的提高。

格与作者有关系，也体现在与作者生活的时代有关。宋诗话在论晚唐时，常用格卑概之。陵阳论晚唐诗格卑浅，“唐末人诗，虽格致卑浅，然谓其非诗则不可。今人作诗，虽句语轩昂，但可远听，其理略不可究。”[②] 再如吴可《藏海诗话》曰：“唐末人诗，虽格不高而有衰陋之气，然造语成就。今人诗多造语不成。”[③] 东坡云：“唐末五代文章衰陋，诗有贯休，书有亚栖，村俗之气，大率相似。”这三位均认为晚唐、唐末诗文格制不高，有衰陋之气，这几乎成为对晚唐诗歌的定评，可见宋人对晚唐诗风之变的敏锐感觉。尽管他们一致认为晚唐格卑而有衰陋之气，但与宋诗比较，陵阳从声律角度肯定晚唐，吴可从用语角度肯定晚唐，认为其仍然是诗，这蕴含诗分唐宋的论断。晚唐格卑而有其长处，这是宋人的通达处，同时也表明这种“格卑”有时代使然的因素，非人力能强挽，所以也不可一味批评。具体到诗人，《后村诗话》评：“薛能诗格不甚高，而自称誉太过。五言云：‘空余气长在，天子用平人。’不但自誉其诗，又自誉其材。然位历节镇，不为不用矣，卒

① 葛立方：《韵语阳秋》，据何文焕辑《历代诗话》本，中华书局，1981，卷二，第493页。

② 魏庆之著、王仲闻点校《诗人玉屑》卷十六，中华书局，2007，第516页。

③ 吴可：《藏海诗话》，据丁福保辑《历代诗话续编》本，中华书局，1997，第329页。

以骄恣陵忽，偾军杀身，其才安在？妄用如此，乃敢妄议诸葛，可谓小人无忌惮者。”① 欧阳修则曰：“郑谷诗名盛于唐末，号《云台编》，而世俗但称其官，为‘郑都官诗’。其诗极有意思，亦多佳句，但其格不甚高。以其易晓，人家多以教小儿，余为儿时犹诵之，今其集不行于世矣。”② 薛能、郑谷均为晚唐诗人。欧公以其文章不能流传千古、传之不朽为憾，叹郑谷诗集之不传，虽其诗格不高，但有意思，是其儿时的读物。这说明在欧公眼中，格卑并不是郑谷一人能承担的“罪过”，大概也有时代的影响。后村不喜薛能之为人，乃在其太狂妄，自誉太过，我们可以从《全唐诗》窥见一斑，而其“《黄河》《太华》二篇，尤自夸诩，然以弱笔赋巨题，每篇押十四韵，殊无警策”③，黄河、太华，这两个对象本身气象万千，非笔力弱小者能扛，而薛能强力为之，落得格卑。薛能赋《黄河》《太华》没有过错，过错在于在晚唐没落的辉光中，无论是诗人的才情还是笔力，再也找不到盛唐那种少年气象，那种灿烂光华，就是李商隐、杜牧，他们虽是晚唐亮丽的风景，但他们的笔力、才情所现，也仍然是晚唐的退缩的曲折的格调，不再是盛唐那种发扬之美。

因此，格之高卑，与诗人自身的气质、涵养有关，也与时代风调脱不开干系，这表明格作为品评诗歌的重要标准，它受创作主体主观因素与社会因素的影响，这使对格的探讨超出了诗歌文本的范围，走向更广阔、更深邃的视域，同时其内涵因个人才性、时代气质的渗入，表现出个人的情致韵味、时代的音声形貌。

格之内涵。前文在讨论格与立意、用语的关系时，我们可以约略领会格的某种内涵：诗歌构思时语言、选材、篇章结构等要素的安排，同时通过语言、选材与结构所传达出的一种只可意会、不可言传的美，但不是语言、结构本身，也不是诗歌主题、主旨。那么，当宋诗话以格进行诗歌品评时，是在什么内涵层次上运用这个概念的？我们从具体诗评中来辨析。

《洪驹父诗话》云：“东坡言郑谷诗‘江上晚来堪画处，渔人

---

① 刘克庄撰、王秀梅点校《后村诗话》前集卷一，中华书局，1983，第16～17页。

② 欧阳修：《六一诗话》，据何文焕辑《历代诗话》本，中华书局，1982，第265页。

③ 刘克庄撰、王秀梅点校《后村诗话》卷三，中华书局，1983，第52页。

披得一蓑归'，此村学中诗也。子厚云：'千山鸟飞绝，万径人踪灭。孤舟蓑笠翁，独钓寒江雪'，信有格也哉！殆天所赋，不可及也。"[①] 郑谷诗写渔翁暮归，东坡认为是村学中诗，并非是其语言俗、意象不美，而是此诗意尽于言。子厚《江雪》，同样是一幅美丽图画，但是此画之背景严寒、清冷、孤寂，比起郑谷诗，削去了许多繁杂，只突出渔翁一人凌寒独钓之像，而渔翁的精神气骨卓然而立，能让读者反复吟味。这里的格，是指整首诗歌通过语言、构思所要传达的诗人的精神气质，是诗歌生动的奥妙。《复斋漫录》云："郑谷《蜀中海棠诗》二首，前一云：'浓艳最宜新着雨，妖娆全在欲开时。'一云：'浣花溪上堪惆怅，子美无情为发扬。'故钱希白《海棠》诗云：'子美无情甚，郎官着意频。'欧公以郑诗为格卑。"[②] "至于东坡作此诗，则词格超逸，不复蹈袭前人，其诗有'嫣然一笑竹篱间，桃李漫山总粗俗。自然富贵出天姿，不待金盘荐华屋。朱唇得酒晕生脸，翠袖卷纱红映肉。林深雾暗晓光迟，日暖风轻春睡足。雨中有泪亦凄怆，月下无人更清淑。'"[③] 郑谷的两首海棠诗，前一首直说雨中和欲开的海棠之美，后一首从侧面说杜甫无海棠诗的遗憾。东坡海棠则浓笔重墨，正面写海棠，首先与众花比较，写其精神气质，又将海棠不同时刻的形态层层渲染，使海棠美丽无伦的形象跃然纸上，此种笔力和才情，确实非一般人能比。郑谷诗本不差，但相比之下，东坡的海棠栩栩如生，在读者面前招摇，而郑谷的海棠还是云遮雾绕，辨不清是海棠还是其他花品。所以东坡"词格超逸"，这种词格在于其诗不仅写出对象之貌，还传出对象之神，使其词也飞动，为其平生得意诗。

再如写禽鸟的，"众禽中，唯鹤标致高逸，其次鹭亦闲野不俗，又皆常见于《六经》，如'鸣鹤在阴，其子和之''鹤鸣于九皋，声闻于天''振鹭于飞，于彼西雍'。《易》与《诗》尝取之矣，后之人形于赋咏者不少，而规规然只及羽毛飞鸣之间。如《咏鹤》

① 胡仔纂集、廖德明校点《苕溪渔隐丛话》前集卷十九，人民文学出版社，1984，第124页。

② 胡仔纂集、廖德明校点《苕溪渔隐丛话》后集卷二十二，人民文学出版社，1984，第163页。

③ 胡仔纂集、廖德明校点《苕溪渔隐丛话》前集卷二十八，人民文学出版社，1984，第197页。

云：'低头乍恐丹砂落，晒翅常疑白雪消。'此白乐天诗。'丹项西施颊，霜毛四皓须。'此杜牧之诗。此皆格卑无远韵也。至于鲍明远《鹤赋》云：'钟浮旷之藻思，抱清迥之明心'，杜子美云'老鹤万里心'，李太白《画鹤赞》云'长唳风宵，寂立霜晓'，刘禹锡云'徐引竹间步，远含云外情'，此乃奇语也。"[①] 白居易、杜牧之鹤诗"格卑无远韵"，就在于他们只写出鹤的外貌，于鹤的精神气质毫无涉及，而鲍照、李白、刘禹锡均能达鹤之精神，所以为奇语。所以"格"在于诗歌能传达出对象的神采。再如写梅的："曼卿《红梅》云：'认桃无绿叶，辨杏有青枝。'坡谓有村学中体，尝嘲之云：'诗老不知梅格在，强拈绿叶与青枝。'至于'未应娇意急，发赤怒春迟'，成均瞽宗，无以加也。"[②] 曼卿的红梅，同样没有神气，用语平凡，所以东坡认为他根本不知"梅格"，也就是他没有领会梅的品格、精神内蕴。写松的："'北邙不种田，唯种松与柏。松柏未生处，留待市朝客。'又《贫女》诗：'照水欲梳妆，摇摇波不定。不敢怨春风，自无台上镜。'二诗格高，而又含不尽之意，见于言外。"[③] 此两诗"格高"，有古诗意味，前诗写北邙坟地只种松柏，而空隙处正留与"市朝客"，表述客观、冷静，将人人面临死亡的平等传达无疑。《贫女》只写临水照影不成的画面，将贫女的困窘和无奈说得含蓄微婉。两诗都是用平常语，写平常事，但是写得深刻，意味无穷，此乃格高。《苕溪渔隐》曰："罗隐《雪诗》云：'晓窗呵笔寻诗句，一片飞来纸上消。'格虽不高，亦小巧可喜。"[④] 罗隐之诗通过一个生活场景写雪，没有别的意味，所以虽然小巧可喜，但是"格不高"。胡仔又说："介甫《明妃曲》二首，辞格超逸，诚不下永叔。"观王安石诗，与以往明妃诗怨毛延寿、明妃哀痛的诗意完全不同，写出君王喜恶无常，而人生贵有相知之乐，颠覆了以往的观点，并且非常深刻、警策，所以说起

---

① 陈岩肖：《庚溪诗话》，据丁福保辑《历代诗话续编》本，中华书局，1997，第183～184页。

② 黄彻：《䂬溪诗话》卷八，据丁福保辑《历代诗话续编》本，中华书局，1983，第387页。

③ 吴可：《藏海诗话》，据丁福保辑《历代诗话续编》本，中华书局，1997，第330页。

④ 胡仔纂集、廖德明校点《苕溪渔隐丛话》前集卷二十九，人民文学出版社，1984，第204页。

“辞格超逸”，这种“辞格”的获得，在于诗人通过诗歌传达出看透事件本质的锐利和理性，其深刻超出前人，其语言自然精警。所以，诗之有格，关键在于能写出对象神采、传达对象精神气质或者能将人生、社会的本质展现，总之，诗要有内蕴的支撑，这才是有格。

综上所述，格与意相互生成，密不可分。格与意都必须通过语言来传达、建构。格在与语言、立意的相互关系中，体现在构思中对语言的使用、对结构的安排，但是格不是语言、结构本身，同时也不是诗歌要表达的主旨、思想、情感。当格作为一个诗学概念来品评诗歌，常指诗歌所能传达出的一种精神之美，即能摹物之神、达事件之本质、表现人的精神境界，但格又不是诗歌所传达精神境界、对象神采、事件本质本身。所以格与诗歌的构成要素语言、结构、命意等密不可分，但又不等于这些实体要素，而是这些要素综合起来形成的气貌、神采。就好比一个人的骨格构架决定外形的清朗秀润或滞重笨拙，但是这个人的外形气质不等同于他的骨格构架，而是骨格构架所展现的神采。格不同于韵，格必须有这些实体要素的支撑，而韵是流动的，是诗歌用语的过程中形成的一种节奏、韵律之美。

以上主要讨论格以单音词形式出现时的蕴涵，当格以复合词形式出现时，格的蕴涵与其作为单音词时有联系，但在组合过程中，也产生了新的蕴涵或者说意蕴上有了新的侧重。下文从风格/格调，气格/格力，体格/骨格这三组分别讨论，当然，宋诗话在使用这三组词时，这几组之间在意蕴上有交叉现象，分组只是为了讨论方便。

风格/格调。宋诗话常以“风格”论一个时代或一个时期的诗风。陆龟蒙论张祜：“元和中，作宫体小诗，辞曲艳发，当时轻薄之流，能其才，合噪得誉。老大稍窥建安风格，诵乐府录，知作者本意。”[①] 建安风格，指一种慷慨多气、志深笔长的诗歌风貌，张祜晚年诗歌，去其辞采之华，而得情深之志，皮日休认为这点是学建安而得。《蔡宽夫诗话》云：“渊明诗，唐人绝无知其奥者，惟韦苏州、白乐天尝有效其体之作，而乐天去之亦自远甚。大和后，

① 计有功撰、王仲镛校笺《唐诗纪事校笺》卷五十二，中华书局，2007，第1769页。

风格顿衰，不特不知渊明而已。”[①] 此则论唐自大和后风格顿衰，就是指晚唐整体诗风衰疲，诗人们再也没有冲淡平和心境，学渊明则无从谈起。“潘阆字逍遥，诗有唐人风格，有云：‘久客见华发，孤棹桐庐归。新月无朗照，落日有余辉。渔浦风水急，龙山烟火微。时闻沙上雁，一一皆南飞。’仆以为不减刘长卿。”[②] 此则说潘阆之诗有唐人的特点，这个“风格”是从诗分唐宋的角度来确定的，指唐诗展现的一种与宋诗不同的诗质，就此诗看，写客子乡思，声调舒缓，情绪低回，确实类唐诗。

当概指某人的诗歌特点时，常用“××格”或“格××”来表示，“格”的修饰语即此人的具体风格特点。“唐之晚年，诗人无复李杜豪放之格，然亦务以精意相高。如周朴者，构思尤艰，每有所得，必极其雕琢，故时人称朴诗‘月锻季炼，未及成篇，已播人口’。其名重当时如此，而今不复传矣。”[③] 此则比较李杜与晚唐，晚唐诗歌逐渐退向文字雕琢的境地，所以再也没有李杜诗歌的生动、广阔，李杜“豪放之格”代指的是盛唐诗歌那种生气和活力。再如：“石曼卿自少以诗酒豪放自得，其气貌伟然，诗格奇峭，又工于书，笔画遒劲，体兼颜柳，为世所珍。……余亦略记其一联云：‘莺声不逐春光老，花影长随日脚流。’”[④] 石曼卿诗格奇峭，即是他诗歌的风貌，从所举一联看，采用连类而比的方法：莺语是声音，声音有老少，春光是没有老少的，用老将两者连在一起，莺声不老而春光会老，这种手法李贺常用，奇而峭；花影的动是可见可感的，时光的推移是人无法感觉的，将花影的移动化为时间流走的形象，似乎时间的动是可以感觉的，而花影倒是被动的了，同样奇而峭，但是这种奇峭的表达更增添了时光流逝的无限慨叹。高仲武论钱起：“员外诗体格清奇，理致清淡，粤从登第，挺冠词林。文宗右丞，许以高格。”[⑤] “清奇”也是钱起诗歌的主要特征，如

---

① 胡仔纂集、廖德明校点《苕溪渔隐丛话》前集卷四，人民文学出版社，1984，第22页。

② 刘攽：《中山诗话》，据何文焕辑《历代诗话》本，中华书局，1981，第286页。

③ 欧阳修：《六一诗话》，据何文焕辑《历代诗话》本，中华书局，1982，第267页。

④ 欧阳修：《六一诗话》，据何文焕辑《历代诗话》本，中华书局，1982，第271页。

⑤ 计有功撰、王仲镛校笺《唐诗纪事校笺》卷三十，中华书局，2007，第1043页。

“曲终人不见，江上数峰清”“水宿随渔火，山行到竹扉”等，同时“清奇”开启了中晚唐清奇僻枯的诗风。《诗史》曰：“许浑诗格清丽，然不干教化。……虽然诗要干教化，若似聂夷中辈，又太拙直矣。”[①] 许浑善于描景，曾被称为“许浑千首湿”，这种以艺术崇尚为主的诗歌作风，使其诗不干教化，但有艺术价值，具有清丽风格。因此，用“风格”来概括一个时代的诗风，或者用“××格”来总结某人的诗风，“风格”就构成一个固定的概念，它指诗歌通过语言、结构、立意等因素所展现的一种诗歌风貌，这种风貌不是一首诗所反映的，而是一个诗人的所有作品或者一个派别、一个时代的作品所共同表现的一种特征。还有一种特殊用法，即用“格律”来指某种风格，当然这个“格律”同时包括声律这一层含义，如评刘希夷《代白头翁》格律有天宝以后之风，后山诗格律高古，某些僧诗格律凡俗，有酸馅气等。

“格调”之“调”最初是音乐上的术语，它指音乐的乐调，乐调是曲子所形成的乐曲风貌，它给听众造成一种情绪上的感觉。“格”“调”合用则既指乐曲也包括乐曲风貌，用之品评诗歌，通常指诗歌通过句法表现出的风貌特点。“应制诗非他诗比，自是一家句法，大抵不出于典实富艳尔。夏英公《和上元观灯诗》云：‘鱼龙曼衍六街呈，金锁通宵启玉京。冉冉游尘生辇道，迟迟春箭入歌声。宝坊月皎龙灯淡，紫馆风微鹤焰平。宴罢南端天欲晓，回瞻河汉尚盈盈。’王岐公诗云：‘雪消华月满仙台，万烛当楼宝扇开。双凤云中扶辇下，六鳌海上驾山来。镐京春酒沾周燕，汾水秋风陋汉才。一曲升平人共乐，君王又进紫霞杯。’二公虽不同时，而二诗如出一人之手，盖格调当如是也。”[②] 夏英公与王岐公的元宵观灯诗，虽作于不同时代，但是如出一手，用语非常华丽典重，整体显得珠光宝气、富丽堂皇，这就是由于这类应制诗“格调”应该典实富艳的缘故。这种格调由应制这种题材所规定的用语规则、句法所决定。《侯鲭录》云：“张公庠自少能诗，一绝云：‘一年春事又成空，拥鼻微吟半醉中。夹道桃花新雨过，马蹄无处避残红。’”

---

① 阮阅编、周本淳校点《诗话总龟》前集卷六，人民文学出版社，1998，第66页。

② 葛立方：《韵语阳秋》卷二，据何文焕辑《历代诗话》本，中华书局，1981，第498页。

《苕溪渔隐》曰：“《云斋广录》只载此诗后两句，云是李元膺《游春诗》，未知孰是。郑毅夫《代探花郎》一绝，与前诗格调殊相类，今录于此，诗云：‘嫩绿轻红相向开，一番走马探春回。青衫不管露痕湿，直入乱花深处来。’”① 前诗写晚春出游之景，后诗代探花郎游春而写，写出春光烂漫、春花竞开，探花郎着迷春色的情状，从情感上讲，前诗有惜春落寞之意，后诗则是得意之情，但是胡仔认为两诗格调相类，在于两诗写法上一致，上联均从“春”写起，带出人的活动，下联则具体写人的活动。再如：“‘扁舟来过吴江水，江上洲传鹦鹉名。鹦鹉西飞陇山去，芳洲之树何青青。烟开兰叶香风暖，岸夹桃花锦浪生。迁客此时徒极目，长洲孤月向谁明。’愚谓此诗，联联与崔颢诗格调同，而语意亦相类。徐柏山之说得之，亦善于读诗者也。”② 徐柏山说太白拟《黄鹤楼》，正在《鹦鹉洲》一诗，而非止于《凤凰台》之作。蔡振孙同意此说，李白此《鹦鹉洲》诗本是仿崔颢所作，所以“联联格调同而语意亦相类”，这也符合拟作的特点。“格调”既指诗歌的声律，同时也指诗歌所传达的意象、情绪。

格调与风格都可以指诗歌的风貌，但是格调的使用范围要窄很多，它一般指诗歌用语、句法等造成的诗歌风貌，而风格常用来形容一个诗人、一个诗派或一个时代的风貌。

气格/格力。“乐天及第后，归觐留别同年云：‘擢第未为贵，拜亲方始荣。’此毛义得檄而喜之意也。论者以‘春风得意马蹄疾’决非孟郊语，其气格亦不类。”③ 孟郊常常“横空盘硬语”，所以诗风瘦劲、清寒，“春风得意马蹄疾”，句语顺畅，情感轻快、得意，确实与孟郊的整体诗风不太一致。《雪浪斋日记》云：“为诗：欲词格清美，当看鲍照、谢灵运；……欲气格豪逸，当看退之、李白。”④ 李白、退之诗歌，均有豪放之气，李白是豪放中飘逸，退

① 胡仔纂集、廖德明校点《苕溪渔隐丛话》前集卷五十四，人民文学出版社，1984，第370页。

② 蔡振孙：《诗林广记》前集卷三，中华书局，1982，第49页。

③ 黄彻：《䂬溪诗话》卷七，据丁福保辑《历代诗话续编》本，中华书局，1983，第382页。

④ 胡仔纂集、廖德明校点《苕溪渔隐丛话》前集卷二，人民文学出版社，1984，第11页。

之是豪放中逞力，他们的诗歌自有感染的力量和气势。《王直方诗话》云："'白头青鬓隔存没，落日断霞无古今。'此文潜《过宋都诗》，气格似不减老杜也。"① 文潜此诗用语老练，情感沉郁内敛，很有张力，确实类杜诗气格。《蔡宽夫诗话》云："林和靖《梅花诗》'疏影横斜水清浅，暗香浮动月黄昏'，诚为警绝。然其下联乃云：'霜禽欲下先偷眼，粉蝶如知合断魂。'则与上联气格全不相类，若出两人。乃知诗全篇佳者诚难得。"② 此梅花诗，上联写梅之神韵，抓住疏影、暗香，设置水边、月下的背景，把梅写得清雅脱俗。下联从侧面写梅之美丽和魅力，但选景、用语太实、太拙，梅之神格顿失，变成一尘世之物，由此上下联气格全不类。所以气格是字里行间散发或流动的生气，这种生气表现形式多样，可以拗折，可以豪放，可以沉郁，可以优雅等。"诗禁体物语，此学诗者类能言之也。欧阳文忠公守汝阴，尝与客赋雪于聚星堂，举此令，往往皆阁笔不能下。然此亦定法，若能者，则出入纵横，何可拘碍。郑谷'乱飘僧舍茶烟湿，密洒歌楼酒力微'，非不去体物语，而气格如此其卑。苏子瞻'冻合玉楼寒起粟，光摇银海眩生花'，超然飞动，何害其言'玉楼''银海'。"③ 诗禁体物语是为了创新和避俗，郑谷雪诗没有用常用词，但只是泛泛而写，没有抓住雪的特点，句子像凑成的。东坡诗读来凛然，寒气袭人，且写出漫天飞雪世界的灿烂和眩目，不说雪而满目是雪，所以说郑谷诗气格卑弱，而东坡诗超然飞动，正是东坡诗中有呼之欲出的雪之精神，所以飞动。气格乃与诗歌的传神达意密不可分。

严羽说："诗之法有五，曰体制，曰格力，曰气象，曰兴趣，曰音节。"④ 陶明濬认为此将诗章与人身体相为比拟，一有所阙，则倚魁不全。体制如人之骨干，必须佼壮；格力如人之筋骨，必须

① 胡仔纂集、廖德明校点《苕溪渔隐丛话》前集卷五十一，人民文学出版社，1984，第349页。

② 胡仔纂集、廖德明校点《苕溪渔隐丛话》前集卷二十七，人民文学出版社，1984，第189页。

③ 叶梦得：《石林诗话》，据何文焕辑《历代诗话》本，中华书局，1981，第436页。

④ 严羽著、郭绍虞校释《沧浪诗话校释》，人民文学出版社，2000，第7页。

劲健。[1] 那么什么是诗歌的筋骨？“‘开帘风动竹，疑是故人来’与‘徘徊花上月，空度可怜宵’，此两联虽见唐人小说中，其实佳句也。郑谷诗‘睡轻可忍风敲竹，饮散那堪月在花’，意盖与此同。然论其格力，适堪揭酒家壁与市人书扇耳。天下事每患自以为工处著力太过，何但诗也。”[2] 郑谷诗格力不举，叶梦得认为是诗句雕琢太过，那么格力与语言很有关系，雕琢太过，容易显得细巧，则无力。《苕溪渔隐》曰：“无己称：‘今代词手，惟秦七黄九耳，唐诸人不迨也。’无咎称：‘鲁直词不是当家语，自是着腔子唱好诗。’……少游词虽婉美，然格力失之弱；二公之言，殊过誉也。”[3] 此论秦观词乏格力，乃是秦观整体词风婉约，与其词所写情感细密婉转与用语优美有关，虽是评词，同样适用于诗。就此条来看，黄庭坚之词，绝不会落格力弱之批评，就在于所写情感多丈夫气，用语峭立、清劲。元稹说自己那些流连光景的小碎篇章律体卑下，格力不扬，主要是其所写都是艳丽风情，用语华丽。《诗眼》云：“建安诗辩而不华，质而不俚，风调高雅，格力遒壮，其言直致而少对偶，指事情而绮丽，得风雅骚人之气骨，最为近古者也。”[4] 建安诗歌向来是有风骨的代表，此论认为其格力遒壮，在于其诗反映时代声音，诗人慷慨悲歌，情深笔长，用语质而不俚。所以要求诗歌有格力，就是诗歌要有力量支撑，有劲健之美。

无论是气格还是格力，都与诗歌用语、表意有关，但是气格偏重诗章气脉流动之美，格力追求诗歌有遒健之力。

体格/骨格。《瑶溪集》云：“老杜于诗学，世以谓前无古人，后无来者。然观其诗，大率宗法《文选》，摭其华髓，旁罗曲探，咀嚼为我语。至老杜体格，无所不备，斯周诗以来，老杜所以为独

---

① 此论转引自郭绍虞《沧浪诗话校释》陶明濬《诗说杂记》卷七，人民文学出版社，2000，第7页。

② 叶梦得：《石林诗话》，据何文焕辑《历代诗话》本，中华书局，1981，第410页。

③ 胡仔纂集、廖德明校点《苕溪渔隐丛话》后集卷三十三，人民文学出版社，1984，第253页。

④ 胡仔纂集、廖德明校点《苕溪渔隐丛话》前集卷一，人民文学出版社，1984，第4页。

步也。”[①] 此则说《文选》在诗学历史上的重要性，以老杜为例。老杜善学前人，融会贯通，自出新意而自成大家，其“体格”无所不备，这个“体格”大致指诗歌体式，即到了老杜，其诗古体、近体，五言、七言，长篇、短韵，无所不有，且都能达到相当高度，甚至成为后人典范。《尘史》云：“杜审言，子美之祖也。则天时，以诗擅名，与宋之问唱和。其诗有‘绾雾青条弱，牵风紫蔓长’，又有‘寄语洛城风月道，明年春色倍还人’之句。若子美‘林花带雨胭脂落，水荇牵风翠带长’，又云‘传语风光共流转，暂时相赏莫相违’，虽不袭其意，而语句体格脉络，盖可谓入宗而取法矣。”[②] 此则说杜甫诗学有家学渊源，这里的“体格”指用语特点。再如：“大观间，循道尝宰绩溪，绩溪乃余桑梓之邦，因此传录，得赵循道诗多，大率体格全学白乐天，故句语皆平易。如‘青灯影冷棋三战，红火炉温酒一杯。’‘四山来不断，一水去无穷。’余不及此者亦多。”[③] 赵诗类白居易体格，句语平易，这个“体格”同样是指用语风格、特点。“前人诗如‘竹影金琐碎’‘竹日静晖晖’，又‘野林细错黄金日，溪岸宽围碧玉天’，此荆公诗也。‘错’谓‘交错’之‘错’。又‘山月入松金破碎’，亦荆公诗。此句造作，所以不入七言体格。如柳子厚‘清风一披拂，林影久参差’，能形容出体态，而又省力。”[④] 七言体格在于用语自然、摹物通神而又省力，荆公用语太雕琢，所以说不入七言体格。“僧祖可，俗苏氏伯固之子、养直之弟也。作诗多佳句，如《怀兰江》云：‘怀人更作梦千里，归思欲迷云一滩’，《赠端师》云：‘窗间一榻篆烟碧，门外四山秋蕊红’等句，皆清新可喜。然读书不多，故变态少，观其体格，亦不过烟云草树、山川鸥鸟而已。”[⑤] 此处“体格”指诗歌

① 胡仔纂集、廖德明校点《苕溪渔隐丛话》前集卷九，人民文学出版社，1984，第56页。

② 胡仔纂集、廖德明校点《苕溪渔隐丛话》后集卷五，人民文学出版社，1984，第35页。

③ 胡仔纂集、廖德明校点《苕溪渔隐丛话》前集卷五十二，人民文学出版社，1984，第358页。

④ 吴可：《藏海诗话》，据丁福保辑《历代诗话续编》本，中华书局，1997，第330页。

⑤ 阮阅编、周本淳校点《诗话总龟》后集卷十二，人民文学出版社，1998，第74页。

描写对象或内容。《苕溪渔隐》曰："子高别有古诗一篇，意含讽刺，语加微婉，得骚人之体格，其诗云：'佳人在空谷，双星思银河。契阔不有命，盛时岂蹉跎。娟娟匡庐秀，如此粲者何？香蜜缀红糁，宝薰罩宫罗。幽窗下团栾，微风自婆娑。寂寥千年初，戢戢蓬艾多。何阶托方便，百金聘猗傩。赤栏青篾舫，丁宁护根窠。泥沙亦天幸，扳联入宣和。谁令兰蕙徒，憔悴守岩阿。"① 意含讽刺，语句微婉，这是骚人之体格，所以体格又指诗章立意、语言表达方式共同传达的整体风貌。

至于骨格，宋诗话使用不多，但可以让我们窥见其所指。"或人问环溪曰：百韵诗见士大夫讽咏多矣，然而所赏，往往不同，或喜'霜皮围四十，水击黑三千'，或喜'山河归整顿，天地入陶甄'。或云'但存忠贯日，未问写凌烟'，乃是假对中之妙者，或云'远吸金茎露，高攀玉井莲'，洒落不凡。或云'风度优囊笏，恩光绕赐鞭'最善用事，为张相是风流宰相，又是勋业大臣，'囊笏'所以誉其风流，'赐鞭'所以表其勋业，又皆是张家事。或云'李唐光夹日，炎汉赫中天'，二事最好，为张相有平难之功，又有中兴之功。或云'共承天柱折，独斡斗杓旋'，为见得众人共难，而他独有功之意。或云'怀古歌鸿雁，伤今拜杜鹃'，于时最切，'歌鸿雁'有怀想宣王中兴之意，'拜杜鹃'有感伤明皇入蜀之意。环溪笑云：'予初作此诗之时，一夕要成百韵，是事皆使，是韵皆押，何暇及此？是亦诸公求予诗之过，然亦见诸公好恶之不同也。此诗大概读而不厌者，为一气贯之，其间无甚歇灭而已。'或人又问：为百韵，岂无灼然得意者乎？环溪云：'有美者，人与之鉴。予之妍丑，何能逃于诸公？然始者私心自谓得意处，才有两联，乃诗家精神，不意诸公所赏，皆不及此。'或人问故，环溪云：如'王气周旋内，胡尘语笑边'，乃是形容张相扈驾之精神，如'浮云开斥堠，飞鸟避戈鋋'乃是形容张相入蜀之精神，如诸公所赏，皆是诗中骨格而已。自是而外，或发以椒兰，或润之丹漆，以通血脉，以成肌肤，备体而已。故诗有肌肤，有血脉，有骨格，有精神。无肌肤则不全，无血脉则不通，无骨格则不健，无精神则不

① 胡仔纂集、廖德明校点《苕溪渔隐丛话》后集卷三十五，人民文学出版社，1984，第276页。

美。四者备，然后成诗，则不待识者而知其佳矣。”① 环溪此论诗歌四要素：肌肤、血脉、骨格、精神，缺一不可，骨格是指诗歌的用韵、对仗、用事等语言形式方面的内容，而精神乃诗美之内涵。

所以骨格指诗歌构成的语言、声律等要素，而体格则大致指诗歌语言、内容、立意等要素或由这些要素所形成的一种形貌特点，且主要与语句、体式有关。

这一部分主要讨论“格”的三组复合词，我们从具体诗评可以看出它们的内涵各有侧重，但是就其实质来说，仍然与“格”单独使用时有很大联系，即无论是哪组词，它们的内涵总与诗歌构成的实体因素即用语、结构、声律、立意等有关，但不等于这些要素本身，而是这些要素所展现出来的风貌、形态、精神、神采等只可会于心的美。

综上所述，宋诗话中“格”的意蕴丰富而复杂，其“格法”层面的含义，继承和总汇了前代主要是唐代诗格作品对“格”的探讨，但是“格”在超出形质之上的内涵的确立，是宋诗话的创造，其构成的多个复合词，如“风格/格调”“气格/格力”“体格”成为宋以后诗歌美学的重要概念和范畴，当然它们在诗学发展中，其内涵仍然在不断丰富、嬗变，特别是“格调”说成为明清诗论的主流，这说明宋诗话在唐诗学发展史上，确有其开创、启发意义。②

2.3 “工”的内涵解读

宋诗话中的“工”大致可以分为三类：一为动词，意为“擅

① 吴沆：《环溪诗话》，据吴文治《宋诗话全编》，江苏古籍出版社，1998，第 4342～4343 页。

② 关于中国古典诗学的重要范畴与时代的关系，汪涌豪认为可以分为三期，汉唐以“风骨”为主，宋元以“平淡”为主，明清以“格调”为宗，见其论著《中国古代文学理论体系：范畴论》第四章《范畴与创作风尚的关系》，复旦大学出版社，1999。此外，刘若愚《中国文学理论》第四章《技巧理论》也指出明清诗论对“格”的重视，尽管这个“格”刘先生认为主要在技法层面。最后，我们从明清诗论的众多实例也可以看出他们对“格”的偏爱，所以说明清诗论以“格”为主旋律大概不至于偏离事实太远。从“格”的意蕴继承、发展方面来说，我们知道宋诗话中的“格”并不局限于技法层面，明清诗论中的“格”其实也不只是技法层面的含义，从这个角度说，宋诗话对“格”的意蕴的丰富，对后代诗学有重要影响。

长”，比如“工于诗”“工于押韵”“工于造语”等；二为名词，指“工夫、修养”，比如“吟诗要一字、两字工夫”“作文必要悟入处，悟入自工夫中来”等；三为形容词，可以释为“好、妙、善”等，如“意新语工”“语意皆工”“咏物尤工”等。前两类比较简单，本文拟讨论的主要是第三类，这一类的内容十分丰富，它是宋人批评诗歌的一个审美标准，是他们指导诗歌创作的一个基本要求，也是诗歌完成的一种状态。下文着重讨论“工”的具体内涵、达到“工”这种境界的条件以及“工”所反映出的宋人诗论取向等。

2.3.1 “意工”的具体内涵

大体说来，宋诗话中的“工”用于对一首诗的总体评价，也用于对诗歌某方面的评述，主要涉及诗歌“意”“语”“写物”“用事”等方面；若是对诗歌的总体评价，往往是指它语简意丰，尽情尽意，同时又含蓄有余味，对这种境界的评价，通常暗含“语意皆工”的意思。用“工”从总体上评价一首诗歌，“工”的内涵显得十分宽泛，不易说得明白，所以本文主要讨论具体层面的“工”之含义，具体层面的含义理清后，概括层面的“工”的含义也就可以把握了。为讨论的方便，将“意”“语”“写物”“用事”这四个方面分为两大类，即“意”与“语”两类。“用事”就是用典，从广义修辞学的角度讲，它属于语言运用中一个特殊修辞法，所以将它从属于“语”这类来讨论。不管“写物”是指咏物这类题材，还是指非咏物题材中对物事、情景等的描摹，都是通过对“物”的摹写，以传达作者之意，从这个角度来看，“写物”是“达意”的一种特殊的题材类型，因此也将它从属于“语”来论述。当然这种分法不够圆通，这也只是在论述中的大致归类，其本质内涵还是以具体分析为主。

宋诗话对“意”没有具体的理论阐释，而是将它作为一个普泛的先验存在的概念来使用，所以在讨论“意工”时，我们要借助与其他概念的比较、映衬才能明白“意工”的具体内涵。因此下文讨论三方面的问题，“意”与“工”的关系；“以意为主”是如何体现的；总结“意工”的内涵。

“黄诗韩文，有意故有工”,[①] 这是陈师道以黄诗韩文为例，在宋诗话中首次简明表明了“意”是诗歌达到“工”所必须具备的首要条件，反映了宋诗话“以意为主”的诗歌批评标准。反之也成立，一首诗之能称“工”，必须要“有意”；“无意”，则不能称整首诗为“工”，最多只能说达到“语工”或者“用事之工”。其后姜白石更加详细地阐述：“意格欲高，句法欲响，只求工于句字，亦末矣。故始于意格，成于句字，句意欲深欲远，句调欲清欲古欲和，是为作者。”[②] 白石并没有否定语言对于诗作完成的作用，但是他否定了只求工于字句的诗作；字、句是诗作完成的最后表现形式，只有这些表现形式中寄寓深远之意，蕴含清古之格才能算得上好诗，才具有作品的独创价值；一首诗的成败“始于意格”并不是说“意格”只是立意之初才存在，而是在作品完成时还要在句字中体现出来。白石从意格与语言的关系入手，抓住了诗作形成的要素，在点明“语”与“意”两者辩证关系的同时，强调了“意”对于一首诗的首要作用。《唐诗纪事》引李德裕论文曰：“沈休文独以音韵为切，重轻为难，语虽甚工，旨则未远，未可以言文章外意也。古之辞高者，盖以言妙而工，适情不取于音韵；意尽而止，成篇不拘于只偶。故篇无足尤，词寡累句。”[③] 此论则从反对诗歌声律角度论诗歌高妙只在“适情”“尽意”，也是“以意为主”的意思。

那么，什么样的语言才算表达了意，也就是说，“以意为主”具体是怎么样体现的？诗话作者通过对具体诗作的分析，给了充分的阐释，也给学诗者提供了充足的例证。

从诗歌语言锤炼的角度来说，“一字之工”“双字之妙”“句中之眼”都因对“诗意”有着极妙的传达，所以才可以称之为“语之工妙”。杜甫诗歌语言讲求“语不惊人死不休”，而每一关键用字都极尽开阖变化之事，出奇于无穷，不可以形迹求。如“江山有巴蜀，栋宇自齐梁”，叶梦得称其写出远近数千里，上下数百年，“只在‘有’与‘自’两字间，而吞纳山川之气，俯仰古今之怀，

① 陈师道：《后山诗话》，据何文焕辑《历代诗话》本，中华书局，1981，第305页。

② 姜夔：《白石诗说》，据何文焕辑《历代诗话》本，中华书局，1981，第682页。

③ 计有功撰、王仲镛校笺《唐诗纪事校笺》，中华书局，2007，第1618～1619页。

皆见于言外”。[1] 再如写滕王亭子，“粉墙犹竹色，虚阁自松声”，“粉墙”“竹色”“虚阁”“松声”，描写其他亭子都可以用，但是一“犹”、一“自”，将景物自然关合，使此景只能是滕王亭子之景，不可移于他处。如果杜诗写滕王亭不能抓住其特色，写江山不能传达其恢宏气韵、精神胸怀，也不可称老杜下字会心独到，自然浑成。至于五言七言的双字之妙，就在于“七言五言之间除去五字三字外，精神兴致，全见于两言，方为工妙。”[2] 比如唐人所记一联“水田飞白鹭，夏木啭黄鹂”为李嘉祐诗，王摩诘窃取之。不论是谁窃取谁，此两句好处正在添“漠漠”“阴阴”四字，此诗乃王维《积雨辋川庄作》第二联，“漠漠水田飞白鹭，阴阴夏木啭黄鹂”，“漠漠”写出水田积雨时烟雨朦胧而又空阔无际的景色，“阴阴”则写出夏日树木繁茂、浓荫蔽日的清凉、宁静，正有此双字，白鹭之翩然才格外让人眼亮，黄鹂之啾啭才格外清脆悦耳，而作者静观自得、恬然自适的心态不用说而自明。而嘉佑之诗只是咏景，人皆可到。再如《诗》“萧萧马鸣，悠悠旆旌”，以“萧萧”“悠悠”字而“出师整暇之情状，宛在目前。此语非惟创始之为难，乃中的之为工也。”[3] 再如荆轲“风萧萧兮易水寒，壮士一去兮不复还”，“自常人观之，语既不多，又无新巧，然而此二语遂能写出天地愁惨之状，极壮士赴死如归之情，此亦所谓中的也。”所以双字“中的”的意思可以用“状难写之景，如在目前，含不尽之意，尽在言外”概括。一字、双字之工，正在于它们能传达言外之意，含不尽之意。“句中之眼”指一首诗中醒目警拔之句，如东坡《海棠》“只恐夜深花睡去，故烧高烛照红妆”，写海棠之美，不从正面着笔，而写人对其深深留恋，无限爱惜，情之不禁，秉烛夜赏，而烛光下之海棠，浓妆妩媚，娇羞可爱，只可意想得知，同时此诗又写出了诗人与花同心的天真与憨态，言浅近而意深情。

“语”称其“意”，这是诗作能称之为“工”的条件。当然也

---

① 叶梦得：《石林诗话》，据何文焕辑《历代诗话》本，中华书局，1981，第420页。

② 叶梦得：《石林诗话》，据何文焕辑《历代诗话》本，中华书局，1981，第411页。

③ 张戒：《岁寒堂诗话》，据丁福保辑《历代诗话续编》本，中华书局，1983，第453页。

有用语本身很“工”而“意不及”的情况。王安石晚年喜李商隐诗，认为唐人知学老杜而得其藩篱，惟义山一人，但是“其用事深僻，语工而意不及，自是其短。世人反以为奇而效之，故昆体之弊，适重其失，义山本不至是云。”① 纵观义山之诗，用典绵密，情深绵缈，自有其独特风貌，但是用典过于深僻艰深之时，也有不称其意之处，西昆体却只是留意于义山语言的工夫，着重语言的雕饰，而失去对诗意的追求，所以造成西昆体几乎成了“形式主义”在诗文创作中的一个代名词。再如薛道衡曾有“空梁落燕泥”之句，《杨公谈苑》载僧希昼《北宫书亭》云“花露盈虫穴，梁尘堕燕泥”，同写梁间燕泥，但是希昼之诗可谓“炼句虽工，而致思不逮于薛矣。”②“空梁落燕泥”，写出人去楼空，屋室生尘，唯有不知人事的燕子，飞忙于此间，偶尔落下筑巢之泥，更显出一种繁华后的落寞与感伤。而希昼之诗，拙于写景，太实、太琐屑，毫无情思，虽然对仗工整，而“致思”不逮薛道衡远甚。苏子美有“峡束沧渊深贮月，岩排红树巧装秋”之句，此句“非不佳也，然正用杜少陵‘峡束沧江起，岩排石树圆’之句耳。语虽工，而无别意。”③ 此例从学习前辈诗作的角度，认为承袭前人，也要别有新意，或者点铁成金，或者夺胎换骨，但是苏诗袭用杜甫之语句，在诗意上倒不如杜甫浑厚苍茫，境界虽新奇但有过巧之嫌。从这三例语虽工而意不及的例子，可见诗话并不推重片面的语言工巧之作，而是要求语言能传达思致、蕴含新意。

语言该如何传达诗意，或者诗意如何通过语言来传达，以上从正反两方面举例进行了说明。诗话中作诗的方法主要是教人涵泳、品位前人诗作，研习前人诗作，由此形成一个正确的作诗概念，然后在练习中运用。而“以意为主”乃作诗第一要义，这就是诗话所揭橥发明的。

既然“意”在诗作中如此重要，那么何者为“意”，“意”是不是只可意会不可言传或者根本不需要讨论？上文在众多的诗例中已频频提到“意”，“意”这个概念的内涵十分丰富，有必要对其

① 魏庆之著、王仲闻点校《诗人玉屑》，中华书局，2007，第520页。

② 魏庆之著、王仲闻点校《诗人玉屑》，中华书局，2007，第647页。

③ 魏庆之著、王仲闻点校《诗人玉屑》，中华书局，2007，第268页。

进行梳理，并且通过梳理我们可以了解诗话在“意”方面的诗学倾向。

其一，要有内容、有寄托。讽谏、兴寄这一最古老的诗歌功能仍然是诗话所认同的，认为如此才是“有用”之诗，如此才得“古风”之意。叶梦得评杜甫《病柏》《病橘》《枯棕》《枯楠》四诗，说：“皆兴当时事。《病柏》当为明皇作，与《杜鹃行》同意。《枯棕》比民之残困，则其篇中自言矣。《枯楠》云：‘犹含栋梁具，无复霄汉志’，当为房次律之徒作。惟《病橘》始言：‘惜哉结实小，酸涩如棠梨’，末以比荔枝劳民，疑若指近幸之不得志者。”正因为杜甫诗以物寄意，执评时事，所以叶氏评之“自汉魏以来，诗人用意深远，不失古风，惟此公为然，不但语言之工也。”①

其二，除了兴寄之外，诗人所要表达的情、事、理都是“意”中所写。《唐诗纪事》记载欧阳修爱常建《题破山寺后禅院》“竹径通幽处，禅房花木深”，“欲效其语作一联，久不可得，始知造意者为难工也。来青州，得一山斋，不意平生想见而不能道以言者，乃为己有，于是益欲希其仿佛，竟尔莫获一言。”② 常建诗描画了山寺禅院特有的清幽渊静，渗透出佛门禅理涤荡人心、怡神悦志的作用。这样一种环境、意趣是士大夫所喜的，也是可以传达之“意”。欧阳修深喜此句，并欲效仿，然而即使身同此境也无法写出同样澄澈的诗歌，于是感叹“造意者为难工”，可见诗歌之“意”虽可承袭，但不可复制，而是得于诗人自身的心领神会。同时也可见这种“意”捕捉之难，传达之难，而恰恰是这种“意”为诗歌精神气骨，不可缺少，所以诗话强调“以意为主”。造意之难并没有成为宋人作诗的障碍，他们着重于翻新立意、自出新意这类作品。《风月堂诗话》载太学生咏王安石《明妃曲》，至“‘汉恩自浅胡至深，人生乐在相知心。君不见咫尺长门闭阿娇，人生失意无南北’，咏其语，称工。有木抱一者，艴然不悦，曰：‘诗可以兴，可以怨。虽以讽刺为主，然不失其正者，乃可贵也。若如此诗用意，则李陵偷生异域，不为犯名教，汉武诛其家为滥刑矣。当介甫赋诗

---

① 叶梦得：《石林诗话》，据何文焕辑《历代诗话》本，中华书局，1981，第414页。

② 计有功撰、王仲镛校笺《唐诗纪事校笺》，中华书局，2007，第1080页。

时，温国文正公见而恶之，为别赋二篇，其词严，其义正，盖矫其失也。诸君曷不取而读之乎?'众虽心服其论，而莫敢有和之者。"[①] 此例颇为有趣，众人虽然赞同某人的"义正词严""宏谈伟论"，赞同立意要"正"，但是并不相和，也表明对王安石立意新奇的欣赏。立意的翻新出奇正是宋诗的一个重要特色，宋诗对历史常做理性思考，并不人云亦云，只要立意有理有据，都可以说是达到"意"之"工"。

其三，"意"还指创作过程中的一种构思活动。因为本文分两个层面讨论诗歌之工，"构思"自然划为"意"这一部分。创作构思既包括"立意"，同时也要包含如何传达"意"，所谓"意授于思，言授于意"(《文心雕龙·神思》)。这个构思活动应该考虑文章的结构。姜白石说："作大篇，尤当布置：首尾停匀，腰腹肥满。多见人前面有余，后面不足；前面极工，后面草草。不可不知也。""诗之不工，只是不精思耳，不思而作，虽多亦奚为?"[②] 此两条评述，第一条说明一首诗结构要匀称，前后要呼应，各部分都要饱满。如杜诗《望岳》"岱宗夫如何，齐鲁青未了"，没有第二句，第一句则显得浅白轻率，正因为有第二句，所以两句能写出泰山巍峨、连绵、雄浑、苍茫之势。再如杜诗《洞庭》"吴楚东南坼，乾坤日夜浮""亲朋无一字，老病有孤舟"，正因为有前一联对洞庭之大的渲染，后一联人生如寄、凄凉衰败之意才有衬托，整首诗因为有了前联才不使杜诗落入"郊寒岛瘦"，穷愁哀怨之狭小境界。因此一首诗结构、用语上要相互照应，工拙相参，才可以显出精神气骨。第二条指诗歌创作要"精思"，这种精思应指一种艰苦的构思活动，没有艰苦的构思，率性而作，只会粗陋不堪。"精思"正是达到"工"的重要条件。同时，构思涉及用何种方式或者语言来传达"意"的问题。陈陶"可怜无定河边骨，犹是春闺梦里人"备受后人赞赏，其实此诗之意出自前人，如魏人章疏云："福不盈身，祸将溢世"。韩愈则曰："欢华不满眼，咎责塞两仪"。李华《吊古战场文》曰："其存其没，家莫闻知。人或有言，将信将疑。

① 朱弁：《风月堂诗话》，据吴文治主编《宋诗话全编》本，江苏古籍出版社，1998，第2955页。

② 姜夔：《白石诗说》，据何文焕辑《历代诗话》本，中华书局，1981，第680页。

睸睸心目，梦寐见之。”但是这些诗语均不及陈陶之诗，关键在于陈陶把前人直接说理化为日常生活的一幕场景，通过画面的鲜明对比：“河边骨”与“梦里人”，使悲情扑面而来，感染力十分强大，工于前面诸作。陈陶作品的力量、作品之“工”正在于他构思上的深刻琢磨，由此使“意”获得一种形象地传达，给读者留下深刻印象，挥之不去。因此，尽管“诗恶蹈袭古人之意，亦有袭而愈工若出于己者。盖思之愈精，则造语愈深也。”[①] 也就是“构思”越精深，语言也就愈动人，即使承袭前人之意，也“袭而愈工”，陈陶之诗就是好例。

综上言之，“意”指作品所要传达的内容，包括所要表达的情感、意趣以及情理、事理，主题等等，还指创作构思活动，包括如何结构，如何造语等方面。所以，“造意为难”，“精思”“愈工”。“意工”则指诗作内容饱满，不作虚语，精神兴致充盈，意境浑融，同时还要指结构完整、匀称，并能运用恰当的语言传达所达之情志。正因为“意”具有丰富的蕴含，所以“意”是整首诗的统帅，是整首诗成败的关键，也是全篇的灵魂，同时指导全篇的结构、用语，使全篇相互映衬呼应，达到“意”的完足，才可以算“工”。

2.3.2 “语工”内涵分类阐述

尽管语言的运用必须“以意为主”，但是语言之“工”有其自身的特殊要求。宋诗话对“语工”也做了详细的探讨。毕竟任何“意”的传达只有通过“语”才能显现出来。因此“语工”的内涵十分丰富多样，下面分类阐述。

语简意丰。诗歌语言要简洁，但是内容要丰富，情感要饱满。以下分律绝和长篇两类讨论。

《后山诗话》评两杜诗歌：“世称杜牧‘南山与秋色，气势两相高’为警绝。而子美才用一句，语益工，曰‘千崖秋气高’也。”[②] 老杜一句，将秋色漫天漫地、峻朗高爽的景象写出，苍劲峭拔，语句峻洁；小杜同样写山中秋色，但是用两句写来，气势舒缓，他笔

---

① 魏泰：《临汉隐居诗话》，据何文焕辑《历代诗话》本，中华书局，1981，第328页。

② 陈师道：《后山诗话》，据何文焕辑《历代诗话》本，中华书局，1981，第307页。

下的秋气只是表现在语言上，而不是语言所展示的内涵上，显得语势弱。再如："余登多景楼，南望丹徒，有大白鸟飞近青林而得句云'白鸟过林分外明'谢朓亦云'黄鸟度青枝'，语巧而弱。老杜云'白鸟去边明'语少而意广。余每还里而每觉老，复得句云'坐下渐人多'，而杜云'坐深乡里敬'，而语益工。"陈师道比较自己与谢朓、杜甫写白鸟过林的诗，自己的诗虽然七字，却不如杜甫五字将那种景象说得明白、如画，杜诗一"去边"将白鸟飞动的姿态及其在青林中的位置说得十分明白，为画面两种颜色的对比而给人的明亮醒目之感做了铺垫。谢诗的颜色也很醒目，但是诗句只是描画鸟在树上的姿态，没有整个丛林的衬托，所以"语巧"而气势弱。对于居乡觉老状态的描写，杜甫的"坐深"，不仅是坐久的意思，还是对老态的一种形容，只有老人才会如此安静，而至于"深"坐。"敬"字是从他者的角度写，同样也是对年纪大了的侧面烘托。陈师道诗则只有一意，即年龄大了，子孙后辈很多，所以对"老"态的描写不如杜诗准确、深刻、传神。

宋诗话追求简劲之美，反对两句一意，在讨论晋宋间诗人造语时，认为其非不秀拔，"然大抵上下句多出一意，如'鱼戏新荷动，鸟散余花落''蝉噪林逾静，鸟鸣山更幽'之类，非不工矣，终不免此病。"[①] 这两联诗对景物的描摹非常细腻，并且是后人"以动写静"的好例，但是从诗语凝练的角度看，仍然遭到反对，就是因为上下句只是表达同样一个意思，内容含量太小，这样的诗句太多，则使整首诗疲软，缺乏张力。因此，一句诗的容量越大越丰富越好，"五言诗中，每句用上两物，即成气象；用三物即稍工……。七言诗中，每句用上三物即成气象；用四物，即愈工……。至一句用及五物者，仅有一联。至用半天下、满天下之说，求之在己者绝无，于人亦未见其有也。"[②] 以杜诗为例，"如'重露成涓滴，稀星乍有无'，也是好句，然'露'与'星'只是一件事。如'孤城返照红将敛，近市浮烟翠且重'，亦是好句，然有'孤城'，也有'返照'，即是两件事。又如'鼍吼风奔浪，鱼跳日映沙'，有'鼍'也、'风'也、

① 魏庆之著、王仲闻点校《诗人玉屑》，中华书局，2007，第62页。

② 吴沆：《环溪诗话》，据吴文治主编《宋诗话全编》本，江苏古籍出版社，1998，第4338～4339页。

‘浪’也，即是一句说三件事。如‘绝壁过云开锦绣，疏松夹水奏笙簧’，即是一句说了四件事。至如‘旌旗日暖龙蛇动，宫殿风微燕雀高’，即是一句说五件事。惟其实，是以健，若一字虚，即一字弱矣。”① 所举杜诗均是好句，虽一句只写一个物事也是好句，如对“露”和“星”的描写就十分细致、生动，但是杜诗一句有五个意象，使诗歌容量达到极致，情绪、物态十分饱满，又能融汇和谐，可谓句无虚语，字无虚字，显得劲健有力。诗句物事的疏密要与所表达的对象一致，不见得物象越多越好，但是，宋诗话认为一句诗包含多物可达到用语之工，追求诗歌语言凝练而意丰。

对于长篇之作，宋诗话同样要求委曲简练，否则叙事冗繁，则格卑意尽，不足为道。如“元、白、张籍诗，皆自陶、阮中出，专以道得人心中事为工，本不应格卑，但其词伤于太烦，其意伤于太尽，遂成冗长卑陋尔。……若收敛其词，而少加含蓄，其意味岂复可及也。”② 白居易作品浅易直白，太过繁复，表意也不够深长，意味道尽，没有余味，所以张戒认为应该“收敛其词”“少加含蓄”，才有意味。老杜长篇“《述怀》《北征》诸篇，穷极笔力，如太史公纪、传，此固古今绝唱。然《八哀》八篇，本非集中高作，而世多尊称之不敢议，此乃揣骨听声耳，其病盖伤于多也。如李邕、苏源明诗中极多累句，余尝痛刊去，仅各取其半，方为尽善，然此语不可为不知者言也。”③《述怀》《北征》堪称诗史，虽长达百韵，但不为繁赘，而见其笔力。但是《八哀》悼颂八人，而笔法、诗意有重复处，所以“伤于多”，实伤于重复，乃为赘语。因此“累句”“烦语”就是于意无增、于意无用之语。去此赘语则叙事简当而不害其为工。如东坡“《岭外诗》叙虎饮水潭上，有蛟尾而食之，以十字说尽，云：‘潜鳞有饥蛟，掉尾取渴虎。’虎着渴字，便见饮水意，且属对亲切，他人不能到也。”④

---

① 吴沆：《环溪诗话》，据吴文治主编《宋诗话全编》本，江苏古籍出版社，1998，第 4337 页。

② 张戒：《岁寒堂诗话》，据丁福保辑《历代诗话续编》本，中华书局，1983，第 459 页。

③ 叶梦得：《石林诗话》，据何文焕辑《历代诗话》本，中华书局，1981，第 411 页。

④ 周紫芝：《竹坡诗话》，据何文焕辑《历代诗话》本，中华书局，1981，第 350 页。

因此语言简洁并不是生硬减少文字，而是让所用文字尽量包含更多的内容，蕴含更多情韵，将繁词累句删汰干净，使诗句“增一字太多，减一字太少”，显得劲健饱满。

贵含蓄、有余味，忌俗、忌露。语言之“工”在于字不虚设、意寓于中，但是不能过于直露，否则就没有诗味。李商隐任弘农尉时，曾投诗谒告而去：“却羡卞和双刖足，一生无复没阶趋”，此用卞和典故，一反前人对卞和的同情，转为羡慕，其中对英俊屈沉，强颜低意，趋跖诺虎，抱有扼腕不平之气，认为这比伤足更让人心痛，暗含不甘心于病畦下舐，宁愿刖足不复趋附。黄彻评其“用事出人意表，尤有余味”。[①] 再如张戒对杜牧、温庭筠《过华清宫》的评价：“往年过华清宫，见杜牧之、温庭筠二诗俱刻石于浴殿之侧，必欲较其优劣而不能。近偶读庭筠诗、乃知牧之之工，庭筠小子无礼甚矣。刘梦得《扶风歌》，白乐天《长恨歌》及庭筠此诗，皆无礼于其君者。庭筠语皆新巧，初似可喜，而其意无礼，其格至卑，其筋骨浅露，与牧之诗不可同年而语也。”[②] 张戒此论有儒家为尊者讳以及讲求“温柔敦厚”之意，但是细究庭筠之诗，对贵妃之宠直言道出，对贵妃之美也正面摹写：“卷衣轻鬓懒，窥镜澹蛾羞。屏掩芙蓉帐，帘褰玳瑁钩”，与《长恨歌》“春寒赐浴华清池，温泉水滑洗凝脂。侍儿扶起娇无力，始是新承恩泽时”一样，都太直露，不如杜甫“昭阳殿里第一人，同辇随君侍君侧”含蓄深沉。既为“第一人”，可见其美丽绝伦，既然“同辇侍君”，可见其专宠，而语意丝毫不露，须细会可知。语意俗鄙，宋诗最为忌讳，《珊瑚钩诗话》云：“以气韵清高深眇者绝，以格力雅健雄豪者胜。元轻白俗，郊寒岛瘦，皆其病也。”[③] “元轻白俗”几乎成为后人批评元白二人诗歌的一个固定印象，就源于宋人不喜他们用语浅露直白，不够含蓄。再如黄彻说自己远行，族弟相送，率尔为诗：“就

① 黄彻：《砻溪诗话》，据丁福保辑《历代诗话续编》本，中华书局，1983，第348页。

② 张戒：《岁寒堂诗话》据丁福保辑《历代诗话续编》本，中华书局，1983，第461～462页。

③ 张表臣：《珊瑚钩诗话》，据何文焕辑《历代诗话》本，中华书局，1981，第455页。

舍勿令人避席，渡江莫与马同船”，实在是“鄙近不工”，[1] 此语如同大白话，而不是诗语。所以诗语贵含蓄蕴藉，而不喜像生活语言那样浅白通俗。

贵自然、忌过巧。诗语不同日常用语，讲求偶对、押韵，但是在遵守格律的同时，不可因为追求对仗、押韵而工巧太过，失去诗意的自然、浑融。如杜诗“红稻啄余鹦鹉粒，碧梧栖老凤凰枝”这是典型的诗歌语言，打破了正常语序，对仗也十分工整，显得精警拗折，但是不够自然，“作”的痕迹明显。“暂止飞乌将数子，频来语燕定新巢”也打破了正常语序，但是用语平易，“乌”“燕”二鸟似自然飞来，景象“天然自在”。[2] 再如杜牧“杜若芳洲翠，严光钓濑喧”，此以“杜”与“严”为人姓相对；又有“当时物议朱云小，后代声名白日悬”，此乃以“朱云”对“白日”，皆为假对，“虽以人名姓偶物，不为偏枯，反为工也。”[3] 此种假对，十分讲求技巧，但是这两联将人名与花名、人名与颜色词共用，与下句对的十分巧妙，整首诗意自然浑融，使人浑然不觉，所以“不为偏枯”。而“如涪翁‘世上岂无千里马，人中难得九方皋’，尤为工致。”同样是对仗自然之妙。因此“《复斋漫录》云：‘文之所以贵对偶者，谓出于自然，非假牵强也。’《潘子真诗话》记禹玉元丰间以钱二万、酒二壶饷吕梦得，梦得作启谢之，有‘白水真人、青州从事’之语，禹玉叹赏，为其切题。后毛达可有《谢人惠酒启》云：‘食穷三岁，曾无白水之真人；出饯百壶，安得青州之从事。’此用梦得语，尤为无工，非惟出于剽窃，亦是白水真人为虚设。至若东坡得章质夫书，遗酒六瓶，书至而酒亡，因作诗寄之云‘岂意青州六从事，化为乌有一先生’，二句浑然一意，无斧凿痕，更觉有工。”[4] 至于押韵之至善，也在于自然浑成，而不是为押韵而趁韵。杜甫《收东京诗》，以“樱桃”对“杕杜”，荐樱桃事初若不相类，及其云“赏应歌杕杜，归及荐樱桃”，则“浑然天成，略不见牵强

---

① 黄彻：《䂬溪诗话》，据丁福保辑《历代诗话续编》本，中华书局，1983，第398页。

② 魏庆之著、王仲闻点校《诗人玉屑》，中华书局，2007，第183页。

③ 吴聿：《观林诗话》，据丁福保辑《历代诗话续编》本，中华书局，1983，第118页。

④ 蔡振孙著、常振国等点校《诗林广记》，中华书局，1982，第238页。

之迹。如此乃为工耳。”[①] 韩愈和席八“绛阙银河晓，东风古掖春”诗，终篇皆叙西垣事，然其一联云：“傍砌看红药，巡池咏白蘋”，事除柳恽外，别无出处，若是用此则于前后诗意无相干，且趁蘋字韵而已。因此，诗语之工妙，是在于讲求格律而又让人不觉格律，达到与诗意的浑融，犹如戴着脚镣的舞蹈，最终自成姿态而不觉枷锁、羁绊。

“用事”通过用古语、前人故事等来增加诗句内容含量，也可以使语句典雅含蓄，但是最忌用事冷僻深奥，与意有隔，所以谈到用事之工，宋诗话最为关注用事“的当”“自然”“如己出”，与整首诗意浑然一体，不知用事为用事，因此附在此处论列。《草堂诗话》引《尘史》曰：“古之善赋诗者，工于用人语，浑然若出于己意。予于李、杜见之。颜延年《赭白马赋》曰：‘旦刷幽燕，夕秣荆楚。’子美《骢马行》曰：‘昼洗须腾泾渭深，夕趋可刷幽并夜。’太白《天马歌》曰：‘鸡鸣刷燕暮秣越。’盖皆用颜赋也。”[②] 李杜之诗，用颜延年之语意，写出马之轻快疾行之态，但让人感觉不到用典，所以如己出。《竹坡诗话》亦云：“凡诗人作语，要令事在语中而人不知。余读太史公《天官书》‘天一、枪、棓、矛、盾动摇，角大，兵起。’杜少陵诗云：‘五更鼓角声悲壮，三峡星河影动摇。’盖暗用迁语，而语中乃有用兵之意。诗至于此，可以为工也。”[③] 杜甫之诗，俨然只是实写当时兵乱场景，人徒知其凌轹造化之功，不知其用典之妙。实际上此诗除用《史记》语言，还暗用《祢衡传》“挝渔阳掺，声悲壮”，《汉武故事》“星辰动摇，东方朔谓民劳之应”的故事，然不探究，根本不知此句用典。此番用事，确如水中着盐，饮水乃知盐味。因此“善用事者，如系风捕影，岂有迹耶！”[④] 这种用典而无迹的浑成状态，自是用典中上上品，也是诗语能做到典雅含蓄、自然工妙的最好代表。

上文将“写物”列在“语”这一类，“写物”不只限于咏物一

① 魏庆之著、王仲闻点校《诗人玉屑》，中华书局，2007，第222～223页。

② 蔡梦弼：《草堂诗话》卷二，据丁福保辑《历代诗话续编》本，中华书局，1997，第211页。

③ 周紫芝：《竹坡诗话》，据何文焕辑《历代诗话》本，中华书局，1981，第346页。

④ 魏庆之著、王仲闻点校《诗人玉屑》，中华书局，2007，第204页。

类题材，还指非咏物题材中涉及的物、事的描写，如杜甫《登高》“无边落木萧萧下，不尽长江滚滚来”、白居易《琵琶行》对琵琶演奏的描写等。“写物”除了要遵循用语的一般规则，如“语简而味长”，造语自然，“猝然与景相遇，借以成章，不假绳削”之外，还有自身的特点。

“写物”要写出对象的特点。《彦周诗话》评韩退之《听颖师弹琴诗》云“‘浮云柳絮无根蒂，天地阔远随飞扬’，此泛声也，谓轻非丝重非木也；‘喧啾百鸟群，忽见孤凤凰’，泛声中寄指声也；‘跻攀分寸不可上’，吟绎声也；‘失势一落千丈强’，顺下声也。仆不晓琴，闻之善琴者云‘此数声最难工。’”[①] 退之听琴诗在众多描写乐声的作品里能独树一帜，关键在于他能将琴声传达得准确，形容得细腻、微妙，使善琴者认为此数声本不易奏，对其描写更是不易，但韩愈写来丝丝入扣，有难工之妙。白居易《琵琶行》，有人认为非写琵琶，而是写琴声，不论评论是否的当，但说明古人认为“写物”就要抓住对象的特点，否则咏梅似咏桃李，则无趣。《诗人玉屑》云咏梅之诗多咏白，但“荆公诗独云：‘须捻黄金危欲堕，蒂团红蜡巧能妆’，不惟造语巧丽，可谓能道人不到处矣。又东坡《咏梅》一句云：‘竹外一枝斜更好’，语虽平易，然颇得梅之幽独闲静之趣。凡诗人咏物，虽平淡巧丽不同，要能以随意造语为工。”荆公、东坡二诗，并非佳作，关键在于他们能写出梅之意态，抓住梅之特色，道人未道。

“写物”讲求写得新奇。世间万物不可计数，但是可以入诗之物并不是那么多，或者说不是都能将物之神采传达出来。特别是宋人，生在唐人之后，发现几乎能入诗的都被唐人写过，他们确实有一种慨生其后创新之难的焦虑，所以他们要“夺胎换骨”“点铁成金”，甚至刻意标新出奇，这在写物诗中表现明显。《石林诗话》云：“外祖晁君诚善诗……。黄鲁直常诵其‘小雨愔愔人不寐，卧听羸马龁残蔬’，爱赏不已。他日得句云：‘马龁枯萁喧午梦，误惊风雨浪翻江。’自以为工……。余始闻舅氏言此，不解风雨翻江之意。一日，憩于逆旅，闻旁舍有澎湃鞺鞳之声，如风浪之历船者，

---

① 许顗：《彦周诗话》，据何文焕辑《历代诗话》本，中华书局，1981，第392～393页。

起视之，乃马食于槽，水与草龃龉于槽间，而为此声，方悟鲁直之好奇。然此亦非可以意索，适相遇而得之也。”[①] 写马食于槽之声，用“风雨浪翻江”形容，确实前所未有，实为新奇。但此新奇又非故意雕琢，而是从生活体验中概括而出，所以此种好奇因有生活基础才不至于蹈于空疏。再如写雨之诗，“杜牧之云：‘可惜和风夜来雨，醉中虚度打窗声。’贾岛云：‘宿客不来过半夜，独闻山雨到来时。’欧阳文忠公：‘芳丛绿叶聊须种，犹得萧萧听雨声。’王荆公：‘深炷炉香闭斋阁，卧闻檐雨泻高秋。’东坡：‘一听南堂新瓦响，似闻东坞少荷香。’陈无已云：‘一枕雨窗深闭阁，卧听丛竹雨来时。’赵德麟云：‘卧听檐雨作宫商’，尤为工也。”[②] 众多写雨之诗，独推崇赵德麟“卧听檐雨作宫商”，此诗之妙在于将雨声比喻为音乐，这是其他听雨诗从未有过的，其他人的听雨，都是摹写在雨的背景下人的心绪、活动，所写情态各有微妙，但对雨声之妙却不着笔墨，所以德麟诗妙在比喻出奇。再如《风月堂诗话》论陈文惠《后园十绝句》一联“‘雨网蛛丝断，风枝鸟梦摇’，议者谓‘风枝鸟梦摇’之语极工，惜所对不称耳。”[③] 不论其对句相称否，就“语极工”的“风枝鸟梦摇”来看，其“工”在于从鸟的角度着笔，风雨之下，树枝颠摇，酣睡的鸟儿梦中飘摇，或者是树枝摇荡着鸟儿的梦，诗句有着一股活泼灵动的气息，少了风雨肆虐的狂暴，梦幻可爱。此诗妙在想象之奇。尽管此种“诗从对面飞来”的写法早有，但是用来写鸟，写得如此优美的还是少见。

因此，“写物之工”关键是要写出对象特点，并且写得“新奇”，道人所未道处，传达对象别一样的物态、兴味、意趣。正是这一点，反映了宋诗对求奇之美的追求和诗人们的创新意识。

综上所述，诗话中的“工”涵盖的内容非常丰富，它既是对一首诗作的全面评价，也用于评论一首诗在造意、用语、写物、用事等方面达到的高度。前文为了讨论的方便，在“意工”“语工”“写

---

① 叶梦得：《石林诗话》，据何文焕辑《历代诗话》本，中华书局，1981，第409～410页。

② 吴聿：《观林诗话》，据丁福保辑《历代诗话续编》本，中华书局，1983，第132页。

③ 朱弁：《风月堂诗话》，据吴文治主编《宋诗话全编》本，江苏古籍出版社，1998，第2952页。

物之工”“用事之工”四个方面分别讨论。提出这四个方面，是因为它们在宋诗话中特别引人关注，使我们了解到宋人关注的重心。综上各项讨论，可见当时关注重点在“意”，“意”之“工”则诗“工”，无论是用语、写物、用事，虽然各有特点，但是终归一点，要为整首诗意服务，评判“工”与否，就在于是否有利于诗意的传达，是否加强了诗意的内涵，是否与整首诗意浑融，只有对“意”尽了最大最优的表达，才可算是“工”。“意”与“语”是诗歌构成的基本要素，宋诗话强调这两方面，表明诗话作者对作品产生的核心要素的理解以及由此传达出的诗学见解。至于“写物”，一般认为是谈一类题材的写作，而“用事”是一种表达方式，这两者何以受到宋人关注？通过上文分析，可见宋人通过写变化的物或者用新鲜的手法来写物，以此创新。“用事”的恰到好处，反映宋人重学问、讲求理性思辨，追求事理、注重诗意翻新出奇的特点。这种创新意识，正是宋诗一大特点，也是宋诗人的一种普遍心态。

2.3.3 作诗如何达到“工”

上文说过，宋诗话在讨论“工”的时候，既作为评诗的一个审美标准，同时也是指导诗歌写作的一个基本要求。至于如何达到“工”，这也是诗话讨论的问题。尽管上文在讨论各层面的“工”的内涵时涉及这一点，但是比较零散，这里集中讨论。

首要在于下工夫。吕本中《童蒙诗训》说：“作文必要悟入处，悟入必自工夫中来，非侥幸可得也。如老苏之于文，鲁直之于诗，盖尽此理矣。”[①]《唐诗纪事》录沈存中的话：“唐人以诗主人物，故虽小诗莫不娫揉，极工而后已，所谓旬锻月炼者，信非虚言。”这种工夫，一在于涵养学问，多读书，储宝胸中，二在于多练习，锤炼诗句，包括对诗意、字、词、句的锤炼。关于诗意的锤炼，《竹庄诗话》以苏轼《和渊明贫士》为例，指出东坡诗对渊明做出不同常人的评价，即渊明无心于名，不以进为耻，不以退为高，进退相似；而前人一般称赏渊明的以退为高。这就是东坡“作文工于命意”处，因此超然独立于众人之上。《观林诗话》以东坡

① 吕本中：《童蒙诗训》，据吴文治主编《宋诗话全编》本，江苏古籍出版社，1998，第2898页。

《和辛自韵》为例，认为“捣残椒桂有余辛”是“用意愈工，出人意外。”[①] 至于炼字、炼句的论述更多。《珊瑚钩诗话》直言不讳：“诗以意为主，又须篇中练句，句中练字，乃得工耳。”[②] 再如《竹庄诗话》引唐子西语录云：“诗在与人商论，深求其疵而去之，等闲一字放过则不可，殆近法家，难以言恕矣，故谓之诗律。东坡云‘敢将诗律斗深严。’余亦云：‘诗律伤严近寡恩。’大凡立意之初，必有难易二途，学者不能强所劣，往往舍难趋易，文章罕工，每坐此也。作诗自有稳当字，第思之未到耳。”[③] 这是从诗律深严角度着眼，认为锤炼字词是必要的也是可能的。对于宋人崇拜的杜甫，他之所以能“周情孔思，千汇万状，茹古涵今，无有端涯。森严昭焕，若在武库见戈戟布列，荡人耳目。非特意语天出，尤工于用字，故卓然为一代冠，而历世千百，脍炙人口。”[④] 宋人研习杜诗不遗余力，对杜诗诗境的恢宏壮阔、千姿百态独有会心，但从学法上仍然归结为“工于用字”，可见宋人对诗法、诗律的重视，对锤炼之工的青睐。因此他们分析老杜的用字，如“临川王介甫曰：老杜云‘诗人觉来往’，下得‘觉’字大好；‘暝色赴春愁’，下得‘赴’字大好；若下‘见’字、‘起’字，即小儿言语。足见吟诗要一字、两字工夫也。”在对具体诗作的涵泳体会中，领会炼字工夫及用意所在，这也是宋人学诗法门。《彦周诗话》谈论“风定花犹落”较“风定花犹舞”为胜，一字之别，对物态的形容更准确，使风定这种意态更为自然，更能表达风定后景象悠然的状态，声律上也更顺畅，确实可见一字传神，因此炼字同时也是炼意。

在锤炼字句的同时，要做到锤炼而不失自然。《竹庄诗话》引黄庭坚语说：“诗文不可凿空强作，待境而生，便自工尔。每作一篇，定立大意，长篇须曲折三致意，乃可成章。”[⑤] 这是立意时的自然，即诗文立意要有所依凭，待境而生，与景合，与情合，与理合，不可强出新意。再如《草堂诗话》引《萤雪丛说》评老杜诗

① 吴聿：《观林诗话》，据丁福保辑《历代诗话续编》本，中华书局，1983，第116页。

② 张表臣：《珊瑚钩诗话》，据何文焕辑《历代诗话》，中华书局，1981，第455页。

③ 何汶撰、常振国等点校《竹庄诗话》，中华书局，1984，第5页。

④ 魏庆之著、王仲闻点校《诗人玉屑》，中华书局，2007，第437页。

⑤ 何汶撰、常振国等点校《竹庄诗话》，中华书局，1984，第8页。

词："酷爱下'受'字，盖自得之妙，不一而足。如'修竹不受暑''轻燕受风斜''吹面受和风''野航恰受两三人'，诚用字之工也。然其所以大过人者无它，只是平易，虽曰似俗，其实眼前事尔。'老妻画纸为棋局，稚子敲针作钓钩'，以'老'对'稚'，以其妻对其子，无如此之亲切，又是闺门之事，宜与智者道。"这里用字妙处在锤炼至平易，因出自日常生活，非常自然。

除了语言、立意方面的锤炼，宋诗话还提到要"得体"。《后山诗话》引黄鲁直语："杜之诗法出审言，句法出庾信，但过之尔。杜之诗法，韩之文法也。诗文各有体，韩以文为诗，杜以诗为文，故不工尔。"[①] 师道评论诸家云："退之以文为诗，子瞻以诗为词，如教坊雷大使之舞，虽极天下之工，要非本色，今代词手唯秦七黄九尔，唐诸人不迨也。"其中"诗文各有体""本色"，均是讲诗、文、词各有自己的文体特色，不能跨越穿插，所谓"以文为诗""以诗为文""以诗为词"都是不得体，均非本色当行。当然，从创新角度讲，这些做法都能开拓诗、词、文的新境界，打破各自惯用手法，给陈习文体一种新鲜感。但是，诗、词、文毕竟各有区别，至于它们各自文体规则，不在本文讨论范围之类，诗话也没有具体来讨论某类文体的规定性细则。从文学批评史发展的角度来说，众多批评家已对各类文体特征进行了探讨，如《典论·论文》《文赋》《文心雕龙》等，它们也是诗话论诗时引用的篇章，所以宋人对于文体规范的认识可以从其引论中归纳，以此来讨论诗话所说的"得体"究竟遵循哪些规则。总之，"得体"是达到"工"的一个条件，这说明宋人对文体风貌的关注及对文体规则的遵守。

当然有的诗人作诗既"得体"，也进行了字词、立意的锤炼，但是还是达不到"工"的要求，大概是作者才性的差异所致，宋诗话也论述到这点。作者才情对诗作有影响也不是宋诗话的创见，《文心雕龙·体性》等早已论述过文章体貌与作家才性的关系。但是宋诗话承认才性对诗作的影响，也强调作者知识积累、人生经历、阅历的影响。韩子苍曰："丁晋公海外诗曰：'草解忘忧忧底事，花能含笑笑何人'，世以为工。读东坡诗曰：'花非识面尝含

---

① 陈师道：《后山诗话》，据何文焕辑《历代诗话》本，中华书局，1981，第303页。

笑，鸟不知名时自呼'，便觉才力相去如天渊。"[①] 丁晋公《海外诗》之工，这个"工"是指偶对之工，而东坡诗，不仅是偶对之工，在语言表达上也更加自然，似信手拈来，并描绘出一派生意盎然的景象，表现出作者对此无限陶醉的心态。丁诗初看十分工整，细究却觉得诗意不够浑融，似为对仗而将"花""草"凑在一起，两句采用疑问句式，景与人处于对立状态，虽有"花""草"而无生意。这便是"才力"天渊之别。这种"才力"与作者胸襟气度也有关系，只是诗话没有申论。再如《石林诗话》讨论荆公一生诗风的变化："少以意气自许，故诗语惟其所向，不复更为涵蓄。如'天下苍生待霖雨，不知龙向此中蟠'又'浓绿万枝红一点，动人春色不须多''平治险秽非无力，润泽焦枯是有材'之类，皆直道其胸中事。后为群牧判官，从宋次道尽假唐人诗集，博观而约取，晚年始尽深婉不迫之趣。乃知文字虽工拙有定限，然亦必视初壮，虽此公，方其未至时，亦不能力强而遽至也。"[②] 王诗从不够含蓄到得"深婉不迫"之趣，经过了一个过程，包括知识的积累，人生经历的丰富，这些东西不可"力强而至"，这个态度是十分公允的，可以说是"知人论诗"了。

因此，要达到诗之工，知识储备是必要的，所谓"积学以储宝，酌理以富才"；同时还要加强练习，注重诗意、词句的锤炼，并关注文体自身特点，以免写诗不像诗，填词不像词。在这些准备之后，诗之工妙则在于个人才性，其实就在于诗人的品格、胸襟、意趣及对人生的体悟，不可以一语道尽。宋诗话中特别关注诗与人的关系，注重人品对诗风的影响，从侧面可见所谓"才性高下"蕴含着要写出好诗、首先要做好人的意思。当然，文如其人或者文不能如其人，这是另外的话题，只是宋诗话多相信"文如其人"，因此将"才性"作为诗"工"的一个主观条件。

以上分别讨论了"工"的内涵及达到"工"的条件，由此我们可以看出诗话作者的诗论取向。首先，诗话充分运用了"工"本身的含义，借"工"这个术语传达了诗歌所能达到的一种化境，反映宋人对诗歌浑融境界的追求。这和一般诗学研究认为宋代诗歌注

① 惠洪：《冷斋夜话》，据吴文治主编《宋诗话全编》本，江苏古籍出版社，1998，第2448页。

② 叶梦得：《石林诗话》，据何文焕辑《历代诗话》本，中华书局，1981，第419页。

重理趣、着重诗法的观点是不太一致的。以“工”来称赞一首诗，很容易让人误以为这首诗只是格律严整、语言工巧。但诗话所说不限于此。“工”在许慎《说文解字》就是“巧饰”的意思，进一步的解释是：“象人，有规矩，与巫同意。”段玉裁注说：“巫事无形，亦有规矩。……故曰同意。”因此“工”可以指用“规矩”，又指将规矩化为“无形”的这种境界。从这个意义上来理解诗话用“工”评价一首诗非常好、非常妙，就十分切合。诗话中所说的好诗就是既有语言、语意的锤炼，又能将锤炼化为无迹的作品，所谓“意语天然”“造语简妙”“用事如己出”等。诗话在谈论“工”时，总是与“精妙”“自然”“平易”联系，防止用“工”太过，雕琢太甚。因此，用“工”这个词义本身很丰富的词来评价诗歌，表达诗学见解，反映了宋诗话作者的一种辩证圆融的诗学观念，追求一种浑融和谐之美，这反映了宋代人理性、沉潜的思维特点，但是并不能说他们的诗歌审美趣味是重理趣、重诗法的。其次，众“工”之中，“意工”具有绝对重要地位，可见宋人论诗并非只注重语言。诗话以诗歌评论为主要形式，以指导创作为目的，将“意”放在首要位置，这个事实说明即使有特别注重语言锤炼的江西诗派，宋诗话也并没有“唯语言”论。这可以使我们明了当时的诗学倾向，更好地欣赏宋代诗歌“立意”的创新出奇。当然，本文是将宋诗话作为一个整体来探讨“工”的内涵等问题，至于宋代各诗派对“工”的取用有何不同，“工”在宋诗话的历史演进过程有何变化等，这有待他论。本文只是从归纳、总览的角度来探讨“工”这个概念在宋代所体现的一种总体的诗学取向和趣味。

2.4 “俗”：语言和内质的双重蕴涵

“忌俗”是宋代诗学非常突出的一个观点，在宋代前后，对“俗”的关注都没有这么显著，以至于论俗成为宋代文化的一个特征。《诗人玉屑》载陈师道学诗于崔德符，尝问作诗之要，崔曰：“凡作诗工拙所未论，大要忌俗而已。”[①] 宋代最具有理论体系性的《沧浪诗话》说得更具体：“学诗先除五俗：一曰俗体，二曰俗意，

① 魏庆之著、王仲闻点校《诗人玉屑》，中华书局，2007，第155页。

三曰俗句，四曰俗字，五曰俗韵。”① 那么何谓“俗体”“俗意”“俗句”“俗字”“俗韵”？严羽没有任何阐述。笔者认为严羽说的“五俗”大致可以分为两个层面，一个是诗歌语言，一个是诗歌内容，当然这是非常粗略的分法，因为“句”“字”我们可以很明确地划在诗歌语言层面；而“韵”，从押韵角度，它属于诗歌语言声律层面，从“韵味”这个角度，它则应划在诗歌内容、意韵层面。再说，诗歌语言与内容也不是界限森严，而是相互作用的，这里只是为了讨论方便进行的划分。下文就从诗歌语言、诗歌内质层面来讨论“俗”的内涵，以及“以俗为雅”的方法。此外，宋人认为唐代诗人中“俗”的典型代表是白居易，我们理清“俗”的内涵，可以对宋人的“白俗”观有更深入的认识，因此，本节也将简单讨论“白俗”与宋人“忌俗”诗学观的关系，以便更细致地展示宋代诗学的特点。

2.4.1　诗歌语言范畴的“俗”

何种诗歌语言是“俗”？宋诗话没有界定，我们也无法给出确切的定义，因为任何定义都有可能被一个漏说或者是越界的概念所推翻，所以只能在概念、范畴的对比中来窥探“俗”的面目。

俗与平易。语言平易指语言的通俗易懂、平白浅切，这种语言通常用在日常生活中，如口语、俗语等。其实平易的语言本身无所谓俗与不俗，但是运用在诗歌中，则容易致俗。因为诗歌需要凝练、浓缩的语言，口语太过直白、没有回味。如《六一诗话》：“圣俞尝云：诗句义理虽通，语涉浅俗而可笑者，亦其病也。如有《赠渔父》一联云：‘眼前不见市朝事，耳畔惟闻风水声。’说者云：‘患肝肾风。’又有《咏诗者》云：‘尽日觅不得，有时还自来。’本谓诗之好句难得耳，而说者云：‘此是人家失却猫儿诗。’人皆以为笑也。”② 这两联如果联系诗题来读，还是算达意的，但是被人如此嘲笑，就是语言太生活化，不能负载更多的意味。我们将《咏诗者》一联写灵感的状态，与刘勰对比：“枢机方通，则物

① 严羽著、郭绍虞校释《沧浪诗话校释》，人民文学出版社，1983，第108页。

② 欧阳修：《六一诗话》，据何文焕辑《历代诗话》本，中华书局，1982，第268页。

无隐貌；关键将塞，则神有遁心”，刘勰的语言是典型的书面语，给读者造成审美的距离，并运用比喻、拟人手法，将灵感到来和飞逝的状态写得十分传神，不会让人以为是“失却猫儿诗”。再如“包贺多为鄙俗之句，至于‘枯竹笋抽青橛子，石榴树挂小瓶儿’。又云：‘雾是山巾子，船为水靸鞋。’又云：‘棹摇船掠鬓，风动水捶胸。’虽好事者托以成之，亦空穴来风之意。”① 这是将口语入诗而成鄙俗的例子。上面所举三联的比喻粗俗简陋，确实没有诗意与美感。《诗说隽永》云：“晁氏尝于中壶缄线纩夹中得吴越人写本杜诗，……其一云：‘漫道春来好，狂风大放颠。飞花随水去，翻却钓鱼船。’”《苕溪渔隐》曰：“此诗浅近，决非少陵语。庸俗所乱，不足凭也。”② 胡仔认为这首诗非少陵所作，关键在于它太浅近，用语太随意，如打油诗，趁韵而已。风大船翻，本是很险恶的场面，诗歌却将风形容为“放颠”，似乎给人开玩笑；既然风狂，则一切都是迅猛的，不可能看清轻盈的飞花，“随水去”则太迟缓，如此许多都不合情理，确实是“庸俗所乱”。其实口语并不是不能入诗，关键是所用之语能否传达诗意、情感；如果不能，则不仅为浅俗之言，更是无益之语。

俗与声律。太平常的用语会俗，那么字斟句酌，格律精工是不是一定不俗？“近时论诗者，皆谓偶对不切，则失之粗；太切，则失之俗。”③《藏海诗话》亦云：“七言律诗极难做，盖易得俗，是以山谷别为一体。”④ 七言律诗，在近体诗中，格律最严，所以最难做。吴可认为格律严也容易得俗，大概是形式的束缚太多，一般人难以舒展手脚，只顾及格律，造成内容、诗意的平庸。或者“既拘以四声，又限以音韵，故大率以偶俪声病为工，文气安得不卑弱乎？”⑤ 文气卑弱，诗歌不俗也难。因此山谷、江西诗派为避俗而故意求不工。当然这也是一偏之见。“老杜《江陵诗》云：‘地利

① 阮阅编著、周本淳校点《诗话总龟》前集，人民文学出版社，2005，第402页。
② 胡仔撰、廖德明校点《苕溪渔隐丛话》后集，人民文学出版社，1984，第53页。
③ 葛立方：《韵语阳秋》，据何文焕辑《历代诗话》本，中华书局，1982，第486页。
④ 吴可：《藏海诗话》，据丁福保辑《历代诗话续编》本，中华书局，1997，第335页。
⑤ 何汶撰、常振国等点校《竹庄诗话》，中华书局，1984，第83页。

西通蜀，天文北照秦。'《秦州诗》云：'水落鱼龙夜，山空鸟鼠秋。''丛篁低地碧，高柳半天青。'《竖子至》云：'相梨且缀碧，梅杏半传黄'，如此之类，可谓对偶太切矣，又何俗乎？"[1] 所以声律精工并不必然得俗，关键在于掌握分寸，也在于诗人驱驾文字、传达诗意的能力。

俗与高古。宋诗话论书法常将两者对举。"周越为尚书郎，在天圣景祐间以书得名，轻俗不近古，无足取也。"[2] 书法中的轻俗指什么？韩愈为了赞美石鼓之篆，说"羲之俗书趁姿媚"。王羲之的书与石鼓文比起来就俗了。那么，古是高古、古拙、古朴，是与现实有时间距离的美，羲之的"俗"在于他的"飘若浮云，矫若游龙"，是流畅、飞动、飘逸，而不是朴拙、古雅。因此，诗句中运用经典语言则高古不俗。《洪驹父诗话》谓："世以兄弟为友于，子姓为贻厥，歇后语也。杜子美诗云：'山鸟山花皆友于'，子美未能免俗，何耶？"吴开《优古堂诗话》则曰："予以为不然。按《南史》刘湛'友于素笃'，《北史》李谧'事兄尽友于之诚'。故陶渊明诗云：'一欣侍温颜，再喜见友于。'子美盖有所本耳。子美《上太常张卿》诗亦云：'友于皆挺拔。'"[3] 洪驹父认为杜甫用"友于"是世俗语，吴开则寻经探典，为杜甫用词寻找到经史渊源，除了证明老杜用语"无一字无来处"，也表明老杜的古雅。

俗与新奇。《说文》曰："俗，习也。""习者，数飞也。引申之凡相效谓之习。"竞相模仿、仿效乃为习，而习以成俗。所以俗本身并非贬义，风俗、民俗即是，从这个层面引申开来，俗作为形容词来用，则有普通、平常、大众的含义。宋诗话从这个层面来讲求"新奇"。"前辈花诗多用美女比状，如云：'若教解语应倾国，任是无情也动人。'俗哉！山谷《荼蘼》诗曰：'露湿何郎试汤饼，日烘荀令炷炉香。'乃是以丈夫比之，若出类。而吾叔彭渊材作《海棠》诗又不然，曰：'雨过温泉浴妃子，露浓汤饼试何郎。'尤

① 葛立方：《韵语阳秋》，据何文焕辑《历代诗话》本，中华书局，1982，第486～487页。

② 魏泰：《临汉隐居诗话》，据何文焕辑《历代诗话》本，中华书局，1982，第327页。

③ 吴开：《优古堂诗话》，据丁福保辑《历代诗话续编》本，中华书局，1997，第231页。

工也。"[1] 作者认为用美女比花，用得太多太滥，所以为“俗”，用丈夫比花则新鲜醒目。不论作者所列诗是否出众，他强调的是诗歌创作要有新意。所以避俗，乃为避熟。《复斋漫录》云：“韩子苍言作语不可太熟，亦须令生。近人论文，一味忌语生，往往不佳。东坡作《聚远楼诗》，本合用‘青江绿水’对‘野草闲花’，以此太熟，故易以‘云山烟水’，此深知诗病者。余然后知陈无己所谓‘宁拙毋巧，宁朴毋华，宁粗毋弱，宁僻毋俗’之语为可信。"[2] 胡仔认同作语不可太熟，也反对一味求生，但是如果求生得妙则可，从这个角度，胡仔赞同“宁僻毋俗”的看法，追求诗歌古拙朴茂、生新出奇之美。“孟郊诗‘楚山相蔽亏，日月无全辉。万株古柳根，拏此磷磷溪。大行横偃脊，百里芳崔嵬’等句，皆造语工新，无一点俗韵。"[3] 孟郊此诗取境阔大，造语峻古、工新，所以不俗。但一味求新，过于尖巧，也会流于俗。“《诗评》云：明远诗，其源出于张协。善制形状写物之辞，得景阳之俶诡，含茂先之靡漫。骨节强于谢琨，驱泛迈于颜延。总四家而擅美，跨两代而孤出。嗟其才秀人微，故取湮于当世。然贵尚巧似，不避危厄，颇伤清雅之语。故言崄俗者，多以附益云。"[4] 引用钟嵘对鲍照的评价，表明太巧，太险之语，有伤清雅，易坠入险俗。所以避俗求新，不可过分、失度，与诗歌意境、情意融合，才是求新圭臬。

2.4.2　诗歌内质范畴的“俗”

这里所言内质是与语言相对的概念，不限于诗歌描写对象，还包括诗歌所营造的情韵、意境等内容。

俗与内容。诗歌描写对象的俗与否，关系诗风的雅俗。“凡作文，其间叙俗事多，则难下语。"[5] 诗人遇到“俗事”难下语，最主要的困难是不知如何“以俗为雅”，担心写出来也染上俗气。《钟山

---

① 阮阅编著、周本淳校点《诗话总龟》前集，人民文学出版社，2005，第 234 页。

② 胡仔撰、廖德明校点《苕溪渔隐丛话》后集，人民文学出版社，1984，第 203 页。

③ 葛立方：《韵语阳秋》，据何文焕辑《历代诗话》本，中华书局，1982，第 487 ~ 488 页。

④ 何汶撰、常振国等点校《竹庄诗话》，中华书局，1984，第 52 页。

⑤ 吴可：《藏海诗话》，据丁福保辑《历代诗话续编》本，中华书局，1997，第 329 页。

语录》云："王荆公次第四家诗，以子美为第一，欧阳永叔次之，韩退之又次之，乃以太白为下俗。人多疑之，公曰：'白诗近俗，人易悦故也。白识见污下，十首九说妇人与酒，然其才豪俊，亦可取也。'"① 李白乃诗仙，王荆公却认为他俗，理由是李白总是写妇人与酒，这些内容在荆公看来是难登大雅之堂的，太俗，所以认为白诗最下。《复斋漫录》云："无咎评本朝乐章，不见诸集，今录于此，云：'世言柳耆卿曲俗，非也，如《八声甘州》云：渐霜风凄惨，关河冷落，残照当楼。此唐人语，不减高处矣。……张子野与柳耆卿齐名，而时以子野不及耆卿，然子野韵高，是耆卿所乏处。'"② 虽是评词，也代表宋人审美观点。尽管晁无咎举出柳词不俗之例，但柳永曲俗，则是当时多数人的评价。从柳永词作来看，多写市井生活，歌儿舞女，语言有涉风情，这是他得"俗"的重要原因。《诗人玉屑》引："文选注云：游仙之制，文多自叙，志狭中区，而辞无俗累。"③ 郭璞的游仙诗，因所写对象的超尘脱俗，自然辞无俗累。因此作品之雅俗，与所写内容有一定关系。

俗与韵味。诗歌无韵易俗。李方叔曰："文章之无韵，譬之壮夫，其躯干枵然，骨强气盛，而神色昏瞢，言动凡浊，则庸俗鄙人而已。"④ 韵乃诗歌悠长之味、无尽之意，"如朱弦之有遗音，太羹之有遗味者。"⑤ "荆公暮年作小诗，雅丽精绝，脱去流俗；每讽味之，便觉沆瀣生牙颊间。《苕溪渔隐》曰：荆公小诗如：'南浦随花去，回舟路已迷。暗香无觅处，日落画桥西。''染云为柳叶，剪水作梨花。不是春风巧，何缘见岁华。''檐日阴阴转，床风细细吹。'……观此数诗，真可使人一唱而三叹也。"⑥ 荆公诗如歌如画，情味悠长，"雅丽精绝"，自然不俗。"古乐府当学王建，如《凉州行》《刺促词》《古钗行》《精卫词》《老妇叹镜》《短歌行》《渡辽水》等篇，反复致意，有古作者之风，一失于俗则俚矣。"⑦

① 蔡振孙著、常振国等点校《诗林广记》，中华书局，1982，第55页。

② 胡仔撰、廖德明校点《苕溪渔隐丛话》后集，人民文学出版社，1984，第253页。

③ 魏庆之著、王仲闻点校《诗人玉屑》，中华书局，2007，第400页。

④ 王正德：《余师录》，据《丛书集成初编》本，中华书局，1985，第55～56页。

⑤ 王正德：《余师录》，据《丛书集成初编》本，中华书局，1985，第55页。

⑥ 魏庆之著、王仲闻点校《诗人玉屑》，中华书局，2007，第535页。

⑦ 范晞文：《对床夜语》，据丁福保辑《历代诗话续编》本，中华书局，1997，第422页。

王建古乐府有一唱三叹之妙，正得古乐府之旨，所以不俗。然“韵度欲其飘逸，其失也轻。”轻浮、语意露骨即俗。“诗人造语用字，有着意道处，往往颇露风骨。如滕元发《月波楼诗》‘野色更无山隔断，天光直与水相连’是也。只一‘直’字，便是着力道处，不惟语稍峥嵘，兼亦近俗。何不云‘野色更无山隔断，天光自与水相连’，为微有蕴藉。”[①] 一字之差，闲淡自得之趣即无，乃出语太生硬，表意太拙直，没有含蓄之味。《沧浪诗话》评唐代诗人：“冷朝阳在大历才子中为最下。马戴在晚唐诸人之上。……薛逢最浅俗。”[②] 薛逢诗太直白，没有让人回味余地，所以为俗。

俗与格调。格调是难以说清的概念，这里大致是指作品所体现出的一种精神境界，超尘拔俗之气。“唐末五代文章衰尽。诗有贯休，书有亚栖，村俗之气大率相似。如苏子美家收藏张长史书云：‘隔帘歌已俊，对面貌弥精。’既凡恶，而字画真亚栖之流。”[③] 僧诗须无酸馅气，贵在气韵清高、超尘拔俗，而贯休等人诗艳羡红尘，饥眼馋涎，穷酸寒蹇，所以村俗。郑谷《雪诗》：“江上晚来堪画处，渔人披得一蓑归”，被人鄙为“气象浅俗”，东坡甚至谓此“小学中教童蒙诗”，虽然贬之太甚，但是此诗与柳宗元《江雪》比较，立见其气格平缓，不如柳诗峻洁，柳诗中渔翁形象也更个性峥嵘。

俗与风骨。风骨本是书画中的评论术语，宋诗话也没有直接用风骨来评论诗歌，但是他们在引用前人诗评或者论书画时渗透出注重风骨的审美意识，以及对风骨与俗的关系的关注。鲁直云：“《乐毅论》旧石刻轶其半者，字瘦劲无俗气，后有人复刻此断石文，摹传失真多矣。”[④] 书法瘦劲则不俗，瘦则有骨，劲则有力，故不俗。宋李西台书，东坡谓俗，胡仔驳之：“余于西台书不多见，独见其永州澹山岩诗，清劲简远，不减晋唐间人书。……山谷云：‘李西台出群拔萃，肥不剩肉，如世间美女，丰肌而神气清秀者。’”[⑤] 李

① 周紫芝：《竹坡诗话》，据何文焕辑《历代诗话》本，中华书局，1982，第348页。

② 严羽著、郭绍虞校释《沧浪诗话校释》，人民文学出版社，1983，第161页。

③ 阮阅编著、周本淳校点《诗话总龟》前集，人民文学出版社，2005，第75页。

④ 胡仔撰、廖德明校点《苕溪渔隐丛话》后集，人民文学出版社，1984，第201页。

⑤ 胡仔撰、廖德明校点《苕溪渔隐丛话》后集，人民文学出版社，1984，第239页。

书有“清劲简远”一类，也有“丰肌而神气清秀者”，所以东坡之论不确。“清劲”乃是骨，“神气清秀”乃有“风”。移之文学，“骨就运用文辞而言，要求用词造句端正精当，使作品显得精干挺拔”，“风并不是指情志本身，而是指情志表达得明朗、生动”，总之，“风骨是指普遍的、一般的文章作风”。[①] 有这种作风，必然不俗。《诗人玉屑》引用钟嵘之论：“公幹诗，其源出于古诗，仗气爱奇，动多振绝；贞骨陵霜，高风跨俗。但气过其文，然陈思已往，稍称独步。”[②] 公幹之诗，高风跨俗，乃在于有风骨。

以上从诗歌语言和内质两方面对宋诗话中的“俗”进行了内涵层次的分析，尽管没有给出一个确切的定义，但是我们可以从以上各个层次来理解宋人论“俗”的角度和大体意旨，即“俗”在语言上指一种平易的、平常的、不够凝练的、于诗意传达不够新鲜、精警的表达方式，在诗歌内质上则表现为没有韵味、不含蓄，气格不高，风骨不振等的风貌。但是“俗”与平易、格律、新奇以及诗歌内容等没有必然关联，关键在于作者如何把握。

2.4.3　“以俗为雅”的方法

“以俗为雅”是宋代才有的观念，最早由梅圣俞提出，“闽士有好诗者，不用陈语常谈。写投梅圣俞，答书曰：‘子诗诚工，但未能以故为新，以俗为雅尔。’”[③] 后被苏黄发扬。东坡《评柳子厚诗》说：“诗须要有为而后作，当以故为新，以俗为雅，好奇而新，乃诗之病。”黄庭坚与杨明叔论诗说：“因明叔有意于斯文，试举一纲而张万目，盖以俗为雅，以故为新，百战百胜。”至此，以俗为雅成为做文之纲目。此论为宋人多方引用，成为宋代最有代表性的美学原则，也是创作原则或方法。宋人公认的以俗为雅高手是万能的诗人杜甫。前面说过，用俗语、写俗事很容易落俗，但是若经高手点化，便会精彩数倍。“数物以个，谓食为吃，甚近鄙俗，独杜屡

① “风”“骨”“风骨”的内涵，参见杨明先生《〈风骨〉——论优良文风：鲜明有力，准确精健》，据《文心雕龙精读》本，复旦大学出版社，2007，第124、122页。

② 魏庆之著、王仲闻点校《诗人玉屑》，中华书局，2007，第394页。

③ 陈师道：《后山诗话》，据何文焕辑《历代诗话》本，中华书局，1982，第314页。

用。‘峡口惊猿闻一个’‘两个黄鹂鸣翠柳’‘却绕井栏添个个’。《送李校书》云：‘临歧意颇切，对酒不能吃’，……盖篇中大概奇特可以映带者也。”[①] 老杜用鄙俗之语，却能化腐朽为神奇，乃在于他“篇中奇特”，能相互映带。如“两个黄鹂鸣翠柳，一行白鹭上青天。窗含西陵千秋雪，门泊东吴万里船。”前两句对仗，不仅数字对，颜色对，还有量词对，非常工整。前两句四种颜色，穿插相间，轻盈秀丽，美丽如画。后两句取景视野似乎很小，但时空阔远，气象内敛，包蕴深厚，景象清峻，令人遥想无边，与前两句清新雅丽之景相互映衬，整首诗深净清逸，早让人忘了“个”原来是俗语，却以为它本身无限诗意。再者，“个”如果换成“只”，反而使诗意显得轻浅，画面中黄鹂不够醒目。在韵律上，“个”也比“只”更果断、爽利。所以，若无老杜驱遣之力，只会得其粗俗。而老杜的本领在于他内外双修。

内在修养。诗者，写人之情性也。若作者自身品位不高、境界狭小，难免坠俗。宋人推崇的另一位大诗人陶潜，就是胸中自有冲淡闲逸之气，和光同尘，所以境界自高，宋人称其《形》《影》《神》三篇“皆寓意高远，盖第一达摩也。”[②] 盖渊明了悟事理，一死生，齐万物，所以见性成佛，文字自然入神。朱熹认为诗歌发展至今日，细碎卑冗，无余味，所以要使那些卑陋之诗不接于耳目，不入于胸次，“要使方寸之中，无一字世俗言语意思，则其诗不期于高远，而自高远矣。”[③] 学习前辈，不仅是学习诗法，更是要荡涤心胸，澡雪精神。宋人也意识到，杜子美之诗，看似用粗俗语，其实“粗俗语在诗句中最难，非粗俗，乃高古之极也。”“近世苏黄亦喜用俗语，然时用之亦颇安排勉强，不能如子美胸襟流出也。”[④] 子美之妙在于从胸中流出，自然情真，至于高古，至于大雅。

人的精神境界如何提升？除了孔子所说的“慎独”“吾日三省吾身”的内在修为，苏轼的“宁可食无肉，不可居无竹。无肉令人

---

① 黄彻：《䂬溪诗话》，据丁福保辑《历代诗话续编》本，中华书局，1997，第379页。

② 阮阅编著、周本淳校点《诗话总龟》后集，人民文学出版社，2005，第283页。

③ 魏庆之著、王仲闻点校《诗人玉屑》，中华书局，2007，第6页。

④ 张戒：《岁寒堂诗话》，据丁福保辑《历代诗话续编》本，中华书局，1997，第450、451页。

瘦，无竹令人俗”的环境熏陶以及“悭而不吝”“淡而有味”的生活方式，宋人还非常注重学习。比起“吾善养吾浩然之气”的提法，学习具有可操作性，不像气质、性情，“虽在父兄，不能以移子弟”。学习主要是漱六艺之芳润，破万卷之好书。山谷云：“东坡道人在黄州，作《卜算子》云：‘缺月挂疏桐，漏断人初静。……拣尽寒枝不肯栖，寂寞沙洲冷。’语意高妙，似非吃烟火食人语，非胸中有数万卷书，笔下无一点尘俗气，孰能至此?”① 因此，诗歌之不俗，贵在胸中有书卷气，如此才能高妙、清洁、超逸。“读书破万卷，下笔如有神”，学问积累多了，任何语言信手拈来，可以出奇变换。“有用法家吏文语为诗句者，所谓以俗为雅。坡云：‘避谤诗寻医，畏病酒入务。’如前卷僧显万探支阑入，亦此类也。”② 以文为诗非诗歌本色，深为严羽诟病，但是运用得好，也会变俗为雅，这就是积学的力量。

外在工夫。主要指与作者内在修养相对的诗歌创作过程中的具体方法、技巧。《余师录》对此有详细介绍：“俗语，文章所忌，要在斫句清新，令高妙出群，须众中拈出时，使人人读之，特然奇绝者，方见工夫也。又不可使言语有尘埃气，唯轻快玲珑，使文采如月之光华。尝见先生长者，欲为文时，先取古人者再三读之，直须境熟，然后沉思格体，看其当如何措置，却将欲作之文，暗里铺摹经画了，方敢下笔。踏古人踪迹，以取句法。既做成，连日改之，十分改就，见得别无瑕疵，再将古人者又读数过，看与所作合与不合，若不相悬远，不致乖背，方写净本，出示他人。贵合众论，非独耐看，兼少问难耳。人之为文，切忌尘坌，须是一言一句，动众骇俗，使人知其妙意新语，中心降叹，不厌讽味，方成文字也。”③ 如何使文字去俗，作者归纳为三步骤：熟读古人作品，学其体格布局、句法措词；比合古人，反复修改；出示他人，以待评论。另外，除了多读书、勤练习，还应关心生活。“王介甫只知巧语之为诗，而不知拙语亦诗也。山谷只知奇语之为诗，而不知常语亦诗也。欧阳公诗专以快意为主，苏端明诗专以刻意为工，李义

① 胡仔撰、廖德明校点《苕溪渔隐丛话》前集，人民文学出版社，1984，第268页。

② 杨万里：《诚斋诗话》，据丁福保辑《历代诗话续编》本，中华书局，1997，第148页。

③ 王正德：《余师录》，据《丛书集成初编》本，中华书局，1985，第56~57页。

山诗只知有金玉龙凤，杜牧之诗只知有绮罗脂粉，李长吉诗只知有花草蜂蝶，而不知世间一切皆诗也。惟杜子美则不然，在山林则山林，在廊庙则廊庙，遇巧则巧，遇拙则拙，遇奇则奇，遇俗则俗，或放或收，或新或旧，一切物，一切事，一切意，无非诗者。故曰'吟多意有余'，又曰：'诗尽人间兴'，诚哉是言。"[①] 诗歌内容本无限制，世间万事万物均可入诗，所以诗人除了诗艺的训练，关键是要深入生活，体验生活，才能触目即诗，光景常新，自然离俗。

在具体诗歌创作上，关键是要传达一种精神或气象，而不是仅仅局限于眼前景、事、物、情。《庚溪诗话》鄙薄乐天、杜牧的咏鹤诗，关键在于他们只赋咏其羽毛飞鸣之态，不能传达鹤之高逸。"至于鲍明远《鹤赋》云：'钟浮旷之藻思，抱清迥之明心'，杜子美云：'老鹤万里心'，李太白《画鹤赞》云：'长唳风宵，寂立霜晓'，刘禹锡云：'徐引竹间步，远含云外情'，此乃奇语也。"[②] 这些诗作好，关键在于将鹤的神采传达出来。因此，为文之前，首先要立意，因为声律再和谐、物象再精微，"苟无意与格以主之，才虽华藻，辞虽雄赡，皆无取也。要在意圆格高，纤浓俱备；句老而字不俗，理深而意不杂，才纵而气不怒，言简而事不晦。如此之作，方入风骚。"[③]

因此，"以俗为雅"，首先是诗人自身的"雅化"，要不断学习经典，来提升自己的精神、品格，陶冶自己的情操、趣味，开阔自己的胸襟、气度。其次，深入体验生活，勤于练笔，勤于修改。内外双修，则以俗为雅，即俗即雅。

2.4.4 白诗之"俗"

在上文论"俗"的丰富内涵基础上再来讨论白居易。白居易不仅会写"俗"的诗，也会写韵味悠长的作品，这是宋人发现的。[④]

---

① 张戒：《岁寒堂诗话》，据丁福保辑《历代诗话续编》本，中华书局，1997，第464页。

② 陈岩肖：《庚溪诗话》，据丁福保辑《历代诗话续编》本，中华书局，1997，第184页。

③ 魏庆之著、王仲闻点校《诗人玉屑》，中华书局，2007，第135～136页。

④ 宋人认为白居易诗不仅有平易通俗一类，还有讲求格律，意态雍容，含蓄有味等作品，这也是符合实际的，白居易把自己的诗歌分为讽喻、闲适、感伤、杂律等四类，并不是都很浅易。

但是在唐代诗人中，特别是我们现在认可的唐代大诗人中，宋人对白居易用“俗”评价的频率是最高的，这与白诗的特点有关，也与宋人自身的审美倾向、时代文化要求有关。

通过上文讨论，我们知道宋代在诗歌领域使用“俗”这个概念，并不完全是贬义。它指一首诗语言平易、通俗、平常，通常是中性词，用这个“俗”来评价乐天诗，同样不是贬义，只是指出乐天诗歌语言大众化的特点，也指白诗写“俗事”“民风民俗”的特点。[①] 当宋人在这个层面提倡“超俗”时，是宋人求新求奇的时代追求，即追求语言的创新、立意的翻新等，白诗的“俗”此刻只是一种象征的批评靶子，而不是说白诗这个层面的“俗”不可入目，因为宋人太希望走出唐代诗歌的阴影而自成一格。但是，当“俗”用在内质层面，指一首诗歌无韵、无格、无风骨时，“俗”是含有贬义的。因此我们对白诗“俗”的特点应具体认识，不能一口咬定“俗”都是否定性的批评。

其次，“以俗为雅”这个词本身并没有表明对“俗”有多大的憎恶，而是包含对“俗”的提升态度，否则，宋人应该提倡“去俗为雅”。宋代的这种美学观表面似乎是“忌俗”，实际上是“化俗”，要雅俗共赏[②]，这正好与宋代整个精神文化风气有共同之处，即与宋代文化的世俗性，主要是宋朝士人的世俗性有关。[③] 生活本身是世俗的，唐代诗人用飞扬的激情、青春的浪漫来超越，唐人的日常生活中的细微之处我们很难看到，虽然杜甫也描写日常生活，如成都草堂时期，但其诗写得清新可喜，更多的让人从中感受到平淡日常的喜悦而不是日常生活本身。宋代诗歌却大量运用俗字、俗语、俗话甚至俗意，表明宋人对生活之俗的一种认同和包容。[④] 但宋人追求超越，这种超越是“即俗即雅”的超越，即生活在俗世，以俗眼观之，无真不俗；以法眼观之，无俗不真。因此，宋代人的

---

① 对白诗“俗”的具体分析，参见陈允锋《白居易尚俗诗学观新探》，《宁夏社会科学》2002 年第 6 期，第 114 ~ 118 页。

② 因“化俗”表现出雅俗共赏的追求，参考了朱自清《论雅俗共赏》一文，见同名集，三联书店，1998，第 1 ~ 9 页。

③ 关于宋代士大夫生活的世俗性，参见李泽厚《美的历程》第八章《韵外之旨》的相关论述，安徽文艺出版社，1994，第 142 ~ 158 页。

④ 见吉川幸次郎著、郑清茂译《宋诗概说》三版，联经出版社，2012。此书专门论述了宋诗与日常生活紧密联系的特点。

超越体现为一种自身精神境界的拔俗与清高。表现在诗歌上，就是“以俗为雅”，即在平凡俗事俗物中表现出高洁的精神，或者用高洁脱俗的精神化解生活的俗。这样我们就能理解宋人为何那么关注白居易的处事态度、生活方式，那么推崇陶潜的冲淡、杜甫的博大精深。这也使我们理解，为何在精神层面，“俗”确实含有一层贬义。因为没有精神境界的超拔，拘拘于生活本身的叙述，无法提升诗歌的境界，就是“俗”。在这个层面上，宋人反感白诗说得太尽、说得太白、说得太切，不够超越，贬之为“俗”。

总之，宋人所说的“白俗”，是宋人追求诗歌创新的观念的折射，也是宋人在俗世生活中追求精神超越的一个参比，因此“白俗”在不同的层面有不同的价值判断。

第三章
宋诗话与唐诗学体派论

唐诗体派，标准不同则分类不同，严羽《沧浪诗话·诗体》按时间、人物、体式、声律等标准分了很多种，譬如按时间分则有建安体、黄初体、唐初体、盛唐体、大历体、元和体等，按人物分则有苏李体、曹刘体、太白体、少陵体、元白体等。

本章以宋诗话所论为基础，只谈宋诗话所论的代表性人物及其风格。杜甫是盛唐诗人的代表，但其诗作与李白截然不同。白居易是“诗到元和始变新”的代表，是中唐诗风新变的中坚，是元白体的主要作者，宋诗话对这两个人的诗风论述很多，所以本文以他们为代表来谈宋诗话论述的唐诗体派，即少陵体和元白体。从对这两类体派的论说中，我们不仅可以感知他们各自不同的风格特点，同时也可以了解唐代诗歌在不同阶段的不同表现特点及唐诗风貌的多样性。此外，宋初诗坛一派“白体”即以白居易为取法对象，至北宋中期，杜甫逐渐成为诗坛宗主，所以以此为序，分析对白居易、杜甫诗歌的不同评述，我们则可以看出宋代诗人的取法所向及其内部原因。

3.1 宋诗话元白体论

元白体与元和体不同，元和体有广狭两义，广义包括元和时期的所有诗歌，所谓“诗到元和始变新”，狭义指以元白为代表所写的长篇排律或者风流艳丽的小诗。元白体就是元白诗歌，没有体式限制。非常有趣的是，宋诗话对元白诗歌的论诗，重心全在白居易身上，尽管诗话论元稹有 124 则，但是论其诗歌者才 20 多则，其他大多是论人、记事。所以宋诗话论元白体，是以白居易为中心的。

宋诗话对白居易的关注与宋初白体有关，但不仅仅限于此，苏

黄对白居易的认识、接受，影响了白居易诗歌在宋代的接受以及对白居易诗歌的评价。因此，本章先简单陈述白居易与宋代诗人的关系，再谈宋人眼中元白体之特点。

3.1.1 宋诗话中的白居易

白居易与宋代诗人的关系比较复杂，即他的影响不限于宋初白体及其代表诗人，还有苏黄等。

白居易与宋初白体的关系，《蔡宽夫诗话》云："国初沿袭五代之余，士大夫皆宗白乐天诗，故王黄州主盟一时。"[①] 那么宋初白体具体的特征是什么、吸取了白居易诗歌的哪种特质？欧阳修最早做出评述："仁宗朝，有数达官，以诗知名。常慕'白乐天体'，故其语多得于容易。"[②] 可知白体在宋人心中的主要印象乃"语多得于容易"。但是白诗并非不加锤炼。《余师录》卷二："世谓乐天之文闲和夷畅，任其自然，当其立意命辞，必得之容易。予今再见乐天稿草，虽四句诗，必加涂抹，有至十数字者，何也？岂其良玉必加雕琢，大匠不敢废斤斧耶？不然魁纪公应是一挥而成，文不加点也。"[③] 这说明白居易诗风虽平易、自然，但并不表明他不锤炼。我们还可以从白诗自身来寻找证据，《诗话总龟》苦吟门记载："山泽之儒多癯，诗人尤甚。……乐天云：'形容瘦薄诗情苦，岂是人间有相人？'又云：'貌将松共瘦，心与竹俱空。'"[④] 可见白居易作诗也不是人们想象的那样随口而出，掉头苦吟、捻断髭须也不只是贾岛辈所为。《王直方诗话》云："'帝与九龄虽吉梦，山呼万岁是虚声'，此乐天作《开成大行挽词》，对事亲切，少有其比也。"[⑤] 此联"九龄"对"万岁"，"吉梦"对"虚声"，注意数字对、虚实相应对，非常工整，若不是精心而为，难有此联，所以称其"少有其比"，并非过誉。《彦州诗话》非常推崇的白居易之诗："春色辞门柳，秋声到井梧"，认为"此语未易及"。此联不仅对偶精工，而且用简单平常的语言传达季节变换，其诗心之敏感，情感之优

---

① 胡仔撰、廖德明校点《苕溪渔隐丛话》前集，人民文学出版社，1984，第144页。

② 欧阳修：《六一诗话》，据何文焕辑《历代诗话》本，中华书局，1982，第264页。

③ 王正德：《余师录》，据《丛书集成初编》本，中华书局，1985，第26页。

④ 阮阅编著、周本淳校点《诗话总龟》后集，人民文学出版社，2005，第125页。

⑤ 胡仔撰、廖德明校点《苕溪渔隐丛话》前集，人民文学出版社，1984，第142页。

柔，不尽之意味，使日常用语表现得极富诗意。即使这些对偶精工、诗意饱满的诗歌不是白居易诗歌的全部，那么说白诗“语多得于容易”也是片面之词，尽管宋初有些人学白诗之“容易”处，也不是白诗的过错。

宋初白体盟主王黄州的诗是否也得白诗之“容易”处?《彦州诗话》云：“本朝王元之诗可重，大抵语迫切而意雍容，如‘身后声名文集草，眼前衣食簿书堆’。又云：‘泽畔骚人正憔悴，道旁山鬼谩揶揄’，大类乐天也。”① 王元之此诗对偶非常工整，传达出诗人顺时处顺、与物推移，忘却功名和人事忧愁的意思，所以是“语迫切而意雍容”，许顗认为此类诗“大类乐天”，反过来说“语迫切而意雍容”也是白居易诗歌风格的一面。《青箱杂记》记载：元之精于四六，一次在玉堂大拜，启贺云：“三神山上，曾陪鹤驾之游；六学士中，空有渔翁之叹。”而此句正来源于白居易“元和六学士，五相一渔翁”之诗。② 可见元之对白居易诗歌的稔熟和喜爱，以至于风格极似。只是元之四六较白居易之诗更加舒展婉转，这是文体不同所致，就立意来看，都有一唱三叹之效。对于元之学白居易之事，最为传诵的是这样的故事，《蔡宽夫诗话》云：“元之本学白乐天诗，在商州尝赋《春日杂兴》云：‘两株桃杏映篱斜，装点商州副使家。何事春风容不得，和莺吹折数枝花。’其子嘉祐云：‘老杜尝有恰似春风相欺得，夜来吹折数枝花之句，语颇相近。’因请易之。王元之忻然曰：‘吾诗精诣，遂能暗合子美邪?’更为诗曰：‘本与乐天为后进，敢期杜甫是前身。’卒不复易。”③ 因此有人认为元之学诗，由白居易转向杜甫。但是“何事春风容不得，和莺吹折数枝花”虽与杜诗暗合，却不能说元之诗风转向杜甫，此例只能说杜诗也是元之常吟常颂的，虽然他自己也因此欣喜。杜甫虽然也做此类诗歌，比如还有“老妻画纸为棋局，稚子敲针作钓钩”，平淡而有味，但是这不是杜甫的典型代表，平淡简易倒是白诗的典型特征。元之此诗兴来自到，不假修饰，但是春容冶态，已在诗句中，具有“意雍容”之美。因此，从诗话对白体盟主元之诗歌的评

① 许顗：《彦州诗话》，据何文焕辑《历代诗话》本，中华书局，1982，第388页。
② 阮阅编著、周本淳校点《诗话总龟》前集，人民文学出版社，2005，第417页。
③ 胡仔撰、廖德明校点《苕溪渔隐丛话》前集，人民文学出版社，1984，第170页。

论，我们知道白诗浅易并非随口乱道，同时也讲求对仗，注重锤炼，并具有意态雍容之美。

白居易的影响不限于宋初或白体诗人。雄州安抚都监称宣事云："虏中好乐天诗。闻虏有诗云：'乐天诗集是吾师。'"① 可见白居易的影响超越了国界。另外宋人在休憩之间，有用白诗来遣兴助情。"余与郭生游寒溪，主簿吴亮置酒。郭生善作挽歌，酒酣发声，座为凄然。郭生言恨无佳词，因为略改乐天《寒食诗》歌之，坐客有泣者。其词曰：'鸟啼鸦噪昏乔木，清明寒食谁家哭？风吹旷野纸钱飞，古墓累累春草绿。棠梨花映白杨路，尽是死生离别处。冥漠重泉哭不闻，萧萧暮雨人归去。'每句杂以散声。"② 此诗改自白居易《寒食野望吟》，除了第一句白诗为"丘墟郭门外，寒食谁家哭？"第三句为"棠梨花映白杨树"之外，此诗其余与白诗完全相同。可见他们对白居易寒食诗的认同。在日常生活中寻找应景诗想起的是白诗，也可见当时宋人对白诗的熟悉程度。再者，白居易此首寒食诗的遣词达意，与通常所说的"平易浅切"完全不类，对死亡的哀感、人生的无常感甚至是企图超越死生的冷静洞达感渗透全篇，有汉魏古诗、陶潜挽歌的味道。所以白居易对宋人的影响不只是平易类作品，白诗也不全是平易，至于有人"得其容易"，有人学其"雍容"，取决于接受者自身的选择。

此外，作为宋诗代表的苏轼、黄庭坚，对白居易的接受更能看出白居易在宋代的深远影响。山谷之诗，贵在劲峭清新，言语出众，作为江西诗派宗主，学杜甫的多，但是其"《黔南》十绝，七篇全用乐天《花下对酒》《渭川旧居》《东城》《寻春》《西楼》《委顺》《竹窗》等诗，余三篇用其诗略点化而已。"③ 此十绝句，后人以为是山谷自创，幸亏有葛立方等人的考辨，才澄清事实。据说张耒晚年喜白居易，而邠老闻其称美则不乐，尝诵山谷十绝句，认为不可企及。张耒"一日召邠老饭，预设乐天诗一帙，置书室床枕间。邠老少焉假榻，翻阅良久，才悟山谷十绝诗，尽用乐天大篇裁为绝

① 阮阅编著、周本淳校点《诗话总龟》前集，人民文学出版社，2005，第199页。

② 阮阅编著、周本淳校点《诗话总龟》前集，人民文学出版社，2005，第16页。

③ 葛立方：《韵语阳秋》，据何文焕辑《历代诗话》本，中华书局，1982，第489～490页。

句。……自是不敢复言。"[①] 这是很有趣的故事，从中我们可以推论，宋代对白居易的理解、接受，是存在偏见或成见的，譬如邠老就不喜欢乐天诗，但是其所推崇的黄庭坚十绝句竟大多来自白诗，所以他再也不敢说白诗不好。乐天此十绝句，全是"达道"之辞，对于谪居黔南、处于困境中的山谷，正是一种心灵的安慰和劝解。山谷对白居易之诗，偶会于心，兴来仿写，但让人误以为山谷自创。[②] 所以接受者本身的遭遇、心境，对他选取接受对象有决定作用。再如"乐天云：'眉月晚生神女浦，脸波春傍窈娘堤。'涪翁用此意作《渔父词》云：'新妇矶边眉黛愁，女儿浦口眼波秋。'"[③] 山谷此处采纳白居易之诗意，将白居易平易婉转的诗风一变为典型的山谷风格，尖新醒目，尽管"新妇矶""女儿浦"，顾况六言已有现成的对子，山谷此诗仍不失新意，这是接受者对接受对象进行的适己的改造。

东坡对白居易的接受，比山谷要亲近很多。《诗话总龟》云："东坡平生最慕乐天之为人，故有诗云：'我甚似乐天，但无素与蛮。'又云：'我似乐天君记取，华颠赏遍洛阳春。'又云：'他时要指集贤人，知是香山老居士。'又云：'定似香山老居士。'又云：'渊明形神似我，乐天心相似我。'东坡在杭，又与乐天所留岁月略相似。"[④] 东坡对白居易的接受、欣赏是全方位的，无论是生活方式、诗歌创作，还是思想境界，东坡都觉得自己与白居易有相似之处，自许为"乐天心相似我"。何谓"心相"？是指对生活坎坷的达观态度，还是其他？《二老堂诗话》云："白乐天为忠州刺史，有《东坡种花》二诗，又有《步东坡》诗云：'朝上东坡步，夕上东坡步。东坡何所爱，爱此新成树。'本朝苏文忠公不轻许可，独敬爱乐天，屡形诗篇。盖其文章皆主辞达，而忠厚好施，刚直尽

① 何汶撰、常振国等点校《竹庄诗话》，中华书局，1984，第197页。

② 莫砺锋先生认为黄庭坚写白居易的诗并不表明他赞赏白居易的诗歌艺术，而是在人生遭遇和人生态度上与白诗产生共鸣，见《论苏黄对唐诗的态度》（《文学评论》1994年第2期）。笔者认为莫先生是从苏黄为何最终选择杜甫作为宋诗的典范角度着眼而立论的，笔者认为不管黄庭坚写这些诗的时候到底是怎么想的，在人生困顿之际脱口而出白居易的诗，仍然表明其平时对白诗的研习之深。

③ 吴聿：《观林诗话》，据丁福保辑《历代诗话续编》本，中华书局，1997，第119～120页。

④ 阮阅编著、周本淳校点《诗话总龟》前集，人民文学出版社，2005，第99页。

言，与人有情，于物无着，大略相似。谪居黄州，始号东坡，其原必起于乐天忠州之作也。”[1] 周必大认为苏轼号“东坡”与白居易诗作“东坡”有关系，继而探究两者相似之处，即诗歌理论上主张“辞达”，而为人处事则“忠厚好施，刚直尽言，与人有情，于物无着”，这是不是苏轼自称的“心相”相似，不得而知，但是周必大是距东坡、白居易最近的人，他的观点是最有参考价值的。具体到诗歌创作，东坡对白居易承袭处也不少。“白乐天《长恨歌》云：‘玉容寂寞泪阑干，梨花一枝春带雨。’人皆喜其工，而不知其气韵之近俗也。东坡作送人小词云：‘故将别语调佳人，要看梨花枝上雨。’虽用乐天语，而别有一种风味，非点铁成黄金手不能为此也。”[2] 暂不论两诗的高下，东坡袭用白居易以物拟人的手法是肯定的。再如“乐天曰：‘临风杪秋树，对酒长年身。醉貌如霜叶，虽红不是春。’东坡南中诗曰：‘儿童误喜朱颜在，一笑那知是酒红。’凡此皆夺胎法。”[3] 东坡此诗完全袭用白居易立意，只是语言改变而已。还有《藏海诗话》云：“东坡《玉盘盂》一联，极似乐天。”[4] 此论甚确，《玉盘盂》写东武旧俗四月于佛寺供芍药花情状，若不标名作者，确实会以为是白居易作品。这类例子很多，当然也有学习白居易而超出其上的作品，表现了东坡对白居易的喜爱、共鸣。

综上所述，白居易对宋代诗人的影响是多方面的，不限于宋初白体，也不仅仅是浅易这一个特征，他的诗歌还具有“雍容”和缓的特点，且有抚平人心的作用，所以当接受对象处在相同境遇中时，很能与他获得共鸣。但是在这些接受过程中，东坡的“元轻白俗”的评价影响深远，这就不得不对白居易、元白体诗歌做系统的研究。

3.1.2 元白体主要特点

元白诗歌有同有异，但不同在于写法、各自擅场等方面的些微

---

① 周必大：《二老堂诗话》，据何文焕辑《历代诗话》本，中华书局，1982，第656页。

② 周紫芝：《竹坡诗话》，据何文焕辑《历代诗话》本，中华书局，1982，第346页。

③ 阮阅编著、周本淳校点《诗话总龟》前集，人民文学出版社，2005，第106页。

④ 吴可：《藏海诗话》，据丁福保辑《历代诗话续编》本，中华书局，1997，第335页。

差异，大体风格上，两人有一致之处。两人都是新乐府的中坚，他们提倡诗歌的社会政治功能；两人相互唱和诗非常多，唱和在当时也非常流行；两人都写轻艳之诗等。宋诗话对他们诗歌的评论可以概括为以下三点。

平易浅切。笔者认为平易、浅切这种诗歌特点本身没有好坏，关键是如何将这种风格运用得恰到好处。宋人在评论白诗的这种特点时，有两种不同的价值判断。一是非常不屑，表示鄙夷，将此特点等同于鄙陋、俚俗，痛贬之。《临汉隐居诗话》云："白居易亦善作长韵叙事，但格制不高，局于浅切，又不能更风操，虽百篇之意，只如一篇，故使人读而易厌也。"① 指出白诗虽善叙事，但过于浅切，即太切于物（描写对象），所以其缺陷在于诗意雷同，令人生厌。"格制"是一个复杂概念，此处指白诗展示出的精神风貌。《修斋诗话》云："人之为诗，要有野意。盖诗非文不腴，非质不枯，能始腴而终枯，无中边之殊，意味自长。风人以来，得野意者，惟渊明耳。如太白之豪放，乐天之浅陋，至于郊寒岛瘦，去之益远。"② "野意"不是豪放、寒瘦，是外枯而中膏，似癯而实腴，文字简淡，意味丰厚，咀之不尽，这种境界，古今只有渊明一人而已。豪放是过于气盛，寒瘦是境界过于狭小，白居易的浅陋离这种"野意"也是相当远的。《后村诗话》指出不要学长庆体，认为"唐诗人与李、杜同时者，有岑参、高适、王维；后李、杜者，有韦、柳；中间有卢纶、李益、两皇甫、五窦；最后有姚、贾诸人。学者学此足矣。长庆体太易，不必学。王逢原《题乐天墓》末云：'若使篇章深李杜，竹符还不到君分。'岂亦病其诗之浅耶？"③ 刘克庄的理由是长庆体太容易，太浅，不如李杜深厚，且提倡学我们今天看来不知能不能入流的诗人皇甫、五窦也不学长庆体，这在我们看来是很奇怪的，可见痛恨浅易之甚。

浅切、浅陋具体是什么风貌特点？与杜诗比较则容易明白。"黄鲁直谓白乐天云'笙歌归院落，灯火下楼台'，不如杜子美云

① 魏泰：《临汉隐居诗话》，据何文焕辑《历代诗话》本，中华书局，1982，第327页。

② 魏庆之著、王仲闻点校：《诗人玉屑》，中华书局，2007，第175页。

③ 刘克庄：《后村诗话》，据吴文治主编《宋诗话全编》本，江苏古籍出版社，1998，第8367页。

‘落花游丝白日静，鸣鸠乳燕青春深’也。”[①] 鲁直只是说出自己的结论，不做分析。两诗均有韵味，白诗抓住眼前景写出曲终人散的落寞、怅惘；杜诗抓住春天的典型景物，写出了春日的宁静、安详、和暖，表现对春天的欣喜、沉醉，写来亲切可感。因此两诗都做到了情景融合，但是杜诗较白诗，诗意更丰富一些，韵味要深长一些，特别是“青春深”，道前人之未道，道一般人不能道。“乐天有诗云：‘醉貌如霜叶，虽红不是春。’东坡有诗云：‘儿童误喜朱颜在，一笑那知是酒红。’郑谷云：‘衰鬓霜供白，愁颜酒借红。’老杜云：‘发少何劳白，颜衰肯更红！’无己出此一联，大为诸公称赏。”[②] 这几首诗都是写衰老，但是白诗对衰老的情感是平淡的，稍微带一点自嘲，杜诗写得非常决绝，甚至是绝望，可以让人觉察诗人对年老的无可奈何甚至是沉痛愁惨，因此，从情感深度来看，老杜确实深沉许多。再如写同一题材，感叹天宝伶人李龟年事件：“老杜《逢李龟年》云：‘岐王宅里寻常见，崔九堂前几度闻。正是江南好风景，落花时节又逢君。’白乐天云：‘白头病叟泣且言，禄山未乱入梨园。欢娱未足燕寇至，万人死尽一身存。’又有《梨园弟子诗》云：‘白头垂泪语梨园，五十年前雨露恩。莫问华清今日事，满山红叶锁宫门。’读之可为凄怆。”[③] 葛立方不做优劣，认为都写得凄怆。但是两诗写法不同，白诗采用客观叙事笔法，完全从梨园角度着手，写得比较实，有梨园风尘味。杜诗前两句高度概括，写出李龟年技艺高超和久负盛名，让人想见盛世繁华，后两句写翩然一见，情意不可轻说，只留下落花、江南的意象，李龟年的身世、时代的变化让读者去想象。白诗“莫问华清今日事，满山红叶锁宫门”，虽然也是以景结情，但是所选景物境界狭小，局限在宫廷闺阁，不如杜诗开阔、悠远、深重。论及两人做诗方法，《尘史》云：“杜子美善于用故事及常语，多离析，或倒用其句，盖如此则语峻而体健，意亦深稳矣。如‘露从今夜白，月是故乡明’之类是也。乐天工于用对，《寄微之诗》云：‘白头吟处变，青眼望中穿。’可为佳句，然不若‘别来头并白，相见眼终

---

① 陈师道：《后山诗话》，据何文焕辑《历代诗话》本，中华书局，1982，第303页。

② 阮阅编著、周本淳校点《诗话总龟》前集，人民文学出版社，2005，第102页。

③ 葛立方：《韵语阳秋》，据何文焕辑《历代诗话》本，中华书局，1982，第603页。

青'，尤为工也。"[①] 老杜、白居易诗所用语言、表达的意思都差不多，写出对朋友的无限期待，但是两人语序安排不一样，白诗采用常态写法，主语在前，谓语在后，而杜诗将状语提前，"别来"，"相见"，均是诗人想象的一种场景时态，置于诗句首位，使别和聚的对比更突出，由此获得"语峻而体健，意亦深稳"的效果。总之，杜诗所用的是诗化语言，而白诗用的日常语言，所以老杜沉郁顿挫，白居易平易通俗。从宋人的评赏中我们可以看出宋人的美学倾向，他们追求诗歌语言的凝练、陌生化，以求奇崛劲健之美，同时诗意要深长，韵味要悠远，情感要深沉。用此观点来评赏白诗，则白诗是"浅"的。

另一种观点认为白诗虽涉浅近，但仍然是诗。《冷斋夜话》云："白乐天每作诗，令一老妪解之，问曰'解否?'妪曰解，则录之，不解，则又复易之。故唐末之诗，近于鄙俚。"又张文潜云："世以乐天诗为得于容易，而耒尝于洛中一士人家见白公诗草数纸，点窜涂之，及其成篇，殆与初作不侔。"《苕溪渔隐》曰："乐天诗虽涉浅近，不至尽如冷斋所云。余旧尝于一小说中曾见此说，心不然之，惠洪乃取而载之《诗话》，是岂不思诗至于老妪解，乌得成诗也哉？余故以文潜所言正其谬耳。"[②] 胡仔从诗歌语言不同于大白话的角度为白居易辩护。如果白居易之诗真是老妪能解，过度日常化，则乏韵味，不是诗语。张耒所见白居易改诗证据，证明白居易诗即使浅近，其实是精心锤炼的，是真正的诗歌，并不是随手写就的俗白之言。再如"白乐天《长恨歌》云：'回眸一笑百媚生，六宫粉黛无颜色'，盖用李太白应制《清平乐》词云：'女伴莫话孤眠，六宫罗绮三千。一笑皆生百媚，宸衷教在谁边。'"[③] 尽管袭用太白立意、用语，白居易对太白诗句进行改造，对比非常鲜明，突出的是杨玉环一人之娇媚，而太白诗写出平常宫女的自我安慰和幽怨。可见白居易作诗也是有讲究的，平易之中有锤炼。从这个角度出发，白诗之浅不应该受鄙薄。

---

① 胡仔撰、廖德明校点《苕溪渔隐丛话》后集，人民文学出版社，1984，第98页。

② 胡仔撰、廖德明校点《苕溪渔隐丛话》前集，人民文学出版社，1984，第50页。

③ 吴开：《优古堂诗话》，据丁福保辑《历代诗话续编》本，中华书局，1997，第238页。

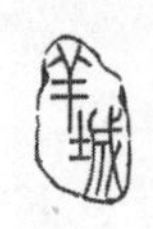

鄙俗格卑。这一特点主要在于“俗”，因俗而卑，因俗而鄙。但是对于白居易的“俗”，宋诗话有坚决否定的，也有采用包容态度的，关键在于各自对“俗”的理解。《蔡宽夫诗话》云：“司空图善论前人诗，如谓‘元白为力勍气僝，乃都会之豪估’，……皆切中其病。”① 蔡宽夫引用唐人对白居易的评价，借此表明自己的观点。司空图此论出于《与王驾评诗书》，司空图欣赏王维、韦应物那种趣味澄夐、清雅闲淡的风格，而白诗与此截然不同。司空图认为白诗如“都市豪估”，“豪估”指大商人，虽然身材粗壮，魁梧有力，但是缺乏内在修养，给人感觉是粗俗鄙陋，所以为气孱。因此，“气”是一种精神气格，体现为诗歌的内在气韵，而白诗在司空图看来缺乏这种气韵、气格，所以是粗俗的。至于“力”，则指驱遣文字的才力，相对于人物内在的精神气质，它是可见的。蔡宽夫对此也有论述：“乐天既退闲，放浪物外，若真能脱屣轩冕者，然荣辱得失之际，铢铢校量，而自矜其达，每诗未尝不著此意，是岂真能忘之者哉？亦力胜之耳。惟渊明则不然，观其《贫士》《责子》，与其他所作，当忧则忧，遇喜则喜，忽然忧乐两忘，则随所遇而皆适，未尝有择于其间，所谓超世遗物者，要当如是而后可也。”② 渊明随物推移、超世遗物的态度，反映在诗中是一派冲淡恬适，所以陶诗语言朴质无华，但味之无穷。而白居易并非真正放达之人，计较荣辱得失，但是又在诗中自我开脱，这只是一种语言的矫饰，表现的是诗人逞驾语言的能力，而非内心真正的萧散冲淡。因此，司空图对白居易的批评，主要是针对白诗精神气味上的“俗”。从这个层面来理解的还有王荆公，尝言“世间好语言，已被老杜道尽；世间俗言语，已被乐天道尽。”③ 将老杜与白居易并举，老杜所用皆为“好”语言，白居易则为“俗”言语，这个“俗”就带有批评意味，如果说用俗语，老杜也有很多，但是老杜善于以俗为雅，所以“俗语”也精彩数倍。白居易之“俗”，就不在是否用了通俗的语言，而是他诗歌精神气质的俗。再如“东坡祭

---

① 阮阅编著、周本淳校点《诗话总龟》后集，人民文学出版社，2005，第126页。

② 胡仔撰、廖德明校点《苕溪渔隐丛话》前集，人民文学出版社，1984，第123～124页。

③ 胡仔撰、廖德明校点《苕溪渔隐丛话》前集，人民文学出版社，1984，第90页。

柳子玉文：‘郊寒岛瘦，元轻白俗。’此语具眼。”[①] 从《祭柳子玉文》全文看，东坡谈“元轻白俗”后总结“众作卑陋”，所以他所说的“俗”与卑陋联系，主要是指白诗中气格卑陋的一类。《庚溪诗话》云：“众禽中，唯鹤标致高逸，其次鹭亦闲野不俗，……后之人形于赋咏者不少，而规规然只及羽毛飞鸣之间。如《咏鹤》云：‘低头乍恐丹砂落，晒翅常疑白雪销。’此白乐天诗。‘丹顶西施颊，霜毛四皓须。’此杜牧之诗。此皆格卑无远韵也。”[②] 之所以说白居易诗“格卑无远韵”，关键在于他只写出鹤的形态，局限于羽毛之间，没有传达出鹤的高标远致，确实少韵乏味。因此，贬义的“俗”含有局限于具体事物、俗世生活，不够超脱的意思，表现在诗歌中就是格卑无韵。

如果“俗”不限于精神层面，“近俗”未必就是贬义。许彦州说元稹“艳而有骨”，《潘子真诗话》云：“……《津阳门诗》《长恨歌》《连昌宫词》俱载开元间事，微之词不独富艳，至‘长官清平太守好，拣选皆言由相公’，委任责成，治之所兴也。‘禄山宫里养作儿，虢国门前闹如市’，险诐私谒，无所不至，安得不乱？稹之叙事远过二子。”[③]“艳”本是很俗的，但是如果艳中有骨，即有所讽兴，那么也就不俗了。“白乐天诗自擅天然，贵在近俗；恨如苏小虽美，终带风尘。”[④] 胡仔肯定白居易的“近俗”，认为有天然之美，这里的“俗”指白居易诗歌所描写的内容，比如民俗、日常生活琐事、日常情思，或者运用老百姓易懂的语言等，这类诗歌从内容到形式，本身就贴近生活，带有原生态的活泼和生趣，并不可鄙。比如白诗记载民俗，《复斋漫录》云：“‘韩子苍《题昭君图诗》：‘寄语双鬟负薪女，炙面谨勿轻离家。’余考《唐逸士传》云：‘昭君村至今生女必炙其面。’白乐天诗：‘至今村女面，烧灼成瘢痕。’乃知炙面之事，乐天已先道之也。”[⑤] 关于饮酒风俗的，“辰人以藤代篘酒，名‘钓藤’。俗传他处即不可用。或谓但恐酝

① 许顗：《彦周诗话》，据何文焕辑《历代诗话》本，中华书局，1982，第384页。
② 陈岩肖：《庚溪诗话》，据丁福保辑《历代诗话续编》本，中华书局，1997，第183~184页。
③ 《苕溪渔隐丛话》前集卷二十三引《潘子真诗话》。
④ 胡仔撰、廖德明校点《苕溪渔隐丛话》后集，人民文学出版社，1984，第258页。
⑤ 阮阅编著、周本淳校点《诗话总龟》后集，人民文学出版社，2005，第264页。

造之法异耳，所在皆可。乐天《忠州春至》诗云：‘闲拈旧叶题诗咏，闷取藤枝引酒尝。’则巴蜀亦有之。”[①] 这给我们理解白居易诗歌“俗”提供新的角度，即“俗”不只是语言层面，也指其描写了世俗文化层面的内容，在这个角度，“俗”也不是否定评价。[②]但是“终带风尘”，这个评价是从诗歌精神气质来说的，是否定的评价。写生活俗事是很难的，要有“以俗为雅”的高强本领。宋人高度推崇陶渊明，因为他写的就是生活俗事，比如饮酒、比如种地，但是他写来有一股超然出尘之味，这归功于陶渊明自身不着于物的胸怀和态度。即使如此，陶渊明的诗歌仍然是有选择的，比如他就没有写醉酒的丑态，没有写肥料的腥臭。所以，如果所写的对象很“俗”，很难不惹“风尘”。白居易诗歌所写对象的“俗”并不可鄙，转俗为雅更是让人心生喜爱，可怕的是让诗歌写“俗事”而带上“俗气”，沉湎于俗事不可自拔。

抛开“俗即可恶”的刻板印象，宋人发现白居易之诗不但不鄙俗，反而有闲雅之态。“古今人作《昭君词》多矣。余独爱乐天一绝云：‘汉使却回传寄语，黄金何日赎蛾眉？君王若问妾颜色，莫道不如宫里时。’其意优游而不迫切。乐天赋此时年甚少。”[③] 此诗用语浅白，但是句意婉转，写出昭君那一刻的情绪波动，迫切思归，又唯恐君王不再着意，所以告诉来使不要告诉君王自己的容颜不如在宫里时。白居易抓住“问颜色”这个细节，把这种情绪传达得很深刻。《诗林广记》载洪咨议《宣锁》一诗，论曰：“洪平斋此诗，非特引用乐天紫薇花事，而其意度闲雅，有乐天之风焉。”[④]在蔡正孙看来，白居易诗歌有“闲雅”一格，不论他指哪一类，具备闲雅的气格则与“俗”无关。因此白居易之诗，当一部分人认为鄙俗时，也有人认为“闲雅”“优游”，还有人说白居易诗歌句意含蓄（见《诗人玉屑》卷十），某些长韵堪为绝唱（见《诚斋诗

① 黄彻：《䂬溪诗话》，据丁福保辑《历代诗话续编》本，中华书局，1997，第386页。

② 对白居易诗歌“俗”在文化层面上的详细探讨，参见陈允锋《白居易尚俗诗学观新探》，《宁夏社会科学》2002年第6期，第114～118页。本文所举例子，对陈文有补充。

③ 阮阅编著、周本淳校点《诗话总龟》前集，人民文学出版社，2005，第87页。

④ 蔡振孙著、常振国等点校《诗林广记》，中华书局，1982，第169页。

话》），还有人对白居易诗歌分体评论："白乐天讽谕之诗长于激，闲适之诗长于遣，感伤之诗长于切。律诗百言以上长于赡，五字七字百言以下长于情。"[①] 所以对"白俗"的这个评价，需要具体诗歌具体分析，不可一概而论。

质直冗繁。其缺点是说得太尽。"因暇日与弟侄辈评古今诸名人诗，……白乐天如山东父老课农桑，言言皆实；元微之如李龟年说天宝遗事，貌悴而神不伤。"[②] 白居易诗歌在于太"实"，如农夫话桑麻，太野而无文，而微之则有"为文而造情"的嫌疑，从这个角度理解东坡"元轻白俗"，"轻"指情感的单薄、轻浅，甚至是轻佻、轻薄，"俗"指说得质实，太着于物，给读者没有想象的空间，没有虚灵之美。张戒对白诗的这个特点分析得很深透，"梅圣俞云：'状难写之景，如在目前。'元微之云：'道得人心中事。'此固白乐天长处，然情意失于太详，景物失于太露，遂成浅近，略无余蕴，此其所短处。如《长恨歌》虽播于乐府，人人称诵，然其实乃乐天少作，虽欲悔而不可追者也。"[③] 对白诗"辞达"的长处充分肯定，但是对白诗"情意太详""写景太露""浅近无余蕴"的缺点也是评价适当的。当然，张戒又从儒家正统诗论角度分析《长恨歌》无礼于君，太露太直，这是比较迂腐的。有人说白居易格卑，张戒并不赞同，认为要细加考察，"世言白少傅诗格卑，虽诚有之，然亦不可不察也。元、白、张籍诗，皆自陶、阮中出，专以道得人心中事为工，本不应格卑，但其词伤于太烦，其意伤于太尽，遂成冗长卑陋尔。比之吴融、韩偓俳优之词，号为格卑，则有间矣。若收敛其词，而少加含蓄，其意味岂复可及也。"[④] 此处指出白诗之格卑并不是情调、格调不高，而是辞繁意尽，遂成冗长卑陋，若加之以含蓄，则意味无穷。这是张戒给白诗开的药方。对于这种缺陷，乐天自己是有觉察的，白居易《与元九书》就说："况

① 魏庆之著、王仲闻点校《诗人玉屑》，中华书局，2007，第491页。

② 魏庆之著、王仲闻点校《诗人玉屑》，中华书局，2007，第25页。

③ 张戒：《岁寒堂诗话》，据丁福保辑《历代诗话续编》本，中华书局，1997，第457～458页。

④ 张戒：《岁寒堂诗话》，据丁福保辑《历代诗话续编》本，中华书局，1997，第459页。

仆与足下为文，尤患其多，已尚病之，况他人乎?”那么他有所改变吗？前文所列为后人欣赏的诗句，是否是有意识所作？不得而知。但是可以肯定，白诗不只是辞繁意尽一类。“最爱湖东行不足，绿杨烟柳白沙堤。几处早莺争暖树，谁家新燕啄春泥。”这里的春天，与杜甫“流连戏蝶时时舞，自在娇莺恰恰啼”，均写出春意怡和之态，各有千秋。再如，“绿蚁新醅酒，红泥小火炉。岁晚天欲雪，能饮一杯无?”雪天邀友人饮酒，写得如此温暖，如此诱人，又如此期待，虽然语言仍然通俗、大众，却讲究对仗，尤情韵无限，辞不繁意不尽。所以不同评论者对白诗特点的总结与批评，只能代表评论的一个角度，而不是对白诗所有特点的概括。当然我们也不能就此否定宋人的批评，相反他们正是从某个角度对白诗做出了深刻解读和批评，对我们理解、研究白诗是很有帮助的。

上述三个特点，是宋人研读元白诗主要是白诗后的概括，可以进一步提炼成“浅”“俗”“尽”。这三点，出发点在于“尽”，落脚点在于“俗”，即“尽”则“浅”，“浅”则易“俗”。白居易是很有读者意识的诗人，他作诗唯恐别人不理解、不懂，所以务求说得详尽，说得明白，说得透彻。但是任何理论都有双面性，说得越多，越没有余味，说得越白，语言越浅显、通俗，说得越透，更加没有想象的空间。从否定角度，这三点都是负面评价。如果从积极方面探讨，这是白诗的优势，通俗平易，质直透彻，更易于传播。日本江户时代学者室鸠巢在《骏台杂话》中说：“我朝自古以来疏于唐土文辞，能读李杜诸名家诗者甚少。即使读之，难通其旨。适有白居易诗，平和通俗，且合于倭歌之风，平易通顺，为唐诗上等，故只学《长庆集》之风盛行。”① 可见平和通俗的白诗在异国受欢迎的程度，并被认作是唐诗之高峰、上等。这说明当士大夫、知识分子在评定白诗“俗”的时候，老百姓、普通大众并不如此看待。那么对白诗“俗”的界定是不是太局限于知识分子这个阶层，而忽略或者轻视了普通大众对白诗的评判尺度，导致了白诗“俗”这样的论断具有文化阶层的片面性？我认为这是应该引起我们重视的问题。从诗歌在大众读者传播层面角度讲，我们可以说白居易比

---

① 转引自《白居易》一文，据吉川幸次郎《中国诗史》，复旦大学出版社，2001，第252～253页。

李杜更流行，因为他并非不会创作凝练含蓄的诗歌，而是特意用难以作诗的大众化语言作诗，有意识地反对诗歌语言的特权化，[①] 在文学作品普及方面，他比杜甫更具有平民意识和读者意识。

3.2　宋诗话少陵体论

杜甫诗歌的主要风格特点，我们现在一般用“沉郁顿挫”来形容。这个词最早出自杜甫《进雕赋表》：“臣之述作，虽不足以鼓吹六经，先鸣数子，至于沉郁顿挫，随时敏捷，而扬雄、枚皋之流，庶可跂及也。”[②] 这是杜甫对自己文章的自信宣言。宋诗话中直接说杜诗沉郁顿挫，是《韵语阳秋》：“老杜高自称许，有乃祖之风，上书明皇云：‘臣之述作，沉郁顿挫，扬雄、枚皋，可企及也。’《壮游》诗则自比于崔、魏、班、扬，又云：‘气劘屈贾垒，目短曹刘墙。’《赠韦左丞》则曰：‘赋料扬雄敌，诗看子建亲。’甫以诗雄于世，自比诸人，诚未为过。至窃比稷与契，则过矣。史称甫好论天下大事，高而不切，岂自比稷、契而然耶？至云‘上感九庙焚，下悯万民疮，斯时伏青蒲，廷争守御床。’其忠荩亦可嘉矣。”[③] 所论也是引用杜甫之言，目的在于说明杜甫对自己文章自信，自认为超越扬、枚等人，比较符合事实，这是从诗歌成就角度评杜诗。但是宋诗话用“沉郁顿挫”评杜诗，目前所见，仅此一则。此后元好问用此词评说赵秉文：“律诗壮丽，小诗精绝，多以近体为之。至五言大诗，则沉郁顿挫学阮嗣宗，真淳简淡学陶渊明。”（《中州集》卷三）元好问心中，阮籍诗乃沉郁顿挫，其《论诗三十绝句》云：“纵横诗笔见高情，何物能浇块垒平。老阮不狂谁会得，出门一笑大江横。”笔势纵横潇洒，高情远意，深远难识，这是阮诗特点。那么在元好问眼中沉郁顿挫是指这种诗风。论杜甫云：“排比铺张特一途，藩篱如此亦区区。少陵自有连城璧，争奈微之识碔砆。”批评元稹没有欣赏出杜诗的真正好处，只关注杜甫

① 白居易有意识反对诗歌语言特权化的观点参考了《白居易》一文，据吉川幸次郎《中国诗史》，复旦大学出版社，2001，第250～253页。

② 萧涤非主编《杜甫全集校注》第11册，人民文学出版社，2014，第6271页。

③ 葛立方：《韵语阳秋》卷八，据何文焕辑《历代诗话》本，中华书局，1981，第546页。

的长篇律诗。至于少陵好处“自有连城璧”是什么，元好问没有说，但是不是他用来评阮籍的“沉郁顿挫”。总之，宋代人以至元代，都没有用“沉郁顿挫”来概括少陵之风。那么宋诗话眼中的少陵体是什么样的？诗话从鉴赏评析角度对杜诗从多方面进行描述，认为其主要特点如下：意脉贯通、含蓄温婉、准确传神、深广如史、体格创新，这几个方面并非截然有别，而是互有穿插、交汇之处。

3.2.1 宋诗话中的杜甫

对杜诗进行全面评价并指出他在历史上独一无二的地位，目前所见较早的是元稹的《唐故工部员外郎杜君墓系铭并序》，《唐诗纪事》卷十八对此全文收录，此文首先叙述自古至今诗歌发展简史，然后说“至于子美，所谓上薄《风》《雅》，下该沈宋，言夺苏李，气吞曹刘，掩颜谢之孤高，杂徐庾之流丽，尽得古今之体势，而兼人人之所独专矣。如使仲尼考锻其旨要，尚不知贵其多乎哉！苟以为能所不能，无可无不可，则诗人以来，未有如子美者。是时山东人李白，亦以奇文取称，时人谓之李杜。余观其壮浪纵恣，摆去拘束，模写物象，及乐府歌诗，诚亦差肩于子美；至若铺陈终始，排比声韵，大或千言，次犹数百，词气豪迈而风调清深，属对律切而脱弃凡近，则李尚不能历其藩翰，况堂奥乎？”这初步奠定了杜甫在诗歌史上“集大成”的地位，通过与李白的对比，更加突出杜甫在长韵歌诗、近体律诗方面的成就。宋祁、苏轼、秦观承继了元稹观点，苏轼明确提出了杜诗“集大成”之说：“子美之诗，退之之文，鲁公之书，皆集大成者也。”[①]“诗有出于风者，出于雅者，出于颂者。屈、宋之文，风出也；韩、柳之诗，雅出也；杜子美独能兼之。”[②]这是从杜诗继承创新角度肯定他兼包并蓄。秦观则在《进论》中对杜甫的风格做了更具体的阐述，“杜子美之于诗，实积众家之长，适当其时而已。昔苏武、李陵之诗，长于高妙。曹植、刘公幹之诗，长于豪逸。陶潜、阮籍之诗，长于冲淡。谢灵运、鲍照之诗，长于峻洁。徐陵、庾信之诗，长于藻丽。于是杜子

---

① 陈师道：《后山诗话》，据何文焕辑《历代诗话》本，中华书局，1981，第304页。

② 魏庆之著、王仲闻点校《诗人玉屑》卷一，中华书局，2007，第13页。

美者，穷高妙之格，极豪逸之气，包冲淡之趣，兼峻洁之姿，备藻丽之态，而诸家之作，所不及焉。然不集诸家之长，杜氏亦不能独至于斯也；岂非适当其时故邪？”[①] 秦观之论指出杜甫集众人之长乃时代造成，杜诗是站在前辈肩膀上的集大成，这是与元稹不同的地方，是比较客观的文学史观。到了严羽，则说杜子美独出众人之上在于“宪章汉魏，而取材于六朝；至其自得之妙，则前辈所谓集大成者也。”[②] 他们都是认为只有融汇众作，至自得之妙，具有自己的姿态，发出自己的声音，这才是真正的集大成。所以“集大成”一直是宋人特别关注的杜诗一大特点。[③]

而《冷斋鲁訔序》则从另一角度阐述杜诗的宏深窈渺，“骚人雅士，同知祖尚少陵，同欲模楷声韵，同苦其意律深严难读也。余谓少陵老人，初不事艰涩左隐以病人，其平易处，有贱夫老妇初可道者。至其深纯宏妙，千言不可追迹，则序事稳实，立意浑大；遇物写难状之景，抒情出不说之意；借古的确，感时深远，若江海浩渼，风云荡汩，蛟龙鼋鼍，出没其间，而变化莫测，风澄云霁，象纬回薄，错峙伟丽，细大无不可观。又云：其夐邈高耸，则若凿太虚而嗷万籁，其驰骤怪骇，则若仗天策而骑箕尾；其直截峻整，则若俨钩陈而界云汉。枢机日月，开阖雷电，昂昂然神其谋，挺其勇，握其正，以高视天壤，趋入作者之域，所谓真粹气中人也。”[④] 这是一篇较完整的杜诗作品论，涉及杜诗立意、声律、用事、风格体态、写景抒情之妙等方面，比元稹等人所述更为具体可感。另有《臞翁诗评》，论古今诸名诗人，“独唐杜工部，如周公制作，后世莫能拟议。”[⑤] 其论诸家之作，皆用诗歌一样的语言评论，均得其神韵，但是对杜甫不置一词，只论是“周公制作”“莫能拟议”，俨然将杜甫诗歌作为最高法度、原则、模范，高不可及，不容置喙，后人只能尊崇、学习、模仿。这是从诗歌学习角度奠定了杜甫至高无

① 胡仔纂集、廖德明校点《苕溪渔隐丛话》后集卷八，人民文学出版社，1984，第58页。秦观之评出自《淮海集》卷二十二《论韩愈》，胡仔《苕溪渔隐丛话》转引，不过标明来自《进论》，有误，见秦观撰、徐培均笺注《淮海集笺注》，上海古籍出版社，2000，第751页。

② 严羽著、郭绍虞校释《沧浪诗话校释》，人民文学出版社，2000，第171页。

③ 可参见周裕锴《宋代诗学通论》相关章节，上海古籍出版社，2007。

④ 魏庆之著、王仲闻点校《诗人玉屑》卷十四，中华书局，2007，第435页。

⑤ 魏庆之著、王仲闻点校《诗人玉屑》卷二，中华书局，2007，第25～26页。

上的地位，当然“无可拟议”之处在元稹、冷斋等人的不断阐述中，我们还是可以略窥一二。其他人用一词一句来概括杜诗特点，譬如张戒所说的“雄而正”，严羽所说的“入神”“金鸡擘海、香象渡河”，《树萱录》所说的“骨气高峭”“爽鹘摩霄，骏马绝地”，郑印所说的“高深”，都从一个角度、一个侧面道出杜诗妙处。当然这些评述都是对杜诗总体风格特质的印象式概括，没有具体诗歌例子，所以要明确杜诗的特点还是回到杜诗。

结合具体诗歌品评来阐述杜诗千姿百态的是张表臣，“予读杜诗云：‘江汉思归客，乾坤一腐儒’‘功业频看镜，行藏独倚楼’，叹其含蓄如此；及云‘虎气必腾上，龙身宁久藏’‘蛟龙得云雨，雕鹗在秋天’，则又骇其奋迅也。‘草深迷市井，地僻懒衣裳’‘经心石镜月，到面雪山风’，爱其清旷如此；及云‘退朝花底散，归院柳边迷’‘君随丞相后，我住日华东’，则又怪其华艳也。‘久客得无泪，故妻难及晨’‘囊空恐羞涩，留得一钱看’，嗟其穷愁如此；及云‘香雾云鬟湿，清辉玉臂寒’‘笑时花近靥，舞罢锦缠头’，则又疑其侈丽也。至读‘谶归龙凤质，威定虎狼都’‘风尘三尺剑，社稷一戎衣’，则又见其发扬而蹈厉矣；‘五圣联龙衮，千官列雁行’‘圣图天广大，宗祀日光辉’，则又得其雄深而雅健矣；‘许身一何愚，自比稷与契’‘虽乏谏诤姿，恐君有遗失’，则又知其许国而爱君也；‘对食不能餐，我心殊未谐’‘人生无家别，何以为烝黎’，则知其伤时而忧民也；‘未闻夏商衰，中自诛褒妲’‘堂堂太宗业，树立甚宏达’，斯则隐恶扬善而《春秋》之义耳；‘巡非瑶水远，迹是雕墙后’‘天王守太白，伫立更搔首’，斯则忧深思远而诗人之旨耳；至于‘上有蔚蓝天，垂光抱琼台’‘风帆倚翠盖，暮把东皇衣’，乃神仙之致耶？‘惟有摩尼珠，可照浊水源’‘欲问第一义，回向心地初’，乃佛乘之义耶？呜呼！有能窥其一二者，便可名家，况深造而具体者乎？此予所以稚齿服膺，华颠未至也。”[①] 蔡百纳《西清诗话》论杜诗，别有手眼，“杜少陵诗，自与造化同流，孰可拟议，至若君子高处廊庙，动成法言，恨终欠风

① 张表臣：《珊瑚钩诗话》卷一，据何文焕辑《历代诗话》本，中华书局，1981，第453～454页。

韵。”[1] 对比前文对杜诗一致好评，此论指出杜诗“终欠风韵”，批评之中恰恰道出宋人从中窥探出的可以创新的地方。现代学者研究表明，诗分唐宋，不在于朝代，而在于诗歌特质，[2] 宋诗的特质在于意，而不在于韵，所以深折透辟，精深瘦劲。杜诗之终欠风韵、动成法言，恰好开启宋调。蔡百纳站在唐诗的立场对杜诗的批评，积极意义正在于此。

这些批评或论总体特色，或论诗歌写作手法，或评诗歌不凡之笔势，或解诗意，或论风格，论诗评人，多角度、多侧面写出杜诗千汇万状之态。这样的评论直观可感，对具体诗歌赏析、诗歌创作是有帮助的，下文则从对杜诗的具体作品评论来讨论杜诗特点。

3.2.2　少陵体主要特点

意脉贯通。杜诗的具体特点，宋诗话一般结合具体诗作来分析。意脉贯通，就是指全篇气脉贯通，无法从中析出任何部分，不能分割、无法掐断，全篇如一句、一意，一气贯通。如：“环溪仲兄云：‘杜诗之妙，复有可言者乎？’环溪云：‘杜诗又有混全之体。’仲兄云：‘何谓混全之体？’谓：‘四句只作一句，八句只作一句。如‘叹惜高生老，新诗日又多。美名人不及，佳句法如何’，是四句只作一句。如‘不见旻公三十年，封书寄与泪潺湲。旧来好事今能否？老去新诗谁与传’，亦是四句只作一句。如‘寄语杨员外，山寒少茯苓。归来稍暄暖，当为劚青冥。翻动神仙窟，封题鸟兽形。兼将老藤杖，扶汝醉初醒’，即是八句只作一句。又如‘苦忆荆州醉司马，谪官樽俎定常开。九江日落醒何处？一柱观头眠几回。可怜怀抱向人尽，欲问平安无使来。故凭锦水将双泪，好过瞿塘滟滪堆’，亦是八句只作一句。”[3] 环溪此举四首诗，前两首是截取诗歌前半段，后两首是完整的。中间两首分别是《因许八奉寄江宁旻上人》《路逢襄扬杨少府入城戏呈杨四员外绾》，以此两诗为例，分析环溪所说的混全之处。“不见旻公三十年”是怀念旻上人

---

① 胡仔纂集、廖德明校点《苕溪渔隐丛话》后集卷三十三，人民文学出版社，1984，第257页。

② 参见钱锺书《谈艺录》中诗分唐宋章、缪钺《论宋诗》等文章。

③ 吴沆：《环溪诗话》，据吴文治《宋诗话全编》本，江苏古籍出版社，1998，第4345～4346页。

之作。旻上人善吟善弈，且喜与文士游，前四句全是怀念之词，是说“我”不见你已三十年，现在给你写信，不禁泪水涟涟，你曾经喜好的事今天还能吗？现今写的新诗又有谁来传给我呢？怀念旻公，从回忆写到现在，中间过度非常自然，不着痕迹，而怀念之意早寓其中。“寄语杨员外”，仇兆鳌《杜诗详注》曰：“全首皆属寄语，以律诗代短札，质而有文。暄暖，取苓之候。青冥，松林之色。龙窟，结根之深。鸟兽，成形之异。藤杖，亦华州所产者。杨必嗜酒，故结用戏辞。”并引黄生曰：“此亦往东都时作。八句一气叙来，酷似途次乍逢，立寄口信之语。”

再如苏辙评《诗》与《哀江头》：“《大雅·绵》九章，诵太王迁豳，建都邑，营宫室而已。至其八章乃曰：‘肆不殄厥愠，亦不陨厥问’，始及昆夷之怨，尚可也。至其九章乃曰：‘虞芮质厥成，文王蹶厥生。予曰有疏附，予曰有先后，予曰有奔奏，予曰有御侮。’事不接，文不属，如连山断岭，虽相去绝远，而气象联络，观者知其脉理之为一也。盖附离不以凿枘，此最为文之高致耳。老杜陷贼时，有《哀江头》诗曰：‘少陵野老吞声哭，春日潜行曲江曲。江头宫殿锁千门，细柳新蒲为谁绿。忆昔霓旌下南苑，苑中万物生颜色。昭阳殿里第一人，同辇随君侍君侧。辇前才人带弓箭，白马嚼啮黄金勒。翻身向天仰射云，一箭正坠双飞翼。明眸皓齿今何在，血污游魂归不得。清渭东流剑阁深，去住彼此无消息。人生有情泪沾臆，江水江花岂终极。黄昏胡骑尘满城，欲往城南忘南北。’予爱其词气如百金战马，注坡蓦涧，如履平地，得诗人之遗法。”[①] 子由认为《哀江头》得《诗》之遗法，也就是虽然全诗看上去似乎事不接、文不属，但是有内在的脉理使其气象联络。就《哀江头》而言，前两联写诗人曲江所见，接下四联写过去的荣光及得宠盛意，“明眸皓齿”下三联又回到现实，无限感慨，景情交汇，最后一联回到诗人自身，苍凉满目，身无所主，不知所向。全篇在现实与回忆之间不断转换，情感随景物而跌宕起伏，最后哀思无极。以“哀”统帅全篇，关合景物、情感、现实、历史，使全篇视角不断转换而不觉生硬，贯通一气。

---

① 胡仔纂集、廖德明校点《苕溪渔隐丛话》前集卷十三，人民文学出版社，1984，第85页。

含蓄温婉。杜诗含蓄温婉的特点，主要有三方面的含义，通常指杜诗有风雅比兴之意，寄意深远；其次指有儒家温柔敦厚之风，不是直笔无隐，而是委婉传达，语意温而婉；再次指含蓄蕴藉，言外有不尽之意。①

寄意深远一类，其深意需要评赏者解说才可明白。“杜子美《病柏》《病橘》《枯棕》《枯楠》四诗，皆兴当时事。《病柏》当为明皇作，与《杜鹃行》同意。《枯棕》比民之残困，则其篇中自言矣。《枯楠》云：‘犹含栋梁具，无复霄汉志。’当为房次律之徒作。惟《病橘》始言‘惜哉结实小，酸涩如棠梨’，末以比荔枝劳民，疑若指近幸之不得志者。自汉魏以来，诗人用意深远，不失古风，惟此公为然，不但语言之工也。”② 分析杜诗的微言大义，所说四诗表面咏物，实则指陈当时时事。再如对《晴》的分析：“‘啼鸦争引子，鸣鹤不归林。下食遭泥去，高飞恨久阴。’子美之志可见矣。‘下食遭泥去’，则固穷之节，‘高飞恨久阴’，则避乱之急也。子美之志，其素所蓄积如此，而目前之景，适与意会，偶然发于诗声，六义中所谓兴也。兴则触景而得，此乃取物。”③ 用儒家六义标准来品论此诗，认为杜诗运用“兴”手法，借景表明素志。至于作者是否有品评者所说的深意，不得而知，就像汉儒所解之《诗》一样。

第二类与第一类有联系，因为这两类都是儒家诗论应有的范畴，只是这一类的“深意”不需要曲文深探，主要指采用了曲笔而达到儒家所说的温婉效果。《苕溪渔隐》曰：“《戏作花卿歌》云：‘成都猛将有花卿，学语小儿知姓名。用如快鹘风火生，见贼唯多身始轻。绵州副使着柘黄，我卿扫除即日平。子章髑髅血模糊，手提掷还崔大夫。李侯重有此节度，人道我卿绝世无，天子何不唤取守京都？’细考此歌，想花卿当时在蜀中，虽有一时平贼之功，然

① 这三类分法借用了杨明先生对古代文论中“言外之意”的分类，参见杨明先生《汉唐文学辨思录》中的三篇：《关于意境的两点浅见》《刘勰论隐秀和钟嵘释兴》《钟嵘诗品注释商榷》（其中第一节），只是第二类与杨明先生稍有不同，这是源于我收集的诗话材料有此一类。

② 叶梦得：《石林诗话》，据何文焕辑《历代诗话》本，中华书局，1981，第414页。

③ 张戒：《岁寒堂诗话》卷下，据丁福保辑《历代诗话续编》本，中华书局，1997，第474页。

骄恣不法，人甚苦之。故子美不欲显言之，但云‘人道我卿绝世无’。既称‘绝世无’‘天子何不唤取守京都’，语句含蓄，盖可知矣。”① 花卿，名敬定，是成都尹崔光远的部将，曾因平叛而立功。但他居功自傲，骄恣不法，放纵士卒大掠东蜀，又目无朝廷，僭用天子乐，杜甫有《赠花卿》讽之，“此曲只应天上有，人间能得几回闻”。这首《戏作花卿歌》，正如胡仔所言，微讽花卿之跋扈，目无君主；“学语小儿知姓名”一句写出他的跋扈之势，如民间风俗中小孩子要是不听话，家长会说狼外婆、老虎会把小孩抓去，花卿在成都即有如老虎、狼外婆的威力。但是杜甫并没有直指其恶，所以造语含蓄。再如写杨妃专宠，“杨太真事，唐人吟咏至多，然类皆无礼。太真配至尊，岂可以儿女语渎之耶？惟杜子美则不然，《哀江头》云：‘昭阳殿里第一人，同辇随君侍君侧。’不待云‘娇侍夜’‘醉和春’，而太真之专宠可知，不待云‘玉容’‘梨花’，而太真之绝色可想也。至于言一时行乐事，不斥言太真，而但言‘辇前才人’，此意尤不可及。如云：‘翻身向天仰射云，一笑正坠双飞翼。’不待云‘缓歌慢舞凝丝竹，尽日君王看不足’，而一时行乐可喜事，笔端画出，宛在目前。‘江水江花岂终极’，不待云‘比翼鸟’‘连理枝’‘此恨绵绵无尽期’，而无穷之恨，《黍离》麦秀之悲，寄于言外。题云《哀江头》，乃子美在贼中时，潜行曲江，睹江水江花，哀思而作。其词婉而雅，其意微而有礼，真可谓得诗人之旨者。《长恨歌》在乐天诗中为最下，《连昌宫词》在元微之诗中乃最得意者，二诗工拙虽殊，皆不若子美诗微而婉也。”② 比较《哀江头》与《长恨歌》，一委婉含蓄，一直接摹写，杜诗正合儒家温柔敦厚、意微而有礼之标准。《隐居诗话》云：“《刘攽诗话》载子美诗云：‘萧条六合内，人少虎狼多。少人慎勿投，虎多信所过。饥有易子食，兽犹畏虞罗。’言乱世人恶甚于虎狼也。余观老杜《潭州诗》：‘岸花飞送客，樯燕语留人’，与前篇同意。丧乱之际，人无乐善喜士之心，至于一将一迎，曾不若岸花樯燕也。

---

① 胡仔纂集、廖德明校点《苕溪渔隐丛话》前集卷十四，人民文学出版社，1984，第 90 页。

② 张戒：《岁寒堂诗话》卷上，据丁福保辑《历代诗话续编》本，中华书局，1997，第 457 页。

诗在优柔感讽，不在逞豪放而致诟怒也。”[①] 前一首，杜甫对当时社会的动乱、民生之艰难现象没有直接批评，只是说动物凶猛，暗示出人之恶。后一首《发潭州》，是杜甫在大历四年春，由潭州往衡州时所写，从大历三年正月始，杜甫从夔州出峡，准备北归洛阳，但终因时局动荡，亲友尽疏，只得以舟为家，漂泊于江陵、公安、岳州、潭州一带。这两句诗写岸上落花纷飞，樯桅春燕作语，却分别用“送客”“留人”形容之，物之多情衬出人之无情，实在让人深怀凄感。所以为“优柔感讽”，对人情交薄不直斥其恶，温婉之极，也含蓄之极。

第三类含蓄，是诗歌表现的无限意味，不需要别人解说，也不是诗人用了曲笔，而是不同读者对此都可以有自己的理解，感到品位诗歌如嚼橄榄，滋味无尽。“《金针法》云：‘八句律诗，落句要如高山转石，一去不回。’余以为不然。诗已尽而味方永，乃善之善也。子美《重阳》诗云：‘明年此会知谁健，醉把茱萸仔细看。’《夏日李尚书期不赴》云：‘不是尚书期不顾，山阴夜雪兴难乘。’”[②] 杨万里所说乃诗歌语尽意长，让人味之不尽。《重阳诗》指《九日蓝田崔氏庄》，大概是乾元元年（758）出为华州司功参军时至蓝田所作。诗写九日聚会，悲秋叹老，意颇颓唐，语则老健。开篇“老去悲秋强自宽，兴来今日尽君欢”，一“老去”，一“兴来”，为全篇之纲领。因老而悲秋，因兴来而相庆，一种矛盾的情感已孕育其中。“羞将短发还吹帽，笑倩旁人为正冠”，孟嘉以落帽为风流，杜甫以不落为“风流”，实则扣住“老”做文章，“羞”是实，“笑”是强为之，写出因老而特有的尴尬，整首诗因此染上挥之不去的颓唐之意。“蓝水远从千涧落，玉山高并两峰寒”，此一联诸家大为称赏，从结构上说，呼应开篇之“兴来”，一反前两联的颓唐，景象开阔，用语挺拔，色彩清淡、高寒，萧瑟之中有雄壮之意。“明年此会知谁健？醉把茱萸仔细看”，一个问句，又回到“老”字上，将第三联的峥嵘气象消解殆尽，人事无常，人生短暂，明年此时，谁能保证健康无恙，重与佳会，谁又能保证佳时的长久？只能“乘

① 胡仔纂集、廖德明校点《苕溪渔隐丛话》前集卷六，人民文学出版社，1984，第38页。

② 杨万里：《诚斋诗话》，据丁福保辑《历代诗话续编》本，中华书局，1997，第137页。

兴”看着手中的茱萸，凭醉玩赏，是真希望茱萸能驱邪避恶，还是留恋此情此景，还是不可言说的哀感，说不清，道不明，却让人回味无穷。“不是尚书期不顾，山阴夜雪兴难乘”，来自《多病执热奉怀李尚书之芳》，此诗大约作于大历三年夏，据诗题诗意，当是李有相邀之简，杜以“奉怀”答不能至之故。诗之前六句写衰病苦热，极尽刻画，尾联翻用“山阴访友”的典故，古人是乘兴而往，兴尽而返，风流雅道，而诗人则“执热”无兴，所以不是有意不来。浦起龙认为此诗为有意刻画之作，实则前三联极尽刻画之工，目的都在落尾一联，使“不赴”之意显得自然合理。尾联之“兴”，关合古人的“兴有”“兴无”，又有当下情景之“难乘”，所以有味。但是比起《九日崔氏蓝田庄》，此诗含蓄不及之，只是翻用典故之巧，诗人情感浓度、深度不够。

准确传神。此特点主要指写景咏物这一类，首先在于准确，其次在于传神。写景如画，如在目前，形神具备；咏物恰切，神采飞扬，物物欲活；写景抒情，景中含情，情中有景，情景融合，情景相生，是为入妙。

杜诗情景入妙，如“‘天高云去尽，江迥月来迟。衰谢多扶病，招邀屡有期。’上联景，下联情。‘身无却少壮，迹有但羁栖。江水流城郭，春风入鼓鼙。’上联情，下联景。‘水流心不竞，云在意俱迟。’景中之情也。‘卷帘唯白水，隐几亦青山。’情中之景也。‘感时花溅泪，恨别鸟惊心。’情景相触而莫分也。‘白首多年疾，秋天昨夜凉。’‘高风下木叶，永夜揽貂裘。’一句情，一句景也。固知景无情不发，情无景不生，或者便谓首首当如此作，则失之甚矣。如‘淅淅风生砌，团团月隐墙。遥空秋雁灭，半岭暮云长。病叶多先坠，寒花只暂香。巴城添泪眼，今夕复清光’，前六句皆景也。‘清秋望不尽，迢递起层阴。远水兼天净，孤城隐雾深。叶稀风更落，山迥日初沉。独鹤归何晚，昏鸦已满林’，后六句皆景也。何患乎情少？”[①] 这里谈到抒情和写景各有笔法，只要能够生动地把情和景写出来就好，具体的写法变化多端，不可拘泥，举了很多例

① 范晞文：《对床夜语》卷二，据丁福保辑《历代诗话续编》本，中华书局，1997，第417页。

子来证明。杜甫《观作桥成月夜舟中有述还呈李司马》："天高云去尽，江迴月来迟。"这两句写景，由于"云去尽"，才感到"天高"；由于"月来迟"，才感到"江迴"，"云去尽"显出秋高气爽，"月来迟"表示期待殷切，写景中含有感情。下两句"衰谢多扶病，招邀屡有期"，讲自己的衰病，感谢李司马的相邀，是抒情。这是先写景，后抒情。《春日梓州登楼》："身无却少壮，迹有但羁栖。"自身不能再少壮，此感叹衰老；踪迹只有羁旅萍踪，此感叹漂泊，是抒情。又说："江水流城郭，春风入鼓鼙"，这是写景。当时党项羌在三月里进攻同州，战乱未定，所以说"入鼓鼙"。正由于战乱，所以还在漂泊。这是先抒情，后写景。《江亭》："水流心不竞，云在意俱迟"是杜诗中写景抒情的名句。水在流动，跟心在活动相应，但这是"无心与物竞"，不为争名争利，正像水流也不是和谁争竞一样。"云在"而不流，和"意俱迟"相应。这两句是在景物中寄托着一种对人生的看法，这种看法跟杜甫的个人遭遇有关，他的政治抱负几经挫折，不免产生消极思想，但其中也保持着不愿争名争利的想法。这种思想，让道学家写起来，往往酸腐，发议论，不成为诗。杜甫却写得那样自然，而且结合着形象，反映了思想感情，所以是名句。情和景交织在一句中，是触景生情。《闷》："卷帘唯白水，隐几亦青山。"这是说从屋里望出去只有白水青山，单调极了，寂寞极了，所以感到苦闷。《西清诗话》说："人之好恶，固自不同。子美在蜀作《闷》诗，乃云：'卷帘唯白水，隐几亦青山。'若使余居此，应从王逸少语'吾当卒以乐死'，岂复更有闷耶？"①杜甫并非不喜欢白水青山，只是由于他在漂泊中感到寂寞苦闷，这是缘情写景，景因情而带有感情色彩。《春望》："感时花溅泪，恨别鸟惊心"并不是花鸟不可爱，只是杜甫忧国忧时，所以对花溅泪，听鸟惊心，也是缘情写景。《潭州送韦员外迢牧韶州》："白首多年疾，秋天昨夜凉。"一句感叹，一句写景，由于秋凉，更感衰病。《江上》："高风下木叶，永夜揽貂裘"，一句写景，一句叙说长夜不能入睡，裹着貂裘，这同衰病有关。这里说明描写情感、景物有各种变化，没有固定写法。也并不是情和景的描写一定要数量相当，《薄

① 胡仔纂集、廖德明校点《苕溪渔隐丛话》前集卷七，人民文学出版社，1984，第41页。

游》诗里感叹自己的漂泊，前六句写景，后两句说："巴城添泪眼，今夕复清光。"清光指月色，而在月下掉泪，又是抒情。作者的感情，从前面六句的写景中也有所透露。像看到病叶先坠，可能引起作者衰病的感叹，寒花暂香，可能感叹好景不长。再像秋雁灭，也可能有所想望；暮云长也可能是想望而不见的感叹。《野望》首联"清秋望不极，迢递起层阴"，说望出去有层层阴云遮住。这里写他有所想望，是抒情。下面六句写景，其中像孤城隐雾，和上文的"起层阴"相应。总之，写景和抒情没有一定格式，但必须情景相生，紧密呼应，来加强所表达的感情。①

咏物与写景，有时不可区分，所以放在一起说。写景咏物，最忌泛泛之谈，必须抓住对象特点。《诗眼》云："有一士人携诗相示，首篇第一句云'十月寒'者，余曰：君亦读老杜诗，观其用月字乎？其曰：'二月已风涛'，则记风涛之早也。曰：'因惊四月雨声寒''五月江深草阁寒'，盖不当寒。'五月风寒冷拂骨''六月风日冷'，盖不当冷。'今朝腊月春意动'，盖未当有春意。虽不尽如此，如'三月桃花浪''八月秋高风怒号''闰八月初吉''十月江平稳'之类，皆不系月，则不足以实录一时之事。若十月之寒，既无所发明，又不足记录。退之谓'惟陈言之务去'者，非必尘俗之言，止为无益之语耳。"② 十月本有寒意，所以"十月寒"之"十月"是多余之语，无助于表现节气特别之处。而杜诗用"月"之处，都是因为所写情形与正常节气有别，非得标明月份不足以表明其特点。以其中两首为例，《绝句四首之二》"欲作鱼梁云复湍，因惊四月雨声寒。清溪先有蛟龙窟，竹石如山不敢安"，按正常节气，四月是春暮夏初，不应该感到雨的寒意，所以"惊"。整首诗写诗人空有一生抱负、徒有一身本领而得不到施展，环境过于险恶，所以四月雨声寒也是心理上的寒意。《十二月一日三首之一》"今朝腊月春意动"，写出春来早，有一种意外的惊喜，所以衰病多愁的诗人也涌起无限的希望，希望能乘着明光再次回到长安。因此杜诗写时令，能准确记录反常时态，同时与整首诗情感、气氛非常

---

① 此段分析参看周振甫《诗词例话》之九，中国青年出版社，1979。

② 胡仔纂集、廖德明校点《苕溪渔隐丛话》前集卷八，人民文学出版社，1984，第46页。

贴合，实录中见写景传情之妙。至于写物，能体物之微则好，“诗语固忌用巧太过，然缘情体物，自有天然工妙，虽巧而不见刻削之痕。老杜‘细雨鱼儿出，微风燕子斜’，此十字殆无一字虚设。雨细着水面为沤，鱼常一浮而淰，若大雨则伏而不出矣。燕体轻弱，风猛则不能胜，唯微风乃受以为势，故又有‘轻燕受风斜’之语。至‘穿花蛱蝶深深见，点水蜻蜓款款飞’，‘深深’字若无‘穿’字，‘款款’字若无‘点’字，皆无以见其精微如此。然读之浑然，全似未尝用力，此所以不碍其气格超胜。”① 正如写节令，杜诗之“月”绝非虚语，写自然景物，老杜每一用字也能尽物之妙，准确入微，而无雕琢之感。

对景物准确记录、描摹，最好能有传神之妙。休斋云“杜子美诗有‘冷蕊疏枝半不禁’，语固佳矣，而不若‘山意冲寒欲放梅’为尤妙。又‘荷叶荷花净如拭’，此有得于佛书，以清净荷华喻人性之意。故梅之高放，荷之清净，独子美识之。”② 休斋赞赏子美写出荷花、梅花之精神，其实“山意冲寒欲放梅”，首先在于写出寒冬腊月，梅花凌寒傲立之态，“放”字，不仅是梅之姿态，也是梅之精神。传物之神，建立在形象描摹的基础上，其关键是诗人要捕捉到物之神采并将它用恰当的语言传达出来。再如“竹未尝香也，而杜子美诗云‘雨洗娟娟静，风吹细细香’；雪未尝香也，而李太白诗云‘瑶台雪花数千点，片片吹落春风香。’”葛立方认为竹、雪本身没有香味，李杜写其香，似乎无理；但惟其用“香”才能传达出当时的情韵。杜诗描写下雨时青竹修长渊静、清雅无尘，雨后微风过处，似乎可以闻到竹之香味。其实任何植物都有一股香味，但是尘世喧闹，不易察觉而已，诗人写竹之香，可见诗人当时虚心静处，体物细微，心境闲适、淡定。对动物的描写，如果只摹形态，则会为人鄙薄。如“众禽中，惟鹤标致高逸，其次鹭亦闲野不俗，又皆常见于《六经》，如‘鸣鹤在阴，其子和之’‘鹤鸣于九皋，声闻于天’‘振鹭于飞，于彼西雍’。《易》与《诗》尝取之矣，后之人形于赋咏者不少，而规规然只及羽毛飞鸣之间。如《咏鹤》云：‘低头乍恐丹砂落，晒翅常疑白雪销。’此白乐天诗。‘丹

① 叶梦得：《石林诗话》，据何文焕辑《历代诗话》本，中华书局，1981，第431页。

② 魏庆之著、王仲闻点校《诗人玉屑》卷九，中华书局，2007，第275页。

顶西施颊，霜毛四皓须。’此杜牧之诗。此皆格卑无远韵也。至于鲍明远《鹤赋》云：‘钟浮旷之藻思，抱清迥之明心’，杜子美云‘老鹤万里心’，李太白《画鹤赞》云‘长唳风宵，寂立霜晓’，刘禹锡云‘徐引竹间步，远含云外情’，此乃奇语也。”白居易、杜牧的鹤诗，拘于对鹤形态的描述，所以格卑无远韵，杜甫将鹤拟人化，写出鹤的宏大理想，同时寄予诗人自身的希望。李白、刘禹锡写鹤之情态，而不是形态，所以也能传鹤之神。所以写物之妙，关键在形貌之上，能达物之神采。

深广如史。杜诗之被称为诗史，现存最早的说法出自孟棨《本事诗·高逸》：“杜逢禄山之难，流离陇蜀，毕陈于诗，推见至隐，殆无遗事，故当时号为诗史。”① 这里是说杜甫将安史之乱用诗歌记录、表现，并且发掘其中的“隐微”，即事件背后的真实，几乎没有遗漏，因此称为诗史。所以“诗史”除了记历史事实，还要揭露历史真相，即有史实和史识。后来宋祁在《新唐书·杜甫传》里写道：“甫又善陈时事，律切精深，至千言不少衰，世号‘诗史’。”“善陈时事”即记史实，“律切精深”即格律精研、表意深透，这是把实录、史识、诗笔结合。“至千言不少衰”，是说杜诗长篇大论，体格宏大。

诗话对杜诗“诗史”也有自己的看法。孙仅云：“先生以诗鸣于唐。凡出处去就、动息劳佚、悲欢忧乐、忠愤感激、好贤恶恶，一见于诗，读之可以知其世，学士大夫谓之‘诗史’。”② 这是说杜诗记录了自己的行踪、情感、态度，后来者即可通过其诗了解其时代，所以称为诗史。这个“史”仍然是纪实与事评结合。《蔡宽夫诗话》云：“子美诗善叙事，故号诗史。其律诗表现多至百韵，本末贯穿如一辞，前此盖未有。”③ “善叙事”，是指杜诗善于叙述历史事件，称为诗史，这是从笔法界定“史”的内涵。所以宋人评杜甫为诗史，是从史实、史识、史笔三方面来说的。

“子美世号‘诗史’，观《北征》诗云：‘皇帝二载秋，闰八月

---

① 董希平、程艳梅、王思静评注《本事诗》，中华书局，2014，第111页。

② 蔡振孙：《诗林广记》前集卷二，中华书局，1982，第15页。

③ 胡仔纂集、廖德明校点《苕溪渔隐丛话》前集卷十八，人民文学出版社，1984，第119页。

初吉。'《送李校书》云：'乾元元年春，万姓始安宅。'又《戏友》二诗：'元年建巳月，郎有焦校书。''元年建巳月，官有王司直。'史笔森严，未易及也。"[①] 杜诗准确记录了历史事件发生的时间，非常严谨，所以为"史笔森严"。"《剑阁》诗云：'惟天有设险，剑门天下壮。连山抱西南，石角皆北向。'宋子京知成都，过之，诵此诗，谓人曰：'此四句盖剑阁实录也。'"[②] 杜诗将剑阁的险峻、壮观、地势写出来，让人感觉诗与实地一致，这就是实录。但是实录不只是对事件、景物的表层描写，"李光弼代郭子仪入其军，号令不更而旌旗改色。及其亡也，杜甫哀之曰：'三军晦光彩，烈士痛稠叠。'前人谓杜甫句为'诗史'，盖谓是也。非但叙尘迹摭故实而已。"[③] 杜诗写出李光弼将兵的神采，而不是将兵的具体事件，这种能传人情之神也是其笔法之妙。对剑阁的描写，虽然写其形势为实录，但是状险峻之态乃为传神。

史识之可贵，在于能穿透历史表象，直逼历史真实。"阮步兵醉六十日而停婚，虽似智矣，然礼法之士，憎之如仇，几至于死，幸武帝保护之耳。而老杜诗云：'遂令阮籍辈，熟醉为身谋。'此工部善看史书，当有解此意者。"[④] 阮籍醉酒逃婚，表面上似乎是很机智地躲过了与晋武帝的交涉，其实质仍然在于远害避祸，所以老杜说"熟醉为身谋"，有批评之意。不能说杜甫批评过于苛刻，阮籍那一代人的佯狂纵酒确实是迫不得已，也只能用这种方式来避祸，其次阮籍这种逃避也与自身性格有关，不像嵇康与执政针锋相对，宁为玉碎，杜甫只是反对为一己安危计的人。

史之品格还在于不避利害，秉笔直书。"子美与房琯善，其去谏省也，坐救琯。后为哀挽，方之谢安。《投赠哥舒翰》诗，盛有称许。然《陈涛斜》《潼关》二诗，直笔不少恕，或疑与素论相反。余谓翰未败，非子美所能逆知，琯虽败，犹为名相。至于陈涛、潼

---

① 黄彻：《䂬溪诗话》卷一，据丁福保辑《历代诗话续编》本，中华书局，1997，第348～349页。

② 朱弁：《风月堂诗话》卷上，据吴文治主编《宋诗话全编》本，江苏古籍出版社，1998，第2948页。

③ 魏泰：《临汉隐居诗话》，据何文焕辑《历代诗话》本，中华书局，1981，第318页。

④ 许顗：《彦周诗话》，据何文焕辑《历代诗话》本，中华书局，1981，第387页。

关之败，直笔不恕，所以为诗史也。何相反之有！”① 子美与房琯相善，房琯去世后杜甫作挽词，将其比为谢安，盛有称许。但是陈陶、潼关之败，当时认为与房琯、哥舒翰有直接关系，所以杜甫秉笔直书，责其失职之过。杜诗对房琯、哥舒翰的评价不是以个人关系为基础，而是尊重史实，哥舒翰未败时确实是名将，军事战争中的胜败非子美所能逆料，所以在未败之前的称赞并非阿谀不实之词，房琯遭贬也并不能否认他曾是名相的事实，所以杜甫诗中虽有不同评价，但是具体事情具体评说，不虚美，不隐恶。史家之直笔可贵，然而直言毕竟锋芒太露风险太大，委婉曲折地表达，所谓春秋笔法，后来逐渐成为史笔一法。“诸史列传，首尾一律。惟左氏传《春秋》则不然，千变万化，有一人而称目至数次异者，族氏、名字、爵邑、号谥，皆密布其中而寓诸褒贬，此史家祖也。观少陵诗，疑隐寓此旨。若云‘杜陵有布衣’‘杜曲幸有桑麻田’‘杜子将北征’‘臣甫愤所切’‘甫也南北人’‘有客有客字子美’，盖自见其里居名字也。‘不作河西尉’‘白头拾遗徒步归’‘备员窃补衮’‘凡才污省郎’，补官迁陟，历历可考。至叙他人亦然，如云‘粲粲元道州’，又云‘结也实国干’，凡例森然，诚《春秋》之法也。”② 春秋笔法之一即以称名为褒贬，杜诗称名多变，有纪实之用，也有以此寓褒贬之意。元结一心系民，所以杜称其官职名，并评为“粲粲”，可见其为官磊落、有事功。元结自身有才干，非他人或者官衔所赋，所以称其名，乃突出其人本身的才干。《西清诗话》云：“都人刘克，穷该典籍，人有僻书疑事，多从之质，尝注杜子美、李义山集。与客论曰：‘子美《人日》诗，元日至人日，未有不阴时。人知其一，不知其二，四百年间，惟杜子美与克会耳。’起就架上取书示客曰：‘此方朔占书也。岁后八日：一日鸡，二日犬，三日豕，四日羊，五日牛，六日马，七日人，八日谷。其日晴，所主之物育，阴则灾。少陵意谓天宝离乱，四方云扰幅裂，人物岁岁俱灾，岂《春秋》书王正月意邪。’其深得古人用心如

① 刘克庄撰、王秀梅点校《后村诗话》后集卷二，中华书局，1983，第59页。

② 黄彻：《䂬溪诗话》卷一，据丁福保辑《历代诗话续编》本，中华书局，1997，第346～347页。

此。"[①] 此解读杜诗用典，探讨杜诗深意，即古人以正月初一至初八日的阴晴判断其灾福，杜诗说"元日到人日，未有不阴时"，则通过景物的阴寒预示了人物的衰疲灾辛，否则杜诗只是平平叙述而已，因此解诗者认为杜诗有春秋笔法，这是有道理的。

以上简单介绍宋人以"诗史"评杜诗的具体内涵，认为其在于记史实、传神采；有史识，见本质；直笔不恕，也能以"一字寓褒贬"。其关键在于对史实的记载、实录，史识和史笔都蕴含在这种记录中。下文就从杜诗具体诗作探讨他反映历史的广阔，具体感受杜诗纪实的诗史品格。

杜诗有唐代官员生活的记载。"杜子美为剑南参谋，《遣闷》呈严郑公诗云：'束缚酬知己，蹉跎效小忠。'又云：'晓入朱扉启，昏归画角终。不成寻别业，未敢息微躬。'韩退之为武宁节度使推官，《上张仆射书》云：'使院故事，晨入夜归，非有疾病事故，辄不许出，抑而行之，必发狂疾。'乃知唐制藩镇之属，皆晨入昏归，亦自少暇。如牛僧孺待杜牧之，固不以常礼也。"[②] 这是说唐代藩镇的属员工作时间一般是早晨上班，傍晚才能回家，中途不能擅自离岗。《复斋漫录》云："《唐六典》：'左右拾遗，掌供奉讽谏。凡发令举事，有不便于时，不合于道者，小则上封，大则廷诤。'子美以至德二载拜左拾遗，故《寄贾司马》云：'法驾还双阙，王师下八川。此时沾奉引，佳气拂周旋。'《奉酬严公题野亭》云：'拾遗曾奏数行书，懒性从来水竹居。奉引滥骑沙苑马，幽栖真钓锦江鱼。'此两诗，所以言供奉也。《春宿左省》云：'明朝有封事，数问夜如何。'《出左掖》云：'避人焚谏草。'此两诗，所以言小则上封，大则廷诤也。"[③]《复斋漫录》引《唐六典》说明唐代拾遗官职分内之事，然后指出杜诗对任此官职时情状的描写，既写了拾遗奉引之事，也写了拾遗上封廷诤之实，切合拾遗此职官职责要求，是对当时职官职事的真实记录。《遁斋闲览》云："杜甫《赠高适》

---

① 胡仔纂集、廖德明校点《苕溪渔隐丛话》前集卷九，人民文学出版社，1984，第57～58页。

② 周必大：《二老堂诗话》，据何文焕辑《历代诗话》本，中华书局，1981，第663页。

③ 胡仔纂集、廖德明校点《苕溪渔隐丛话》后集卷五，人民文学出版社，1984，第30页。

诗云：'脱身簿尉中，始与捶楚辞。'韩愈《赠张功曹》诗云：'判司卑官不堪说，未免捶楚尘埃间。'杜牧《寄小侄阿宜》诗云：'参军与簿尉，尘土惊劻勷。一语不中治，鞭捶身满疮。'以此明唐之参军、簿尉，有过即受笞杖之刑，犹今之胥吏也。"[①] 杜诗与他诗相参照，记录唐时参军、簿尉地位低下，有错误即受笞杖的情形，可见当时下层官吏生活境遇之劣。

杜诗记载唐代职官制度，《苕溪渔隐》曰："《职林》云：'补阙、拾遗，武后垂拱中置二人，以掌供奉讽谏。自开元后，尤为清选。左右补阙各二人，供奉各一人，左右拾遗亦然。左属门下，右属中书。'故岑参《寄左省杜拾遗》云：'联步趋丹陛，分曹限紫微。'老杜《答岑补阙》云：'窈窕清禁闼，罢朝归不同。君随丞相后，我往日华东。'正谓此也。"[②] 岑参是补阙，杜甫为拾遗，分属中书、门下两省，所以罢朝后的去处也不同。当时各部的办公位置，杜诗记载很确切。《文昌杂录》云："杜甫为左拾遗，作《紫宸殿退朝诗》：'宫中每出归东省，会送夔龙集凤池。'东省，门下也，鸾台在焉。凤池在中书省，杜诗不应有误。恐唐朝别有故事。又恐是时政事堂适在左省也。"《苕溪渔隐》曰："按《裴炎传》云：'故事，宰相于门下省议事，谓之政事堂。故长孙无忌为司空，房玄龄为仆射，魏徵为太子太师，皆知门下省事。至中宗时，裴炎以中书令执政事笔，故徙政事堂于中书省。'子美于肃宗至德二载拜左拾遗，作《退朝》诗，其言凤池，诚有所据，知其不误也。"[③] 此条讨论各部办公地点的变迁，杜诗纪实之言可以作为考证依据。唐代官员的服制，杜诗也及之，"欧阳永叔诗文中好说金带，……或谓未免矜服炫宠，而况下于金带者乎！杜子美、白乐天皆诗豪，器识皆不凡，得一绯衫何足道，而诗句及之不一，何耶？子美诗云：'挈带看朱绂，开箱睹黑裘。'《赠卢参谋》云：'素发干垂领，银章破在腰。'《江村》诗云：'扶病垂朱绂，归休步紫苔。'乐天

---

① 胡仔纂集、廖德明校点《苕溪渔隐丛话》前集卷十三，人民文学出版社，1984，第88页。

② 胡仔纂集、廖德明校点《苕溪渔隐丛话》后集卷五，人民文学出版社，1984，第29页。

③ 胡仔纂集、廖德明校点《苕溪渔隐丛话》后集卷五，人民文学出版社，1984，第29～30页。

《寄荔子》诗云：‘映我绯衫浑不见，对公银印最相鲜。’……盖命服章身，人情所甚喜，故声心所发如是。”[①] 此条讲到诸多诗人在诗中提到官服时似有沾沾自喜的意思，其原因在于官服毕竟是朝廷命服，得之甚喜是人之常情，诗歌如实记载，正可以考唐代的官服制度。杜甫一生没做什么高官，就他所说的“朱绂”“银章”“黑裘”可以看出。因唐代官员三品以上着紫袍，四五品着绯，青衣则是八九品官服，银带乃六品以下，所以杜甫官职不高于六品。杜诗记载自己为官之心情，其实反映当时士人心态。“郎官之选，唐朝尤重。顺宗初政，柳子厚为礼部郎，与萧俛书云：‘仆年三十三，年甚少，自御史里行得礼部员外，超取显美，欲免世之求进者怪怒妒嫉，其可得乎！’杜子美一检校工部尔，而诗中数及之，炫诧不已。如《赠苏傒》云：‘为郎未为贱，其奈病疾攻。’《寄薛据》云：‘虽云尚书郎，不及村野人。’《复愁》云：‘才觉省郎在，家须农事归。’而《入六弟宅》云：‘令弟雄军佐，凡才污省郎。’如此类不可胜数。”[②] 杜甫官职虽不高，但检校工部员外郎这个身份是当时所重的，所以多处及之，大概确有欣喜之情，炫诧倒未必，倒是反映杜甫看重国家对他的任用罢了。

杜诗还有士人日常生活的记录。“子美《夜宴左氏庄》‘检书烧烛短’，烛正不宜观书，检阅时暂可也。退之‘短檠二尺便且光’，可谓灯窗人中语，犹有未便，灯不笼则损目，不宜勤且久。山谷‘夜堂朱墨小灯笼’，可谓善矣。”[③] 唐代读书人灯具，杜诗讲得比较细致，如蜡烛长短大小以及灯笼对读书便利与否的关系，对于我们现代人来说，似乎无所区分，此条分析真可增长见识。《三山老人语录》云：“唐人好饮甜酒，殆不可晓。子美云：‘人生几何春已夏，不放香醪如蜜甜’；退之云：‘一缸春酒甘若饴，文人此乐无人知。’”[④] 唐代士人喜饮甜酒，宋人已觉不可理喻，所以韩杜

① 葛立方：《韵语阳秋》卷十一，据何文焕辑《历代诗话》本，中华书局，1981，第568～569页。

② 葛立方：《韵语阳秋》卷十一，据何文焕辑《历代诗话》本，中华书局，1981，第566～567页。

③ 阮阅编、周本淳校点《诗话总龟》后集卷十，人民文学出版社，1998，第62页。

④ 胡仔纂集、廖德明校点《苕溪渔隐丛话》前集卷十三，人民文学出版社，1984，第86页。

诗歌记载更可贵。“老杜《白小》诗云：‘白小群分命，天然二寸鱼。细微沾水族，风俗当园蔬。’言白小与菜无异，岂复有厚味哉？故白乐天亦有‘下饭腥咸白小鱼’之句。余谓鱼始二寸已就烹，鱼之穷也。寒士又从而食之，其穷抑甚。”① 杜甫取二寸小鱼为餐桌之飧，等同园蔬，可见杜甫寒士穷态。这是按照当时的生活标准来衡量的，所谓“大鱼大肉”才代表生活富裕。

杜诗对当时人物、事件的记载。“郑广文，唐诸儒多称其善著书，而不及其诗。杜甫《八哀》诗云：‘昔献书画图，新诗亦俱往。沧洲动玉陛，宫鹤误一响。三绝自御题，四方尤所仰。’则与史官所载亦略相似，是能画之外所能亦不少。然甫于虔诗，则其相推服之语不及许十四、高三十五、元道州辈远甚，岂其诗之工比其画不为愧也耶？不然，甫于虔情分如彼，论其诗不应如此略也。”② 杜甫《八哀》诗记载了王思礼、李光弼、严武、王琎、李邕、苏源明、郑虔、张九龄八人的事迹，有如简单生平，这条主要谈论所写的郑虔，杜甫写他的多才多艺，不光善画，还善书，会古篆，懂音乐，通医药，熟兵法，文章也好，但是对其诗歌的推赏不及他人，说明郑虔诗歌成就大概不如其他技能那么好。“唐明皇酷好羯鼓，汝阳王琎精于其事，明皇喜之，屡有赏赉。东坡所谓‘汝阳真天人，破帽插红槿。缠头三百万，不买一笑哂’是也。杜甫尝以诗二十韵赠之，有云：‘圣情常有眷，朝退若无凭。仙醴来浮蚁，奇毛或赐鹰。’则当时恩宠之盛可知矣。又曰：‘笔飞鸾耸立，章罢凤骞腾。’美其书翰之妙也。又有诗称之曰：‘箭出飞鞚内，上又曰翠麟。’美其射御之精也。则其可喜处，岂特羯鼓而已哉。”③ 汝阳王李琎的多才多艺及其受到明皇赏赐的盛况，杜诗作了生动记载，我们读之可以想见。“《悲陈陶》云：‘四万义军同日死’，此房琯之败也。《唐书》作陈涛，不知孰是。琯既败，犹欲持重有所图伺，而中人邢延恩促战，遂大败。故此次篇《悲青坂》云：‘焉得附书与我军，忍

① 葛立方：《韵语阳秋》卷十六，据何文焕辑《历代诗话》本，中华书局，1981，第618页。

② 朱弁：《风月堂诗话》卷下，据吴文治主编《宋诗话全编》本，江苏古籍出版社，1998，第2958页。

③ 葛立方：《韵语阳秋》卷十五，据何文焕辑《历代诗话》本，中华书局，1981，第606页。

待明年莫仓卒。'《北征》诗云：'桓桓陈将军，仗钺奋忠烈'，此谓陈元礼也。元礼佐玄宗平内难，又从幸蜀，首建诛杨国忠之策。《洗兵马》云：'张公一生江海客，身长九尺须眉苍'，此张镐也。《忆昔》诗云：'关中小儿坏纲纪'，谓李辅国也。'张后不乐上为忙'，谓肃宗、张后也。'为留猛士守未央'，谓郭子仪夺兵柄入宿卫也。"[①]杜诗每一首都有史书可以佐证，比如房琯、陈陶之败，陈元礼忠心护主，等等，人物及其所做的事，杜诗能如实记载。

杜诗记与当时宫廷生活有关的人、物、事。《苕溪渔隐》曰："《唐史》：'张垍尚宁亲公主，明皇眷垍厚，即禁中置内宅。'故子美赠之诗云：'天上张公子，宫中汉客星。'又《长安志》：'拾翠殿在大明宫翰林门外，望云亭在太极宫景福殿西。'故次联云：'赋诗拾翠殿，佐酒望云亭'，皆禁中事也。"[②] 明皇对张垍的眷爱使其在禁中设置内宅，当时的拾翠殿、望云亭就是他们赋诗饮酒之处。杜甫用"汉客星"这一典故，写出受宠之状。《文昌杂录》云："唐制：天子坐朝，宫人引至殿上。故杜甫诗：'户外昭容紫袖垂，双瞻御坐引朝仪。'天祐二年十二月，诏曰：'宫嫔女职，本备内任。今后每遇延英坐日，只令小黄门只候引从，宫人不得出内。'自此始罢也。又云：'香飘合殿春风转，花覆千官淑景移。'又，《晚出左掖》：'退朝花底散，归院柳边迷。'乃知唐朝殿多种花柳。今殿庭惟植槐楸，郁郁然有严毅之气也。"[③] 天子坐朝的有关礼仪制度，宫人上殿问题，杜甫诗歌很形象地记录下来。唐朝宫殿的植物，杜诗也在不经意写景中记载下来。至于宫廷的娱乐，所谓斗鸡走马，杜诗也没有遗漏："唐开元中，教舞马四百蹄，衣以文绣，饰以珠玉，和鸾金勒，星粲雾驳，俯仰赴节，曲尽其妙。每舞，藉以巨榻。杜诗云：'斗鸡初赐锦，舞马既登床。'初，明皇命五方小儿，分曹斗鸡，胜者缠以锦段。舞马则藉之以榻耳。"[④] 斗鸡舞马

① 胡仔纂集、廖德明校点《苕溪渔隐丛话》前集卷十四，人民文学出版社，1984，第91页。

② 胡仔纂集、廖德明校点《苕溪渔隐丛话》前集卷十三，人民文学出版社，1984，第88页。

③ 胡仔纂集、廖德明校点《苕溪渔隐丛话》后集卷五，人民文学出版社，1984，第30页。

④ 张表臣：《珊瑚钩诗话》卷二，据何文焕辑《历代诗话》本，中华书局，1981，第461页。

之事，可见生活之奢靡。明皇所乘之马：《复斋漫录》云："《明皇杂录》言：'上所乘马，有玉花骢、照夜白。'又《异人录》言：'玉花骢者，以其面白，故又谓之玉面花骢。'故杜子美《丹青引》云：'先帝天马玉花骢，画工如山貌不同。'《观曹将军画马图歌》云：'曾貌先帝照夜白，龙池十日飞霹雳。'"① 如此看来，杜诗真是写实。在写实之中，寄寓诗人深厚的情感，这是杜诗高妙处。《明皇杂录》云："天宝中，上命宫中女子数百人为梨园弟子，皆居宜春北院。上素晓音律，时有马仙期、李龟年、贺怀智皆洞知律度，而龟年恩宠尤盛。自禄山之乱，散亡无几。老杜《逢李龟年》云：'岐王宅里寻常见，崔九堂前几度闻。正是江南好风景，落花时节又逢君。'……读之可为凄怆。"② 这首著名的《江南逢李龟年》，短短四句，前两句写过去的繁华，后两句写江南胜地，落花时节，碰到流落到此的乐人李龟年，不作褒贬，不作议论，可是千回百转的情感，真是说不尽、道不完，仅仅世事盛衰之感，就叫人如此哀伤。就是这么一个宫廷乐师的"侧影"，在杜诗笔下却蕴藏了历史的厚度。

杜甫写百姓生活、自己的生活，恰如一幅社会画卷。"《新安吏》《潼关吏》《石壕吏》《新婚别》《垂老别》《无家别》诸篇，其述男女怨旷、室家离别、父子夫妇不相保之意，与《东山》《采薇》《出车》《杕杜》数诗相为表里。唐自中叶，以徭役调发为常，至于亡国。肃、代而后，非复贞观、开元之唐矣。新旧唐史不载者，略见杜诗。"③ 所举诸诗，主要记唐代征兵徭役给百姓生活带来的影响或者说痛苦，非常真实、感人，"史书不载"，是指史书不记录平民百姓生活，而杜甫身处乱世，颠沛流离，对普通百姓生活感触尤深，其诗歌描写底层人民生活很形象、深刻，各种生活场景如在眼前，人民的痛苦呻吟似乎就在耳边，比史书更加"真实"。《韩魏公别录》专论其中一篇，以此讨论唐代兵制，"韩魏公尝从容议及养兵事，慨然曰：'某有所思而得之者，未尝以语人，人未

---

① 胡仔纂集、廖德明校点《苕溪渔隐丛话》后集卷二十六，人民文学出版社，1984，第194页。

② 葛立方：《韵语阳秋》卷十五，据何文焕辑《历代诗话》本，中华书局，1981，第603页。

③ 刘克庄撰、王秀梅点校《后村诗话》新集卷一，中华书局，1983，第154页。

必信。养兵虽非古，然积习已久，不可废。又自有利处，不为不深者。昔发百姓戍边无虚岁，父子兄弟有生离死别之苦，议者但云不知汉唐调兵于民。独不见杜甫《石壕吏》诗云：'暮投石壕村，有吏来捉人。老翁逾墙走，老妇出门看。吏呼一何怒，妇啼一何苦！听妇前致词：三男邺城戍。一男附书至，二男新战死。存者且偷生，死者长已矣。室中更无人，惟有乳下孙。孙有母未去，出入无完裙。老妪力虽衰，请从吏夜归。急应河阳役，犹得备晨炊。夜久语声绝，如闻悲幽咽。天明登长途，独与老翁别。'调兵于民，弊乃如此。后世收拾强而无赖者养之以为兵，良民虽税敛良厚，而终一身保骨肉相聚之乐。故兵能练习战阵而豪勇可使，岂可与农夫同日而语！"[①] 调兵于民的害处在于使其骨肉分离，丧失人性，《石壕吏》生动反映这一点。韩魏公以杜诗为证据，证明养兵优于调兵于民。三吏、三别是杜甫作为一个旁观者对百姓生活的真实记录，写自己耳闻目睹之事，反映出时代的动乱，具有史的价值。"老杜避乱秦、蜀，衣食不足，不免求给于人。如《赠高彭州》云：'百年已过半，秋至转饥寒。为问彭州牧，何时救急难？'《客夜诗》云：'计拙无衣食，途穷仗友生。老妻书数纸，应悉未归情。'《狂夫诗》云：'厚禄故人书断绝，常饥稚子色凄凉。'《答裴道州诗》云：'虚名但蒙寒温问，泛爱不救沟壑辱。'《简韦十诗》云：'因知贫病人须弃，能使韦郎迹也疏。'观此五诗，可见其难窘而有望于朋友故旧也。然当时能赒之者，几何人哉！刘长卿云：'世情薄恩义，俗态轻穷厄。'山谷云：'持饥望路人，谁能颜色温。'余于子美亦云。"[②] 写自己穷困窘迫乞人之状，如此真切，如此沉痛，非亲身感受是写不出的，世情自古交薄，让人寒心。村诗写自己生活也是在写世态。"杜子美身遭离乱，复迫衣食，足迹几半天下。自少时游苏及越，以至作谏官，奔走州县，既皆载《北游》诗矣。其后《赠韦左丞诗》云：'今欲东入海，即将西去秦。'则自长安之齐、鲁也。《赠李白诗》云：'亦有梁宋游，方期拾瑶草。'则自东都之梁、宋也。《发同谷县》云：'贤有不黔突，圣有不暖席。始来兹

① 阮阅编、周本淳校点《诗话总龟》后集卷十九，人民文学出版社，1998，第215页。

② 葛立方：《韵语阳秋》卷二十，据何文焕辑《历代诗话》本，中华书局，1981，第652页。

山中，休驾喜地僻。奈何迫物累，一岁四行役。’则自陇右之剑南也。《留别章使君》云：‘终作适荆蛮，安排用庄叟。随云拜东皇，挂席上南斗。’则自蜀之荆楚也。夫士人既无常产，为饥所驱，岂免仰给于人，则奔走道途，亦理之常尔。王建云：‘一年十二月，强半马上看圆缺。百年欢乐能几何，在家见少行见多。不缘衣食相驱遣，此身谁愿长奔波。’李颀亦云：‘男儿在世无产业，行子出门如转蓬。’皆为此也。”① 这些诗歌记录杜甫行踪，参考王建、李颀等人诗来看，频繁地奔波、游走各地，是士人无所依托的一种生活状态，杜甫流离奔走之状其实代表了一类人，就如《古诗十九首》让我们看到那个时代“游子”一样，生计奔波是主要内容，谈不上理想和功业了。

杜诗对当时书画艺术的记录。《蔡宽夫诗话》云：“杜子美云：‘书贵瘦硬方通神。’予家有其父闲所书《豆卢府君德政碑》，简远精劲，多出于薛稷、魏华，此盖自其家法言之。”② 杜诗赞赏瘦硬之书风，自与其家法有关，到颜真卿，就不仅仅是瘦、硬，而是筋中藏骨，杜诗记载了当时的书法审美观。但杜甫并非拘于一家，对当时其他艺术家多有涉及。“韩择木作八分书，师蔡邕法，风流闲媚，号伯喈中兴。蔡有邻亦善八分，其始拙弱，至天宝遂精。故杜子美《赠李潮八分歌》云：‘尚书韩择木，骑曹蔡有邻，开元以来数八分，潮也奄有二子成三人。’又有《送顾八分适洪吉州诗》，亦引二人者以比顾，所谓‘昔在开元中，韩蔡同赑屃。三人并入直，恩泽各不二’是也。”③ 杜诗记载当时擅长八分的四家，为我们的书法研究提供一些线索。“张长史以醉故，草书入神，老杜所谓‘杨公拂箧笥，舒卷忘寝食。念昔挥毫端，不独观酒德’是也。”④ 张旭草书妙，醉后更妙，所以诗歌写出以酒助兴挥毫之事。《蔡宽夫诗话》云：“洛阳上清宫，即唐玄元皇帝庙，两廊皆吴生

---

① 葛立方：《韵语阳秋》卷二十，据何文焕辑《历代诗话》本，中华书局，1981，第653页。

② 胡仔纂集、廖德明校点《苕溪渔隐丛话》前集卷十八，人民文学出版社，1984，第117页。

③ 葛立方：《韵语阳秋》卷十四，据何文焕辑《历代诗话》本，中华书局，1981，第600～601页。

④ 葛立方：《韵语阳秋》卷十四，据何文焕辑《历代诗话》本，中华书局，1981，第595页。

画，有高祖至睿宗真象，子美诗所谓‘五圣联龙衮，千官列雁行’者也。”[①] 杜诗仅用一联就把玄元皇帝庙所画的人物及其形态写出。“薛稷不特以书名，而画亦居神品。老杜所谓‘我游梓州东，遗迹涪江边。画藏青莲界，书入金牓悬’是也。老杜又有《薛少保画鹤》一篇，所谓‘薛公十一鹤，皆写青田真’是也。余谓陆探微作一笔画，实得张伯英草书诀；张僧繇点曳斫拂，实得卫夫人《笔阵图》诀；吴道子又授笔法于张长史。信书画用笔，同一三昧。薛稷书法，雁行褚河南，而丹青之妙，乃复如诗，当是书法三昧中流出也。”[②] 杜诗兼记薛稷书法、绘画，是后人探讨书画渊源的证据之一。对当时名画，老杜不惜笔墨进行描摹，以传其妙。“《戏题山水图歌》：‘十日画一水，五日画一石。能事不受相促迫，王宰始肯留真迹。壮哉昆仑方壶图，挂君高堂之素壁。巴陵洞庭日本东，赤岸水与银河通，中有云气随飞龙。舟人渔子入浦溆，山木尽亚洪涛风。尤工远势古莫比，咫尺应须论万里。焉得并州快剪刀，剪取吴松半江水。’王宰丹青绝伦，如老杜此作，决不虚发，而世遂无宰画，盖丹青山水李将军父子最号绝伦，而宰名不著，计世间虽有宰画，人亦以为二李矣。”《苕溪渔隐》曰：“予读《益州画记》云：‘王宰，大历中家于蜀川。能画山水，意出象外。’老杜与宰同时，此歌又居成都时作，其许与益知不妄发矣。”[③] 当时有名的是李思训父子的金碧山水，而老杜将王宰山水画之妙写出，可谓不埋没贤才。王宰对画的执着，作画的辛苦，杜诗开篇直陈，引出读者期待，即如此精绘，图画的好似乎可见；紧接着写画中山的气势、水的深远、人的悠闲，就连画师的笔法也没有忽略，王宰得杜，何其幸也，现代读者得杜，也何其幸也。杜甫虽非专门的书画艺术家，但他的欣赏水准可以想见。学界认同王维是通才，其艺术才能，比如绘画、音乐等方面的天赋影响他诗歌的创作，而杜甫在一般读者心中最深刻的印象是忧国忧民，然而他对书画等艺术作品的描写也

---

① 胡仔纂集、廖德明校点《苕溪渔隐丛话》前集卷七，人民文学出版社，1984，第41页。

② 葛立方：《韵语阳秋》卷十四，据何文焕辑《历代诗话》本，中华书局，1981，第596～597页。

③ 胡仔纂集、廖德明校点《苕溪渔隐丛话》前集卷八，人民文学出版社，1984，第47～48页。

可见其艺术眼光之高，所以诗话认为杜诗所写所评之艺术作品均为真实可信的。那么他的艺术欣赏水准是不是也促进了他的诗歌创作，这是学界很少关注的话题，但也是值得研究的。

对节令物候、民间风俗的记录。“自冬至一百有五日至寒食，故世言寒食皆称一百五。杜子美《一百五日夜对月》云：‘无家对寒食，有泪如金波。’姚合《寒食书事诗》云：‘今朝一百五，出户雨初晴。’则是诗人例以百五日为寒食也。或者乃谓自冬至至清明凡七气，至寒食止百三日。殊不知历家以余分演之也。司马彪《续汉书》云：‘介子推焚林而死，故寒食不忍举火，至今有禁烟之说。’卢象所谓‘子推言避世，山火遂焚身。四海同寒食，千秋为一人’是也。太原一郡，旧俗禁烟一月。周举为郡守，以人多死，移书子推，只禁烟三日。子美《清明》诗云：‘朝来新火起。’又云：‘家人钻火用青枫。’皆在寒食三日之后，则知禁烟止于三日也。”[①] 寒食究竟在哪一天，禁烟时间多长，这是民俗关心的问题，杜诗有确切记载，冬至后一百五日为寒食，禁烟三日。《古今诗话》云：“北方白雁，似雁而小，色白，秋深乃来。白雁至则霜降，河北人谓之霜信。杜甫诗云‘故国霜前白雁来’，即谓此。”[②] 这是将候鸟活动作为季节变换的标志入诗。因中国地域广阔，各地作物成熟时间不一，季候到来也不一，如：“江南五月梅熟时，霖雨连旬，谓之黄梅雨。然少陵曰：‘南京犀浦道，四月熟黄梅。湛湛长江去，冥冥细雨来。’盖唐人以成都为南京，则蜀中梅雨，乃在四月也。及读柳子厚诗曰：‘梅实迎时雨，苍茫值晚春。愁深楚猿夜，梦断越鸡晨。海雾连南极，江云暗北津。素衣今尽化，非为帝京尘。’此子厚在岭外诗，则南越梅雨，又在春末。是知梅雨时候，所至早晚不同。”[③] 这是记述梅雨在不同的地方出现的时间也不同。中国传统节日多，小吃也很丰富，《文昌杂录》云：“唐岁时节物：元日则有屠苏酒、五辛盘、胶牙糖。人日则有煎饼。上元则有丝笼。二月二日

---

① 葛立方：《韵语阳秋》卷十九，据何文焕辑《历代诗话》本，中华书局，1981，第637页。

② 阮阅编、周本淳校点《诗话总龟》前集卷二十九，人民文学出版社，1998，第298页。

③ 陈岩肖：《庚溪诗话》卷上，据丁福保辑《历代诗话续编》本，中华书局，1997，第168～169页。

则有迎富贵果子。三月三日则有镂人。寒食则假花鸡球、镂鸡子、子推蒸饼、糖粥。四月八日则有糕糜。五月五日则有百索粽子。夏至则有结杏子。七月七日则有穿针织女台、乞巧果子。八月一日则有点灸杖子。九月九日则有茱萸、菊花酒。腊日则有口脂、面药、澡豆。立春则有彩胜、鸡燕、生菜。今岁时遗问略同，但糕糜、结杏子、点灸杖子今不行尔。杜甫《春日》诗：‘春日春盘细生菜。’又曰：‘胜里金花巧耐寒。’《重阳》诗：‘茱萸赐朝士。’《腊日》诗：‘口脂面药随恩泽。’如此之类甚多，略举记当时所重者也。”[1] 杜诗纪实描写为我们保留了唐代节日食物的资料。唐代之酒以“春”为名。“退之诗：‘百年未满不得死，且可勤买抛青春。’《国史补》云：‘酒则郢之富水，乌程之箬下，荥阳之土窟春，富平之石冻春，剑南之烧春。’子美诗亦云：‘闻道云安曲米春。’裴铏作《传奇》，记裴航事，亦有酒名松醪春。乃知唐人名酒以春，则抛青春亦必酒名也。”[2] 以“春”名酒，杜诗可为一证，并且丰富了读者名物知识。

综上所述，杜诗纪实所写，内容十分广泛，大至制度，细至宫廷生活、各类人物如官员、士人、名人等，还有艺术、民俗等，几乎无所不写。杜诗反映生活如此广阔与深厚，用生花妙笔写出来，确实是一幅丰富、壮阔、生动的历史画卷。

体格创新。杜甫的伟大成就关键在于他在承袭前人的基础上有自己的创新，所谓“转益多师是吾师”，但是如果没有自己的特色，则终于泯灭无闻，正如古人所说：“学我者生，似我者死”。正如严羽所说：“少陵诗，宪章汉魏，而取材于六朝，至其自得之妙，则前辈所谓集大成者也。”此处仅就杜甫在体裁、格律上的创新论列。

元稹论乐府：“杜甫《悲陈陶》《哀江头》《兵车》《丽人》等，凡所歌行，率皆即事名篇，无有倚傍。余少时与友人白乐天、李公垂辈，谓是为当，遂不复拟赋古题。昨梁州见进士刘猛、李余各赋古乐府诗数十首，中一二十章，咸有新意，予因选而和之。其有虽用古题，全无古义者，若《出门行》不言离别，《将进酒》特书列女

① 胡仔纂集、廖德明校点《苕溪渔隐丛话》后集卷六，人民文学出版社，1984，第39页。

② 胡仔纂集、廖德明校点《苕溪渔隐丛话》前集卷十三，人民文学出版社，1984，第86～87页。

之类是也。"[①] 此处说杜甫对乐府歌行的改进，以及对后人的影响，即不再局限乐府古题的限制，而是即事名篇。《蔡宽夫诗话》说得更具体一些："齐梁以来，文士喜为乐府辞，然沿袭之久，往往失其命题本意，《乌将八九子》但咏乌，《雉朝飞》但咏雉，《鸡鸣高树巅》但咏鸡，大抵类此。而甚有并其题失之者，如《相府莲》讹为《想夫怜》，《杨婆儿》讹为《杨叛儿》之类是也。盖辞人例用事，语言不复详研考，虽李白亦不免此。惟老杜《兵车行》《悲青坂》《无家别》等数篇，皆因事自出己意立题，略不更蹈前人陈迹，真豪杰也。"[②] 乐府在流传过程中，因种种原因失其题意甚至连题目本身也非本来面目，那么所谓尊崇古意则成一句空话，杜甫干脆自出己意立题，不事蹈袭，此举相当大胆、有创见，所以为"真豪杰"。《丽人行》从《丽人曲》演化而来，由"曲"变为"行"，篇幅更长，《乐府广题》对《丽人曲》的解题说："《刘向别录》云：'昔有丽人善雅歌，后因以明曲。'"[③] 此篇《乐府诗集》收在"杂曲歌辞"里。因此《丽人行》原意只是写美人，杜甫《丽人行》前半段似乎是写"丽人"，实际是写时事，后半段对时事进行描写和评论，结句"炙手可热势绝伦，慎莫近前丞相嗔"更是非常直接道出作者的观点。杜甫的"长安丽人"，写出当时杨贵妃姐妹及其兄弟的奢侈荒淫生活和不可一世的气焰，记录当时的历史，针砭时弊。这种主题离此题原意已比较远了。而《悲陈陶》《悲青坂》《哀江头》《兵车行》等，郭茂倩全部列为"新乐府辞"，其解题云："新乐府者，皆唐世之新歌也。以其辞实乐府，而未常被于声，故曰新乐府也。"其后引用元稹对新乐府的话说明杜甫对新乐府的贡献以及元稹等诗人对新乐府的实践，接着评价："如此之类，皆名乐府，由是观之，自风雅之作，以至于今，莫非讽兴当时之事，以贻后世之审音者。倘采歌谣以被声乐，则新乐府其庶几焉。"[④] 这里比上面两则说得更清晰明白，第一，唐代新乐府是唐代新歌，

---

① 计有功撰、王仲镛校笺《唐诗纪事校笺》卷四十六，中华书局，2007，第1554页。

② 胡仔纂集、廖德明校点《苕溪渔隐丛话》前集卷一，人民文学出版社，1984，第5页。

③ 郭茂倩：《乐府诗集》，中华书局，1996，第976页。

④ 郭茂倩：《乐府诗集》，中华书局，1996，第1262页。

不能合乐歌唱，这是与古乐府不同的，所以称为“新乐府”；第二，就精神实质来说，与古乐府同，即“刺美见事”，兴讽当时之事；第三，杜甫不拘于乐府古题的限制，继承乐府诗歌的精神实质而自创新辞，在乐府革新过程中直接启发了中唐元白的“新乐府运动”，发扬了乐府诗歌的现实主义传统。

除了乐府，宋人对杜甫格律上的创新最为关注。诗歌发展至沈宋，格律有一套严格的规定，但是杜甫常常打破这种格律而自出新意，创出“拗句”“变体”等律式，但杜甫不只是为了形式创新，最终目的是为了更好地表达诗意，达到了无意为诗而诗自好的境界，并形成一种拗峭、劲健的诗风。后人学诗如果仅是从格律上学杜，则离杜甫之意远矣。

比如范晞文言：“五言律诗，固要贴妥，然贴妥太过，必流于衰。苟时能出奇，于第三字中下一拗字，则贴妥中隐然有峻直之风。老杜有全篇如此者，试举其一云：‘带甲满天地，胡为君远行？亲朋尽一哭，鞍马去孤城。草木岁月晚，关河霜雪清。别离已昨日，因见古人情。’散句如‘乾坤万里眼，时序百年心’‘梅花万里外，雪片一冬深’‘一径野花落，孤村春水生’‘虫书玉佩藓，燕舞翠帷尘’‘村春雨外急，邻火夜深明’‘山县早休市，江桥春聚船’‘老马夜知道，苍鹰饥着人’，用实字而拗也。‘行色递隐见，人烟时有无’‘蝉声集古寺，鸟影度寒塘’‘檐雨乱淋幔，山云低度墙’‘飞星过水白，落月动沙虚’，用虚字而拗也。其他变态不一，却在临时斡旋之何如耳。苟执以为例，则尽成死法矣。”[①] 之所以要变格，是因为格律用得烂熟，诗歌声律太妥贴则因久成俗，诗歌的生命也就衰落了。宋人从这个角度来认识杜诗的变体，由此探索其价值。以《送远》“带甲满天地”为例，此诗单数句第三字“满”“尽”“岁”“已”均是仄声字，双数句除“君”“霜”两字，也为仄声，与常格很不同，所以全诗读来自有一股拗峭之气。“草木岁月晚，关河霜雪清”，“岁月”本该用平，出于内容的考虑，此两字全用仄，此句全是仄，下句又四字平，这是杜甫五律中以入代平的诗例，打破

① 范晞文：《对床夜语》卷二，据丁福保辑《历代诗话续编》本，中华书局，1997，第418页。“村春雨外急”，《历代诗话续编》本作“村舂雨外急”，杨明先生提醒有误，据浦起龙《读杜心解》（中华书局，1978，第410页）改。

了正常格式，但是读来确有“峻直之风”。其他散句第三字或用实字（大多是名词）、或用虚字（大多是动词，写物之动态，实是诗人的一种感受），除了下句的“春”“饥”为平声，其他均用仄声，但都是随景自到之句，并非有意雕琢，所以《竹庄诗话》认为学杜诗，这种形式的变格都不能成为定法，而是应学杜诗用意自到处。

苕溪渔隐谈到杜诗中失粘的情况：“律诗之作，用字平侧，世固有定体，众共守之。然不若时用变体，如兵之出奇，变化无穷，以惊世骇目。如老杜诗云：‘竹里行厨洗玉盘，花边立马簇金鞍。非关使者征求急，自识将军礼数宽。百年地辟柴门迥，五月江深草阁寒。看弄渔舟移白日，老农何有罄交欢。’此七言律诗之变体也。……老杜云：‘山瓶乳酒下青云，气味浓香幸见分。鸣鞭走送怜渔父，洗盏开尝对马军。’此绝句律诗之变体也。……又有七言律诗，至第三句便失粘，落平侧，亦别是一体。唐人用此甚多，但今人少用耳。如老杜云：‘摇落深知宋玉悲，风流儒雅亦吾师。怅望千秋一洒泪，萧条异代不同时。江山故宅空文藻，云雨荒台岂梦思。最是楚宫俱泯灭，舟人指点到今疑。’……此三诗起头用侧声，故第三句亦用侧声。老杜云：‘暮春三月巫峡长，皛皛行云浮日光。雷声忽送千山雨，花气浑如百和香。黄莺过水翻回去，燕子衔泥湿不妨。飞阁卷帘图画里，虚无只少对潇湘。’……此二诗起头用平声，故第三句亦用平声。凡此皆律诗之变体，学者不可不知。”[①] 杜诗打破格律常规，使诗歌变化出奇。《严公仲夏枉驾草堂兼携酒馔得寒字》“竹里行厨洗玉盘”这首诗是仄起首句押韵，正常的格式是“⊙仄平平⊙仄平（韵），⊙平⊙仄仄平平（韵）。⊙平⊙仄⊙平仄，⊙仄平平⊙仄平（韵）。⊙仄⊙平⊙仄仄，⊙平⊙仄仄平平（韵）。⊙平⊙仄⊙平仄，⊙仄平平⊙仄平（韵）。”杜甫此诗前四句合律，从第五句则变为“仄平仄仄平平仄，仄仄平平仄仄平。仄仄平平仄仄仄，仄平平仄仄平平。”除去一三五不论和押韵用平声，杜诗在该用平声的地方用仄声，其气挺然不群，就第五句而言是失粘，其后的格律依次发生变化。从整首诗意来讲，前两联是讲严武携酒馔来看望，躬亲降重，殷勤之意让人感动；从第五句开始写草堂生

① 胡仔纂集、廖德明校点《苕溪渔隐丛话》前集卷七，人民文学出版社，1984，第42～43页。

活，即百年地辟、柴门迥然，草阁深寒，无人顾望，而自狎渔耕，与泥父交饮，自有其乐。后两联全是回答严武的盛意，迂徐婉转地表达自己不愿受严武之养的意思。格律的变化与诗意的转折有一定联系。《谢严中丞送青城山道士乳酒一瓶》“山瓶乳酒下青云”这首七绝格律是“平平仄仄仄平平，仄仄平平仄仄平。平平仄仄平平仄，仄仄平平仄仄平。”这是七绝的平起首句押韵式，正常格式是“⊙平⊙仄仄平平，⊙仄平平仄仄平。⊙仄⊙平平仄仄，⊙平⊙仄仄平平。”杜诗第三句失粘，整首诗只有“对”没有“粘”，比较特殊，所以是七绝之变体。此诗四句，第一句、三句写严武送酒，第二句、四句写诗人收到酒的心理及行为，所以整首诗格律全用上下句相对而不用粘的规则，与诗意也是相合的。《咏怀古迹五首之二》“摇落深知宋玉悲”，前三句格律“平仄平平仄仄平，平平仄仄仄平。仄仄平平仄仄仄”，按照正常格式，第三句应该是“平平仄仄平平仄”，但是杜诗第三句与首句除韵脚外都是一致的，这就是“失粘，落平侧”，并且首句仄声起，第三句也是仄声起。《即事》“暮春三月巫峡长”，前三句格律“仄平平仄仄平平，仄仄平平平仄平。平平仄仄平平仄”，第三句本应是“仄仄平平平仄仄”，杜诗此句与首句平起式除不押韵之外，几乎一致，也是失粘。这些都是律诗之变体，当然，失粘之后如若有“救”也是合格的，但是杜诗大量运用这种方法，逐渐形成风格，也算是他的创造。从上文分析可见杜诗格律之变，无论是五言律绝还是七言律绝，并非仅仅是求形式的出奇，同时是为诗意的表达服务的。“变格”不仅是诗歌发展的需要，也是创新的需要，但是诗歌的发展创新都离不开对诗意的准确、传神地表达，即孔子所说的“辞达”而已。比如“宠光蕙叶与多碧，点注桃花舒小红”“一双白鱼不受钓，三寸黄柑犹自青”“外江三峡且相接，斗酒新诗终日疏”“负盐出井此溪女，打鼓发船何郡郎”“沙上草阁柳新暗，城边野池莲欲红”，这些诗句似律而差拗，于拗之中又有律，读来不觉其佶屈聱牙，关键在于诗人写景自到使人不觉其格律之变。

杜诗在格律上追求新变，为宋人追求创新提供借鉴，特别对黄庭坚、江西诗派在格律、风格等方面的新变有很大影响，并影响到宋代诗风。

杜甫诗歌，宋人主要用“集大成”来概括形容，其千汇万状，含茹古今，浑瀚浩茫，姿态万千。具体表现为意脉贯通，气象开阔；含蓄温婉，雅正有味；写景摹物，准确传神；取象广泛、深广如史；善于创新，出奇制胜。诗人将整个生命和学问融进诗歌，用诗歌来展现生活，传达精神，同时也传达、表现了自己。所以宋诗话除了用“集大成”“如周公制礼”等包容广大的概括性词语来评杜诗，却没有具体的如“沉郁顿挫”这样表示风格的词语来总括其诗歌特点，主要在于杜诗风格多样、丰富，不能找出一个词来涵盖所有。杜诗的集大成，既来源于继承前人成果，更在于他能融会贯通，自出新意，这种创新精神，才是最需要学习的地方。

第四章
宋诗话中的唐诗学诗法论

本章讨论的唐诗学诗法，不是有关唐诗格律、用韵等诗格方面所定的抽象的规则、法度，如《金针诗格》《吕氏童蒙训》《沧浪诗话·诗法》等作品，而是从诗歌创作角度探讨如何写好一首诗歌，即在具体作品分析中总结出的学诗之法。宋诗话对诗法的探讨，莫过于对老杜诗歌的研究，本章即以老杜为主要对象，探索杜诗在结构、句法、字法、用事、用语等方面的经验，即宋人从中归纳的作诗经验。

宋诗话多处提到杜诗的法度。"杜之诗法，韩之文法也。诗文各有体，韩以文为诗，杜以诗为文，故不工尔。"[①] 此条第一句"杜之诗法，韩之文法也"，就是说杜诗与韩文在法度上有相近之处，就韩愈文章来说，开阖抑扬，波澜壮阔，如长江大河，滔滔不绝，因此杜诗之法也具有汪洋恣肆的特点，取法不尽。所以《雪浪斋日记》说"欲法度备足，当看杜子美。"[②] 此外《余师录》说："子美为诗有规矩，故可学。"严羽说："少陵诗法如孙吴，太白诗法如李广。少陵如节制之师。"[③] 李广之师，出奇制胜，没有法度可依，而孙吴之师最讲法度，少陵诗法似之。他们认识到杜诗的法度，但都没有具体阐述。只有苏叔党云："东坡尝语后辈，作古诗当以老杜《北征》为法。老杜诗云：'一夜水高二尺强，数日不可更禁当。南市津头有船卖，无钱即买系篱傍'，与《竹枝词》相

① 陈师道：《后山诗话》，据何文焕辑《历代诗话》本，中华书局，1981，第303页。

② 胡仔纂集、廖德明校点《苕溪渔隐丛话》前集卷二，人民文学出版社，1984，第11页。

③ 严羽著、郭绍虞校释《沧浪诗话校释》，人民文学出版社，2000，第170页。

似，盖即俗为雅。”[1] 所引老杜诗为《春水生》，带有民歌风味，所以说像《竹枝词》，这是“即俗为雅”的作品，此例所说老杜之法，当指老杜“即俗为雅”之法。其次，学古诗当以《北征》为法，这是指学杜甫的立意、结构、章法、语言，还是其他，这里没有展开论述。因此宋人认识到杜诗有法度，可以作为取法对象，可以拿来借鉴学习，这是宋人对杜诗的总体印象。具体学习还是落实到对杜诗的具体诗法分析中，落实到杜诗的结构、句法、字法等方面。

4.1 结构

《诗眼》云：“山谷言，文章必谨布置，每见后学，多告以《原道》命意曲折，后予以概考古人法度，如《赠韦见素诗》云：‘纨绔不饿死，儒冠多误身。’此一篇立意也，故使人静听而具陈之耳。自‘甫昔少年日’至‘再使风俗淳’，皆儒冠事业也。自‘此意竟萧条’至‘蹭蹬无纵鳞’，言误身如此也。则意举而文备，故已有是诗矣，然必言其所以见韦者，于是有‘厚愧’‘真知’之句，所以‘真知’者，谓传诵其诗也。然宰相职在荐贤，不当徒爱人而已，士故不能无望，故曰‘窃效贡公喜，难甘原宪贫’。果不能荐贤，则去之可也，故曰‘焉能心怏怏，只是走踆踆’。又将入海而去秦也，然其去也，必有迟迟不忍之意，故曰‘尚怜终南山，回首清渭滨’。则所知不可以不别，故曰‘常拟报一饭，况怀辞大臣’。夫如此是可以相忘于江湖之外，虽见素亦不得而见矣，故曰‘白鸥没浩荡，万里谁能驯’终焉。此诗前贤录为压卷，盖布置最得正体，如官府甲第、厅堂房室，各有定处，不可乱也。韩文公《原道》与《书》之《尧典》盖如此，其它皆谓之变体可也。盖变体如行云流水，初无定质，出于精微，夺乎天造，不可以形器求矣。然要之以正体为本，自然法度行乎其间。譬如用兵，奇正相生，初若不知正而径出于奇，则纷然无复纲纪，终于败乱而已矣。”[2] 山

---

① 吴可：《藏海诗话》，据丁福保辑《历代诗话续编》本，中华书局，1997，第340页。

② 胡仔纂集、廖德明校点《苕溪渔隐丛话》前集卷十，人民文学出版社，1984，第63~64页。

谷对《奉赠韦左丞丈二十二韵》一篇详细分析，指出杜诗开篇即全篇之立意，其后就是对此立意的分别陈述，并解释了各诗句的内涵及其在全篇的作用，充分说明立意对于全篇结构之重要，是全篇融合成为一个整体的关键所在，同时此篇结构也正是可以取法处。《诗眼》又云："老杜诗，凡一篇皆工拙相半，古人文章类如此，皆拙固无取，使其皆工，则峭急无古气，如李贺之流是也。然后世学者，当先学其工，精神气骨，皆在于此。如《望岳诗》云：'齐鲁青未了'，《洞庭诗》云：'吴楚东南坼，乾坤日夜浮。'语既高妙有力，而言东岳与洞庭之大，无过于此，后来文士，极力道之，终有限量，益知其不可及。《望岳》第二句如此，故先云'岱宗夫何如'，《洞庭》诗先如此，故后云'亲朋无一字，老病有孤舟'，使《洞庭诗》无前两句，而皆如后两句，语虽健，终不工；《望岳诗》无第二句，而云'岱宗夫何如'，虽曰乱道可也。今人学诗，多得老杜平慢处，乃邻女效颦者。"① 杜诗用语工拙相半，即既有格律严整之句，也用散文化、口语化的句子，使其全篇辞气平稳、奇特相间。如《望岳》首联"岱宗夫何如？齐鲁青未了"，上句非常口语化，句意也似平平，而下句写出泰山青郁无限，即使走尽齐鲁之境也还是能够看得到，泰山山势之绵延、高峻一下子就描写出来了，所以"高妙有力"。《登岳阳楼》中间两联："吴楚东南坼，乾坤日夜浮。亲朋无一字，老病有孤舟。"上联对仗工稳，境界开阔宏伟，但感慨系之，整个宇宙如浮在水面上；下联写自己老病漂泊而亲朋已疏的孤寂无依之状。其实两联对仗都非常工稳，但是两联境相自别，上联语大境阔，下联语俗情哀，所以说没有上联则不工，因为下联全是平常语，即使对仗工稳也不能减少其平淡，只有在上联的衬托中，个人漂泊无依、孤寂渺小之感才更加深刻。这一则材料从语言辞气的平衡、奇稳角度谈论一篇结构之相称。从所举例子来看，诗歌的篇章结构其实不是孤立的，一篇之立意、语言工拙、辞气雅俗等都与其相关，本节所讨论的其他问题同样也不是孤立的，只是为了分析的方便而作的划分。此外，本章虽是讨论老杜诗法，但是对老杜诗歌分析总结出来的作诗规则具有普遍性，所以

① 胡仔纂集、廖德明校点《苕溪渔隐丛话》前集卷九，人民文学出版社，1984，第61页。

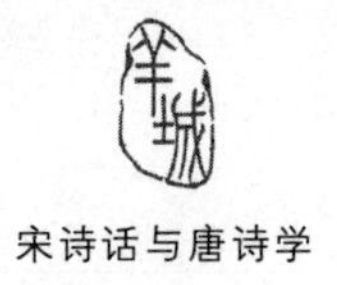

老杜诗法也具有普遍指导意义。

4.2 句法

宋诗话谈论句法问题时与结构问题没有十分明显的界限，如开篇应如何，结尾应如何，中间又如何承接，除此之外，语序的安排，十字格、六句法等特殊的格式，宋诗话均称之为“句法”，所以沿袭诗话的说法，将这些特殊格式放在一起一并讨论。

《室中语》曰：“凡作诗，使人读第一句知有第二句，读第二句知有第三句，次第终篇，方为至妙。如老杜‘莽莽天涯雨，江村独立时。不愁巴道路，恐湿汉旌旗’是也。”① 此论诗歌造语立意，不可一句而竭，其开篇应具有生发开辟之意，能不断引出后文，这样全篇才会文意相属。所评乃杜甫《对雨》，开篇就写雨，漫天漫地，似乎没有尽时，很自然引出“观雨”的地点及视角，接下来写看到如此莽莽大雨时诗人之所想，所以全诗确实是畅通一气，又紧扣诗题。

“老杜诗以后二句续前二句处甚多。如《喜弟观到》诗云：‘待尔嗔乌鹊，抛书示鹡鸰。枝间喜不去，原上急曾经。’《晴》诗云：‘啼乌争引子，鸣鹤不归林。下食遭泥去，高飞恨久阴。’《江阁卧病》云：‘滑忆雕菰饭，香闻锦带羹。溜匙兼暖腹，谁欲致杯罂。’《寄张山人》诗云：‘曹植休前辈，张芝更后身。数篇吟可老，一字买堪贫。’如此类甚多。此格起于谢灵运《过庐陵王墓下》诗云：‘延州协心许，楚老惜兰芳。解剑竟何及，抚坟徒自伤。’李太白亦时有此格，‘毛遂不堕井，曾参宁杀人！虚言误公子，投杼惑慈亲’是也。”② 所举杜诗，都是第三句续第一句之意，第四句续第二句之意，如《喜弟观到》首句写知道消息后的喜悦，写喜鹊闹人，似责实喜，反映诗人等待的急切，第三句接着写喜鹊叽叽喳喳在枝间嘻闹，不肯离去，表明弟弟的到来将是事实，确实一喜。第二句写鹡鸰，《诗经》云“鹡鸰在原，兄弟急难”，“鹡

① 魏庆之著、王仲闻点校《诗人玉屑》卷五，中华书局，2007，第162页。

② 葛立方：《韵语阳秋》卷一，据何文焕辑《历代诗话》本，中华书局，1981，第484～485页。

鸰”是一种水鸟，当在水边，今在原上，是失其所，比喻兄弟处于困境，应当互相救助，因此常用“鹡鸰”喻兄弟。兄弟十年隔绝，空羡鹡鸰之相亲，如今兄弟将见面，不再羡慕鹡鸰，所以“抛书示鹡鸰”，第四句写我们曾经如鹡鸰在原一样，都身处困境之中，承接第二句，这是一悲。所以这四句用双珠并穿的结构，用乌鹊、鹡鸰的比喻把得知弟信悲喜交集的心情委曲婉转地传达出来。

诗话中借佛家术语来划分杜诗语言类型，其实是谈论某联在整首诗中结构、语势上的作用：“禅宗论云间有三种语：其一为随波逐浪句，谓随物应机，不主故常；其二为截断众流句，谓超出言外，非情识所到；其三为函盖乾坤句，谓泯然皆契，无间可伺。其深浅以是为序。余尝戏谓学子言，老杜诗亦有此三种语，但先后不同。‘波漂菰米沉云黑，露冷莲房坠粉红’为函盖乾坤句；以‘落花游丝白日静，鸣鸠乳燕青春深’为随波逐浪句；以‘百年地僻柴门迥，五月江深草阁寒’为截断众流句。若有解此，当与渠同参。”[①] 这种比附有些牵强，并且说得太简略，从具体诗例来看，是论某联于整首诗作中在结构、语势上的作用。比如“百年地僻柴门迥，五月江深草阁寒”是诗中第三联，前两联写严武对自己的殷勤致意，而此句讲自己所处环境，此联在全诗中无论从格律还是从内容表达方面都是一个大的转折，从这个方面来理解“截断众流”，则叶梦得的划分标准就是指这联在整首诗中结构、内容、语势上的作用。“落花游丝白日静，鸣鸠乳燕青春深”是《题省中院壁》第二联，紧承上联对省中竹埤、梧桐和门洞的描写，写出了省中院的静谧以及浓厚春意，可以说是“随波逐流”。“波漂菰米沉云黑，露冷莲房坠粉红”是《秋兴》八首之七第三联，前辈有不同解释，杨慎认为是写兵戈乱离之状，理由是菰米沉水，无人收拾，莲子老，莲花落，霜露侵。王嗣奭、钱谦益则认为追溯盛事，写物产丰饶，因为池水本黑，菰米沉沉像池水之玄黑，此极言其繁殖，莲子饱满，荷花当然落。此联与第二联都是写秋景，前辈的两种不同解释都有理由，由此来理解“函盖乾坤句，谓泯然皆契，无间可伺其深浅”也是说得通的，即该联与其他联关系紧密，浑然无间，并且

① 叶梦得：《石林诗话》，据何文焕辑《历代诗话》本，中华书局，1981，第406～407页。

具有极大的语义包容性。所以，某联的起承转合及其在全篇之中的作用，可以变化万千，关键是靠诗人自己去把握。

对语序的特殊安排，也是句法之一。《苕溪渔隐》曰："乐天有句云：'放眼看青山，任头生白发'其超放如此。先君亦尝有句云：'人有悲欢头易白，山无今古色长青。'"《尘史》云："杜子美善于用故事及常语，多离析，或倒用其句，盖如此则语峻而体健，意亦深稳矣。如'露从今夜白，月是故乡明'之类是也。乐天工于用对，《寄微之》诗云：'白头吟处变，青眼望中穿。'可为佳句，然不若'别来头并白，相见眼终青'，尤为工也。"[①]"露从今夜白，月是故乡明"，一般语序为"今夜露从白，故乡月是明"，除去格律不工之外，这种语序过于平淡，近乎常口语，原诗将"露"与"月"放在句首，使时令变换、景物描画更加清晰，游子在外的孤寂与敏感蕴含其中。"别来头并白，相见眼终青"，把时间状语放在句首，时间对比强烈，亲朋相见的喜悦自在其中，乐天"白头吟处变，青眼望中穿"语序有些日常化，虽然工整却让人不觉其好。《漫叟诗话》曰："前人评杜诗云'红豆啄残鹦鹉粒，碧梧栖老凤凰枝'，若云'鹦鹉啄残红豆粒，凤凰栖老碧梧枝'，便不是好句。余谓词曲亦然。"[②] 杜诗此联是非常典型的诗歌语言，其好处在于打破正常语序，有劲峭之感，语峻而体健。除了语序拗峭，杜诗还善于安排各种不同词性的语词。"老杜多欲以颜色字置第一字，却引实字来，如'红入桃花嫩，青归柳叶新'是也。不如此，则语既弱而气亦馁。他如'青惜峰峦过，黄知橘柚来''碧知湖外草，红见海东云''绿垂风折笋，红绽雨肥梅''红浸珊瑚短，青悬薜荔长''翠深开断壁，红远结飞楼''翠干危栈竹，红腻小湖莲''紫收岷岭芋，白种陆池莲'，皆如前体。若'白摧朽骨龙虎死，黑入太阴雷雨垂'，益壮而险矣。"[③] 所举各诗都是颜色字在句首，然后才引出描写对象，这种写法不仅使语句劲健，更是将景物活化在眼

① 胡仔纂集、廖德明校点《苕溪渔隐丛话》后集卷十三，人民文学出版社，1984，第98页。

② 阮阅编、周本淳校点《诗话总龟》后集卷三十二，人民文学出版社，1998，第310页。

③ 范晞文：《对床夜语》卷三，据丁福保辑《历代诗话续编》本，中华书局，1997，第423～424页。

前。“红入桃花嫩，青归柳叶新”，春意烂漫，最先入眼当然是一片红，一片绿，走近细看才知是桃花、新柳，通过动词“入”“归”，将春天到来拟人化，似乎这么美丽的色彩经过一冬的沉睡找到了主人，春天的到来就是如此自然、应当，赏春之意跃然而出。“绿垂风折笋，红绽雨肥梅”，风吹折了绿笋，雨肥绽了红梅，“红”后一个“绽”，把雨水滋润下红梅的怒放形象展示出来，“绿”的是笋，紧跟“垂”，将风中折笋的姿态形象化描写出来了。至于“白摧朽骨龙虎死，黑入太阴雷雨垂”，写大雨倾盆之壮观、壮阔、雄壮，似乎没有人能比得过，语壮而意险，但是句意仍然稳当。这些都是诗人有意的安排，但杜甫用这样一种典型的诗歌语序描摹景物非但没有生硬、拼凑之感，反而让人觉得写得极妙、传神，这大概就是杜甫的才气，是诗人捕捉景物之妙的敏感，精准而形象。

杜诗结句之妙也堪为范例。《缚鸡行》：“小奴缚鸡向市卖，鸡被缚急相喧争。家中厌鸡食虫蚁，不知鸡卖还遭烹。虫鸡于人何厚薄，吾叱奴人解其缚。鸡虫得失无了时，注目寒江倚山阁。”，洪容斋评：“此诗自是一段好议论。至结句之妙，非他人之所能企及也。”此诗写对鸡虫的两难态度，前六句讲述因为讨厌鸡食虫蚁，所以要把鸡卖了，但是又想到鸡被人买去会遭宰杀烹煮，鸡、虫对人之利害，孰轻孰重呢？所以又想把鸡解救出来。这都是平白叙述，无甚奇特，但是结句作总结：“鸡虫得失无了时”，高度概括了一种两难处境，而以“注目寒江倚山阁”承接，表面写景，似无关上文，但是此景清寒，诗人似乎是想超脱，或者仍在思索人生之境遇，或者觉得不如两相俱忘，此一联将人引向哲理思辨层次，并且充满诗味。黄庭坚学杜所作的《书酺池寺书堂》“小黠大痴螗捕蝉，有余不足夔怜蚿。退食归来北窗梦，一江风月趁渔船”，西山《文章正宗》评：“一篇之妙，在乎落句，黄鲁直深达诗旨，其……可与言诗者，当自解也。”[①] 鲁直此诗用意、结句完全承用老杜，也能得老杜之神，关键在于结句有总结、生发作用。如果结句没有对全篇的总结，则全篇颓败。《室中语》曰：“杜少陵作八句近体诗，卒章有时而对，然语意皆卒章之辞。今人效之，临了却作一景联，一篇之意无所

① 此段两则均自蔡振孙《诗林广记》前集卷二，中华书局，1982，第42页。

归，大可笑也。"[1] 因此，结句需要卒章显志、生发开拓才妙。诚斋认为结句要有余味，也是说结句不能单薄，要有生发之意，让人无限回味，比如他欣赏的《九日蓝田崔氏庄》结句："明年此会知谁健，醉把茱萸仔细看。"《夏日李尚书期不至》结句："不是尚书期不至，山阴夜雪兴难乘。"

其他如六句法、十字格，是宋人从杜诗中总结出来的特殊格式。六句法，"此法但可放言遣兴，不可寄赠。杜子美云：'烈士恶多门，小人自同调。名利苟可取，杀身傍权要。何当官曹清，尔辈堪一笑。'山谷云：'三公未白首，十辈拥朱轮。只有人看好，何益百年身。但愿身无事，清樽对故人。'"[2] 这是从诗歌题材角度讨论这一格式的特点，即六句诗只能抒情遣兴，不可用来寄赠。至于十字格，就是于对联中十字作一意，"老杜亦时有此格，《放船》诗云：'直愁骑马滑，故作泛舟回。'《对雨》云：'不愁巴道路，恐湿汉旌旗。'《江月》云：'天边长作客，老去一沾巾。'"[3] 也就是一联的两句指陈一个意思，《放船》"直愁骑马滑，故作泛舟回"，上句写原因，下句写结果；《对雨》"不愁巴道路，恐湿汉旌旗"，两句都是写诗人对雨之所思所想，"天边长作客，老去一沾巾"，同样上句是因，下句是果，上下句不可分开，诗意非常连贯，不可截断。杜诗这种写法也为后人继承，学习，如梅尧臣的十字格《碧澜亭》诗云："危楼喧晚鼓，惊鹭起寒汀"，上句写高楼晚鼓，下句写结果，听到鼓声而惊起汀上鸥鹭。杜诗这种特殊句法，是一种变格，宋人对老杜句法的研究也是想从中寻找创新的启发。

杜诗句法其实关合全篇，开篇有开辟之势，结句有收放之效，中间起承转合，环环相扣，通篇一气。又善用语序，能生拗峭劲健之气。

4.3 字法

杜甫诗歌用字传神，大概可以分为一字传神，双字绝妙两种类型。

---

① 魏庆之著、王仲闻点校《诗人玉屑》卷五，中华书局，2007，第153~154页。

② 魏庆之著、王仲闻点校《诗人玉屑》卷二，中华书局，2007，第45页。

③ 葛立方：《韵语阳秋》卷一，据何文焕辑《历代诗话》本，中华书局，1981，第485页。

杜诗之一字传神，有用实字传神、用虚字传神处，以及在句中重要位置用上一响字等情况，同时他也有自己的用字喜好。

《苕溪渔隐》曰：“诗句以一字为工，自然颖异不凡，如灵丹一粒，点石成金也。……又如《钟山语录》云：‘暝色赴春愁。下得赴字最好，若下起字，便是小儿语也。无人觉来往。下得觉字大好。足见吟诗，要一两字工夫。’观此，则知余之所论，非凿空而言也。”[①] 夜幕降临，暮色四起，引发诗人无限愁绪，不说暝色“惹起”春愁，而是说暝色“赴”春愁，一下子将愁绪扩大到无边无际，变成天地的一种情感，使情感的力度、深度、广度变得不可及起来。至于“觉”字之好，《丹阳集》云：“杜子美《西郊》诗云‘无人竞来往’，或云‘无人与来往’，或云‘无人觉来往’，‘竞’‘与’皆常谈，‘觉’字非子美不能道也。盖炀者避灶，有道者之所惊；舍者争席，隐居者之所贵也。”[②] 一个“觉”字能道出幽居无限深意。再如“‘白鸥没浩荡，万里谁能驯。’盖灭没于烟波间耳，而宋敏求谓予云：‘鸥不解没，改作波字。’二诗改此两字，觉一篇神气索然也。”[③] 犹如“见南山”改为“望南山”一样，“没”改为“波”，则一篇神气索然。因为这等重要词语，均是摹形状物最关键之处，无可替换。如《泉》诗有云：“明涵客衣净，细荡林影趣”，“涵”“荡”二字，曲尽形容之妙，将泉之清澈干净、林影参差的景象活画出来，并让读者感觉到诗人悠闲宁静之趣。

其实一字之妙与全篇之意紧密相关。杜诗“又有险语出人意外，如‘白摧朽骨龙虎死’，人犹能道，至‘黑入太阴雷雨垂’，则人不能道矣，为险处在一‘垂’字，无人能下。如‘峡坼雪埋龙虎睡’，人犹能道，至‘江清日抱鼋鼍游’，则人不能道矣，为险处在一‘抱’字，无人能下。如‘江海阔无津’，人犹能道，‘豫章深出地’，则人不能道矣，为一‘出’字难下。如‘高浪蹴天浮’，人犹能道，‘大声吹地转’，则人不能道矣，为一‘吹’字

① 胡仔纂集、廖德明校点《苕溪渔隐丛话》后集卷九，人民文学出版社，1984，第64～65页。

② 阮阅编、周本淳校点《诗话总龟》后集卷二十四，人民文学出版社，1998，第152页。

③ 胡仔纂集、廖德明校点《苕溪渔隐丛话》前集卷三，人民文学出版社，1984，第15～16页。

难下。如‘竹光团野色’，人犹能道，‘舍影漾江流’，则人不能道矣，为一‘漾’字难下。如‘月涌大江流’，人犹能道，‘星垂平野阔’，则人不能道矣，为一‘垂’字难下。如‘暗水流花径’，人犹能道，‘春星带草堂’，则人不能道矣，为一‘带’字难下，‘春’字又难下。凡如此等字，虽使古今诗人极力思之，终不能到。如于‘星’上加一‘垂’字、一‘春’字，于‘水’上加一‘暗’字，初若生面，然《易》言‘天垂象，见吉凶’，《书》言‘日中星鸟，以殷仲春’，则‘星’字上本有‘垂’字、‘春’字。渊明《归去来辞》云：‘泉涓涓而始流春水’，‘水’字上本有‘暗’字意，但用意深，来处远，人初读不能便觉耳。大抵他人之诗，工拙以篇论；杜甫之诗，工拙以字论。他人之诗，有篇则无对，有对则无句，有句则无字；杜甫之诗，篇中则有对，对中则有句，句中则有字。他人之诗，至十韵二十韵则委靡叛散而不能收拾；杜甫之诗，至二十韵三十韵则气象愈高，波澜愈阔，步骤驰骋愈严愈紧，非有本者，能如是乎？宜乎《唐史》有言：‘诗人以来，未有如子美浑涵汪洋，千汇万状，兼古今而有之也。’”① 老杜用字之险，首先在于奇，但是自有来历，能道出对象之情状，“大声吹地转”，一个“吹”字，写出自然造化之奇妙，“星垂平野阔”，一个“垂”字，确实很少有人能用，但是平原阔野夜晚的苍茫、静谧、肃穆非此字不可，并且不是生造，《易》“天垂象”早已有之，杜诗化用得妙。其他诗例都能道出景物难以言说之状，险中奇而正。但杜诗不只一字之好，而是全篇皆好，这说明杜甫创作并非追求一字之奇，而是通盘考虑，从大处着眼的。如果只是寻求杜诗一字之妙，则失去杜诗创作的根本。如“‘行步欹危实怕春。’‘怕春’之语，乃是无合中有合。谓‘春’字上不应用‘怕’字，今却用之，故为奇耳。”② “怕春”似乎不合情理，春本来该让人欣喜，为何要“怕”呢，结合“行步欹危”之老态，明白诗人老来衰境之可怜，害怕时光流逝对人的揪心折磨显露无遗。所以一字之奇是建立在全篇诗意完整表达基础上的。

---

① 吴沆：《环溪诗话》，据吴文治《宋诗话全编》本，江苏古籍出版社，1998，第4339～4340页。

② 吴可：《藏海诗话》，据丁福保辑《历代诗话续编》本，中华书局，1997，第328页。

于虚字处，杜诗也能见妙。“虚活字极难下，虚死字尤不易，盖虽是死字，欲使之活，此所以为难。老杜‘古墙犹竹色，虚阁自松声’及‘江山有巴蜀，栋宇自齐梁’，人到于今诵之。予近读其《瞿唐两崖》诗云：‘入天犹石色，穿水忽云根。’‘犹’‘忽’二字如浮云著风，闪烁无定，谁能迹其妙处。他如‘江山且相见，戎马未安居’‘故国犹兵马，他乡亦鼓鼙’‘地偏初衣袷，山拥更登危’‘诗书遂墙壁，奴仆且旌旄’，皆用力于一字。”① 所举诗中“犹”“自”“忽”“且”“亦”“更”“遂”等，皆是虚字，但是放在诗中仍然能著物之妙。叶梦得对其中两联分析时说：“诗人以一字为工，世固知之，惟老杜变化开阖，出奇无穷，殆不可以形迹捕。如‘江山有巴蜀，栋宇自齐梁’，远近数千里，上下数百年，只在‘有’与‘自’两字间，而吞纳山川之气，俯仰古今之怀，皆见于言外。《滕王亭子》‘粉墙犹竹色，虚阁自松声’，若不用‘犹’与‘自’两字，则余八言凡亭子皆可用，不必滕王也。此皆工妙至到，人力不可及，而此老独雍容闲肆，出于自然，略不见其用力处。今人多取其已用字模放用之，偃蹇狭陋，尽成死法。不知意与境会，言中其节，凡字皆可用也。”② 老杜这些虚字之妙，实在是意与境会，信手拈来，所以能开阖变化。同样这些虚词也与全篇境界相合，是诗人情感不得不到处。“老杜寄身于兵戈骚屑之中，感时对物，则悲伤系之。如‘感时花溅泪’是也。故作诗多用一‘自’字。《田父泥饮》诗云：‘步屧随春风，村村自花柳。’《遣怀》诗云：‘愁眼看霜露，寒城菊自花。’《忆弟》诗云：‘故园花自发，春日鸟还飞。’《日暮》诗云：‘风月自清夜，江山非故园。’《滕王亭子》云：‘古墙犹竹色，虚合自松声。’言人情对境，自有悲喜，而初不能累无情之物也。”③ 这里讲到杜诗喜用“自”字，实与诗人的境遇、情感相合，所以没有雷同重复之感。

除了“自”，老杜还有喜欢的字眼，看似沿袭自己没有创意，

① 范晞文：《对床夜语》卷二，据丁福保辑《历代诗话续编》本，中华书局，1997，第418页。

② 叶梦得：《石林诗话》，据何文焕辑《历代诗话》本，中华书局，1981，第420～421页。

③ 葛立方：《韵语阳秋》卷一，据何文焕辑《历代诗话》本，中华书局，1981，第484页。

却能贴合物情。“杜诗有用一字凡数十处不易者，如‘缘江路熟俯青郊’‘傲睨俯峭壁’‘展布俯长流’‘杖藜俯沙渚’‘此邦俯要冲’‘四顾俯层巅’‘旄头俯涧瀍’‘层台俯风渚’‘游目俯大江’‘江槛俯鸳鸯’。其余一字屡用若此类甚多，不能具述。子美有‘同学少年多不贱’，又‘小径升堂旧不斜’‘郡仙不愁思’‘夕烽来不近’，皆人所不敢用。甚类《周礼》‘凡师不功’，《左传》‘仁而不武’。‘晋人闻有楚师，师旷曰：不害，楚归而动，不后。’本以易‘无’字尔，而语势顿壮。”[①] 用“俯”字诸例，写出高处俯瞰之态，也可以看出诗人取景的视角和诗人一种傲然的姿态。用“不”字乃奇，盖常人少用，“不”是表否定的副词，但是诗中用来都是表示一种加强肯定的语气，如“不贱”“不斜”“不愁”，形成语句上曲折不平之气。他如“工部又有所喜用字，如‘修竹不受暑’‘野航恰受两三人’‘吹面受和风’‘轻燕受风斜’，‘受’字皆入妙。老坡尤爱‘轻燕受风斜’，以谓燕迎风低飞，乍前乍却，非‘受’字不能形容也。至于‘能事不受相促迫’‘莫受二毛侵’，虽不及前句警策，要自稳惬尔。”[②]“受”字多处用之，但能曲尽物态，也可为妙，当然用多了也有平慢处，所以诗人偏好的某些字用得多，就是挑战诗人自身的表达能力。有时一个偏好字，大概也是时代风气使然。“杜诗喜用悬字，然皆绝奇，如‘江鸣夜雨悬’‘侵篱涧水悬’‘山猨树树悬’‘空林暮景悬’‘当空泪脸悬’‘猕猴迭迭悬’‘疎篱野蔓悬’‘复道重楼锦绣悬’。”[③] 这些诗例，虽用同一字，确实句句奇绝，“江鸣夜雨悬”，将夜雨倾空而下的姿态写出来，“侵篱涧水悬”，写出涧水刚好溅到篱笆边缘的奇巧，“空林暮景悬”，此句之“悬”更是道人不能到道处，林间夜幕，景色昏黑，暮色如一道大网罩住一切物色的形象就在眼前，“当空泪脸悬”，“悬”字在句尾，其实“悬”的是泪，而不是脸，但是如此语序，让人看见满脸泪珠，纷然泫然的样子。“悬”字本是凌空高挂之意，诸诗把此意用足，又能传物之态，真是妙手。此“悬”字，其他诗人也用之，

① 黄彻：《䂬溪诗话》卷七，据丁福保辑《历代诗话续编》本，中华书局，1997，第381页。

② 胡仔纂集、廖德明校点《苕溪渔隐丛话》前集卷八，人民文学出版社，1984，第49页。

③ 周密：《浩然斋雅谈》卷中，中华书局，1985，第18页。

“岑参有句云：‘愁雨悬空山。’‘悬’字不易及。裴说用之云：‘岳面悬青雨。’点化既工，尤胜于岑。李峤有‘星月悬秋汉’，唐僧有‘雪溜悬南岳’，又‘悬灯雪屋明’，皆于‘悬’字上见工。”① 这说明“悬”本身表达力强，但更体现诗人们对语言的创造性运用能力，同时说明唐代诗人讲求用字的风气，杜诗之妙，也是时代的催发。

杜诗这种一字之妙，在宋人看来是炼字之需要。吕居仁曰：“诗每句中须有一两字响，响字乃妙指。如子美‘身轻一鸟过’‘轻燕受风斜’，‘过’字‘受’字皆一句响字也。”② 所谓响字，实际上是指诗中最能传达对象神采之字，比如此句“过”字，其他字代替不得，因为传达不了诗人所要表达的神韵，说不出，只能去体会。这种字可以在句尾也可以在句中甚至句首。葛立方说“作诗在于练字，如老杜‘飞星过水白，落月动沙虚’，是练中间一字。‘地坼江帆隐，天清木叶闻’，是练末后一字。”③《晁氏客语》云：“杜甫‘返照入江翻石壁，归云拥树失江村’，腰中一字最工。”④ 此句中“翻”字写出夕阳返照下石壁反光映入水中的奇景，“失”字写出云遮雾绕下不辨村庄的景象，秦观“雾失楼台”有承袭之妙。古人追求响字，其实是追求对对象的精准把握，响字用得妙才叫响，否则乃哑字；而这一字之响，乃是它在全诗之中有画龙点睛之妙，虽是炼字，也是炼意。

近体诗歌，因为每句用字受限制，每首诗最多也就几十个字，要用这么少的字表达丰富的内涵、意蕴，对诗歌语言要求十分高，所以每个字都不能虚发，那么双字、叠字则比较忌讳，但是杜甫也有用得绝妙的地方。“诗下双字极难，须使七言五言之间除去五字三字外，精神兴致，全见于两言，方为工妙。唐人记‘水田飞白鹭，夏木啭黄鹂’为李嘉祐诗，王摩诘窃取之，非也。此两句好

① 范晞文：《对床夜语》卷四，据丁福保辑《历代诗话续编》本，中华书局，1997，第437页。

② 蔡梦弼：《草堂诗话》，据丁福保辑《历代诗话续编》本，中华书局，1997，第208页。

③ 阮阅编、周本淳校点《诗话总龟》后集卷二十四，人民文学出版社，1998，第151页。

④ 何汶撰、常振国、绛云点校《竹庄诗话》卷二十四，中华书局，1984，第446页。

处，正在添‘漠漠’‘阴阴’四字，此乃摩诘为嘉祐点化，以自见其妙，如李光弼将郭子仪军，一号令之，精彩数倍。不然，如嘉祐本句，但是咏景耳，人皆可到，要之当令如老杜‘无边落木萧萧下，不尽长江滚滚来’，与“江天漠漠鸟双去，风雨时时龙一吟”等，乃为超绝。”①“萧萧”两字可见秋天肃杀、落叶缤纷之景，似乎还能听到落叶的声音，把秋景写得典型而形象，“滚滚”两字，把长江的奔腾气势摹画出来，换用他语而不可。“漠漠”写出江天烟雨迷蒙之态，“时时”不仅有语音谐畅之好，还增加了诗味的沉缓之气。范晞文的评读非常细致，“双字用于五言，视七言为难，盖一联十字耳，苟轻易放过，则何所取也。老杜虽不以此见工，然亦每加之意焉。观其‘纳纳乾坤大，行行郡国遥’，不用‘纳纳’，则不足以见乾坤之大；不用‘行行’，则不足以见道路之远。又‘寂寂春将晚，欣欣物自私’，则一气转旋之妙，万物生成之喜，尽于斯矣。至若‘汀烟轻冉冉，竹日净晖晖’‘湛湛长江去，冥冥细雨来’‘野径荒荒白，春流泯泯清’‘地晴丝冉冉，江碧草纤纤’‘急急能鸣雁，轻轻不下鸥’‘檐影微微落，津流脉脉斜’‘相逢虽衮衮，告别莫匆匆’等句，俱不泛。若‘济潭鳣发发，春草鹿呦呦’，则全用《诗》语也。”②老杜双字之妙，贵在写出物态精神。他如“风吹客衣日杲杲，树搅离思花冥冥”，此句双字，妙不可言；“野日荒荒白，江流泯泯清”，造微入妙。

无论是一字之妙还是双字传神，都是建立在全篇立意达情的基础上锤炼而成的，杜诗高妙在于能用恰当的词传达出对象的精神、韵味，即使是反复使用他喜欢的字，也不是简单的重复，而是意与境会，妙手自到之作。

4.4 用事

诗人用事，自来有之，但是用事之妙在于与诗意浑融无间，使人不觉。《西清诗话》云：“杜少陵云：‘作诗用事，要如禅家语：

---

① 叶梦得：《石林诗话》，据何文焕辑《历代诗话》本，中华书局，1981，第411页。

② 范晞文：《对床夜语》卷二，据丁福保《历代诗话续编》，中华书局，1997，第419～420页。

水中着盐，饮水乃知盐味。'此说诗家秘密藏也。如'五更鼓角声悲壮，三峡星河影动摇'，人徒见凌轹造化之工，不知乃用事也。《祢衡传》：'挝渔阳操，声悲壮。'《汉武故事》：'星辰动摇，东方朔谓民劳之应。'则善用事者，如系风捕影，岂有迹邪。"① 再如："凡诗人作语，要令事在语中而人不知。余读太史公《天官书》：'天一、枪、棓、矛、盾动摇，角大，兵起。'杜少陵诗云：'五更鼓角声悲壮，三峡星河影动摇。'盖暗用迁语，而语中乃有用兵之意。诗至于此，可以为工也。"② 周紫芝与蔡绦对同一联杜诗用典探源，得出不同结论，但是都能自圆其说，目的在说明杜诗用典而让人不觉，主要是杜诗此联本身描画伟丽，声色宏壮，兵戈动乱之意孕育其中，但以景语出之，所以让人觉得不隔。

用事不仅指用前人之语、之意，还指用前人故事。《蔡宽夫诗话》云："诗家病使事太多，盖皆取其与题合者类之，如此乃是编事，虽工何益！若能自出己意，借事以相发明，变态错出，则用事虽多，亦何所妨！""安禄山之乱，哥舒翰与贼将崔乾祐战潼关，见黄旗军数百队，官军以为贼，贼以为官军，相持久之，忽不知所在。是日，昭陵奏陵内前石马皆汗流。子美诗所谓'玉衣晨自举，铁马汗常趋'盖记此事也。李晟平朱泚，李义山作诗，复引用之云：'天教李令心如日，可待昭陵石马来。'此虽一等用事，然义山但知推美西平，不知于昭陵，似不当耳。乃知诗家使事难，若子美，所谓不为事使者也。"③ 此类用事，不仅要与故事相合，贵在能结合己意，表达特殊意思，否则只是凑合用事而没有新意，则为事所牵了。杜甫"玉衣晨自举，铁马汗常趋"准确描写了当时传说，也写出诗人对驱除边患的期望。李义山所写，用了典故，但是与眼前事不太切合，所以是为事所使。再如《示宗武》"觅句知新律，摊书解满床。试吟青玉案，莫羡紫罗囊。假日从时饮，明年共我长。应须饱经术，已似爱文章。十五男儿志，三千弟子行。曾参与游夏，达者得升堂。"诗注云："嵇绍新解觅句，稍知音律。王浑

---

① 胡仔纂集、廖德明校点《苕溪渔隐丛话》前集卷十，人民文学出版社，1984，第66页。

② 周紫芝：《竹坡诗话》，据何文焕辑《历代诗话》本，中华书局，1981，第346页。

③ 魏庆之著、王仲闻点校：《诗人玉屑》卷七，中华书局，2007，第202～203页。

阿戎年小，渐解满床摊书。谢玄少好佩紫罗香囊，叔父安焚之。嵇康顾子绍曰：'阿绍明年共我长矣，吾甚喜尔成人。'" "愚谓前辈云：'用事多填塞故实，谓之点鬼簿。'如少陵此诗，未尝不用事，而浑然不觉其为用事，可谓精妙者也。"① 这首杜诗将嵇绍等人掌故写进来，用事非常自然，父亲娓娓叮嘱之意可见，所以为精妙。如果只是直接用古人名入诗，为事所使，则为点鬼簿，而老杜"但见文君能化俗，焉知李广不封侯。今日朝廷须汲黯，中原将帅忆廉颇"等作，皆借古以明今，用事何患乎多？

此外还有对民俗的灵活运用。"'牵牛出河西，织女处其东。万古永相望，七夕谁见同。神光竟难候，此事终朦胧。'观此则老杜不取世俗说也。然又有诗云：'牛女年年渡，何曾风浪生'。"② 牵牛织女的故事本是民间传说，所举前一首写出杜甫对民间传说七夕鹊桥相会表示怀疑，其实诗人是借此浇自己之块垒：君上之意总难揣摩，所谓的遇合不过是一场云烟。但是另一首又认为牛郎织女确实年年相会，并且非常顺利。杜甫不受传说的限制，而是将民俗为我所用，这正是杜甫的灵活创新处。

所以杜甫的用事，贵在与己意融合无间，不觉有使事之意，能对典故、故事采取为我所用的态度，便能自由翻转，诗意变化出奇。也就是说，用事使事，必须使事为己用，而不是被事驱遣。

4.5 用语

这里的"用语"是指杜诗选用的所有语言，不只是诗中某处关键字词的锤炼。宋人对杜诗用语也有概括性的看法。谢无逸云："老杜有自然不做底语到极至处者，有雕琢语到极至处者。如'丹青不知老将至，富贵于我如浮云'，此自然不做底语到极至处者也。如'金钟大镛在东序，冰壶玉衡悬清秋'，此雕琢语到极至处者也。"③ 这是从语言雕琢程度划分杜诗用语，一雕琢、一自然。一

① 蔡振孙：《诗林广记》前集卷二，中华书局，1982，第31页。

② 范晞文：《对床夜语》卷三，据丁福保《历代诗话续编》，中华书局，1997，第424页。

③ 胡仔纂集、廖德明校点《苕溪渔隐丛话》前集卷六，人民文学出版社，1984，第36页。

般认为太雕琢则失于过巧，太自然则流于随意。王君玉云：“子美之诗词有近质者，如‘麻鞋见天子，垢腻脚不袜’之句，所谓转石于千仞之山势也。学者尤之过甚，岂远大者难窥乎。”① 这是说杜诗语言质朴、自然，但是有不可阻遏之气势，所以自然、质朴的语言同时要具有很强的表现力。而雕琢之语，只要能恰到好处地表达，也是好的，如上文所举“香稻啄余鹦鹉粒，碧梧栖老凤凰枝”。

从杜诗用语取法来看，十分广博，可谓出入经史，汇通雅俗，无语不可入诗。由此可见杜甫学识渊博，同时也可见他转化日常口语、俗语的能力。下文先谈杜诗对俚语俗语的运用，然后谈杜诗对经典、前辈诗句的承用，以见老杜在造语用语处的继承与创新。

一般认为方言俗语入诗，会让诗歌显得粗俗，但是用得好则另当别论。“数物以个，谓食为吃，甚近鄙俗，独杜屡用。‘峡口惊猿闻一个’‘两个黄鹂鸣翠柳’‘却绕井栏添个个’；《送李校书》云‘临歧意颇切，对酒不能吃’‘楼头吃酒楼下卧’‘但使残年饱吃饭’‘梅熟许同朱老吃’。盖篇中大概奇特可以映带者也。”“峡口惊猿闻一个”来自七古《夜归》，全诗用语都比较口语化，写夜深归来，家人已眠，只见北斗沉江、明星当空，回到室内，恍然两只明烛，虽然给人温暖、光明，然而不时听到峡口惊猿的鸣声，不多，似乎就是一只或者一声两声，并不连续，用“一个”来形容，更见声音的惊悚、时有时无，衬出夜晚的沉静。如此寂静深邃的夜晚，诗人却不能成眠，不时听到惊猿之啼，乃在于诗心不得安宁，“白头老罢舞复歌，杖藜不睡谁能那”，老来一事无成，空惊岁晚迟暮，无可奈何。所以此诗虽然用俗语，但是篇章奇特，前后有呼应，浑然一体。“两个黄鹂鸣翠柳”也有此妙，写景如画莫过于此，让人根本不觉其用了俗语。阮阅说“句法欲老健有英气，当间用方言为妙。奇男子行人群中，自然有颖脱不可干犯之韵。”② 大概就是此意。张戒对老杜用俗语作了总的概括：“世徒见子美诗多粗俗，不知粗俗语在诗句中最难，非粗俗，乃高古之极也。自曹刘死至今一千年，惟子美一人能之。中间鲍照虽有此作，然仅称俊快，未至

① 胡仔纂集、廖德明校点《苕溪渔隐丛话》前集卷七，人民文学出版社，1984，第41页。

② 阮阅编、周本淳校点《诗话总龟》前集卷九，人民文学出版社，1998，第108页。

高古。元、白、张籍、王建乐府，专以道得人心中事为工，然其词浅近，其气卑弱。至于卢仝，遂有‘不唧溜钝汉’‘七椀吃不得’之句，乃信口乱道，不足言诗也。近世苏黄亦喜用俗语，然时用之亦颇安排勉强，不能如子美胸襟流出也。子美之诗，颜鲁公之书，雄姿杰出，千古独步，可仰而不可及耳。”子美粗俗中有高古，这是众人不及处，原因在于老杜作诗是从胸臆中流出，并非计较语言工拙。

方言入诗，有时是用方言之语音、俗意。“子美‘于菟侵客恨’，乃楚人谓‘虎’为‘於菟’。‘土锉冷疏烟’，乃蜀人呼‘釜’为‘锉’。‘富豪有钱驾大舸’，《方言》：南楚、江、湘，凡船大者谓之舸。‘百丈谁家上水船’，荆峡以竹缆为百丈。‘堑抵公畦棱’，京师农人指田云几稜。‘市暨瀼西岭’，夔人谓江水横退山谷处为瀼。……皆方言也。”[①]《艺苑雌黄》云：“‘遮莫’，俚语，犹言尽教也。自唐以来有之。故当时有‘遮莫你古时五帝，何如我今日三郎’之说。然词人亦稍有用之者。杜诗云：‘久拚野鹤同双鬓，遮莫邻鸡唱五更。’”[②]《蔡宽夫诗话》云：“诗人用事，有乘语意到处，辄从其方言为之者，亦自一体，但不可为常耳。吴人以‘作’为‘佐’音，淮、楚之间以‘十’为‘忱’音，不通四方。然退之‘非阁复非桥，可居兼可过，君欲问方桥，方桥如此作’。乐天‘绿浪东西南北水，红栏三百九十桥’，乃皆用二音，不知当时所呼通尔，或是姑为戏也。”《苕溪渔隐》曰：“老杜诗有‘主人送客无所作（音佐），行酒赋诗殊未央’之句，则老杜固已先用此方言矣。”[③] 这些条目所记，从语言发展、民俗研究的角度看，杜诗对俗语方言的运用保留了古音语意，有资料价值。在宋人看来具有“风人之旨”，“古今诗体不一，太师之职，掌教六诗，风、赋、比、兴、雅、颂备焉。三代而下，杂体互出。……刘禹锡曰：‘东边日出西边雨，道是无晴却有晴。’杜诗曰：‘俱飞蛱蝶元相逐，并蒂芙蓉本自双。’又

---

① 黄彻：《䂬溪诗话》卷十，据丁福保辑《历代诗话续编》本，中华书局，1997，第396页。

② 胡仔纂集、廖德明校点《苕溪渔隐丛话》后集卷八，人民文学出版社，1984，第53页。

③ 胡仔纂集、廖德明校点《苕溪渔隐丛话》前集卷二十一，人民文学出版社，1984，第138～139页。

曰：‘满目飞明镜，归心折大刀。’此皆风言。又戏作俳优体二首，纯用方语云：‘异俗吁可怪，斯人难并居。家家养乌鬼，顿顿食黄鱼。旧识难为态，新知已暗疏。治生且耕凿，只有不关渠。’‘西历青羌坂，南留白帝城。於菟侵客恨，粔妆作人情。瓦卜传神语，畲田费火耕。是非何处定？高枕笑浮生。’”① 这是用方言写民情、民俗，用儒家诗教来看，确实有“观风俗”之效。

此外还有对民歌的取用。“川峡记行者歌曰：‘巴东三峡猿鸣悲，猿啼三声泪沾衣’。故古乐府有‘巫峡长，猿鸣三声泪沾衣。’陈萧诠《夜猿啼》诗断章云：‘别有三声泪，沾裳竟不穷。’故子美诗：‘听猿实下三声泪。’”② 子美承袭前人，只是字句上稍做改变，把诗人的情感写得更实在。

杜诗用语除了取法方言俗语，更多取法经史及前辈诗作，其中有直接取用处，也有取之而自有新意处。

“子美多用经书语，如曰：‘车辚辚，马萧萧’，未尝外入一字。如曰：‘济潭鳣发发，春草鹿呦呦。’皆浑然严重。如入天陛赤墀，植璧鸣玉，法度森严。然后人不敢用者，岂所造语肤浅不类耶!”③ “车辚辚，马萧萧”是《兵车行》首句，“车辚辚”来自《诗经·秦风·车邻》“有车邻邻”，“邻邻”即“辚辚”，指车轮声，《诗经》这首诗写贵族或诸侯相见，先从车声写起，写出驾车奔驰之状。“马萧萧”来自《诗经·小雅·车攻》“萧萧马鸣”，萧萧，指马鸣声，《诗经》这首写诸侯田猎归来马儿欢鸣。杜甫用《诗经》语写出征兵之际一派车鸣马啸的离乱景象，场景是很悲壮的，与后文写征兵之苦，民不聊生之景完全贴合。“济潭鳣发发，春草鹿呦呦”是《题张氏隐居二首》之二第二联，“济潭鳣发发”出自《诗经·卫风·硕人》“鳣鲔发发”，鳣、鲔，二鱼名，发发，鱼尾击水声；“春草鹿呦呦”出自《诗经·小雅·鹿鸣》“呦呦鹿鸣，食野之苹”，“呦呦”，鹿鸣声，这两句写张氏隐居处的景象，十分闲雅幽静。虽用《诗经》语言，但是与所写很切合。解诗者认

① 张表臣：《珊瑚钩诗话》卷三，据何文焕辑《历代诗话》本，中华书局，1981，第475页。

② 吴开：《优古堂诗话》，据丁福保辑《历代诗话续编》本，中华书局，1997，第229页。

③ 魏庆之著、王仲闻点校《诗人玉屑》卷十四，中华书局，2007，第439页。

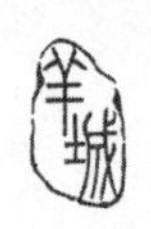

为杜诗用了《诗经》之语，增加了诗歌庄重谨严之感。再如“杜诗‘漆有用而割，膏以明自煎。’……盖取《汉书·两龚传》：‘熏以香自烧，膏以明自消’之语。”[1] 这是取法史著，其立意、用语都相似，且为散文句式。

对屈原、楚辞的袭用。“杜子美《今夕行》：‘凭陵大叫呼五白，袒跣不肯成枭卢。’学者谓杜用刘毅、刘裕东府樗蒲事，虽杜用此，然屈原《招魂》已尝云：‘成枭而牟呼五白。’”[2] 杜甫写玩樗蒲时个人的夸张放肆表现，虽有借用，但是写得很有神气，而屈原的用语显得很沉着，人物神态是稳重的。“陆士衡乐府：‘游客春芳林，春芳伤客心’，杜子美：‘花近高楼伤客心’，皆本屈原‘目极千里伤春心’。”[3] 都是写春愁，只是诗人所对景物不同而已。袭用《楚辞》，“文字有江湖之思，起于《楚辞》‘袅袅兮秋风，洞庭波兮木叶下’，模想无穷之趣，如在目前。后人多仿之者。杜子美云：‘蒹葭离披去，天水相与永。’意近似而语亦老。”[4] 这是承用《楚辞》之意而用语老健。

袭用汉朝诗人用语，“杜诗：‘思家步月清宵立，忆弟看云白日眠。’又云：‘别时孤云今不飞，时复看云泪横臆。’盖取李陵《别苏武》诗云：‘仰视浮云飞，奄忽互相逾。长当从此别，且复立斯须。’”[5] 杜诗袭用李陵，但是表达的感情要更复杂、曲折一些。再如：“古人赠答，多相勉之词。苏子卿云：‘愿君崇令德，随时爱景光。’李少卿云：‘努力崇明德，皓首以为期。’刘公幹云：‘勉哉修令德，北面自宠珍。’杜子美云：‘君若登台辅，临危莫爱身。’往往是此意。”[6] 这是老杜诗歌承袭了前人的主题。还有对古乐府的承用，《冷斋夜话》云：“《古乐府》曰：‘绣幕围春风，耳节朱丝桐。不知理何事，浅立经营中。护惜加穷袴，堤防托守宫。今日

① 赵与虤：《娱书堂诗话》，据四库全书本。

② 吴开：《优古堂诗话》，据丁福保辑《历代诗话续编》本，中华书局，1997，第255页。

③ 吴开：《优古堂诗话》，据丁福保辑《历代诗话续编》本，中华书局，1997，第242页。

④ 吴子良：《荆溪林下偶谈》，卷二，四库全书本。

⑤ 吴开：《优古堂诗话》，据丁福保辑《历代诗话续编》本，中华书局，1997，第272页。

⑥ 严羽著、郭绍虞校释《沧浪诗话校释》，人民文学出版社，2000，第205页。

牛羊上丘垄，当时近前面发红。’前辈多全用其语，老杜曰：‘意匠惨淡经营中。’李长吉曰：‘罗屏绣幕围春风。’”[1] 杜甫借用古乐府之词而另立新意，直接描写创作的惨淡经营之状。

六朝诗人用语是杜甫袭用最多的。

“杜甫《客夜》诗云：‘客睡何曾著，秋天不肯明。’《陪王使君泛江》诗云：‘山豁何时断，江平不肯流。’‘不肯’二字，含蓄甚佳，故杜两言之。与渊明所谓‘日月不肯迟，四时相催迫’同意。”[2] 杜诗虽与渊明用词同，不见得一定是袭用了渊明，他的用法自有妙处，《客夜》写客彻夜难眠，只盼天亮，可是秋天天亮得晚，就是不肯亮，把客愁之心写得非常好；“江平不肯流”，泛舟则希望随波逐流，最有兴致，但是江水太平缓，似乎不肯流动，把游人的急切心情写了出来。

再如对何逊、庾信、江总等人的学习。“老杜《对雪》诗云‘有待至昏鸦’，乃引何逊‘城阴度堑黑，昏鸦接翅归’之句。余疑昏鸦亦常语，何必引逊句。后作绝句，却云：‘钓艇收缗尽，昏鸦接翅归。’”[3] 昏鸦是平常物事，不必说是引何逊句，但是句语完全一致，则再不能说是偶然相合了。渔舟归晚，鸦雀纷纷归巢，“接翅归”形容得非常生新，所以老杜用之。《东观余论》云《何逊集》“集中若‘团团月隐洲’‘轻燕逐飞花’‘绕岸平沙合，连山远雾浮’‘岸花临水发，江燕绕樯飞’‘游鱼上急濑’‘薄云岩际宿’等语，子美皆采为己句，但小异耳，故曰‘能诗何水曹’，信非虚赏。”[4] 何逊“岸花临水发，江燕绕樯飞”，老杜写到“岸花飞送客，樯燕语留人”。何逊“薄云岩际宿，初月波中上”，老杜“薄云岩际宿，孤月浪中翻”，取景造语确实极其相似，因为何逊这些诗本身境界清远、情景相生，而且对仗工整，音韵和谐，非常接近近体诗，老杜袭用而有变化。“岸花临水发，江燕绕樯飞”出自何逊《赠诸旧游

---

① 胡仔纂集、廖德明校点《苕溪渔隐丛话》前集卷二，人民文学出版社，1984，第9页。

② 葛立方：《韵语阳秋》卷一，据何文焕辑《历代诗话》本，中华书局，1981，第458页。

③ 阮阅编、周本淳校点《诗话总龟》前集卷八，人民文学出版社，1998，第86页。

④ 胡仔纂集、廖德明校点《苕溪渔隐丛话》后集卷二，人民文学出版社，1984，第9～10页。

诗》，整首诗充满感怀和迟暮无奈之感，这两句写出江岸之花在水边自开自放，江上燕子绕着船桅飞舞的自然之态，虽然有“发”和“飞”这两个动词，但是蕴藏的情感状态却是静态的，是“春物自芳菲”，我又奈何！“岸花飞送客，樯燕语留人”出自杜甫《发潭州》第二联，写离别潭州时周围景物：岸上飞舞的落花似乎是在为诗人送行，船桅上春燕呢喃，似乎在亲切地挽留，诗人却仍然漂泊无依，一种浓重的落寞伤感之情溢于言表，飞花、语燕写得越动人，诗人的哀感越深沉，真是“一切景语皆情语”，景物与“我”是相关的。所以杜诗虽然承袭了何诗的词汇和情景，但是表达的情感要浓烈得多。“薄云岩际宿，孤月浪中翻”，只是下句与何逊不同，但是此句却比何逊写得更有动感，所表达的情感更动荡、更激烈一些。“庾信《喜晴》诗：‘已欢无石燕，弥欲弃泥龙。’又《初晴》诗云：‘燕燥还为石，龙残更是泥。’此意凡两用，然前一联不及后一联也。乃知杜子美‘红稻啄余鹦鹉粒，碧梧栖老凤凰枝’斡旋句法所本。”[①] 庾信《喜晴》写天晴后似燕之石再无必要，也想把祈雨用的泥塑之龙抛弃掉；《初晴》也用了石燕、泥龙，但是分开来说，雨过初晴，石燕渐渐干了，还原为石头模样，而久雨泡过的泥龙则残碎不堪，泥像模糊，这是颠倒语序，显得很劲峭；杜诗“红稻啄余鹦鹉粒，碧梧栖老凤凰枝”正是打破正常语序，有拗峭之美，句法确与庾信有同工之处，所以诗话作者认为杜诗这种句法是学习庾信所得。“江总《衡州九日》诗：‘姬人荐初酝，幼子问残疾。’故杜子美取其意以为《遣怀》云：‘老妻忧坐痹，幼女问头风。’”[②] 杜诗仅仅改换江总诗的个别细节，用语、立意都一样。

对六朝的其他诗人，老杜也是多方取用。《高斋诗话》云：“退之诗云：‘柳花还漠漠，江燕正飞飞。’盖取老杜‘清秋燕子正飞飞’，老杜又取古乐府陆机《悲哉行》云‘飞飞燕弄声。’”[③] 退之袭用老杜，而老杜取法更古远，承用陆机语意，不过老杜变换语

---

① 吴开：《优古堂诗话》，据丁福保辑《历代诗话续编》本，中华书局，1997，第251页。

② 吴开：《优古堂诗话》，据丁福保辑《历代诗话续编》本，中华书局，1997，第253页。

③ 胡仔纂集、廖德明校点《苕溪渔隐丛话》前集卷十七，人民文学出版社，1984，第115页。

序，描写出秋天燕子不停地飞的情状，带有寂寥之感。“杜甫《观安西过兵》诗云：‘谈笑无河北，心肝奉至尊。’……盖用左太冲《咏史》诗‘长啸激清风，志若无东吴’也。王维云：‘虏骑千重只似无。’句则拙矣。”① 杜诗取意似左思，写出谈笑之间决胜千里的姿态和志气，王诗太实，不够飞动。“阮嗣宗《咏怀》云：‘开轩临四野，登高望所思。丘墓蔽山冈，万代同一时。千秋万岁后，荣名安所之！’可谓混贵贱之殊，尽死生之变。老杜云：‘王侯与蝼蚁，同尽随丘墟。’则简而妙矣。又刘越石《答卢谌》云：‘何以赠子，竭心公朝。’老杜《送严武》云：‘公若登台辅，临危莫爱身。’鲍照《东武吟》云：‘将军既下世，部曲亦罕存。’老杜《哭严仆射》云：‘素幔随流水，归舟返旧京。老亲如夙昔，部曲异平生。’善用古者自不同。若‘丈人试静听，贱子请具陈’，则又用鲍明远‘主人且勿喧，贱子歌一言’之句。又‘身轻一鸟过’，亦用张景阳诗。张诗云：‘人生瀛海内，忽如鸟过目。’”② 所举杜诗，或取前人之意，或用前人之语，有超胜处，也有袭用而合己意的，可见老杜对前人的学习，确实是“转益多师”。《蔡宽夫诗话》云：“‘愁思忽而至，跨马出北门。举头四顾望，但见松柏荆棘郁樽樽；中有一鸟名杜鹃，言是古时蜀帝魂。声声哀苦鸣不息，羽毛憔悴似人髡，飞走树间逐虫蚁，岂意往日天子尊。念此死生变化非常理，中心恻怆不能言。’此鲍明远诗也，与子美《杜鹃行》语意极相类。或云子美此诗为明皇作，理宜当然。……大抵古今兴比所在，适有感发者，不必尽相回避，要各有所主耳。此亦说诗者不以辞害意之义也。”③ 杜甫《杜鹃行》与鲍照之作语意十分相似，但是鲍照主要写杜鹃鸟的传说引出自己的凄哀之感，杜诗是借杜鹃写时事，所以取材相同而立意不同。

对某类景物的描写，前人多有着笔，杜甫非承袭一人，他的诗歌可以说是历代语言沉积的表现。《复斋漫录》云：“梁朱超《舟

① 葛立方：《韵语阳秋》卷一，据何文焕辑《历代诗话》本，中华书局，1981，第484页。

② 范晞文：《对床夜语》卷五，据丁福保辑《历代诗话续编》本，中华书局，1997，第439页。

③ 胡仔纂集、廖德明校点《苕溪渔隐丛话》前集卷七，人民文学出版社，1984，第40~41页。

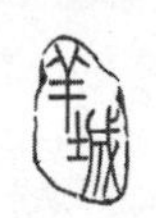

中望月》诗：'入风先绕晕，排雾急移轮。'梁庾肩吾诗：'圆随汉东蚌，晕逐淮南灰。'庾信《望月》诗：'灰飞重晕缺，蓂落独轮斜。'王褒《关山月》诗：'灰寒光转白，风多晕欲生。'盖用《淮南子》所谓'月随灰而晕缺'，故子美《晚月》诗：'欲得淮南术，风吹晕已生。'"[①] 写月晕，杜诗几乎囊括了前人的描写，并追溯到最初的用典，但用语比较平实、晓畅。《复斋漫录》又云："子美《初月》诗：'庭前有白露，暗满菊花团。'又，'白露团甘子。'又，《江月》诗：'玉露团清影。'又，绝句云：'玉坐应悲白露团。'按谢惠连诗：'团团满叶露。'谢玄晖：'犹沾余露团。'庾信《挹得胥台露》诗：'唯有团阶露，承睫共沾衣。'杜诗所本也。"[②] 杜诗写景，自是着眼于眼前，"露团"之语并非承袭哪一个人，但是这个词的表现力是前辈诗人不断习用过程中积淀下来，杜甫本涉猎广博，这可以说是他语言积累的表现。再如对某类事件的描写，《复斋漫录》云："《文选·古诗》：'河汉清且浅，相去复几许。盈盈一水间，脉脉不得语。'梁刘孝仪《咏织女》诗：'欲待黄昏至，含娇渡浅河。'隋江总《七夕》诗：'婉娈期今夜，飘飘渡浅流。'王谨《七夕》诗：'天河横欲晓，风驾俨应飞。'故杜子美《天河》诗：'牛女年年渡，何曾风浪生。'"[③] 牛郎织女的传说，自其产生起就不断有诗人赋咏，杜诗只是进行概括描写而已。

杜诗不止取法诗歌，前人文、赋也是取法对象。《复斋漫录》云："张景阳诗：'昔在西京时，朝野多欢娱。'故子美诗：'朝野欢娱后，乾坤震荡中。'后汉吴汉亡命在渔阳，会王郎起，汉说太守彭宠曰：'渔阳突骑，天下所闻也。君何不合二郡精锐，附刘公击邯郸，此一时之功也。'故子美诗：'渔阳突骑犹精锐。'又，'渔阳突骑邯郸儿。'刘劭《赵都赋》云：'其用器则六弓四弩、绿沉黄间，堂溪鱼肠，丁令角端。'故《重过何氏》诗：'雨抛金锁甲，苔卧绿沉枪'。……《古诗》云：'采葵莫伤根，伤根葵不生。结友莫

---

① 胡仔纂集、廖德明校点《苕溪渔隐丛话》后集卷二，人民文学出版社，1984，第10页。

② 胡仔纂集、廖德明校点《苕溪渔隐丛话》后集卷七，人民文学出版社，1984，第47页。

③ 胡仔纂集、廖德明校点《苕溪渔隐丛话》后集卷七，人民文学出版社，1984，第49页。

羞贫，羞贫友不成。’杜诗‘刈葵莫放手，放手伤葵根’者，盖取此也。”①

杨万里评杜诗与前人相似：“句有偶似古人者，亦有述之者。杜子美《武侯庙》诗云：‘映阶碧草自春色，隔叶黄鹂空好音。’此何逊《行孙氏陵》云：‘山莺空树响，垄月自秋辉’也。杜云：‘薄云岩际宿，孤月浪中翻。’此庾信‘白云岩际出，清月波中上’也，‘出’‘上’二字胜矣。阴铿云：‘莺随入户树，花逐下山风。’杜云：‘月明垂叶露，云逐渡溪风。’又云：‘水流行地日，江入度山云。’此一联胜。庾信云：‘永韬三尺剑，长卷一戎衣。’杜云：‘风尘三尺剑，社稷一戎衣。’亦胜庾矣。”② 所谓偶似之，则并非有意承袭，而是无意自合，英雄所见略同；述之者则是有意承借。此条所举诗例，《武侯庙》写景这一联“自春色”与“自秋辉”取景不同，但用意非常相似，“空好音”与“空树响”，更见承袭痕迹，只是杜诗写景寄情，情景融合，自有深意。所举例子，看似承袭某人用语，但更多是承袭前辈对物事的描写手法及其神韵，杜诗在表达上更加准确、精微，这不能不说是杜甫锤炼的结果。

对《文选》的关注和学习，也是杜甫承袭前辈的一个重要方面。当然，上文所举六朝诗人，他们的作品大多选入《文选》，这里又谈《文选》对杜甫的重要，乃因为在杜甫时代既有选学之实，《文选》作为一个选集，也可以作为一个专门取法对象，所以这里单独提出《文选》来讨论，主要从唐宋人对《文选》的认识着眼。“杜子美诗喜用《文选》语，故宗武亦习之不置，所谓‘熟精《文选》理，休觅彩衣轻’。又云‘呼婢取酒壶，续儿诵《文选》’是也。唐朝有《文选》学，而时君尤见重，分别本以赐金城，书绢素以属裴行俭是也。外史《梼杌》载，郑奕尝以《文选》教其子，其兄曰：‘何不教读《论语》，免学沈、谢嘲风弄月，污人行止。’郑兄之言，盖欲先德行而后文艺，亦不为无理也。”③ 杜诗喜用

① 胡仔纂集、廖德明校点《苕溪渔隐丛话》后集卷六，人民文学出版社，1984，第41页。

② 杨万里：《诚斋诗话》，据丁福保辑《历代诗话续编》本，中华书局，1997，第136页。

③ 葛立方：《韵语阳秋》卷三，据何文焕辑《历代诗话》本，中华书局，1981，第505页。

《文选》之语，《文选》成为老杜家学一部分，这是时代的一种风气，当然更是杜甫对《文选》的认同。但是也有人认为《文选》颇多嘲风弄月，从修养德性角度反对它。那么杜甫是从什么角度来学习的？《瑶溪集》云："子美教其子曰：'熟兹文选理。'《文选》之尚，不爱奇乎！今人不为诗则已，苟为诗，则《文选》不可不熟也。《文选》是文章祖宗，自两汉而下，至魏、晋、宋、齐，精者斯采，萃而成编，则为文章者，焉得不尚《文选》也。唐时文弊，尚《文选》太甚，李卫公德裕云：'家不蓄《文选》。'此盖有激而说也。老杜于诗学，世以谓前无古人，后无来者。然观其诗大率宗法《文选》，摭其华髓，旁罗曲探，咀嚼为我语。至老杜体格，无所不备，斯周诗以来，老杜所以为独步也。"① 《文选》是文章祖宗，老杜的诗歌成就，与他宗法《文选》大有关系，并非因为有人偏激贬之而相弃。杜甫所摭的华髓到底是什么？仅仅是"奇"吗？《雪浪斋日记》云："昔人有言：'《文选》烂，秀才半。'正为《文选》中事多可作本领尔。余谓欲知文章之要，当熟看《文选》，盖选中自三代涉战国、秦汉、晋、魏、六朝以来文字皆有。在古则浑厚，在近则华丽也。"② 《文选》之所以是师法，盖在其既有近之华丽，又有古之浑厚，关键看学者如何取用。尽管《文选》所选广博、悠远，秦汉魏晋奇丽之文尽取，但昭明以"事出于沉思，义归乎翰藻"为标准去取，所以"《文选》中求议论则无，求奇丽之文则多矣。子美不独教子，其作诗乃自《文选》中来，大抵宏丽语也。"③ 取其宏丽、奇丽之处学之，这是宋人对老杜学《文选》的一个概括性解释。从上文杜甫对六朝人学习的具体诗例来看，老杜学《文选》而得其神髓，这个神髓不是一个"奇丽"可以概括的，就老杜自己的经验而言，"庾信文章老更成，凌云健笔意纵横""暮年诗赋动江关""不废阴何用苦心"等，可见他对六朝这些诗人的体会是非常深刻的，他的承袭也是有选择的，得其"清词丽句"，而非齐梁绮靡，得其劲健老道，而非浅意浮华。

---

① 胡仔纂集、廖德明校点《苕溪渔隐丛话》前集卷九，人民文学出版社，1984，第56页。

② 阮阅编、周本淳校点《诗话总龟》后集卷八，人民文学出版社，1998，第48页。

③ 张戒：《岁寒堂诗话》卷上，据丁福保辑《历代诗话续编》本，中华书局，1997，第456页。

对本朝诗人，杜甫也没有放弃学习。他深为自己的“诗家世族”而自豪，《赠闾邱师》诗云：“吾祖诗冠古，同年蒙主恩。”自己祖辈的作品，杜甫耳闻目染，很自然地去学习。杜甫祖父杜审言，则天时以诗擅名，“其诗有‘绾雾青条弱，牵风紫蔓长。’又有‘寄语洛城风月道，明年春色倍还人’之句。若子美‘林花带雨胭脂落，水荇牵风翠带长。’又云：‘传语风光共流转，暂时相赏莫相违。’虽不袭其意，而语句体格脉络，盖可谓入宗而取法矣。”[①] 杜审言与沈佺期、宋之问等同在儒馆，为交游，“故老杜律诗布置法度，全学沈佺期，更推广集大成耳。沈云：‘雪白山青千万里，几时重谒圣明君。’杜云：‘云白山青万余里，愁看直北是长安。’沈云：‘人如天上坐，鱼似镜中悬。’杜云：‘春水船如天上坐，老年花似雾中看。’是皆不免蹈袭前辈，然前后杰句，亦未易优劣。山谷云：‘船如天上坐，人似镜中行。’‘船如天上坐，鱼似镜中悬。’沈云卿诗也。云卿得意于此，故屡用之。老杜‘春水船如天上坐’，祖述佺期之语也，继之以‘老年花似雾中看’，盖触类而长之。”[②] 不管是沈佺期还是沈云卿，反正杜诗用语确有承袭之意，但有触类而长之处。再如“杜诗：‘影着啼猿树，魂飘结蜃楼。’盖用卢照邻《巫山高》云：‘莫辨啼猿树，徒看神女云。’”[③] 写景用语大致相似。“张说有《深度驿》诗云：‘洞房悬月影，高枕听江流。’杜子美用其意，见于《客夜篇》云：‘入帘残月影，高枕远江声。’”[④] 杜诗在承用中有新意，一“残”一“远”，与张说所写的境界完全不同，写尽旅客孤寂、愁闷、无眠的状况。

综上言之，杜诗用语取法广博，这是杜甫“转益多师”的实践，是杜甫成功的重要原因，当然更重要在于他能在承袭之中汇通己意，变前人之语为己语，这就不只是承袭，而是创造了，这才是杜甫最成功的地方。这个成功与杜甫对语言、诗意的锤炼分不开。

---

① 胡仔纂集、廖德明校点《苕溪渔隐丛话》后集卷五，人民文学出版社，1984，第35页。

② 胡仔纂集、廖德明校点《苕溪渔隐丛话》前集卷六，人民文学出版社，1984，第33页。

③ 吴开：《优古堂诗话》，据丁福保辑《历代诗话续编》本，中华书局，1997，第258页。

④ 吴开：《优古堂诗话》，据丁福保辑《历代诗话续编》本，中华书局，1997，第247页。

语句的锤炼其实是欲进一步清晰准确地表达思想、物象、情景等内容，因此锤炼语言，首先是“语意”的锤炼，所以学杜不仅仅是学其用语炼字的表面形式，更重要的是学其“炼意”的工夫。

4.6 对偶与押韵

自近体诗兴盛，格律规范是必须严格遵守的，但是对于大手笔而言，也可以时有出入，出奇制胜，上文所说杜诗的拗句、失粘等变体就是一例，这里专门从格律角度谈杜诗的用韵与对仗，其中有谨遵规范的，也有出奇变化能自胜的。

近体诗的对仗，严格时词性、词义等内容都要相称，所以有正对、偏对之说。《学林新编》云：“《田舍》诗曰：‘榉柳枝枝弱，枇杷树树香。’或说榉柳者，柳之一种，其名为榉柳，非双声字也，枇杷乃双声字，榉柳不可以对枇杷。某案：此诗题曰《田舍》，则当在田舍时偶见二物，盖所谓景物如此，乃以为对尔。《觅松苗子》诗曰：‘落落出群非榉柳，青青不朽岂杨梅。’以‘榉柳’对‘杨梅’，乃正对也。然则以‘榉柳’对‘枇杷’非误也。《寄高詹事》诗曰：‘天上多鸿雁，池中足鲤鱼。’鸿、雁二物也，鲤者，鱼之一种，其名为鲤，疑不可以对鸿雁。然《怀李太白》诗曰：‘鸿雁几时到，江湖秋水多。’则以‘鸿雁’对‘江湖’，为正对矣。《得舍弟消息》诗曰：‘浪传乌鹊喜，深负鹡鸰诗。’乌、鹊二物，疑不可以对鹡鸰。然《偶题》诗曰：‘音书恨乌鹊，号怒怪熊罴。’则以乌鹊对熊罴为正对矣。《寄李白》诗曰：‘几年遭鵩鸟，独泣向麒麟。’‘鵩鸟’乃鸟之名鵩者，疑不可以对‘麒麟’。然《寄贾岳州巴州两阁老》诗曰：‘貔虎开金甲，麒麟受玉鞭。’则以‘貔虎’对‘麒麟’为正对矣。《哭韦晋之》诗曰：‘鵩鸟长沙讳，犀牛蜀郡怜。’以‘鵩鸟’对‘犀牛’，为正对矣。子美岂不知对属之偏正邪？盖其纵横出入，无不合也。”① 所举杜诗都是名词对，按严格要求，词义必须一致，即合成词对合成词，单义词对单义词，不可交叉对，但是杜甫时有出入，对同一名词，有时用正对，有时偏

① 胡仔纂集、廖德明校点《苕溪渔隐丛话》前集卷八，人民文学出版社，1984，第52页。

对，盖出于行文需要，使格律为我所用，而不是我为格律束缚。

“世传‘酒债寻常行处有，人生七十古来稀’，以谓‘寻常’是数，所以对‘七十’。老杜诗亦不拘此说，如‘四十明朝是，飞腾暮景斜’，又云‘羁栖愁里见，二十四回明’，乃是以连绵字对连绵数目也。以此可见工部立意对偶处。”[①] 以“四十”对“飞腾”，明显不工，但是此联写到明天就是四十了，让人感到时光在加速前进，傍晚飞也似的到来，只见一片斜阳，暮色已降，让人感觉不仅是一天时光的飞速流逝，而且是整个人生到了四十这个关口，也在加速向暮年飞迈。此处若将“飞腾”换成数字，则效果顿失。所以杜诗对偶完全是为文意服务。“老杜诗：‘两边山木合，终日子规啼。’以‘终日’对‘两边’。‘不知云雨散，虚费短长吟。’以‘短长’对‘云雨’。‘桑麻深雨露，燕雀半生成。’以‘生成’对‘雨露’。‘风物悲游子，登临忆侍郎。’以‘登临’对‘风物’。句意适然，不觉其为偏枯，然终非法也。柳下惠则可，吾则不可。”[②] 这里所举例子，几乎没有一个构成对偶，就是偏对也算不上，“终日”是时间副词，“两边”表示地点的名词，但此联写出山木合抱，子规啼声不歇的山间奇景，不觉其对偶不工，读来非常顺畅，盖文意所到，不得不如此。其他如“短长”是形容词，“云雨”是名词；“生成”是动词，“雨露”是名词；“登临”是动词，“风物”是名词，但从全诗句意来看，都用得很恰切，所以“不觉其偏枯”。刻意学此则又失却杜甫本意，因为杜甫在于“为情而造文”，非“为文而造情”。

其他对偶之变体，杜诗也不少。《蔡宽夫诗话》云：“诗家有假对，本非用意，盖造语适到，因以用之。若杜子美‘本无丹灶术，那免白头翁’，韩退之‘眼穿长讶双鱼断，耳热何辞数爵频’，借‘丹’对‘白’，借‘爵’对‘鱼’，皆偶然相值，立意下句，初不在此。而晚唐诸人，遂立以为格。贾岛‘卷帘黄叶落，开户子规啼’，崔峒‘因寻樵子径，得到葛洪家’为例，以为假对胜的对，谓之高手，所谓痴人面前不得说梦也。”杜甫诗中假对非刻意

① 吴可：《藏海诗话》，据丁福保辑《历代诗话续编》本，中华书局，1997，第330页。

② 范晞文：《对床夜语》卷二，据丁福保辑《历代诗话续编》本，中华书局，1997，第420页。

而为，乃信手自到之处，如将炼丹之丹借用为表颜色之丹就是，若专意于此则不可。再如“尝与公论对偶，如‘刚肠欺竹叶，衰鬓怯菱花’，以镜名对酒名，虽为亲切，至如杜子美云：‘竹叶于人既无分，菊花从此不须开。’直以‘菊花’对‘竹叶’，便萧散不为绳墨所窘。公曰：‘枸杞因吾有，鸡栖奈汝何？’盖借‘枸杞’以对‘鸡栖’，‘冬温蚊蚋在，人远凫鸭乱。’人远如凫鸭然，又直以字对而不对意；此皆例子，不可不知。”[①] “刚肠欺竹叶，衰鬓怯菱花”，写年轻时不怕饮酒，但是年老了就怕照镜子，“竹叶”酒，对“菱花”镜，本不工，但都借用了植物名，为假对，只是此诗语势上有雕琢之痕。“竹叶于人既无分，菊花从此不须开”，“竹叶”，酒名，“菊花”，花名，竹叶本身是植物，与花相对，很工稳，此为假对，此联写出老来伤酒，就是重阳佳节对花饮酒也是一种折磨，所以无理地说菊花从此不要开了吧，句中诸多否定词，加强语言的斩截之气，映衬诗人对老年的哀叹和无可奈何，整个句意表达得十分流畅。“枸杞”对“鸡栖”，两词词性完全不合，取“枸”通“狗”之音以对“鸡”，也属于假对一种。所以杜诗对偶变换很多，但以意为主，能变出新意。再如《苕溪渔隐》曰：“律诗有扇对格，第一与第三句对，第二与第四对，如少陵《哭台州郑司户苏少监》诗云：‘得罪台州去，时危弃硕儒，移官蓬阁后，谷贵殁潜夫。’”[②] “得罪台州去”对“移官蓬阁后”，“时危弃硕儒”对“谷贵殁潜夫”，很工整，形成双珠并穿的形式，有创新之妙。

但是杜诗也有对偶工整处。“近时论诗者，皆谓偶对不切，则失之粗；太切，则失之俗。如江西诗社所作，虑失之俗也，则往往不甚对，是亦一偏之见尔。老杜《江陵》诗云：‘地利西通蜀，天文北照秦。’《秦州》诗云：‘水落鱼龙夜，山空鸟鼠秋。’‘丛篁低地碧，高柳半天青。’《竖子至》云：‘柤梨且缀碧，梅杏半传黄。’如此之类，可谓对偶太切矣，又何俗乎？如‘杂蕊红相对，他时锦不如。’‘磨灭余篇翰，平生一钓舟’之类，虽对不求太切，而未

① 魏庆之著、王仲闻点校《诗人玉屑》卷七，中华书局，2007，第230页。

② 胡仔纂集、廖德明校点《苕溪渔隐丛话》前集卷九，人民文学出版社，1984，第57页。

尝失格律也。学诗者当审此。”[①] “地利”对“天文”，主谓词对主谓词；“西”对“北”，方位词对方位词；“通蜀”对“照秦”，动宾对动宾，非常工整，也将江陵的地理便利写出。“水落”对“山空”，主谓对主谓；“鱼龙”对“鸟鼠”，山名对山名，“夜”对“秋”，时间对季节，也是很工整，秦地秋天夜晚山间清空净静的氛围也出来了。所以对偶太切，也不为所失。其他两联对偶不切，不妨碍其诗之妙，“磨灭余篇翰，平生一钓舟”，将诗人晚景飘零寂寞之态写得非常沉痛。

以上所举例子大多是对偶之变体，但是杜甫运用得非常妙，对偶工切之处也不俗滥，盖在其以意为主，格律为其兵卫，任其驱使。宋人大多注重杜诗的变格，这也是宋人欲求新创格的一个表现。

至于押韵，宋人关注的也是老杜的变格。《学林新编》云：“杜子美《饮中八仙歌》曰：‘知章骑马似乘船’，又曰：‘天子呼来不上船’；一曰‘眼花落井水底眠’，又曰‘长安市上酒家眠’，一曰‘汝阳三斗始朝天’，又曰‘举觞白眼望青天’，一曰：‘皎如玉树临风前’，又曰：‘苏晋长斋绣佛前’，又曰：‘脱帽露顶王公前’；此歌三十二句，而押二船字，二眠字，二天字，三前字。近时论诗者曰：‘此歌一首是八段，不嫌于重用韵也。’某案：子美此歌，以‘饮中八仙歌’五字为题，则是一歌也。此歌首尾于船字韵中押，未尝移别韵，则非分为八段。盖子美古律诗重用韵者亦多，况于歌乎？如《园人送瓜》诗曰：‘沉浮乱冰玉，爱惜如芝草’，又曰：‘园人非故侯，种此何草草’，一篇押二草字也。《上后园山脚》诗曰：‘蓐收困用事，元冥蔚强梁’，又曰：‘登高欲有往，荡析川无梁’，一篇押二梁字也。《北征》诗曰：‘维时遇艰虞，朝野少暇日’，又曰：‘老夫情怀恶，呕泄卧数日’，一篇押二日字也。《夔府咏怀》诗曰：‘虽云隔礼数，不敢坠周旋’，又曰：‘淡交随聚散，泽国绕回旋’，一篇押二旋字也。《赠李八秘书》诗曰：‘事殊迎代邸，喜异赏朱虚’，又曰：‘风烟巫峡远，台榭楚宫虚’，一篇押二虚字也。《赠李邕》诗曰：‘放逐早联翩，低垂困炎厉’，又曰：‘哀赠终萧条，恩波延揭厉’，一篇押二厉字也。《赠汝阳王》

① 葛立方：《韵语阳秋》卷一，据何文焕辑《历代诗话》本，中华书局，1981，第486~487页。

诗曰：‘自多亲棣萼，谁敢问山陵’，又曰：‘鸿宝今宁秘，丹梯庶可陵’，一篇押二陵字也。《喜薛璩岑参迁官》诗曰：‘栖迟分半菽，浩荡逐浮萍’，又曰：‘仰思调玉烛，谁定握青萍’，一篇押二萍字也。《寄贾岳州严巴州两阁老》诗曰：‘讨胡愁李广，奉使待张骞’，又曰：‘如公尽雄隽，志在必腾骞’，一篇押二骞字也。子美诗如此类甚多。虽然，子美非创意为此者，盖有所本也。案《文选》载《古诗》曰：‘晨风怀苦心，蟋蟀伤局促’，又曰：‘音响一何悲，弦悲知柱促’，一篇押二促字也。曹子建《美女篇》曰：‘明珠交玉体，珊瑚间木难’，又曰：‘佳人慕高义，求贤良独难’，一篇押二难字也。……王仲宣《从军诗》曰：‘连舫逾万艘，带甲千万人’，又曰：‘我有素餐责，诚愧伐檀人’，一篇押二人字。古人诗自有体格，杜子美亦效古人之作耳。韩退之《赠张籍》诗，二篇押二更字、二阳字，又《岳阳楼别窦司直》诗，押二向字，又《李花》诗押二花字，又《双鸟》诗押二州字、二头字、二秋字、二休字，……白乐天《渭村退居》诗押二房字，《梦游春》诗押二行字，……其余诗人，如此叠用韵者甚多，不可具举，意到即押耳，奚独于《饮中八仙歌》而致怪邪？”[①] 杜诗古律歌行押重韵，这并不是杜甫创新，古诗、六朝诗人多用之，同时代诗人也屡用之，但是非刻意而为，也是“意到即押”，如《饮中八仙歌》，写贺知章等八个人，各具神态，各有风姿，让人爱慕亲近，不觉其押韵的重复。

所以，杜诗在对偶、押韵中多用变体，都是表意的需要，不是刻意求形式的创新。而杜甫敢于突破常格，在变化中自出己意、生新出奇，这种创新能力为宋人关注、热衷，表现了宋人渴求创新、突破的心理。老杜成为宋人的学习典范，从创新的角度讲，这是重要原因之一。

综上所述，做好一首诗，涉及结构、句法、字法、用语、用事等方面的问题，那么其中的关键是什么？陈无己曰：“今人爱杜甫诗，一句之内，至窃取数字以仿像之，非善学者。学诗之要，在乎立格、命意、用字而已。余曰：如何等是？曰：“《冬日谒玄元皇帝

---

① 胡仔纂集、廖德明校点《苕溪渔隐丛话》前集卷十七，人民文学出版社，1984，第110~112页。

庙》诗，叙述功德，反复致意，事核而理长；《阆中歌》，辞致峭丽，语脉新奇，句清而体好，兹非立格之妙乎？《江汉》诗，言乾坤之大，腐儒无所寄其身；《缚鸡行》，言鸡虫得失，不如两忘而寓于道，兹非命意之深乎？《赠蔡希鲁》诗云‘身轻一鸟过’，力在一‘过’字；《徐步》诗云‘花蕊上蜂须’，功在一‘上’字，兹非用字之精乎？学者体其格，高其意，炼其字，则自然有合矣。何必规规然仿像之乎！”[①] 学杜要从三方面着手，立格、命意、用字。用字就是炼字；命意就是一首诗歌要有所表达、言之有物；立格则指整首诗的格调要高妙，涉及所写对象、笔法、语言等因素，是诗歌呈现给人的一种总体风貌。这三者中，立格为首，因为格调不高，命意不可能深，用字也无足可观。但是如何才能立高格呢？陈去非言：“唐人皆苦思作诗，所谓‘吟安一个字，捻断数茎须’‘句向夜深得，心从天外归’‘吟成五字句，用破一生心’‘蟾蜍影里清吟苦，舴艋舟中白发生’之类者是也。故造语皆工，得句皆奇，但韵格不高，故不能参少陵逸步。后之学诗者，倘或能取唐人语而掇入少陵绳墨步骤中，此连胸之术也。”“余尝以此语似叶少蕴，少蕴云：李益诗云：‘开门风动竹，疑是故人来’，沈亚之诗云：‘徘徊花上月，虚度可怜宵’，皆佳句也。郑谷掇取而用之，乃云：‘睡轻可忍风敲竹，饮散那堪月在花’，真可与李、沈作仆奴。由是论之，作诗者兴致先自高远，则去非之言可用；倘不然，便与郑都官无异。”[②] 格调的高远在于作者兴致的高远，而兴致是诗人自身品格、气质、胸怀、见识等因素的集合，并非字句的锤炼就可达到，所以作诗之关键又归结到“炼人”。

---

① 张表臣：《珊瑚钩诗话》卷二，据何文焕辑《历代诗话》本，中华书局，1981，第464页。

② 葛立方：《韵语阳秋》卷二，据何文焕辑《历代诗话》本，中华书局，1981，第493页。

第五章
宋诗话中的唐诗作家论

宋诗话对唐代作家的论述大致可以分为三个方面，总论作家的特点，作家比较论，作家生平经历、才性与其诗歌的关系。

5.1 作家风貌总论

宋诗话论述的唐代作家非常多，涉及初、盛、中、晚四个阶段，但是重点仍然集中在几个作家身上，其着重论述的作家，也是我们至今认可的具有代表性的作家。据初步统计并删去重复，宋诗话论杜甫1055则，韩愈543则，李白420则，柳宗元175则，白居易164则，元稹124则，其他如韦应物、刘禹锡大概超出100则，王维、孟浩然、李贺、孟郊、李商隐、杜牧等大概100则以内、50则以上，其他诗人譬如王勃等初唐诗人均50则以下。从这个数字，我们可以发现宋代的崇杜倾向。再次，对韩愈的推崇似乎超过李白，但是论韩愈的诗话中，至少有100多则是论韩文的，所以就论诗来说，从数量上讲李韩相当，从具体诗评来说，对李白诗歌的评价，仍然是肯定居多，对韩愈则是褒贬不一，很有争议，最后结论仍然将李白排在第二。如张戒："杜子美、李太白、韩退之三人，才力俱不可及，而就其中退之喜崛奇之态，太白多天仙之词，退之犹可学，太白不可及也。至于杜子美，则又不然，气吞曹刘，固无与为敌。"① 环溪曰："若论诗之正，则古今惟有三人，所谓一祖二

① 张戒：《岁寒堂诗话》卷上，据丁福保辑《历代诗话续编》本，中华书局，1997，第453页。

宗，杜甫、李白、韩愈是也。”① 韩愈第三。张戒明确说：“韩退之诗爱憎相半，爱者以为虽杜子美亦不及，不爱者以为退之于诗本无所得。自陈无己辈，皆有此论。然二家之论俱过矣。以为子美亦不及者固非，以为退之于诗本无所得者，谈何容易耶？退之诗大抵才气有余，故能擒能纵，颠倒崛奇，无施不可，放之则如长江大河，澜翻汹涌，滚滚不穷；收之则藏形匿影，乍出乍没，姿态横生，变怪百出，可喜可愕，可畏可服也。苏黄门子由有云：‘唐人诗当推韩杜，韩诗豪，杜诗雄，然杜之雄犹可以兼韩之豪也。’此论得之。诗文字画，大抵从胸臆中出，子美笃于忠义，深于经术，故其诗雄而正。李太白喜任侠，喜神仙，故其诗豪而逸。退之文章侍从，故其诗文有廊庙气。退之诗正可与太白为敌，然二豪不并立，当屈退之第三。”虽然说李白、韩愈诗歌并敌，但仍然将韩愈“屈居”第三，表明宋人对李白的推崇，同时也认可韩愈的成就。

宋诗话对作家的总评比较集中的有两次。一是胡仔所录《西清诗话》，曰：“柳子厚诗，雄深简淡，迥拔流俗，至味自高，直揖陶谢；然似入武库，但觉森严。王摩诘诗，浑厚一段，覆盖古今；但如久隐山林之人，徒成旷淡。杜少陵诗，自与造化同流，孰可拟议，至若君子高处廊庙，动成法言，恨终欠风韵。……韦苏州诗，如浑金璞玉，不假雕琢成妍，唐人有不能到；至其过处，大似村寺高僧，奈时有野态。刘梦得诗，典则既高，滋味亦厚；但正若巧匠矜能，不见少拙。白乐天诗，自擅天然，贵在近俗；恨如苏小虽美，终带风尘。李太白诗，逸态凌云，照映千载；然时作齐梁间人体段，略不近浑厚。韩退之诗，山立霆碎，自成一法；然譬之樊侯冠佩，微露粗疏。柳柳州诗，若捕龙蛇，搏虎豹，急与之角，而力不敢暇，非轻荡也。薛许昌诗，天分有限，不逮诸公远矣；至合人意处，正若刍豢，时复咀嚼自佳。……杜牧之诗，风调高华，片言不俗，有类新及第少年，略无少退藏处，固难求一唱而三叹也。右此十四公，皆吾生平宗师追仰，所不能及者，留心既久，故闲得而议之。至若古今诗人，自是珠联玉映，则又有不得而知也已。”②

---

① 吴沆：《环溪诗话》，据吴文治《宋诗话全编》，江苏古籍出版社，1998，第4343页。

② 胡仔纂集、廖德明校点《苕溪渔隐丛话》后集卷三十三，人民文学出版社，1984，第257～258页。

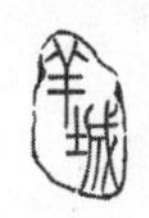

此则共评唐代诗人10人，其中盛唐3人，王维、李白、杜甫；中唐5人，韩愈、柳宗元、韦应物、刘禹锡、白居易；晚唐2人，杜牧、薛能。此评从诗歌艺术角度立论，以比喻的手法说出各位诗人的特点、长处及短处，均能中的。品评杜甫，“自与造化同流，孰可拟议”，将杜诗的博大、深厚、集大成特点指出。至于“动成法言”“终欠风韵”，也是指出杜诗中某些诗歌的不足，如“致君尧舜上”等内容太多、太急切，就有说教味道。论韩诗“山立霆碎，自成一法，然譬之樊侯冠佩，微露粗疏”，说出韩诗独特的气势、力量的特点，非常形象；但是粗疏之处如樊侯冠佩，终有武人粗陋之处，不是很精致，几乎没有比这个比喻更能道出韩诗的特点了。这种粗疏是由韩诗力度带来的，所以西清论诗能抓住特点，正反皆及，很有眼光。对柳宗元评论两次，第一次言其直揖陶谢、简古有味，第二次仅随韩愈之后而论，突出柳诗内在的“筋力”，这是一般人所忽视的，也是中唐诗歌与盛唐很不一样的地方。此外，西清所论10人，可以两两对比，在对比中明了诗人特征。如王维浑厚中徒成旷淡，李白天仙飘逸而略乏浑厚；韦应物的不假雕琢而有野态，刘禹锡滋味醇厚而矜能过分，没有朴拙之妙，正是说出韦诗的浑朴、刘诗的精雅，但各有得失；白居易之俗、杜牧之不俗；韩愈的力度在气势，柳子厚的力度在筋骨；柳诗之味在淡泊中体现，薛能的味道在咀嚼中获得等，这样在具体而细微的对比中，各位诗人的特点就更加明显了。所以这种集中论述，有利于对各个时期的诗风做总结，也有利于比较各个诗人的特点。

二是《臞翁诗评》中的集中论评，概论古今诗人，但是论唐代诗人最多：“因暇日与弟侄辈评古今诸名人诗：……王右丞如秋水芙蕖，倚风自笑；韦苏州如园客独茧，暗合音徽；孟浩然如洞庭始波，木叶微脱；杜牧之如铜丸走坂，骏马注坡；白乐天如山东父老课农桑，言言皆实；元微之如李龟年说天宝遗事，貌悴而神不伤；刘梦得如镂冰雕琼，流光自照；李太白如刘安鸡犬，遗响白云，核其归存，恍无定处；韩退之如囊沙背水，惟韩信独能；李长吉如武帝承露盘，无补多欲；孟东野如埋泉断剑，卧壑寒松；张籍如优工行乡饮，酬献秩如，时有诙气；柳子厚如高秋独眺，霁晚孤吹；李义山如百宝流苏，千丝铁网，绮密环妍，要非适用。……独唐杜工部，如周公制作，后世莫能拟议。”① 此则共评唐代诗人 15 位，盛唐 4 人，王、孟与李、杜；晚唐 2 人，小李杜；中唐 9 人，韩孟、元白、刘柳，张籍、李贺、韦应物。臞翁论诗，仍然以比喻描摹对象的诗歌风貌，只说特点，但不像《西清诗话》褒贬皆论。臞翁与《西清诗话》所论中共同者 9 人，观点有同，也有不同，论老杜，多着重其典范性，不可置疑的经典型。论太白，着重其飘逸、有如天仙，不可捕捉。但是西清论白居易，着重其“俗”，臞翁着重其“实”，这是从不同角度把握对象特征。臞翁所评比西清多出 6 人，除了孟浩然、李商隐，其他四人都属中唐。这两则材料，代表了宋诗话论诗的主要方式，也是很传统的方式，即用非常形象、生动的语言描述对象特点，但其具体所指还有待读者细心读诗才能领会。其次，两人对中唐作家的关注较多，而初唐几乎没有，再次，两人所评作家，基本上都是我们至今认可的唐代著名诗人，可以说我们对唐诗的认识，宋诗话的评论具有重要的指导和引领作用。这两则评论的典型性还在于他们与整个宋诗话的关注重点一致，即与上文的统计数字有一致处，凡是评论次数多的，在具体的评价中也是最为关注的。进入宋人视野的中唐诗人比盛、晚唐都多，这反映中唐诗歌繁盛的实际情况，以及中唐诗歌丰富多彩的面貌。所以宋人的作家评论从所评作家的数量上讲也基本上反映了唐诗创作的实际情况。

而有关单个作家的概论，最著名的是元稹的杜工部墓志铭，对杜甫风格进行总结，奠定了宋人对杜甫“集大成”评价的基础。其后《新唐书》、秦观《韩愈论》对杜甫的评价都袭用元稹的观点。再如胡仔引用司空图对韩愈之评：“予尝览韩吏部歌诗累百首，其驱驾气势，若掀雷决电，撑抉于天地之垠，物状其变，不得鼓舞而徇其呼吸也。”这大概是《西清诗话》和臞翁品评韩愈的基础。对柳宗元的总体评价，莫过于东坡，将柳宗元放在诗歌史上，充分肯定其地位和成就：“苏李之天成，曹刘之自得，陶谢之超然，固已至矣，而杜子美、李太白以英伟绝世之资，凌跨百代，古之诗人尽废。然魏晋以来，高风绝尘，亦少衰矣。李杜之后，诗人继出，虽有远韵，而才不逮意，独韦应物、柳子厚发纤秾于简古，寄至味于淡泊，非余子所及也。……子厚诗在陶渊明下，韦苏州上；退之豪放奇险则过之，

① 魏庆之著、王仲闻点校《诗人玉屑》卷二，中华书局，2007,，第 25~26 页。

而温丽靖深不及也。所贵于枯淡者，谓外枯而中膏，似淡而实美，渊明、子厚之流是也。若中边皆枯，亦何足道?”之后的诗评家对柳宗元的评价大多来源于此，也可见宋诗话对后世的影响之大。

因此宋诗话对唐代诗人的总评，不仅准确勾勒了诗人的特征，奠定后世的品评基础；同时也抓住唐诗创作的特点，对唐代各个时期的大诗人能别具手眼，将其从众多诗人中挑选出来，对这些诗人评价的总汇基本反映了唐诗创作成就的面貌。从这个意义上说，宋诗话在唐诗学发展史上，具有重要开创和奠基作用。

5.2 作家比较论

除了总论诗人风格，宋诗话作家论更关注具体作家作品评论，所运用的最突出的方法是比较。其比较角度非常广泛，有具体诗歌比较，如同题材、同体裁比较，诗歌诗法比较；诗人间的比较，如同一门派的，有共同特点的诗人比较；或者是完全不同风格的比较，比如李杜；还有诗人品格的比较，以探讨品格对诗歌境界、格调高下的影响。当然，诗人的比较主要是诗歌的比较。下面分别述之。

同题材诗歌比较，比如写筹笔驿、马嵬兵变。《诗眼》云：“文章贵众中杰出，如同赋一事，工拙尤易见。余行蜀道，过筹笔驿，如石曼卿诗云：‘意中流水远，愁外旧山青’，脍炙天下久矣，然有山水处便可用，不必筹笔驿也。殷潜之与小杜诗甚健丽，亦无高意。惟义山诗云：‘鱼鸟犹疑畏简书，风云长为护储胥’，简书盖军中法令约束，言号令严明，虽千百年之后，鱼鸟犹畏之也。储胥盖军中藩篱，言忠谊贯神明，风云犹为护其壁垒也。诵此两句，使人凛然复见孔明风烈。至于‘管乐有才真不忝，关张无命欲何如’，属对亲切，又自有议论，他人亦不及也。”① 李商隐诗写出筹笔驿的特点，并传孔明之神。《诗眼》接着说：“马嵬驿，唐诗尤多，如刘梦得‘绿野扶风道’一篇，人颇诵之，其浅近乃儿童所能。义山云：‘海外徒闻更九州，他生未卜此生休’，语既亲切高雅，故不用愁怨

① 胡仔纂集、廖德明校点《苕溪渔隐丛话》前集卷二十二，人民文学出版社，1984，第148页。

堕泪等字，而闻者为之深悲。‘空闻虎旅鸣宵柝，无复鸡人报晓筹’，如亲扈明皇，写出当时物色意味也。‘此日六军同驻马，当时七夕笑牵牛’，益奇。义山诗世人但称其巧丽，至与温庭筠齐名。盖俗学只见其皮肤，其高情远意，皆不识也。”同样从艺术角度肯定李商隐诗歌高度凝练、高雅、奇丽。然而魏泰从另一角度评马嵬诸诗：“唐人咏马嵬之事者多矣。世所称者，刘禹锡曰：‘官军诛佞幸，天子舍妖姬。群吏伏门屏，贵人牵帝衣。低回转美目，风日为无辉。’白居易曰：‘六军不发争奈何，宛转蛾眉马前死。’此乃歌咏禄山能使官军皆叛，逼迫明皇，明皇不得已而诛杨妃也。噫！岂特不晓文章体裁，而造语蠢拙，抑已失臣下事君之礼也。老杜则不然，其《北征》诗曰：‘忆昨狼狈初，事与古先别。不闻夏商衰，中自诛褒妲。’乃见明皇鉴夏商之败，畏天悔过，赐妃子死，官军何预焉？《唐阙史》载郑畋《马嵬》诗，命意似矣，而词句凡下，比说无状，不足道也。”[①] 从儒家诗论角度批评刘禹锡、白居易之诗太露，直接描写当时情景，没有臣子事君王之礼；杜诗则含蓄温婉，用诛褒妲的古典寓之，所以得君臣大体。再如从艺术及内容角度评华清宫诗：“往年过华清宫，见杜牧之、温庭筠二诗，俱刻石于浴殿之侧，必欲较其优劣而不能。近偶读庭筠诗，乃知牧之之工，庭筠小子，无礼甚矣。刘梦得《扶风歌》、白乐天《长恨歌》及庭筠此诗，皆无礼于其君者。庭筠语皆新巧，初似可喜，而其意无礼，其格至卑，其筋骨浅露，与牧之诗不可同年而语也。其首叙开元胜游，固已无稽，其末乃云‘艳笑双飞断，香魂一哭休’，此语岂可以渎至尊耶？人才气格，自有高下，虽欲强学不能，如庭筠岂识《风》《雅》之旨也？牧之才豪华，此诗初叙事甚可喜，而其中乃云：‘泉暖涵窗镜，云娇惹粉囊。嫩岚滋翠葆，清渭照红妆。’是亦庭筠语耳。”[②] 张戒从儒家诗论雅正角度认为温庭筠诗太浅露，太香艳，缺乏筋骨，格力卑下，同时有悖君臣之礼，杜牧诗歌用语华丽处，也同样被否定。张戒把这种不同归为人才有高下，在其他

① 魏泰：《临汉隐居诗话》，据何文焕辑《历代诗话》本，中华书局，1981，第324～325页。

② 张戒：《岁寒堂诗话》卷上，据丁福保辑《历代诗话续编》本，中华书局，1997，第461～462页。

地方也强调这样的观点："人才各有分限，尺寸不可强。同一物也，而咏物之工有远近；皆此意也，而用意之工有浅深。章八元《题雁塔》云：'十层突兀在虚空，四十门开面面风。却讶鸟飞平地上，忽惊人语半天中。回梯倒踏如穿洞，绝顶初攀似出笼。'此乞儿口中语也。梅圣俞云：'复想下时险，喘汗头目旋。不如且安坐，休用窥云烟。'何其语之凡也。东坡《真兴寺阁》云：'山林与城郭，漠漠同一形。市人与鸦鹊，浩浩同一声。侧身送落日，引手攀飞星。登者尚呀咻，作者何以胜。'《登灵隐寺塔》云：'相劝小举足，前路高且长。渐闻钟磬音，飞鸟皆下翔。入门亦何有，云海浩茫茫。'意虽有佳处，而语不甚工，盖失之易也。刘长卿《登西灵寺塔》云：'化塔凌虚空，雄规压川泽。亭亭楚云外，千里看不隔。盘梯接元气，半壁栖夜魄。'王介甫《登景德寺塔》云：'放身千仞高，北望太行山。邑屋如蚁冢，蔽亏尘雾间。'此二诗语虽稍工，而不为难到。杜子美则不然，《登慈恩寺塔》首云：'高标跨苍天，烈风无时休。自非旷士怀，登兹翻百忧。'不待云'千里''千仞''小举足''头目旋'而穷高极远之状，可喜可愕之趣，超轶绝尘而不可及也。'七星在北户，河汉声西流。羲和鞭白日，少昊行清秋。'视东坡'侧身''引手'之句陋矣。'秦山忽破碎，泾渭不可求。俯视但一气，焉能辨皇州？'岂特'邑屋如蚁冢，蔽亏尘雾间'，山林城郭，漠漠一形，市人鸦鹊，浩浩一声而已哉？人才有分限，不可强乃如此。"① 同是登塔诗，杜甫在众作中脱颖而出，因为其他诗失于随意、容易，更重要的是作者本身的胸怀、器局不高，立意不高，所以造成诗歌高下判然。② 这一类比较从艺术角度立论，而不是以儒家的所谓的君臣有别的角度评说，很有说服力。同题诗的比较，是研究诗人诗歌特点、诗歌风格、诗人因素对诗歌影响的重要角度。

同体裁比较，有概括而论的，比如："韦应物古诗胜律诗，李德裕、武元衡律诗胜古诗，五字句又胜七字。张籍、王建诗格极相

---

① 张戒：《岁寒堂诗话》卷上，据丁福保辑《历代诗话续编》本，中华书局，1997，第454～455页。

② 关于登塔诗的比较，还可以参见程千帆、莫砺锋先生的文章《他们并非站在同一高度上——论杜甫等同题共作的登慈恩寺塔诗》。

似，李益古律诗相称，然皆非应物之比也。”① 魏泰总评诸诗人的古诗、律诗，最终认为韦应物古诗超出众人，这种评价有利于我们比较各位诗人在不同诗歌体裁方面的创造。“五言绝句：众唐人是一样，少陵是一样，韩退之是一样，王荆公是一样，本朝诸公是一样。”② 严羽对各人的五绝没有具体阐述，但是给我们提供了一个角度，即从五绝角度去探讨一般唐诗人以及杜甫、韩愈等各自特点。《徐柏山诗庄》云：“李白之拟《黄鹤楼》，正在《鹦鹉洲》一诗，而非止于凤凰台之作。”“愚谓：此诗联联与崔颢诗格调同，而语意亦相类。徐柏山之说得之，亦善于读诗者也。”③ 一般人认为李白见到崔颢《黄鹤楼》诗而慨叹：“眼前有景道不得，崔颢题诗在上头”，此后《登金陵凤凰台》乃与拟崔颢诗一竞短长，很少有人注意李白《鹦鹉洲》与崔颢《黄鹤楼》的联系。崔颢《黄鹤楼》：“昔人已乘黄鹤去，此地空余黄鹤楼。黄鹤一去不复返，白云千载空悠悠。晴川历历汉阳树，芳草萋萋鹦鹉洲。日暮乡关何处是？烟波江上使人愁。”此诗将黄鹤楼的传说、眼前的风景结合，抒情融合在写景中，传达了别样情韵，运用叠语和律中间古的写法，使得全诗一气呵成，浑融贯通。李白《登金陵凤凰台》：“凤凰台上凤凰游，凤去台空江自流。吴宫花草埋幽径，晋代衣冠成古丘。三山半落青天外，二水中分白鹭洲。总为浮云能蔽日，长安不见使人愁！”从形式上看，李白此诗首联也用了叠词“凤凰”，形成感情回环萦绕的效果，中间两联对仗工整，怀古与眼前之景形成鲜明对比，增加怀古之幽情与人生之感慨，结句直接抒情，这种格式与《黄鹤楼》确实很像，情感、景物也非常浑融，可以说是拟作而不输于对象。但是徐柏山等人认为李白《鹦鹉洲》是拟《黄鹤楼》之作，蔡振孙进一步解释此诗联联与《黄鹤楼》格调同，语意亦相类。《鹦鹉洲》：“扁舟来过吴江水，江上洲传鹦鹉名。鹦鹉西飞陇山去，芳洲之树何青青。烟开兰叶香风暖，岸夹桃花锦浪生。迁客此时徒极目，长洲孤月向谁明。”此诗首联写洲之名，如崔颢以神话点出黄鹤楼一样，“鹦鹉飞去陇山去”，与“黄鹤一去

① 魏泰：《临汉隐居诗话》，据何文焕辑《历代诗话》本，中华书局，1981，第326页。

② 严羽著、郭绍虞校释《沧浪诗话校释》，人民文学出版社，2000，第141页。

③ 蔡振孙：《诗林广记》前集卷三，中华书局，1982，第49页。

不复返”，语意相似，“芳洲之树何青青”与“晴川历历汉阳树，芳草萋萋鹦鹉洲”语意相似，只是将两句合为一句，“烟开兰叶香风暖，岸夹桃花锦浪生”是拟崔颢第三联写实地之景，尾联抒情。所以此诗的模仿痕迹很明显，徐、蔡二人的评价也是很准确的，但是此诗整体诗意不如《登金陵凤凰台》那样浑融、自然、深沉。这正好清晰表明诗人在创作过程中不断进展的过程，同时可以看出拟作之高妙不仅是对对象的深刻理解，同时也是诗人自身不断创造、改进，并逐步形成诗人自身的特点，这样才算高超。同体裁的还有杜甫《北征》和韩愈《南山》诗，两诗都是五古长韵诗，《南山》诗有模仿《北征》的痕迹，但是在具体写作过程中，韩愈运用赋之铺排、散文之句式入诗，与杜甫虽然偶用散语，但是全篇仍然有很浓诗味有极大差别，这样的比较让读者能更好地明白何谓以文为诗，以文为诗的好处何在、弊端在哪里。

诗法比较。《蔡宽夫诗话》云：“诗家有假对，本非用意，盖造语适到，因以用之。若杜子美‘本无丹灶术，那免白头翁’，韩退之‘眼穿长讶双鱼断，耳热何辞数爵频’，借‘丹’对‘白’，借‘爵’对‘鱼’，皆偶然相值，立意下句，初不在此。而晚唐诸人，遂立以为格，贾岛‘卷帘黄叶落，开户子规啼’，崔峒‘因寻樵子径，得到葛洪家’为例，以为假对胜的对，谓之高手，所谓痴人面前不得说梦也。”韩杜诗歌的假对贵在自然工到，晚唐诗人着意为此，反倒失去自然之趣。关于作诗用词，环溪曰：“前辈作诗皆有法，近体当法杜，长句当法韩与李。俞云：太白之妙，则知之矣，韩愈之妙，未之闻也。环溪云：‘韩愈之妙，在用叠句。如‘黄帘绿幕朱户闭’，是一句叠三物。如‘洗妆拭面著冠帔，白咽红颊长眉青’，是两句叠六物。唯其叠多，故字实而语健。又诸诗《石鼓歌》最工，而叠语亦多。如‘雨淋日炙野火燎’‘鸾翔凤翥众仙下’‘金绳铁索锁钮壮’‘古鼎跃水龙腾梭’，韵韵皆叠。每句之中，少者两物，多者三物，乃至四物，几乎皆是一律。唯其叠语，故句健，唯其句健，是以为好诗也。……环溪又云：予尝用此按太白诗，太白发言造语，宜若率然，初无计较，然用字亦多实，作语亦多健。如‘清风明月不用一钱买，玉山自倒非人推’，两句之中，亦是用五物。如‘高堂明镜悲白发，朝如青丝暮如雪’，两句之中，亦是用五物。甚至《蜀道难》‘地崩山摧壮士死，然后天梯石栈相钩连’，两句中亦用五物。如此何往而非实也。又如‘白云映水摇秋城，白露垂珠滴秋月’，即是两句中用六物。又如‘金樽清酒斗十千，玉盘珍馐直万钱’，亦两句中用六物。如‘欲渡黄河冰塞川，将登太行雪暗天’，无非两句中用六物者。至如‘长安白日照青空，绿杨结烟叶袅风’‘禁宫高楼入紫清，金作蛟龙盘绣楹’，即两句之中几用七物。乃知前辈作诗，未尝不知此理，盖不实则不健，不健则不可以为诗也。”① 环溪论诗讲求用实语，认为字实则语健，韩愈、李白都有这方面的代表作，因为诗歌用实字让诗歌富于内涵，包蕴力很强。这同样给我们提供研究诗歌的一个角度，即韩愈、李白、杜甫等人的诗歌感人与其用叠句、实字的关系。

诗风相近的诗人间的比较。《学林新编》云：“韩退之月食诗一篇，大半用玉川子句。或者谓玉川子《月食诗》，豪怪奇挺，退之深所叹伏，故所作尽摘玉川子佳句而补成之。某切以为不然。退之《月食诗》题曰‘效玉川子作’，而诗中有以玉川子为言者，‘玉川子涕泗下，中庭独自行’，又曰：‘玉川子立于庭而言曰，地行贱臣今再拜，敢告上天公。’然则退之几于代玉川子作也。玉川子诗虽豪放，然太险怪，而不循诗家法度，退之乃摘其句而约之以礼，故退之诗中两言‘玉川子’，其意若曰玉川子《月食诗》如此足矣。故退之诗题曰‘效玉川子作’，此退之之深意也。不然，退之岂不能自为《月食诗》，而必用玉川子句然后而成诗邪？以谓退之自为《月食诗》，则诗中用‘玉川子涕泗告天公’，又非其类矣。”② 此则对卢仝与韩愈《月食诗》进行详细比较、分析，认为韩愈并非不能自作诗，其拟卢仝之作，而是要矫正卢仝之险怪，约之以礼。《学林新编》曰：“陈齐之云：‘退之《效玉川子月蚀诗》乃删卢仝冗语耳，非效玉川也。’韩虽法度森严，便无卢仝豪放之气。”③ 陈齐之从作诗意图谈两者诗歌风格不同，补充说明了《学林新编》的观点。再如：“水心翁以抉云汉分天章之才，未尝轻可

---

① 吴沆：《环溪诗话》，据吴文治《宋诗话全编》，江苏古籍出版社，1998，第4344～4345页。

② 胡仔纂集、廖德明校点《苕溪渔隐丛话》前集卷十九，人民文学出版社，1984，第128页。

③ 何汶撰、常振国等点校《竹庄诗话》卷十二，中华书局，1984，第236页。

一世，乃于四灵若自以为不及者，何耶？此即昌黎之于东野，六一之于宛陵也。惟其富赡雄伟，欲为清空而不可得，一旦见之，若厌膏粱而甘藜藿，故不觉有契于心耳。”[①] 韩愈与孟郊，一般人认为属于同一门派，风格必定相似，但是此则认为韩愈富赡雄伟，孟郊清空，韩愈是自己没有清空之气，故推崇孟郊，这里不仅说明两者诗风的细微差别，同时探明韩愈推崇孟郊的理由。

风格迥异的作家之间对比，着眼其异。譬如韩柳，司空图曰：“作者为文为诗，才格亦可见，岂当善于彼而不善于此邪？愚观文人为诗，诗人为文，始皆系其所尚，所尚既专，则搜研愈至，故能炫其工于不朽，亦犹力巨而斗者，所持之器各异，而皆能济胜以为勍敌也。予尝览韩吏部歌诗累百首，其驱驾气势，若掀雷决电，撑抉于天地之垠，物状其变，不得鼓舞而徇其呼吸也。……今于华下，方得柳诗，味其探搜之致，亦深远矣，俾其穷而克寿，抗精极思，则固非琐琐者可轻拟议其优劣。”韩柳为诗各有所得，柳得之于精深，字字珠玉，韩得之于浩瀚汪洋，气力无穷，不可置换，不可轻议。宋人评论中多次讲到李白的神仙气质。“宋景文诸公在馆中评唐人诗曰：‘李白仙才，长吉鬼才。’”[②] 严羽修正说：“人言太白仙才，长吉鬼才。不然，太白天仙之词，长吉鬼仙之词耳。”宋景文从诗人气质的角度评价李白“仙才”，而严羽是从诗歌气质来评价，认为太白是“天仙之词”，李贺乃“鬼仙之词”，也就是说二李诗歌均有“仙”气。“仙”是指诗歌无法为常人所能达到的一种境界，“天仙”指出李白诗歌飘扬飞动、发扬升腾的境界，具有向上飞升的明亮美感，“鬼仙”则形容出李贺诗歌阴凄浓丽的鬼魅境界，这是一种沉坠的美感，尽管色彩非常浓艳，但是有凄艳冷绝之气。所以朱熹说李贺的诗歌有些“怪”。荆公云：“诗人各有所得，‘清水出芙蓉，天然去雕饰’，此李白所得也。‘或看翡翠兰苕上，未掣鲸鱼碧海中’，此老杜所得也。‘横空盘硬语，妥帖力排奡’，此韩愈所得也。”[③] 荆公所举三联诗都是诗人自作，但都可以用来形容各自诗歌的特点。李白诗歌就是清水芙蓉，没有任何修饰，也不

① 周密：《浩然斋雅谈》卷上，中华书局，1985，第8页。

② 蔡振孙：《诗林广记》前集卷八，中华书局，1982，第148页。

③ 胡仔纂集、廖德明校点《苕溪渔隐丛话》前集卷五，人民文学出版社，1984，第30页。

须修饰，但天然美丽，清香自在；老杜诗歌美而沉雄，笔力雄赡；韩愈诗歌崛奇、有力度。

在各位诗人的众多比较中，李杜对比在诗话中是比较突出的，不仅比较两人之异，还探讨两人之同。比较李杜异同，探讨两人诗法，严羽说："少陵诗法如孙吴，太白诗法如李广，少陵如节制之师。"此条表明李白诗歌没有法度可循，而杜诗法度谨严，有法可依。这大概是宋代学杜成风的原因之一。至于两人诗风迥然相异的原因，环溪说："杜甫长于学，故以字见工；李白长于才，故以篇见工。"杜甫学识渊博，作诗有锤炼之工，故可以从其字句锤炼入手进行学习，李白才气纵横，全篇一气呵成，对他的诗歌要通篇领会，不能停留于字句上的斟酌。刘克庄说："放翁，学力也，似杜甫；诚斋，天分也，似李白。"[①] 其实就是说杜甫之长在于学，李白之长在于他的天生才气。这种观点可以理解为李白才气是天纵，杜甫乃后天积学而成。当然这只是取其大要而言，其实李白也博览群书，杜甫没有才气也不可能伟大。然而葛立方举例说明："杜甫、李白以诗齐名，韩退之云：'李杜文章在，光焰万丈长。'似未易以优劣也。然杜诗思苦而语奇，李诗思疾而语豪。杜集中言李白诗处甚多，如'李白一斗诗百篇'，如'清新庾开府，俊逸鲍参军。''何时一尊酒，重与细论文'之句，似讥其太俊快。李白论杜甫，则曰'饭颗山头逢杜甫，头戴笠子日卓午。为问因何太瘦生，只为从来作诗苦。'似讥其太愁肝肾也。"[②] 不论葛立方对李杜互赠之诗如何理解，他说杜甫创作构思辛苦，也就是非常卖力，所以他的诗歌"语奇"，而李白文思泉涌，几乎文不加点，所以"语豪"，这还是说出了二人的特点的。刘勰说："人之禀才，迟速异分；文之制体，大小殊功。"但是刘勰对才之迟速并无轩轾，"机敏故造次而成功，虑疑故愈久而致绩。"[③] 所以李杜才力之不同，不可作为优劣二人的理由，相反，不同的才质产生不同的作品，这正是文学史之幸事。两人风格迥异，除了才力，大概还有取法渊源的不同，"李太白、杜子美诗皆掣鲸手也。余观太白《古风》，子美《偶题》

---

① 刘克庄撰、王秀梅点校《后村诗话》前集卷二，中华书局，1983，第33页。

② 葛立方：《韵语阳秋》卷一，据何文焕辑《历代诗话》本，中华书局，1981，第486页。

③ 杨明：《文心雕龙精读》，复旦大学出版社，2007，第106页。

之篇，然后知二子之源流远矣。李云：‘大雅久不作，吾衰竟谁陈！王风委蔓草，战国多荆榛。’则知李之所得在《雅》。杜云：‘文章千古事，得失寸心知。’‘骚人嗟不见，汉选盛于斯。’则知杜之所得在《骚》。”① 葛立方认为李白取法“雅”，从狭义角度讲，“雅”指《诗经》的大小《雅》；从广义角度，是指经典诗歌那样的雅正诗风，葛立方由此论述太白《古风》合雅，是很有道理的。杜诗《偶题》表达了杜甫晚年对诗歌创作的总结性观点，所以《杜臆》说老杜一生精力专注于文章，始成一部杜诗，此诗乃自序耳。此诗以中间“缘情慰飘荡”四句为转轴，以此一句绾合上下两段。上段论学诗准则，首联“文章千古事，得失寸心知”，表明心迹；次联“作者皆殊列，名声岂浪垂”总领派别，骚以该前，汉以统后，实际上是一部诗歌简史；下段写一生经历及其从事的事业。“骚”是诗歌史的一个阶段，是老杜取法的一个源头，但不是唯一源头，葛立方以此说老杜所得在此应指其取法之一源；就李白诗歌来说，他不仅取法雅，也有骚、古诗等。但是从诗歌渊源流派角度探寻李杜不同，这也是一个研究角度。

李杜诗歌有异，也有同。论两者的同，主要是从诗歌成就上来立论的。环溪推崇风雅，曰：“‘岂以发乎情性，止乎礼义者谓之风雅乎？如以发乎情止乎礼义者皆谓之风雅，则杜诗无往而非风雅矣。’仲兄释然而喜曰：‘何谓杜之风雅？’环溪云：‘杜甫诗中如《新婚别》《垂老》《无家别》，皆风也。如《剑门》《石笋》《石犀》《古柏行》《遭田父泥饮》，皆蜀国之风也。如《壮游》一篇，该齐、赵、吴、越，则四国之风也。如《剑器行》《花卿歌》《骢马行》，各指一事，则风之小者也。如《八哀诗》咏八公，皆当代名臣。《杜鹃行》，则托讽于君。《丽人行》，有关于风之大者也。如《新安吏》《潼关吏》《兵车行》《石壕吏》《悲陈陶》《后出塞》，则雅之小者也。如《北征》《忆昔二首》，《冬狩行》《哀王孙》，则雅之大者也。如《赠左相二十韵》《赠太常张卿二十韵》《赠鲜于京兆》《赠特进汝阳王》，各二十韵。以至《入奏行》《舂陵行》《裴施州》《丹青引》，则颂之小者。如《谒元元皇帝庙》《行次昭

① 葛立方：《韵语阳秋》卷三，据何文焕辑《历代诗话》本，中华书局，1981，第502页。

陵》《重经昭陵》，以至《洗兵马》，则颂之大者也。如之何然后为风雅颂乎？’仲兄曰：‘妙！非吾弟不能到此。杜甫固重于世，今得吾弟之言，乃益重矣。太白如何？’环溪云：‘太白虽喜言酒色，然正处亦甚多，如《古风》五十九首，皆雅也。如《蜀道难》《乌栖曲》《上留田》《白头吟》《猛虎行》等，非风乎？如《上云乐》《春日行》《胡无人》《阳春歌》《宜春苑奉诏》等，非颂乎？虽不可责其备，求其全，然舍李则又无以配乎杜矣。’”① 从推崇杜甫的角度而言，从儒家诗论角度而言，杜甫无不是风雅，无不好；唐代追配杜甫的，就是李白，李白得风雅之处也多。此中虽蕴含褒贬，但是承认李杜于风雅上的共同追求及成就。另外，从诗人本质及诗歌创作实践方面来看，李杜有同等功劳，如张戒言：“建安陶、阮以前诗，专以言志；潘、陆以后诗，专以咏物。兼而有之者，李杜也。言志乃诗人之本意，咏物特诗人之余事。古诗苏李、曹刘、陶阮本不期于咏物，而咏物之工，卓然天成，不可复及。其情真，其味长，其气胜，视《三百篇》几于无愧，凡以得诗人之本意也。潘、陆以后，专意咏物，雕镌刻镂之工日以增，而诗人之本旨扫地尽矣。”② 张戒反对专意咏物之作，反对巧为形似之言，但是并不是所有的咏物诗都不好，关键在于是否情真味长，得诗人之旨，而李杜言志咏物兼而有之，是好的咏物诗的典型代表。《苕溪渔隐》曰：“余阅《栾城集》，有《题韩驹秀才诗卷》一绝云：‘唐朝文士例能诗，李杜高深到者稀。’”③ 虽是对诗坛现状的描述，侧面反映李杜在“高深”境界上均为人认可。“张籍、王建，乐府宫词皆杰出，所不能追逐李杜者，气不胜耳。”④ 李杜并称，“气”胜乃其同。从创作经验方面讲，李杜并称，其同在于“皆情意有余，汹涌而后发者也。”所有李杜这些共同点，是两位诗人成就所在，也可见在宋代李杜不分优劣的一种倾向。

---

① 吴沆：《环溪诗话》，据吴文治《宋诗话全编》，江苏古籍出版社，1998，第4347～4348页。

② 张戒：《岁寒堂诗话》卷上，据丁福保辑《历代诗话续编》本，中华书局，1997，第450页。

③ 胡仔纂集、廖德明校点《苕溪渔隐丛话》后集卷三十四，人民文学出版社，1984，第262页。

④ 许顗：《彦周诗话》，据何文焕辑《历代诗话》本，中华书局，1981，第385页。

诗人间的比较，除了诗歌风格对比，还论述到诗人品格、胸怀之高下对诗歌的影响。首先还是李杜对比。黄彻说李白多淫词亵语，不计苍生社稷，虽有豪逸之语，但是心术事业非廊庙之用，李杜并称，真忝窃矣。所以他对李杜贬谪后心态作对比：“柳迁南荒，有云：‘愁向公庭问重译，欲投章甫作文身。’太白云：‘我如鹧鸪鸟，南迁懒北飞。’皆褊忮躁辞，非畎亩拳拳之义。杜云：‘冯唐虽晚达，终觊在皇都。’‘愁来有江水，安得北之朝？’其赋张曲江云：‘归老守故林，恋阙悄延颈。’乃心王室可知。”[1] 李白贬谪后，“南迁懒北飞”，而杜甫仍然心系朝廷，引颈翘望，所以论诗者认为杜甫比李白更忠心。再如：“太白：‘辞粟卧首阳，屡空饥颜回。当代不乐饮，虚名安用哉？’‘君不见梁王池上月，昔照梁王尊中酒。梁王已去明月在，黄鹂愁醉啼春风。分明感谢眼前事，莫惜醉卧桃园东。’又：‘平原君安在？科斗生古池。坐客三千人，而今知有谁。君不见孔北海，英风豪气今安在？君不见裴尚书，土坟三尺蒿藜居。’此类者尚多。愚谓虽累千万篇，只是此意，非如少陵伤风忧国，感时触景，忠诚激切，蓄意深远，各有所当也。子美《除草》云：‘草有害于人，曾何生阻修。芒刺在我眼，焉能待高秋！’其愤邪嫉恶，欲芟夷蕴崇之以肃清王所者，怀抱可见。”[2] 批评李白诗歌反复致意于世事皆空、唯有饮酒这类主题，欣赏杜甫心忧君国、忠心耿耿。由此得出结论，李白杜甫心胸、事业之高下判若云泥。其次，比较《茅屋为秋风所破歌》与《新制布裘》《新制绫袄》，以论老杜、白居易仁心之优劣。“老杜《茅屋为秋风所破歌》云：‘自经丧乱少睡眠，长夜沾湿何由彻。安得广厦千万间，……吾庐独破受冻死亦足。’乐天《新制布裘》云：‘安得万里裘，盖裹周四垠，稳暖皆如我，天下无寒人。’《新制绫袴成》云：‘百姓多寒无可救，一身独暖亦何情。心中为念农桑苦，耳里如闻饥冻声。争得大裘长万丈，与君都盖洛阳城！’皆伊尹身任一夫不获之辜也。或谓子美诗意宁苦身以利人，乐天诗意推身利以利人，二者较之，少陵为难。然老杜饥寒而悯人饥寒者也，白氏饱暖而悯人饥寒者也，忧劳者易

---

① 黄彻：《巩溪诗话》卷三，据丁福保辑《历代诗话续编》本，中华书局，1997，第 358 页。

② 黄彻：《砻溪诗话》卷三，据丁福保辑《历代诗话续编》本，中华书局，1997，第 361 页。

生于善虑，安乐者易失于不思，乐天宜优。或又谓白氏之官稍达，而少陵尤卑，子美之语在前，而长庆在后，达者宜急，卑者可缓也，前者唱导，后者和之耳。同合而论，则老杜之仁心差贤矣。”①老杜、白居易诗所表现的诗人之仁心，其实没什么优劣，但是此处却一定要辨出个高下，从两人的生活处境、官位高卑、观念先后、作诗先后辨析，最终白居易以一胜两败而逊于老杜。但是如果从两诗艺术角度，老杜是远胜于白的，白诗语言过于平白，立意方面袭用杜诗，毫无创新之处，应甘拜下风，但是诗话作者却只从两者仁心角度来论优劣，以突出杜甫“圣人”的形象。杜甫、李白比较，李白心胸不如杜甫深广，杜甫与白居易比，白居易仁心不如杜甫深厚，所以杜甫是独一无二的，这表明了宋代崇杜的倾向，他们对杜甫的推崇是将诗人品格与作品紧密结合在一起的。

综上所述，宋人用比较法研究诗人、诗作，使我们可以深入细致地了解诗人作品及其风格，其提供的精妙分析、生动诗例和特别角度，展示了宋人论诗的宽广角度和一定的深度。

5.3　才性与风格

宋诗话对作家的论述，非常注重诗人才性、个性、经历与其作品关系的探讨，这是继承了知人论诗的诗论传统。刘勰《文心雕龙·体性》篇主要论作家个人因素与文章风貌的关系。刘勰认为作家个人因素不仅包括先天之性，还包括后天的东西，比如思想、学识、生活经历等，认为这些都会影响作品风貌，宋诗话继承了这种观点。下面以具体作家为例述之。

李白诗歌所表现出飘逸、仙气、不可捉摸、难以言说的美，与其思想复杂、性格的关系，宋诗话给予了相当关注。首先是关注李白受道家思想的影响。新旧唐书载李白好饮酒，在徂徕山与孔巢父、韩准、裴政、张叔明、陶沔酣歌纵酒，号为竹溪六逸，可见他当时的风度。李白的道家朋友不止这些。“承祯，字子微，事潘师正，传辟谷导引术，无不通。……李白云：余昔于江陵，见司马子

① 黄彻：《䂬溪诗话》卷九，据丁福保辑《历代诗话续编》本，中华书局，1997，第389页。

微，谓余有仙风道骨，可以神游八极之表，因著《大鹏赋》以见志焉。”① 司马氏学道家潘师正，一般而言真正的道士总给人仙风道骨的印象，但是他却称李白有仙风道骨，“神游八极之表”，那么李白的精神气质表现出来也是有道家仙气的。仙人对做官是没有兴趣的，那种面对权势的傲然和高洁，在李白的诗歌中不难找到，如典型的“安能摧眉折腰事权贵，使我不得开心颜”。其次即使实现理想，也是居功不受赏，功成拂衣去。因此李白的思想中道家影响很大，他在后人的印象中，也因此具有说不出的仙气。对道家的服丹吃药，李白诗中也有相关的体验经历描写。“李太白作《草创大还》诗云：‘仿佛明窗尘，死灰同至寂。’初不晓此语，后得《李氏炼丹法》云：‘明窗尘，丹砂妙药也。”② 而道家之炼丹，炼药石乃炼外丹，此外还要炼内丹，即对道家精神深切领悟，以达到与道合一。那么李白对道家精神如何理解？《法藏碎金》云：“太白《夜怀》有句云：‘宴坐寂不动，大千入毫发。’潘佑《独坐》有句云：‘凝神入混茫，万象成虚空。’予爱二子吐辞精敏之力，入道深密之状，合而书之，聊资已用。”③ 李白诗的体道之言，写出其悟到宁静清虚之中，万物凝聚化无之态，《法藏碎金》称他“入道深密”，所以李白对道家的领会不仅是形式上的炼丹、吃药，还有精神上的体悟和皈依。对禅宗佛学，李白也深有体会。“李白跌宕不羁，钟情于花酒风月则有矣，而肯自缚于枯禅，则知淡泊之味贤于啖炙远矣。白始学于白眉空，得‘大地了镜彻，回旋寄轮风’之旨；中谒太山君，得‘冥机发天光，独照谢世氛’之旨；晚见道崖，则此心豁然，更无疑滞矣。所谓‘启开七窗牖，托宿掣电形’是也。后又有谈玄之作云：‘茫茫大梦中，唯我独先觉。腾转风火来，假合作容貌。问语前后际，始知金仙妙。’则所得于佛氏者益远矣。”④ 葛立方指出李白学禅的一个过程，最后获得一种“先觉”的经验和体悟，乃“得于佛氏者益远矣”。禅、道，都讲究对人世的疏离，李白

① 计有功撰、王仲镛校笺：《唐诗纪事校笺》卷十三，中华书局，2007，第443页。

② 许顗：《彦周诗话》，据何文焕辑《历代诗话》本，中华书局，1981，第378页。

③ 胡仔纂集、廖德明校点《苕溪渔隐丛话》后集卷三十七，人民文学出版社，1984，第302页。

④ 葛立方：《韵语阳秋》卷十二，据何文焕辑《历代诗话》本，中华书局，1981，第576页。

对他们精神的汲取，造就或者说加深了他本性上飘然不群的特质。

但是李白的思想不止于此，否则他的形象就单薄、简单了。李白的道士朋友还有吴筠，他们曾一起隐居剡中，学习炼养术，后来也一起出来为官，俱待诏翰林。所以李白的仙气是他的一种气质，但不是唯一气质，他的功名意识，他的行侠仗义，他的散尽千金等，使他充满了复杂性。“李白《赠王历阳诗》云：‘有身莫犯飞龙鳞，有手莫辫猛虎须。君看昔日汝南市，白头仙人隐玉壶。’则意在隐遁也。又《行路难》云：‘有耳莫洗颍川水，有口莫食首阳蕨。含光混世贵无名，何用孤高比云月。’则意在进为也。达人大观，流行坎止，何常之有哉？”① 葛立方看出李白既进取又隐退的矛盾，但非常欣赏这种性格，认为是达人大观，思想无所行止，可以自由变化，追寻自己所追求的。但是从儒家角度，葛立方又认为李白有点离经叛道，“昔太公钓于渭水之滨，而李白以为钓位。所谓‘广张三千六百钓，风雅时与文王亲’是也。严光钓于七里之濑，而李白以为钓名。所谓‘只将溪畔一竿竹，钓却人间万古名’是也。是又乌足以语圣贤。”② 儒家推崇的姜太公、严子陵，李白并不认为他们有多高大，一是“钓位”之徒，一乃“钓名”之士，没有什么崇高和不可及。这种言论大概自古未有，来世也稀，因为正统文士心目中的姜太公乃是辅佐之才，严子陵乃清高之士，怎么可以如此亵渎。葛立方正是从这个角度认为李白不懂圣贤。但是李白的酷评从哲理的层次讲，更为高级，他是在天空俯视众生，以道家超然的态度观察一切，就像庄子批评儒家以诗礼发冢一样深刻和尖锐。还有批评李白言行不符的：“李白乐府三卷，于三纲五常之道，数致意焉。虑君臣之义不笃也，则有《君道谣》之篇，所谓‘风后爪牙常先太山稽，如心之使臂。小白鸿翼于夷吾，刘葛鱼水本无二。’虑父子之义不笃也，则有《东海勇妇》之篇，所谓‘淳于免诏狱，汉主为缇萦。津妾一棹歌，脱父于严刑。十子若不肖，不如一女英。’虑兄弟之义不笃也，则有《上留田》之篇，所谓‘田氏仓卒骨肉分，青天白日摧紫荆。交柯之木本同形，东枝憔悴西枝荣。无心之物尚如此，

① 葛立方：《韵语阳秋》卷十一，据何文焕辑《历代诗话》本，中华书局，1981，第 572 ~ 573 页。

② 葛立方：《韵语阳秋》卷十一，据何文焕辑《历代诗话》本，中华书局，1981，第 547 页。

参商胡乃寻天兵！’虑朋友之义不笃也，则有《箜篌谣》之篇，所谓‘贵贱结交心不移，唯有严陵及光武。’‘轻言托朋友，对面九疑峰。’‘管鲍久已死，何人继其踪？’虑夫妇之情不笃也，则有《双燕离》之篇，所谓‘双燕复双燕，双飞令人羡。玉楼珠阁不独栖，金窗绣户长相见。’徐究白之行事，亦岂纯于行义者哉！永王之叛，白不能洁身而去，于君臣之义为如何？既合于刘，又合于鲁，又娶于宋，又携昭阳、金陵之妓，于夫妇之义为如何？至于友人路亡，白为权窆，及其糜溃，又收其骨，则朋友之义庶几矣。《送萧三十一之鲁兼问稚子伯禽》有‘高堂倚门望伯鱼，鲁中正是趋庭处。君行既识伯禽子，应驾小车骑白羊’之句，则父子之义庶几矣。如弟凝、錞、济、况、绾各赠诗，以致其雍睦之情，则兄弟之义庶几矣。惜乎，二失既彰，三美莫赎，此所以不能为醇儒也。”① 以儒家三纲五常之义来评论李白，认为他于君臣之义、夫妇之义均有所失，所以不能为醇儒。至于李白从永王事件，其中曲折一言难尽，此处认为李白从永王起兵，不能自绝永王之请，于当时君王是不义的；李白娶了很多老婆，又狎妓，于夫妇之情来说，也是不义，与他自己诗歌中观点很不一致。当然站在儒家角度，这种指责没有错，问题在于李白虽有济世报国之雄心，这种事功进取算是儒家思想，但他在行事上又很少用儒家的标准来要求自己，他常常提到的就是报国之后，事了拂衣去，所以葛氏以这种儒家观点评李白就像射箭的人没有找准靶子，无论如何也不会中的。但是正是这样的批评，突出了李白“儒”家思想的隐秘性。

对李白有较全面理解的人，同时代的崔宗之是其中之一。崔宗之是杜甫《饮中八仙歌》中的一仙，“袭父日用齐国之封，好学，宽博有风检，与李杜以文相知。《赠李白》云：‘凉秋八九月，白露空园庭。耿耿意不畅，捎捎风叶声。思见雄俊士，共话今古情。李侯忽来仪，把袂苦不早。清论既抵掌，玄谈多绝倒。分明楚汉事，历历王霸道。担囊无俗物，访古千里余。袖有匕首剑，怀中茂陵书。双眸光照人，词赋凌子虚。酌酒弦素琴，霜风气凝洁。平生心中事，今日为君说。我家有别业，寄在嵩之阳。明月出高岑，清溪澄素光。

① 葛立方：《韵语阳秋》卷十，据何文焕辑《历代诗话》本，中华书局，1981，第557～558页。

云散窗户静，风吹松桂香。子若同斯游，千载不相忘。’”[①] 崔宗之眼中的李白乃“雄俊士”，谈玄论道，风流绝倒，论及王霸大业，历历如数，但是袖中怀匕首，又有侠士风范，这里李白兼具道、儒、侠三者形象，但是浑然一体，融合成一个光彩照人的李白，双眸有神，辞采纵横。崔宗之也是有过理想的，杜甫说“宗之潇洒美少年，举觞白眼望青天，皎如玉树临风前”。程千帆先生《一个醒的和八个醉的——读杜甫〈饮中八仙歌〉札记》说过，“这群被认为是‘不受世情俗务拘束，憧憬个性解放’之徒，正是由于曾经欲有所作为，终于被迫无所作为，从而屈从于世情俗务拘束之威力，才逃入醉乡，以发泄其苦闷的。”[②] 在崔宗之《赠李白》的诗中，李白、崔宗之的才气、理想最后化为对神仙的诉求并以成神仙为归宿，乃是在儒家的事功领域无所建树、不能建树的选择，当然他们不选择皈依佛门，这与当时的风气有关，也是性格所致。因此在李白复杂矛盾的思想中，道家思想、个性的飘逸最为突出，造就了他诗歌的“天仙”特质。

宋诗话也注意到李白有关悟道的诗歌直接形成一种“仙”味。《法藏碎金》云：“李白《庐山东林寺夜怀诗》：‘我寻青莲宇，独往谢城阙。霜清东林钟，水白虎溪月。天香生虚空，天乐鸣不歇。宴坐寂不动，大千入毫发。湛然冥真心，旷劫断出没。’……予因思静胜境中，当有自然清气，名曰天香；自然清音，名曰天乐；予故以所闻灵响，目为天簧，亦取天籁之义。此盖唯变所适，不可致诘也。”[③] 此诗写庐山东林寺夜晚的景象，第二联实在是绝妙，写出一幅深秋月夜，溪月相照、钟声清沁的景象，对仗非常工整，而“虎溪”深藏道家典故，所以道家的清虚之境也已经在眼前了。“天香生虚空，天乐鸣不歇”，真让人觉得此景只应天上有，是无可言说的仙家境界。《法藏碎金》赞赏“天香”“天乐”之词，认为写出自然清气、自然清意，确实是得意之解。不写体道之悟，道家境界、精神已传达出来了。《彦州诗话》：“李太白诗云：‘问余何事

---

① 计有功撰、王仲镛校笺《唐诗纪事校笺》卷十九，中华书局，2007，第611页。

② 程千帆、莫砺锋、张宏生著《被开拓的诗世界》，上海古籍出版社，1990，第128页。

③ 胡仔纂集、廖德明校点《苕溪渔隐丛话》后集卷四，人民文学出版社，1984，第19～20页。

栖碧山，笑而不答心自闲。桃花流水窅然去，别有天地非人间。'东坡《岭外诗》云：'老父争看乌角巾，应缘曾现宰官身。溪边古路三叉口，独立斜阳数过人。'贺知章呼李白为谪仙人，世传东坡是戒禅师后身，仆窃信之。"[①] 许彦州从诗歌里读出李白的仙人气质、坡诗的禅家意象。所引李白诗乃《山中问答》，缪本题为《山中答俗人》，首联以问起笔，"余"就是我，那么问的人当然是"俗人"，"碧山"乃青翠的山。"笑而不答"，"笑"是一种轻松的形态，而"不答"则显出神秘的色彩，"笑而不答"，使人对栖碧山之意更加关心，"心自闲"不仅写出"我"对山中风景的享受，同时也认为所问的问题对"我"来说不是问题。问而不答，诗歌形成一种曲折之美。"桃花流水窅然去，别有天地非人间"，写山中之景，其实也是"我"栖息碧山的理由，回答了上联的问话。山中桃花随着流水窅然远逝，但是并没有惹起诗人的伤春悲愁，而是悠然领会这自然的生落，因为自然的盛衰本无所谓悲喜，自其同者观之，都是顺应自然的法则，一无所住地盛开、衰落、流走，确实是此中有真意，妙处难与君说。有学者结合当时黑暗现实与李白的不幸遭遇，认为最后一句隐含了诗人心中的伤和恨，使仙境与人间形成鲜明对比。[②] 这样解说也未尝不可，但是从整首诗意来说，应是着重写"我"对碧山的无限享受，营造了一种人间无法实现的景象，正如老子说的"道可道，非常道"，其中蕴藏无可言说的美，世人无法领略的美，只有体道之人可以领会，可以参悟，这样解释，整首诗意是浑融的，意境是悠远的。此诗用诗意来传达"我"的体道之言，更有抽离人间万象后的洒脱和自然，如果将诗意解释为与人间形成对比，那么此诗的重心停留在"别有天地非人间"这一句，这样似乎有深意，有寄托，但是反倒不够灵动。所以前人评说此诗可见李白仙人之气质，应该是从仙人悟道这个角度来欣赏的。

李白思想的复杂性，政治理想的矛盾性使他自身充满了矛盾和痛苦，这种苦闷使李白与酒分不开，更影响了他诗歌的风格。宋诗话特别注重李白与酒的关系，大量引用唐人的诗歌来表现这一点。杜甫说李白"痛饮狂歌空度日"，可见饮酒之豪放，但是"空度

---

① 许顗：《彦周诗话》，据何文焕辑《历代诗话》本，中华书局，1981，第389页。

② 参见《唐诗鉴赏辞典》，上海辞书出版社，1994，第317页。

日”之“空”，可见李白内心之痛苦。他渴望有为，自认为满腹才华，但是始终没有机会，英雄无战场，只有沉醉酒乡，麻痹自己，任年华流逝。李阳冰《草堂集序》说李白被谗出宫后：“公乃浪迹纵酒，以自昏秽。”这个话是很沉痛的。我们可以领会，李白的纵酒其实与阮籍有同样性质，不只是个性豪放，而是内心痛苦的折射，是主动地选择酒中沉沦。因此李白诗歌中表现出思想复杂、深沉的一面，但又总是在酒中寻求解脱，用仙道思想来超脱，就形成一种委曲的飘逸。《唐诗纪事》录李白诗《翰林读书言怀呈集贤院内诸学士》云：“晨趋紫禁中，夕待金门诏。观书散遗帙，探古穷至妙。片言苟会心，掩卷忽而笑。青蝇易相点，白雪难同调。本是疏散人，屡贻褊促诮。云天属清朗，林壑忆游眺。或时清风来，闲倚栏下啸。严光桐庐溪，谢客临海峤。功成谢人君，从此一投钓。”计有功介绍背景，“高力士以脱靴之耻，谮白于贵妃曰：‘以飞燕指妃子，是贱之甚也。’不为亲近所容，乃益放骜，为酒八仙人，恳求还山。”[①] 从诗题和内容来看，这时李白仍然在翰林院，但是整首诗意是在表达自己的理想，不只是简单的辞职。首联概括翰林院日常生活：早晨进入皇家公府，晚上在金门待诏。接着写读书之乐，对古人偶有会心，发自内心一笑，非读书人不能体会其妙。但是李白终究不是要当一个学者，他有宏大志愿，有建功立业的雄心，可是没有人能领会，每日过这种青灯照壁的读书生活，所以“闲倚栏下啸”。但是他所求并非功名利禄，他渴求的是“功成谢人君，从此一投钓”。所以他说自己是“疏散人”，是指建功立业后的疏散，建功立业后享受清风明月。再如《六朝事迹》云：“谢安墩在半山报宁寺之后，基址尚存。谢安与王羲之常登此，有超然高世之志。太白将营园其上，乃作诗曰：‘晋室昔横溃，永嘉遂南奔。沙尘何茫茫，龙虎斗朝昏。胡马风汉草，天骄蹙中原。哲匠感颓运，云鹏忽飞翻。组练照楚国，旌旗连海门。西秦百万众，戈甲如云屯。投鞭可填江，一扫不足论。皇运有反正，丑虏无遗魂。谈笑遏横流，苍生望斯存。冶城访古迹，犹有谢安墩。凭览周地险，高标绝人喧。想象东山姿，缅怀右军言。梧桐识佳树，蕙草留芳根。白鹭映春洲，青龙见朝暾。地古云物在，台倾禾黍繁。我来酌

① 计有功撰、王仲镛校笺《唐诗纪事校笺》卷十八，中华书局，2007，第597页。

清波，于此树名园。功成拂衣去，归入武陵源。'"[①] 这是咏怀古迹，但是对历史的描写，对王谢的崇拜，其实就是在写自己，"为君谈笑尽胡沙"，这是李白想做的，"功成拂衣去，归入武陵源"，也是李白仰慕的，与上一首诗尾联几乎一样。再如《侠客行》云："事了拂衣去，深藏身与名。"所以无论是哪一类事功，李白不在于事功获得之后的享受，而在于去成就自己的理想、功业。李白的政治诉求总是充满这种外人看似矛盾，他自己却全然不觉矛盾的矛盾。他总是渴求有政治建树，但他又总在表达对功名的不在乎，并且认为这是一种高尚的行为，就像鲁仲连功成不受赏一样。但是现实政治并没有给李白一个机会，功成身退的张良、不受赏的鲁仲连都是历史中的唯一，其实就是表明了建功后不受赏或者身退的为难处境。所以李白的政治选择再次充满了道家的超脱和对人事的疏离，他的超尘之气是在痛苦挣扎之后表现的一种表面的洒脱。

因此，李白以诗歌为媒介，传达自己的心怀、自己的理想，他思想上的复杂性，政治理想的矛盾性，他的仙人气质都在其中一一展现出来，也就是这些思想、性格影响了他诗歌的风貌。

至于杜甫，宋诗话关注他忠君爱国、忧国忧民的情怀及其这种情怀对诗风的影响"《剑阁》云：'吾将罪真宰，意欲铲叠嶂。'与太白'槌破黄鹤楼''划却君山好'，语亦何异？然《剑阁》诗意在削平僭窃，尊崇王室，凛凛有忠义气，'槌碎''划却'之语，但觉一味粗豪耳。故昔人论文字以意为主。'性豪业嗜酒，嫉恶怀刚肠。饮酣视八极，俗物都茫茫'，此子美胸中语也。宜其孩弄严武，藐视礼法，而朱老、阮生皆预莫及（逆），《遭田父泥饮》至被肘而不悔，其内直外曲，强御不畏，矜寡不侮，非世所能测也。"[②] 不论此条对李白评论是否恰当，但突出了杜甫为国担忧，意欲铲平僭窃，不计己身之利害，面折严武，亲交百姓，内直外曲的性格，使其诗歌充满忠义之正气。杜甫之忠心，不在于他身处官位或者偶或被用时对执政的感激，乃在于一种不计个人得失的深广之爱。时事多艰，忠君之意，常在忧君忧国之词中表现。子美诗"'虽有古殿

---

① 胡仔纂集、廖德明校点《苕溪渔隐丛话》后集卷四，人民文学出版社，1984，第22页。

② 阮阅编、周本淳校点《诗话总龟》后集卷九，人民文学出版社，1998，第50页。

存，世尊亦蒙埃。山僧衣蓝缕，告诉栋梁摧。’本即所赋，自然及于乘舆蒙尘，股肱非材之意。忠义所激，一饭不忘君邪！”[①] 此诗只是实录，不作评论，但风物不改，君王蒙尘，栋梁颓败，国无支撑的局面了然在目，诗人感慨、忧虑、羞愤等难言之情尽在其中。国势兴衰时时牵动诗人情感，“《闻河北节度入朝口号》云：‘喧喧道路多歌谣，河北将军尽入朝。始是乾坤王室正，却教江汉客魂销。’‘北道诸公无表来，茫然庶事遣人猜。’又云：‘燕赵休矜出佳丽，宫闱不拟选才人。’读杜集至三十卷，多遭遇乱离愤嫉跋扈之作，此《口号》十二篇，以河北节将入朝为喜，以北道无表为猜，欲渔阳突骑邯郸儿之归阙，欲主上如周宣、汉武，欲诸公为孝子忠臣，真一饭不忘君者。天宝祸乱自燕赵始，今安史已无噍类，燕赵佳丽可开选色之场矣，子美方有‘宫闱不拟选才人’之句，所谓举笔不忘规谏者耶。”[②] 对当时北方将帅来朝的欣喜、方镇割据的忧虑、对君王后宫政策的规谏，无不展现老杜心忧天下之深沉，比起那些身居高位、皇恩眷爱之人，不啻云泥之别。《潘子真诗话》云：“山谷尝谓余言：老杜虽在流落颠沛，未尝一日不在本朝，故善陈时事，句律精深，超古作者，忠义之气，感发而然。”[③] 杜诗乃杜甫忠义肝胆之照，所以句律精深，超古作者。

杜甫不只是对君、国忠心，对一般士大夫、百姓也投入他深切的关注，不然，杜甫的诗歌也不会如此深广，以至宋人将他与孟子比肩。“《孟子》七篇，论君与民者居半，其余欲得君，盖以安民也。观杜陵‘穷年忧黎元，叹息肠内热’‘胡为将暮年，忧世心力弱’，《宿花石戍》云‘谁能叩君门，下令减征赋’，《寄柏学士》云‘几时高议排君门，各使苍生有环堵’‘宁令吾庐独破，受冻死亦足’，而志在大庇天下寒士，其心广大，异夫求穴之蝼蚁辈，真得孟子所存矣。东坡问老杜何如人，或云似司马迁，但能名其诗耳。愚谓老杜似孟子，盖原其心也。”[④] 另外，对老杜反战主题的

① 阮阅编、周本淳校点《诗话总龟》后集卷二，人民文学出版社，1998，第7页。

② 刘克庄撰、王秀梅点校《后村诗话》新集卷二，中华书局，1983，第178～179页。

③ 胡仔纂集、廖德明校点《苕溪渔隐丛话》后集卷十五，人民文学出版社，1984，第112页。

④ 黄彻：《䂬溪诗话》卷一，据丁福保辑《历代诗话续编》本，中华书局，1997，第347页。

诗歌给予高度评价，“贾生、终童，欲轻事征伐。大抵少年躁锐，使绵历老成，当不如此。昔人欲沉孙武于五湖，斩白起于长平，诚有谓哉。尝爱老杜云：‘慎勿吞青海，无劳问越裳。大君先息战，归马华山阳。’又有‘安得壮士挽天河，净洗甲兵常不用’‘安得务农息战斗，普天无吏横索钱’‘愿戒兵犹火，恩加四海深’‘不眠忧战伐，无力征乾坤’，其愁叹忧戚，盖以人主生灵为念。孟子以善言陈战为大罪，我战必克为民贼。仁人之心，易地皆然。”[①] 只有深入民间，体会百姓疾苦才知战争给百姓的伤害之深，所以前人有诗云“一将功成万骨枯”，后人又有“兴，百姓苦；亡，百姓苦”，都说明战争只是统治者的事业，却是百姓的灾难。杜甫长期流离民间，对民间疾苦体会深刻，其诗乃痛彻之言，为民求生之意生动感人，称其有孟子之仁，不为过。上文这些诗歌所写乃指杜甫对一般老百姓的关怀，对自己身边的人的态度，也可以看出老杜细微毫发处。“老杜《课伯夷辛秀伐木》，则曰：‘报之以微寒，共给酒一斛。’遣信行修水筒，则以浮瓜裂饼以答其恭谨。陶渊明告其子，则曰：‘辄遣一力助汝薪水之劳，亦人子也，可善遇之。’盖古人之役仆夫，其忠厚率如此。《初学记》载王褒买便了为奴，作约使苦作，以致听券而泪下，鼻涕长一尺，有‘不如早归黄土陌，令蚯蚓钻额’之语，其少陵、柴桑之罪人哉！”[②] 将仆人作为“人之子”看，已经具有现代人的平等意识和人性关怀，对比之下，可见老杜仁心之真实与超越时代的意义，千载之下，犹令人感佩。杜甫一言一咏，真是未尝不在忧国恤人，而于己身之利害，竟乎忘却，毫不着意，如《夏日叹》曰：“浩荡想幽蓟，王师安在哉？”《夏夜叹》曰：“念我荷戈士，穷年守边疆。”他的这种精神、境界、气度发之于诗，使其诗歌感情充沛而深沉，诗风沉郁而顿挫。

至于韩愈，宋诗话认为其诗歌的怪奇、奇崛、拗折，与其性格有关，欧公说：“退之笔力，无施不可，而尝以诗为文章末事，故其诗曰：‘多情怀酒伴，余事作诗人’也。然其资谈笑，助谐谑，叙人情，状物态，一寓于诗，而曲尽其妙。此在雄文大手，固不足

---

① 黄彻：《䂬溪诗话》卷一，据丁福保辑《历代诗话续编》本，中华书局，1997，第349页。

② 葛立方：《韵语阳秋》卷二十，据何文焕辑《历代诗话》本，中华书局，1981，第650页。

论，而余独爱其工于用韵也。盖得其韵宽，则波澜横溢，泛入傍韵，乍还乍离，出入回合，殆不可拘以常格，如《此日足可惜》之类是也。得韵窄，则不复傍出，而因难见巧，愈险愈奇，如《病中赠张十八》之类是也。余尝与圣俞论此，以谓譬如善驭良马者，通衢广陌，纵横驰逐，惟意所之。至于水曲蚁封，疾徐中节，而不少蹉跌，乃天下之至工也。圣俞戏曰：'前史言退之为人木强，若宽韵可自足而辄傍出，窄韵难独用而反不出，岂非其拗强而然与?'坐客皆为之笑也。"[①] 此则在玩笑之中谈论韩愈为人与其用韵的特点，说韩愈作诗宽韵则犯韵，窄韵反倒很合规则，与其为人木强有关系。纵观韩诗，他反对元白的简易平淡，自出奇语，务去陈言，就其《南山》诗而言，学杜甫《北征》而宏肆过之，以至大量运用散体句法，其争胜心理是可以肯定的，这些不能不说是人物个性决定的。柳子厚一生贬谪，可谓一世穷人，忧愤苦闷，执着不解，发之于诗，则凄清深峭，温丽靖深。

综上所述，宋诗话结合史书、诗歌等文本分析，对诗人的思想、个性、情感、胸怀、经历作了比较深入的研究，由此探讨他们对诗歌风貌的影响，充分反映宋人对诗歌产生的作家作为创作主体的重视，这既是对传统知人论诗方法的继承，同时也引发出诗与人是否合一，在什么时候合一等问题的探讨。

宋诗话的作家论，以研究作家风格为主，他们继承传统诗歌风格评论的方法，以生动美妙的比喻描述诗人的总体风貌，并在具体诗作的对比分析中将这种研究深化、细化，为我们理解诗人风貌做了详细解说，并为进一步研究提供了新的角度，同时还从作家思想、个性、情感、经历等角度研究了作家风格产生的内部因素，既是对传统知人论诗方法的继承，又为我们进一步研究提供了新的契机。宋诗话对作家风貌的概括、描述大部分至今仍然为我们认同、接受甚至欣赏，这反映了宋人唐诗研究的精深有味。宋诗话论述的作家范围广泛，初、盛、中、晚唐均有涉及，其详细论述的作家基本上也是我们现在认可的唐代大家、名家，可以说我们今天对唐代诗人的认识，很大程度上是宋人删选淘汰的结果，也就是说宋人对

① 欧阳修:《六一诗话》，据何文焕辑《历代诗话》本，中华书局，1981，第272页。

唐代诗人诗作的评价、研究为我们今天的认识奠定了深厚的基础，后代对唐诗的研究很大程度上是在此基础上发展、深化的。宋诗话的杜甫研究浓墨重彩，充分反映宋代崇杜风尚；此外，所关注的中唐作家人数相对较多，这不仅反映了唐代诗歌在中唐创作的鼎盛状况，同时，对具有变革意义的中唐诗歌的深切关注，特别是对韩愈的推崇，反映了宋诗话对本朝诗歌创作的思考以及寻求新变的努力。

结 语

宋诗话通过对诗人诗作的评析，越来越深入认识到唐诗的价值以及它与宋诗的区别，对唐诗研究进一步深化，逐步建构唐诗学，为后代唐诗学发展奠定了基础。

有关唐诗本色的讨论，引发后代研究者对诗歌本质与创新的进一步思考，并发展为诗分唐宋等问题。至于宋诗话涉及的唐诗学诸多范畴、概念，比如“味”，已成为诗歌美学一个重要的概念，延伸出相关的概念，如“韵味”“趣味”等，对这些概念的探讨构成后代诗学发展史。再如对“俗”的讨论，除了雅俗之争、雅俗之辨，还涉及文人创作与民间滋养的关系。对作家风格的论述，对作家的比较，也延伸出更多的问题，比如李杜优劣，自从元稹发端，宋诗话有更深入比较，宋代存在扬杜抑李或者不分优劣的观点，原因在于评论家所持标准不同，但其后李杜优劣论几乎贯穿了整个诗学发展史，对李杜的不同评价反映了诗学观念的变化，这同样构成诗学发展史。宋诗话评论的唐代知名诗人，为后代的研究划定了基本范围，其后唐代著名诗人研究，几乎很少超出宋诗话评论的范围，当然也有别具只眼找出与宋诗话评论特别不一致的诗人的现象。对唐诗认识的加深，渐渐形成宗唐或宗盛唐的观念，这也深深影响后代诗学的宗法取向，一直到清代，形成了宗唐宗宋两大派。唐诗体派的研究，比如唐诗分期问题，在宋诗话中还不是很清晰，但是严羽已经分为初唐、盛唐、开元天宝、大历、晚唐五期，为后来的四分说打下很好的基础。唐诗诗法的讨论，我们在其后的“格调”“肌理”等理论中可以依稀找出它的影子。所以说，宋诗话打下了唐诗学的基础，为后代的唐诗研究提供了很多角度，提供了很多课题。

参考文献

白居易．白居易集．顾学颉校点．北京：中华书局，1999.

包弼德．斯文：唐宋思想的转型．刘宁译．南京：江苏人民出版社，2001.

卞东波．南宋诗选与宋代诗学考论．北京：中华书局，2009.

蔡瑜．唐诗学探索．台北：里仁书局，1998.

蔡振孙．诗林广记．北京：中华书局，1982.

岑仲勉．隋唐史．新1版．北京：中华书局，1982.

查屏球．唐学与唐诗．北京：商务印书馆，2000.

陈伯海．唐诗论评类编．济南：山东教育出版社，1993.

陈伯海．唐诗学引论．上海：东方出版中心，1996.

陈伯海．中国诗学史．蒋哲伦．厦门：鹭江出版社，2002.

陈伯海主编．唐诗学史稿．石家庄：河北人民出版社，2004.

陈贻欣．杜甫评传．上海：上海古籍出版社，1982.

陈寅恪．金明馆丛稿初编．北京：三联书店，2001.

陈寅恪．金明馆丛稿二编．北京：三联书店，2001.

陈寅恪．隋唐制度渊源论稿·唐代政治史述论稿．北京：三联书店，2001.

陈寅恪．元白诗笺证稿．北京：三联书店，2001.

程树德．论语集释．《民国丛书》第五编．上海：上海书店，1996.

程毅中．中国诗体流变．北京：中华书局，1992.

崔瑞德．剑桥中国隋唐史．北京：中国社会科学出版社，1990.

丁福保．历代诗话续编．北京：中华书局，1997.

范文澜．文心雕龙注．北京：人民文学出版社，1958.

冯浩．玉溪生诗集笺注．上海：上海古籍出版社，1998.

冯友兰．李泽厚．魏晋风度二十讲．北京：华夏出版社，2009.

傅明善．宋代唐诗学．北京：研究出版社，2001.
傅璇琮．唐才子传校笺．北京：中华书局，1987.
高彦休．唐阙史．四库全书本
郜元宝．在失败中自觉．北京：中国人民大学出版社，2004.
沟口雄三．小岛毅．中国的思维世界．南京：江苏人民出版社，2006.
古代文学理论研究．古代文学理论研究编委会．第18辑．上海：上海古籍出版社，1997.
郭庆藩．庄子集释．北京：中华书局，1961.
郭绍虞．宋诗话辑佚．北京：中华书局，1980.
郭绍虞．宋诗话考．北京：中华书局，1979.
郭绍虞等．中国历代文论选．上海：上海古籍出版社，2003.
哈罗德·布鲁姆．影响的焦虑：一种诗歌理论．南京：江苏教育出版社，2006.
何文焕．历代诗话．北京：中华书局，1981.
何汶．竹庄诗话．北京：中华书局，1984.
何晏．论语注疏．邢昺．北京：北京大学出版社，1999.
胡可先．杜诗学引论．合肥：安徽大学出版社，2003.
胡可先．中唐文学与政治——以永贞革新为中心．合肥：安徽大学出版社，2000.
胡晓明．中国诗学之精神．南昌：江西人民出版社，2001.
胡仔．苕溪渔隐丛话．北京：人民文学出版社，1984.
黄炳辉．唐诗学史述论．上海：上海古籍出版社，2008.
黄寿祺等．周易译注．上海：上海古籍出版社，2001.
I. A. 瑞恰慈．瑞恰慈：科学与诗．徐葆耕编译．北京：清华大学出版社，2003.
吉川幸次郎．中国诗史．章培恒等译．上海：复旦大学出版社，2001.
计有功．唐诗纪事校笺．北京：中华书局，2007.
蒋孔阳．蒋孔阳自选集．重庆：重庆出版社，1999.
蒋绍愚．唐诗语言研究．北京：语文出版社，2008.
蒋先伟．杜甫夔州诗论稿．成都：巴蜀书社，2002.
蒋寅．古典诗学的现代诠释．北京：中华书局，2003.

蒋寅．张伯伟主编．中国诗学．第11辑．北京：人民文学出版社，2006.

金圣叹．金圣叹选批唐诗．杭州：浙江古籍出版社，1985.

勒内·韦勒克、奥斯汀·沃伦文学理论．南京：江苏教育出版社，2005.

李白．李太白全集．北京：中华书局，2003.

李春青．在文本与历史之间：中国古代诗学意义生成模式探微．北京：北京大学出版社，2005.

李定广．唐末五代乱世文学研究．北京：中国社会科学出版社，2006.

李凯．儒家元典与中国诗学．北京：中国社会科学出版社，2002.

李奭学．得意忘言：翻译、文学与文化评论．北京：三联书店，2007.

李肇．唐国史补．上海：上海古籍出版社，1979.

刘宝楠．论语正义．北京：中华书局，1990.

刘克庄．后村诗话．北京：中华书局，1983.

刘宁．唐宋之际诗歌演变研究：以元白之元和体的创作影响为中心．北京：北京师范大学出版社，2002.

刘若愚．中国文学理论．南京：江苏教育出版社，2005.

刘小枫．诗化哲学．上海：华东师范大学出版社，2007.

刘昫．旧唐书．北京：中华书局，1975.

刘叶秋．历代笔记概述．北京：中华书局，1980.

柳晟俊．唐诗论考．北京：中国文学出版社，1994.

卢佑诚．中国古代文论探微．合肥：安徽教育出版社，2008.

毛亨等．毛诗正义．北京：北京大学出版社，1999.

莫砺锋．莫砺锋诗话．北京：北京大学出版社，2006.

欧阳修．新唐书．宋祁．北京：中华书局，1975.

浦起龙．读杜心解．北京：中华书局，1978.

钱基博．周易题解及其读法．上海：上海书店，1991.

钱锺书．管锥编．北京：中华书局，1986.

钱锺书．七缀集．上海：上海古籍出版社，1994.

钱锺书．谈艺录．北京：中华书局，1998.

钱仲联．韩昌黎诗歌系年集释．上海：上海古籍出版社，1998.

阮阅．诗话总龟．周本淳点校．北京：人民文学出版社，1998.

司马光．资治通鉴．北京：中华书局，1986.

司马迁．史记．北京：中华书局，1975.
汪涌豪．中国古代文学理论体系范畴论．上海：复旦大学出版社，1999.
王弼等．周易正义．北京：北京大学出版社，1999.
王谠．唐语林．上海：上海古籍出版社，1978.
王定保．唐摭言．上海：上海古籍出版社，1978.
王溥．唐会要．北京：中华书局，1955.
王元化．思辨录．上海：上海古籍出版社，2004.
王元化．文心雕龙讲疏．上海：上海古籍出版社，1992.
王运熙．汉魏六朝唐代文学论丛．上海：上海古籍出版社，1981.
王运熙．文心雕龙译注．周锋．上海：上海古籍出版社，1998.
王运熙．中古文论要义十讲．上海：复旦大学出版社，2004.
王运熙．中国古代文论管窥．上海：上海古籍出版社，2006.
王运熙等．中国文学批评通史第三卷（隋唐五代卷）．上海：上海古籍出版社，1996.
王兆鹏．唐代科举考试诗赋用韵研究．济南：齐鲁书社，2004.
王正德．馀师录．北京：中华书局，1985.
威廉·燕卜荪．朦胧的七种类型．北京：中国美术学院出版社，1998.
韦海英．江西诗派诸家论考．北京：北京大学出版社，2005.
魏庆之．诗人玉屑．北京：中华书局，2007.
闻一多．闻一多全集．北京：三联书店，1999.
翁俊雄．唐初政区与人口．北京：北京师范大学出版社，1990.
吴明贤、李天道．唐人的诗歌理论．成都：巴蜀书社，2006.
吴文治．宋诗话全编．南京：江苏古籍出版社，1998.
奚密．现代汉诗：1917 年以来的理论与实践．上海：上海三联书店，2008.
萧涤非等．唐诗鉴赏辞典．上海：上海辞书出版社，1994.
徐复观．中国艺术精神．上海：华东师范大学出版社，2001.
严羽．沧浪诗话校释．北京：人民文学出版社，2000.
杨伯峻．论语译注．北京：中华书局，1980.
杨伯峻．孟子译注．北京：中华书局，1960.
杨明．汉唐文学辨思录．上海：上海古籍出版社，2005.

杨明．文赋诗品译注．上海：上海古籍出版社，1999.

杨明．文心雕龙精读．上海：复旦大学出版社，2007.

姚斯．H. R. 接受美学与接受理论．霍拉勃．R. C. 周宁、金元浦译．沈阳：辽宁人民出版社，1987.

宇文所安．中国文论：英译与评论．上海：上海社会科学出版社，2003.

张伯伟．全唐五代诗格汇考．南京：南京古籍出版社，2002.

张伯伟．中国古代文学批评方法研究．北京：中华书局，2006.

张伯伟．中国诗学研究．沈阳：辽海出版社，2000.

张蓉．中国诗学史话．西安：西安交通大学出版社，2004.

张三夕．诗歌与经验：中国古典诗歌论稿．长沙：岳麓书社，2008.

张忠纲．杜甫诗话六种校注．济南：齐鲁书社，2002.

周裕锴．宋代诗学通论．上海：上海古籍出版社，2007.

周振甫．文心雕龙注释．北京：人民文学出版社，1981.

周振甫．周易译注．北京：中华书局，1991.

朱东润．杜甫绪论．上海：东方出版中心，1999.

朱光潜．无言之美．北京：北京大学出版社，2005.

朱维铮．走出中世纪．上海：复旦大学出版社，2007.

黎靖德编．朱子语类．北京：中华书局，1986.

宗白华．西方美学名著选译．合肥：安徽教育出版社，2000.

Wilfred L. Guerin. *A Handbook of Critical Approaches to Literature*. the 4th ed. Peking: Foreign Language Teaching and Research Press, 2004.

后　记

这部书稿是我的博士后出站报告，写成已经快10年了，虽然已经在《文艺理论研究》《古代文学理论研究》等刊物上发表了5篇相关章节的文章，但是后来因为主要从事留学生语言教学工作，一直没有顾得上修改整理。不过我一直在思考如何将自己的专业与自己从事的工作结合起来。最近几年，我越来越认识到，针对留学生的语言教学，中国古典诗歌可以作为教学内容，只要选对适合留学生的篇目，采用合适的教学方法；而留学生的语言学习也不应该仅仅停留在生活交际用语上，中国语言文学之美也要让他们了解。我对自己的语言文学了解越多，对中国语文之美领会越深，越有让学生知道的冲动。我的教学实践给了我信心，反过来让我关注自己的诗学研究专题，因为只有对诗歌有深入透彻的了解，才能用简明扼要、浅显明白的语言传授给学生，所以今年我以出站报告申请了《羊城学术文库》出版资助项目。此次能够获得出版，感谢该项目的资助，也要感谢两位匿名评审专家的肯定以及提出的宝贵意见，在此也对两位评审专家的意见做出回应。

两位专家都提到将本课题的研究放在更广阔的历史框架中来：参考唐代的相关论述、宋诗话之外的相关论述，以见彼此之异同；加强本课题历史演变方面的研究，以拓展唐诗学研究的文学史视野和眼光。非常认同专家的意见，但这需要进一步阅读大量文献，在此基础上再来检视宋诗话对唐诗学的建构及其价值，这将是我继续研究的一个方向。另外，关于唐诗学范畴，建议我从唐代文学整体文化背景出发，进一步加强整理与发掘，勾勒出更具有创新性的范畴。这也是具有挑战性的工作，当时出站报告答辩时，曹旭老师也建议我以后可以专门做唐诗学范畴。目前书中的范畴主要是宋诗话中出现频率最高的一些诗学概念，但这只是中国诗学范畴中的一小

部分。很高兴得到专家们的建议，证明这个选题有继续开拓的可能，也明确了我继续向前的目标。本次出版我主要修改了一些论述上的不足，阅读新出现的相关文献并进行了简单述评，因为修改时间有限，大方向上的纵深研究只能留待以后了。

虽然书稿还不够完善，但是通过做这个课题，让我对唐诗有了更深的理解，并能在阅读文献中感到趣味和快乐，真是很美妙的事情。借此机会衷心感谢我的几位恩师。博士后出站报告选题时，孙逊师提醒要选自己擅长的领域，建议就做诗歌理论，找到抓手就好。我把诗学文献范围圈定在宋代之内，考虑到上师大编出了大部分宋代笔记，其中应该有丰富的诗歌批评材料，做的人也不多，应该可以做宋代笔记的唐诗批评。当时正好放寒假，回武汉与尚永亮师谈到这个问题，他说宋代笔记太丰富了，诗歌批评材料不是太集中，不如缩小范围，以宋诗话为材料范围，这也与我当时的文献阅读印象一致，便欣然接受了老师的建议。返校后告知孙老师题目大致定了，孙老师觉得不错。

读书写作的过程有苦也有乐，写好一章给孙逊师看，老师有时会说，这种写法不行；回去便仔细想怎么把那些纷繁的材料梳理清楚，还可以怎么写能把问题说得更明白。这样反反复复，过程很煎熬，有时候很怕见老师，当然有收获时也有小小的喜悦。不过见师母就不一样了。我们私下说，和老师谈学术，和师母谈人生。师母天性开朗大方，对学生关爱有加，印象中只觉得师母满脸含笑，和如春风，所以周围总是有学生围着，她办公室常常笑声不断；就是诉苦说烦恼，师母也不介意，常常是在她那里说过了，也就过去了，回去该干什么就干什么。只是写这部书稿时，有师母的陪伴，如今书稿终获出版，师母却已经走了，想起来让人黯然。

杨明先生非常严谨，一直叮嘱我们有一分材料说一分话，文论与文学作品一定要结合，要实事求是。写好的部分也有给杨老师看的，有时老师说，这是站在材料基础上说话的，不错。听到表扬挺开心的。当然更多的时候是把自己研究的问题弄清楚，因为老师对文章中引用的材料以及观点、结论都看得很仔细，问起来时回答不出来或者发现还不是特别明白，真是非常羞愧的事情。毕业这么多年，请老师看文章，老师还会非常认真地给意见，不仅是文意是否贯通，论证是否得当，还有材料是否准确，用词是否恰当，甚至是错字，老师都会指出来。看着老师的修改意见，除了鞭策自己之外，更多的是深深的感动。

参加工作后，探望老师的机会少了，但平时有事、有问题还是会找老师，老师都是有事必复、有问必答，有时也会谆谆嘱咐，让人倍感亲切、温暖。老师的恩情、教诲，我想只有认真踏实地做学问、工作，才能不辜负吧。

黄爱平

2019年冬于五山华园

图书在版编目(CIP)数据

宋诗话与唐诗学 / 黄爱平著. -- 北京 : 社会科学文献出版社, 2020.6

(羊城学术文库)

ISBN 978 - 7 - 5201 - 6497 - 9

Ⅰ.①宋… Ⅱ.①黄… Ⅲ.①诗话 - 诗歌研究 - 中国 - 宋代②唐诗 - 诗歌研究 Ⅳ.①I207.22

中国版本图书馆 CIP 数据核字 (2020) 第 054679 号

·羊城学术文库·

宋诗话与唐诗学

著　　者 / 黄爱平

出 版 人 / 谢寿光

责任编辑 / 徐永清

出　　版 / 社会科学文献出版社·政法传媒分社 (010) 59367156

地址: 北京市北三环中路甲 29 号院华龙大厦　邮编: 100029

网址: www.ssap.com.cn

发　　行 / 市场营销中心 (010) 59367081　59367083

印　　装 / 三河市尚艺印装有限公司

规　　格 / 开 本: 787mm × 1092mm　1/16

印 张: 15.75　字 数: 248 千字

版　　次 / 2020 年 6 月第 1 版　2020 年 6 月第 1 次印刷

书　　号 / ISBN 978 - 7 - 5201 - 6497 - 9

定　　价 / 79.00 元